本刊出版获得"中央高校基本科研业务费专项资金"（项目号 63192413）资助

第二辑

孙克强 罗振亚／主编

南开诗学

NANKAI POETICS

Vol. 2

南开大学文学院　主办

社会科学文献出版社
SOCIAL SCIENCES ACADEMIC PRESS (CHINA)

编委会

顾　问

叶嘉莹　　谢　冕　　吴思敬　　陈　洪

编　委

王兆鹏　　林玫仪　　陈引驰　　陈仲义

李　怡　　孙克强　　罗振亚

主　编

孙克强　　罗振亚

编辑部成员

李润霞　　张　静　　卢　桢　　杨传庆

EDITORIAL COMMITTEE

编者的话

《南开诗学》第二辑共载文 18 篇，承续第一辑的特点，论题选择丰富，写作角度多维，学术视野开阔，保持着较高的学术质量。既有基于原始文献的深入研读与理解，也有立足于稀见文献的价值揭示。

本辑古代诗学的论文注重诗学研究的新角度。作为一位伟大的诗人，陶渊明酒诗中"任真"的哲学，创造了酒、诗、人融为一片的崭新诗歌境界。中唐之际，啖助、赵匡、陆淳等开创的新春秋学对韩孟诗派"尚怪奇"的诗学追求有着特殊影响，让人看到了中唐学术与诗学间的紧密关联。通过对宋代文学中苏小小歌咏的全面梳理，读者会发现苏小小在宋代文人笔下是脱去风尘的超然自适的形象，这当然是宋代文化作用的结果。元初词人刘秉忠被誉为填词"当行"者，其词"雄廓""蕴藉"兼具，是词史上的新景观。晚近民国诗学是近年来古代文学研究的一个热点与新的增长点，本辑计发表这一领域的文章 4 篇。王鹏运、郑文焯为晚清词坛大家，一直是晚近词学研究的重点。对王鹏运词作之"重""拙""大"及郑文焯词作之"精"的探讨，于两位大家的研究深有推进。诗钟与闽派诗人及其诗风之关系的研论很有新意，从两者交互入手对晚近闽派诗歌的活力进行了合理阐释，拓展了闽派诗学研究的路径。民国词学是晚清词学之实践，周岸登是民国时期蜀地词人的典型代表，其辞丽律严之风显示了对清季四大家的延续。进入 21 世纪，诗歌也呈现出新的特色，本辑论文专题探讨了 21 世纪口语诗歌形成的独特风貌。文献建设是民国词学研究的重要助力，民国词话的搜集整理无疑具有较高学术价值。

如果为本辑几篇新诗研究文章找寻共性的话，可以发现论者都以跨学科的研究视野，从学术视角上实现了创新。所论及的新诗与行旅文化、消费文化、传记写作的联系，无论是理论研究的深度还是文化比较的广度均达到了较高水平，而且颇有创见，新意迭出，文化视角与新诗的联姻，也为新诗研究实现了有效的扩容。在诗人创作研究方面，有对牛汉诗学的细致梳理，也有关于两岸诗人创作的口述资料，而对新诗出路的探讨与展望，将视野从微观抬升至宏观高度，达到新的视界融合，也为新诗未来的发展提出诸多富有建设性的意见。此外，这一辑我们专门组织了一组关于"比较诗学"的专题研究，涉及十四行体的文化价值、惠特曼与中国诗歌以及当代诗和浪漫主义诗学的内在联系等问题。这类影响研究涵盖了文体、文本与诗学等多个层面，拓展了比较诗学研究的学术疆域。

　　扎实推进诗学研究是创办《南开诗学》的宗旨，尽管刚刚起步，相信她会踏实前行！

目录

目录

contents

contents

contents

「诗/歌/研/究」

宋代文学中有关苏小小的歌咏

彭腊梅　叶言材[*]

内容提要　苏小小是六朝南齐时著名的歌伎，美丽聪慧，富有文才，爱好自由，热爱山水，不畏权势，出百金接济贫困书生，不幸22岁抱病而亡。至今中国文学史上留有《钱塘苏小歌》一首五言诗。西湖湖畔钱塘苏小墓作为观光景点吸引了无数游客驻足流连。在六朝《钱塘苏小歌》之后，近二百年间，苏小小的名字未见于任何历史记载。可是中唐以后，经历了宋元明清，文人对苏小小的歌咏从未间断过，明清时期还出现了苏小小的故事戏曲。此外，唐代文人还登临苏小小墓，缅怀一代才女。苏小小墓也有了几种说法。最早唐人说苏小小墓是在嘉兴，而宋人说在西湖。其实，被历代文人歌咏赞美的苏小小，不过是一个代名词而已，是个传说人物。那么，为什么仅仅是一个传说人物的苏小小会有如此大的魅力，令历代文人歌咏不绝呢？西湖又为什么会有苏小小的墓呢？本文试图通过梳理宋代文人在诗文中对苏小小的歌咏，并结合宋代社会文化以及文人与歌伎的关系进行考察，以期揭示苏小小落户西湖并成为文人诗词歌咏对象的真正原因。

关键词　苏小小　西湖　歌伎与文人

---

*　彭腊梅，日本福冈大学非常勤讲师；叶言材，日本北九州市立大学准教授。

一 序言

大凡去杭州西湖游览观光的人，都不会错过西湖湖畔的钱塘苏小小墓。导游也会热心介绍：苏小小是六朝南齐时著名的歌伎，美丽聪慧，富有文才，爱好自由，热爱山水，不畏权势，出百金接济贫困书生，不幸22岁抱病而亡……此墓是当时受她接济的文人在她死后为她修建的。① 其实，据笔者的考察，这个墓碑不过是一个纪念之物而已。有关苏小小的故事，并无事实根据，多是民间的传说。钱塘苏小小墓最早的传说不在西湖，而是在嘉兴。② 那么，苏小小墓为什么会被改在西湖，依山傍水而建呢？为什么仅仅是一个传说中的人物苏小小，到了宋代以至元明清，仍有文人歌咏不绝呢？

本文通过梳理宋代文人在诗文中对苏小小的歌咏，并结合宋代社会文化以及文人与歌伎的关系进行考察，以期揭示苏小小落户西湖并成为文人诗词歌咏对象的真正原因。

二 宋代文人将苏小小同西湖联系在了一起

从《四库全书》的数据库中检索宋人文集中言及苏小小的诗词，总体来说，相比唐代有增无减。笔者将它们列表并做了一个简单的分类，见表1。

表1 宋人文集中言及苏小小的诗词

作品类别	言及方式	作品种类	诗词名	作者	生卒年
赠寄诗	苏小墓	七言绝句	戏赠嘉兴朱宰同年	王禹偁	954～1001
咏物诗	苏小家	七言绝句	柳	寇准	961～1023
咏妓词	苏小楼	词	玉楼春	晏几道	1038～1110

---

① 杭州西湖湖畔的苏小小墓，墓小而精致，上覆六角攒尖顶亭，叫作"慕才亭"。据石刻的碑文介绍，此墓是苏小小资助过的书生鲍仁所建。1966年被红卫兵拆毁，2004年得以复建，还邀请了沈鹏、马世晓、黄文中等12位书法家题写楹联。

② 徐凝《嘉兴寒食》："嘉兴郭里逢寒食，落日家家拜扫回。唯有县前苏小小，无人送与纸钱来。"《全唐诗》卷四百七十四，中华书局，1960，第5337页。

续表

作品类别	言及方式	作品种类	诗词名	作者	生卒年
咏妓词	钱塘苏小	词	调笑转踏	郑彦能	1047～1113
游览诗	钱塘苏小	七言排律	凌歊台呈同游李察推	郭祥正	1035～1113
传奇故事	钱塘苏小	词	黄金缕（蝶恋花）	司马槱	元祐时人
咏妓词	苏小家	词	醉桃源	周邦彦	1056～1121
游览词	苏小墓	词	锁阳台怀钱塘	周邦彦	1056～1121
西湖游览词	江南苏小	词	西江月二首	葛胜仲	1072～1144
歌行体诗	苏小门	诗	次韵次卿林下行歌十首	周紫芝	1082～1155
西湖游览诗	苏小墓	诗	湖堤步游客言此苏小墓也	周紫芝	1082～1155
咏妓诗	苏小	七言律诗	总咏	赵彦端	1121～1175
西湖游览诗	苏小墓	律诗	次韵李季章监簿泛湖	楼钥	1137～1213
西湖游览诗	苏小楼	诗	西湖次舍弟润之韵	刘过	1154～1206
西湖游览词	苏小	词	贺新郎·游西湖	刘过	1154～1206
咏妓诗	苏小家	乐府诗	艳歌行	韩淲	1159～1224
西湖游览词	苏小门	词	蝶恋花	史达祖	1163～1220?
西湖游览词	苏小	词	青玉案	高观国	史达祖同时
和韵诗	钱塘苏小	七言律诗	别馆即事 （丁松老约出姑苏有诗次韵）	华岳	？～1221
咏物诗	苏小坟	七言诗	六如亭	刘克庄	1187～1269
唱和词	苏小家	词	阮郎归（和邢公站）	侯寘	乾道、淳熙间
西湖游览词	钱塘苏小	词	朝中措	陈景沂	1225～1265
西湖游览词	苏小	词	前调	刘辰翁	1231～1297
咏物诗	苏小墓	七言绝句	苏小小墓	林景熙	1242～1310
咏物诗	苏小墓	七言绝句	苏小小墓	王镃	宋末
西湖游览词	苏小门	词	探芳讯（湖上春游继草窗韵）	李彭老	1258年前后在世
抒情词	钱塘苏小	词	台城路（回忆旧游）	张炎	1248～?
西湖游览词	钱塘苏小	词	春从天上来	张炎	1248～?
赠寄词	苏小	词	抵吴书寄旧友	张炎	1248～?
赠寄词	苏小	词	毗陵客中闻老妓歌	张炎	1248～?
赠寄词	苏小	词	甘州（为小玉梅赋，并束韩竹闲）	张炎	1248～?
咏物诗	苏亭	五言诗	怀苏亭	张尧同	1270年前后在世
咏物诗	苏小墓	五言诗	苏小小墓	张尧同	1270年前后在世
咏物诗	苏小	七言律诗	题太和楼壁诗	无名氏	

由表 1 不难发现，这些作品中游西湖的诗词比较多。此外言及的方式大多直呼苏小、钱塘苏小，或说苏小楼、苏小家。再就是作者群中，南宋词人多，宋代诗词大家少。这种现象该如何解释呢？

用苏小小的名字指代当时的歌伎，用苏小家或苏小楼指代当时的妓楼，并不是宋代开始的，而是源于中唐时期。据笔者调查，苏小小的名字最初出现在南朝人徐陵编纂的《玉台新咏》中的《钱塘苏小歌》中。《钱塘苏小歌》的作者不明，但从诗歌的内容看，是苏小小以第一人称的口吻，向情郎发出了爱的召唤和誓言。"妾乘油壁车，郎骑青骢马。何处结同心，西陵松柏下。"①《钱塘苏小歌》之后近二百年的时间内，现存的文献资料中，有关苏小小的记载以及言及她的诗文几乎没有。但是中唐以后，很多诗人在诗歌中言及苏小小。据笔者统计，至少有三十多首诗歌言及苏小小。从诗人们对苏小小的歌咏来看，大致有两种方式。一是把苏小小作为代名词歌咏；二是诗人在《钱塘苏小歌》原创歌词的基础上想象再创造了新的苏小小形象。

唐代人把苏小小作为一个代名词使用时，往往是与杭州的名胜名人并列介绍的。比如白居易的《杭州春望》一首：

> 望海楼明照曙霞，护江堤白蹋晴沙。涛声夜入伍员庙，柳色春藏苏小家。红袖织绫夸柿蒂，青旗沽酒趁梨花。谁开湖寺西南路，草绿裙腰一道斜。②

诗人在描写了望海楼和护江堤春天的美丽风光后，将苏小家和伍员庙与杭州的柿蒂以及梨花酒这样的当地特产并提。此外，他还在《余杭形胜》中，将苏小楼和六朝遗迹梦儿亭并称。谢灵运是六朝著名的文人，会稽人，据说他家不适合养孩子，于是就将他寄养在钱塘杜明师家。杜明师夜里梦见东南方有贤人到访，果然第二天谢灵运到了，所以称"梦谢亭"，又名"客儿亭"。

> 余杭形胜四方无，州傍青山县枕湖。绕郭荷花三十里，拂城松树一千株。梦儿亭古传名谢，教妓楼新道姓苏。独有使君年太老，风光

---

① 《钱塘苏小歌》，（清）吴兆宜注、程琰删补、穆克宏点校《玉台新咏》卷十，中华书局，1985，第 486 页。

② 白居易：《杭州春望》，谢思炜撰《白居易诗集校注》卷二十，中华书局，2006，第 1623 页。

不称白髭须。(自注，州西灵隐山上有梦谢亭，即是杜明浦梦谢灵运之所，因名客儿也。苏小小，本钱塘妓人也)①

与白居易同时的出生于江南的殷尧藩在《送客游吴》一诗中，列举了吴地的美景与特色名物后，特别举出苏小小的名字：

吴国水中央，波涛白渺茫。衣逢梅雨渍，船入稻花香。海戍通盐灶，山村带蜜房。欲知苏小小，君试到钱塘。②

唐代文人把苏小小作为一个符号来指代苏杭的妓楼或者歌伎，尚未有将苏小小与西湖关联在一起的诗文。是宋代文人将西湖与苏小楼联系在一起，作为一个独特的意象群加以歌咏。试举北宋末年周邦彦的《醉桃源·第二·菖蒲叶老水平沙》一词来看：

菖蒲叶老水平沙，临流苏小家。画阑曲径宛秋蛇，金英垂露华。烧蜜炬，引莲娃，酒香薰脸霞。再来重约日西斜，倚门听暮鸦。③

这首词描述了妓楼游冶的情景。上阕展现了西湖边上一路开着的妓楼：栏杆精美如画，亭廊蜿蜒曲折，园中的菊花鲜艳欲滴。下阕的前三句写了夜晚的游宴：燃起蜡烛，歌伎们微有醉意的脸带着红晕看上去像是一朵花。最后两句写出了对于再相见的期盼。

在对《钱塘苏小歌》的原创歌词再创造的过程中，唐代文人和宋代文人表现出了截然不同的审美取向。唐代诗人李贺《苏小小墓》(又名《苏小小歌》)深受时人喜爱。

幽兰露，如啼眼。无物结同心，烟花不堪剪。草如茵，松如盖。风为裳，水为佩。油壁车，夕相待。冷翠烛，劳光彩。西陵下，风吹雨。④

① 白居易：《余杭形胜》，谢思炜撰《白居易诗集校注》卷二十，第1629页。
② 殷尧藩：《送客游吴》，《全唐诗》卷四百九十二，中华书局，1960，第5565页。
③ 周邦彦：《醉桃源·第二》，孙虹校注、薛瑞生订补《清真集校注》，中华书局，2002，第370页。
④ 李贺：《苏小小墓》，《全唐诗》卷三百九十，中华书局，1960，第4396页。

　　李贺沿用了《钱塘苏小歌》原创歌词中的"油壁车""结同心""西陵"等词语，却创造出一个乘着油壁车，等待情郎来结同心而不能实现的充满悲怨的亡灵苏小小形象。中唐诗人张祜的《苏小小歌三首》给我们展现的也是爱情不能实现的悲恋的苏小小：

> 车轮不可遮，马足不可绊。长怨十字街，使郎心四散。
> 新人千里去，故人千里来。剪刀横眼底，方觉泪难裁。
> 登山不愁峻，涉海不愁深。中擘庭前枣，教郎见赤心。①

　　在宋代文人的手中，《钱塘苏小歌》的原创歌词却变成了西湖相会的佳话。宋代词人康与之南渡后居嘉禾（今浙江嘉兴），他的《长相思·游西湖》就以西湖为背景表现了苏小小的爱情故事：

> 南高峰，北高峰，一片湖光烟霭中。春来愁杀侬。
> 郎意浓，妾意浓，油壁车轻郎马骢。相逢九里松。②

　　南北高峰是西湖诸山中的两个风景点。风景葱倩，登临远眺，西湖和钱塘江景物尽收眼底。北高峰在南高峰西北，遥遥相对，景观与南高峰不相上下。因为两峰风景别致，作者用两峰以概括西湖诸山之胜。西湖水光潋滟，碧波荡漾，烟雾迷蒙，在如此迷人的春景中，苏小小与情郎爱意浓浓地相会在九里松。九里松是钱塘八景之一，为葛岭至灵隐、天竺间的一段路。唐刺史袁仁敬守杭州时，植松于左右各三行，长九里，因此松荫浓密，苍翠夹道，是男女传情达意的好去处。词人把苏小小与郎君的爱情故事置于西湖的一片湖光山色之中，充满了浪漫情怀，一改唐代文人笔下苏小小爱情不得实现的幽怨和哀婉。

　　西湖在唐代之前一直叫钱塘湖，是白居易最早用西湖代称钱塘湖。在他的诗里，一共有六首提到"西湖"。③ 也许是受了白居易的影响，到了宋代，

①　张祜：《苏小小歌三首》，《全唐诗》卷五百十一，第5834页。
②　康与之：《长相思·游西湖》，唐圭璋编《全宋词》，中华书局，1965，第1306页。
③　白居易：《西湖晚归回望孤山寺赠诸客》《早春西湖闲游怅然兴怀忆与微之同赏》《西湖留别》《湖上醉中代诸妓寄严郎中》《杭州回舫》《寄题余杭郡楼兼呈裴使君》，《全唐诗》卷四百四十四及卷四百四十五，中华书局，1960。

人们已经将钱塘湖普遍称为"西湖"了。五代十国时期，吴越国（907～978）以杭州为都城，发展迅速。1138年，南宋迁都临安（今杭州），杭州遂成为全国的政治经济文化中心，经济繁荣达到鼎盛时期，西湖也成为旅游文化胜地。南宋吴自牧在《梦粱录》中写道："临安风俗，四时奢侈，赏玩殆无虚日。西有湖光可爱，东有江潮堪观，皆绝景也。"①在宋人诗词里，言及苏小小的很多是游西湖之作。苏小家代表的妓楼也成了西湖的亮丽一景。由于宋代西湖文化的形成，人们更加愿意想象苏小小的恋爱故事发生在这片风景秀美的湖光山色中。关于她的坟墓的位置，北宋时人乐史的《太平寰宇记》卷九十五载："苏小小墓在嘉兴县前，晋朝歌妓钱塘苏小小。"②宋人祝穆的《方舆胜览》也说："苏小小墓在嘉兴县西南六十步，乃晋之歌妓。今有片石在通判厅，题曰苏小小墓。"③但是南宋吴自牧在他的《梦粱录》卷十五中称："苏小小墓在西湖上，有诗题云：湖堤步游客之句，此即题苏氏之墓也。"④此外，南宋的《临安志》以及南宋周密撰写的《武林旧事》也都称其墓在湖上。

南宋周密的《武林旧事》记载："西湖天下之景，朝昏晴雨，四序总宜。杭人亦无时不游，……日糜金钱，靡有纪极，故杭谚有'销金锅儿'之号，此语不为过也。"⑤西湖的美丽不仅在湖光山色，还在画舫笙歌形成的艳丽奢华的文化氛围。《马可波罗行纪》（亦称《东方见闻录》或《马可·波罗游记》）赞美宋代杭州的富丽、娼妓的繁多时说：

> 城中有一大湖，周围广有三十里，沿湖有极美之宫殿，同壮丽之邸舍，并为城中贵人所有。……湖之中央有二岛，各岛上有一壮丽宫室，形类帝宫。……在此城中并见有美丽邸舍不少，邸内有高大楼台，概用美石建造。……行在城（杭州城）所供给之快乐，世界诸城无有及之者，人处其中，自信为置身天堂。……其他街道，娼妓居焉。其数之多，未敢言也。……衣饰灿丽，香气逼人，仆妇甚众，房舍什物华美。此辈工于惑人，言词应对皆适人意。外国人一旦涉足其所，即

①　吴自牧：《观潮》，《梦粱录》卷四，浙江人民出版社，1980，第27页。
②　乐史：《太平寰宇记·嘉兴县》，永和（台北县）：文海出版社，1963，第53页。
③　祝穆：《方舆胜览·嘉兴府》，江苏广陵古籍刻印社，1992，第90页。
④　吴自牧：《梦粱录》卷十五，第56页。
⑤　周密：《西湖游幸》，《武林旧事》卷三，浙江人民出版社，1984，第37页。

为所迷，所以归去以后，辄谓曾至天堂之城行在，极愿重返其地。

此外湖上有大小船只甚众，以供游乐。每舟容十人、十五人或二十人以上。……凡欲携其亲友游乐者，只须选择一舟可矣，舟中饶有桌椅及应接必需之一切器皿。舟顶用平板构成，操舟者在其上执篙撑舟湖底以行舟，拟赴何处，随意所欲。舟顶以下，与夫四壁，悬挂各色画图。两旁有窗可随意启闭，由是舟中席上之人，可观四面种种风景。地上之赏心乐事，诚无有过于此游湖之事者也。①

当时杭州大大小小豪门贵族不知多少，文人墨客来往于这些豪门贵族家的也不知多少。他们又结为诗社、词社，彼唱此酬，互相切磋琢磨，以美丽旖旎的文笔，写耽柳迷花的生活，围绕着西湖留下了许多好诗好词。在宋代文人的西湖游览诗词中，苏小小的名字也频繁出现，其中多用苏小小代指当时的歌伎。如南宋词人刘过的《西湖次舍弟润之韵》一诗：

旧说西湖好，春来更一游。林逋山际宅，苏小水边楼。
行密柳堤闹，树多花影稠。天堂从此去，真个说杭州。②

林逋是北宋初期的著名隐士，隐居西湖的孤山，终生不仕不娶，唯喜植梅养鹤，自谓"以梅为妻，以鹤为子"，人称"梅妻鹤子"。死后葬孤山侧，宋仁宗赐谥"和靖先生"。③ 该词中的"苏小水边楼"无疑是指妓楼。将著名的隐士与苏小小并提来称颂西湖的美。

三　宋代诗词中苏小小的形象

（一）手执檀板，引歌侑酒，风情万种的歌伎

如果说苏小小作为代名词指代当时的歌伎，在唐代诗人笔下还比较单一和朦胧的话，在宋人笔下，苏小小的形象就更加丰富了。有时她们是文

① 〔意〕马可·波罗：《蛮子国都行在城》，A. J. H. Charignon 注，冯承钧译，《马可波罗行纪》卷二，中华书局，1954，第570页。
② 刘过：《西湖次舍弟润之韵》，《龙洲集》，上海古籍出版社，1978，第59页。
③ 袁韶：《钱塘先贤传赞》卷一，（清）鲍廷博校刊，台北：艺文印书馆，1966，第17页。

人思恋的对象。比如晏几道的《玉楼春·采莲时候慵歌舞》：

采莲时候慵歌舞。永日闲从花里度。暗随苹末晓风来，直待柳梢斜月去。　　停桡共说江头路。临水楼台苏小住。细思巫峡梦回时，不减秦源肠断处。①

此词上半阕写词人与歌伎们冶游度过了一天的悠闲时光，下半阕写与歌伎的分别，并表达了离别的相思之情。在这里，词人把自己爱恋的歌伎称作"苏小"。"相思"是晏几道《小山词》的核心主题。他在《小山词补亡》中说，他的词作主要表现与友人沈廉叔、陈君龙的家妓莲、鸿、蘋、云的游乐和离别的悲伤相思之情。②

宋代文人喜好宴游，并在词中热情地表现与歌伎冶游的乐趣。试举韩淲的《艳歌行》为例：

翠幕朱帘苏小家，浓熏兰麝竞奢华。
繁弦度曲柱争雁，媚脸持杯眉拂鸦。
锦帐春余情未极，宝钗分处梦无涯。
红楼何在香尘合，恨不都将命乞花。③

这是一首歌行体的诗。一、二句描写妓楼苏小家的豪奢；三、四句写歌伎配着乐曲的旋律，自创新曲为客歌唱送酒作乐；五、六句写夜夜风情无尽，一旦分离相思只在梦中；最后两句抒发了游客的心情：恨不得用生命来换取在妓楼的快乐。

宋代文人沉迷于妓楼，那里不仅有妩媚多情、擅长歌舞辞章的歌伎，而且词人在那里找到了感情上的慰藉。郑彦能的两首《调笑转踏》（又称《调笑令》）即表现了这一现象。这两首词作品结构完全一致，分上下两阕，

① 晏几道：《采莲时候慵歌舞》，《小山词》，《二晏词·六一词》，台北：世界书局，1962，第21页。
② 晏几道《小山词序》："始时沈十二廉叔、陈十君龙家，有莲、鸿、蘋、云，品清讴娱客，每得一解，即以草授诸儿，吾三人持酒听之，为一笑乐。"《小山词》，《二晏词·小山词》，第1页。
③ 韩淲：《艳歌行》，《涧泉集》卷十四，《四库全书珍本》，上海商务印书馆，1936，第10页。

以唱和的形式构成，节奏回环，是民间歌舞活动中适于演唱的歌曲。

（唱）楼上青帘映绿杨，江波千里对微茫。潮平越贾催船发，酒熟吴姬唤客尝。吴姬绰约开金盏，的的娇波流美盼。秋风一曲采菱歌，行云不度人肠断。

（合）肠断，浙江岸，楼上青帘新酒软，吴姬绰约开金盏，的的娇波流盼，采菱歌罢行云散，望断侬家心眼。

（唱）花阴转午漏频移，宝鸭飘帘绣幕垂。眉山敛黛云堆髻，醉倚春风不自持。偷眼刘郎年最少，云情雨态知多少。花前月下恼人肠，不独钱塘有苏小。

（合）苏小，最娇妙，几度尊前曾调笑，云情雨态知多少，悔恨相逢不早，刘郎襟韵正年少，风月今宵偏好。①

在这两首歌词里，词人分别用吴姬和苏小小代指杭州的歌伎。第一首歌词写江岸上妓楼里歌伎风姿绰约、娇柔妩媚，她的一首采菱歌，让人悲伤难过。第二首是写歌伎与游客酒宴歌唱，以歌词传情，大有相见恨晚之态。

再看吴礼之的《柳梢青》（又名《席上》）一词：

板约红牙。歌翻白雪，杯泛流霞。苏小情多，潘郎年少，欢计生涯。　　轩窗临水人家。更门掩、青春杏花。百万呼卢，十千沽酒，不负韶华。②

吴礼之，钱塘人，生卒年均不详，宋宁宗庆元中前后在世，官职不详，自号顺受老人，有《顺受老人词》五卷留世。词人在这首词里表现了一种世俗的享乐观——打着牙板，唱着新曲，把盏交杯，郎才女貌，情意浓浓……这就是快乐的人生；千金换酒，畅游妓楼，这才是不负大好时光。

在宋代词人有关苏小小的作品中，我们看到的是词人们对妓楼生活的流连和喜爱，他们追求现实的诗酒歌舞的快乐生活，他们表现男女的情意，积极地肯定"文人与歌伎"这种才子佳人的交往。之所以会是这样，正如

---

① 郑彦能：《调笑转踏》，（清）伍崇曜校刊《乐府雅词》拾遗卷一，台北：艺文印书馆，1965，第6页。

② 吴礼之：《柳梢青》，唐圭璋编《全宋词》，第2280页。

叶嘉莹先生指出的那样：

> （文人）词在初起时，原来只不过是供人在歌筵酒席之间演唱的乐
> 曲而已，用一些华美的词藻，写成香艳的歌曲，交给娇娆的歌伎酒女
> 们去吟唱，根本谈不上个人一己的情志之抒写。①

歌词为适应歌筵酒席的娱乐性要求，多表现男欢女爱，这是一个方面。此外，宋代歌伎与词人关系的改变、社会价值观念变化的影响也是不能忽视的。郑振铎先生曾指出：

> （那时）作家一做好了词，他便可以授之歌妓，当筵歌唱。"十七
> 八女孩儿按执红牙拍，歌'杨柳岸晓风残月'。"这个情境岂不是每个
> 文人学士都所羡喜的。所以，凡能做词的，无论文士武夫，小官大臣，
> 都无不喜做词。像秦七，像柳三变，像周清真诸人，且以词为其专业。
> 柳三变更沉醉于妓寮歌院之中，以作词给她们歌唱为喜乐。所以我们
> 可以说一句，在词的黄金时代中，词乃是文人学士的最喜用之文体。
> 词乃是与文人学士相依傍的歌妓舞女的最喜唱的歌曲。②

正是词将文人与歌伎紧密地联系在一起，在共同的事业中，词人和歌伎表现出非常平等的关系，他们惺惺相惜，情投意合。也正因如此，宋代文人笔下的苏小小被赞美、被爱恋着，歌伎们与词人们情投意合，共同享受着诗酒歌舞的快乐生活。唐宋以来，江南交通便利，城市繁盛，原来的门阀世族逐渐瓦解，社会各阶层之间也不像原来那样等级森严。有学者指出：社会流动消融等级阻隔，促使各阶层的融汇，使各阶层的价值取向趋近。因此在宋代，大部分文艺形式都出现了上层文化与下层文化交融的趋势，走向大众化和世俗化。③

正是因为文艺的大众化和世俗化的出现，歌词普遍表现现实的生活享受和男女的情谊。世俗文化的发展，意味着享受歌伎歌舞的人群，不再只

---

① 叶嘉莹：《唐宋词十七讲》，岳麓书社，1989，第 33、72 页。
② 郑振铎：《插图本中国文学史》第三十九章，《郑振铎文集》卷九，花山文艺出版社，1998，第 1 页。
③ 龙登高：《南宋临安的娱乐市场》，《历史研究》2002 年第 5 期。

是官僚、贵族阶层。大量的富裕市民也成了歌伎歌舞的消费对象。宋代专业词人的出现，正是适应这种城市娱乐文化消费需求的产物。像柳永虽然政治上失意，但还能在市井文化中找到自己的位置。

宋代流传着宋徽宗与词人周邦彦同恋名妓李师师的故事，这个故事见于南宋张端义所著《贵耳集》。说的是：一日徽宗幸李师师家，周邦彦藏于床下，于是制作《少年游》以记其事。徽宗知道后免了他监税官的职务，赶出京城。出京城时，李师师为他饯行，周邦彦又作了《兰陵王》词，李师师在徽宗面前演唱，徽宗听后很高兴，就又把他召回来，赐他做大晟乐正。[①]

这个故事真实与否尚且不论，但在当时社会广为流传，深受市民的喜爱，词人的魅力似乎大于皇帝，这也反映出都市社会新的世俗观念之崛起。词人与歌伎的互相依存，互相欣赏，令他们在词中更容易表现对歌伎的热爱、赞美和认同。宋代歌伎与文人的频繁交接，使她们不仅文化素养得到提高，品质也变得高贵了。王书奴在《中国娼妓史》一书中也说道：

有宋一代除文人墨客当然能词外，上至帝王将相公卿臣僚，下至贩夫走卒，以及小家碧玉，坊曲妓女，名门闺秀，女尼女冠，几无一不能作词，最低限度几无一不能唱词。宋代民间词要算妓女词为最盛。因当时妓女时常与一班词人厮混，故能词者十而七八。载于《词苑丛谈》诸书的，更仆难数。[②]

（二）知性、理性，与文人相知相伴

宋代文人笔下的苏小小形象还多了知性及理性化的色彩，更像是一个脱去风尘、超然自适、在精神上能与文人相知的红颜。南宋偏安杭州，西湖周围宫殿楼观一座连一座，歌舞享乐，有"销金锅"之称。西湖因其自然山水富丽，同时也是隐士文人理想的居所。早在北宋，西湖诗社、词社就已成为文人相互唱酬的社团，结社聚会，切磋诗艺，交流感情，欣赏湖山风光，吟诵西湖美景，是诗社、词社参与者们经常性的活动。像北宋初

① 张端义：《贵耳集》卷下，（明）毛晋刻本，台北：艺文印书馆，1966，第7页。
② 王书奴：《中国娼妓史》（民国珍本丛刊），团结出版社，2004，第138页。

期著名的隐士林逋，就经常与梅尧臣、范仲淹等人游赏于西湖的山水之间。苏东坡在杭州时，也多与友人在湖上饮酒赋诗。他们纵情诗酒，狂放而不掩饰牢骚的心态。在游西湖的诗词中时不时看到他们对"隐"的渴望与追求。

　　隐士与歌伎的话题，前有六朝著名政治家谢安携妓归隐杭州会稽山的掌故，后有白居易任杭州刺史期间携妓游览西湖，饮酒唱诗，赏花鸟风月。白居易把自己远离朝廷政治权力中心而到州郡做地方官视作中隐。中隐是相对于小隐和大隐而言的。小隐林泉，太过冷清；大隐朝市，又太过喧闹。白居易的诗歌这样说道："山林太寂寞，朝阙空喧烦。唯兹郡阁内，嚣静得中间。"①白居易在杭州以及西湖所作的诗歌和他的生活态度对宋代文人产生了极大的影响。北宋诗人王禹偁的《忆旧游寄致仕了倩寺丞》一诗，就流露出对白居易的仰慕：

> 桥映家家柳，泾通处处莲。
> 海山微出地，湖水远同天。
> 草没潮泥上，沙明蟹火然。
> 应随白太守，十只洞庭船。②

　　宋代文人也将自己携妓纵游西湖之上，称为归隐。同时他们也把苏小小当作西湖中的隐士。试看宋人刘过《贺新郎·睡觉莺啼晓》（又名《游西湖》）一词：

> 睡觉莺啼晓。醉西湖、两峰日日，买花簪帽。去尽酒徒无人问，惟有玉山自倒。任拍手儿童争笑。一舸乘风翩然去，避鱼龙不见波声悄。歌韵歇，唤苏小。　　神仙路远蓬莱岛。紫云深、参差禁树，有烟花绕。人世红尘西障日，百计不如归好。付乐事与他年少。费尽柳金梨雪句，问沉香亭北何时召？心未惬，鬓先老。③

　　这首词前半阕写自己日日醉酒西湖，然后乘船远去，唤着苏小小到西

---

① 白居易：《郡亭》，谢思炜撰《白居易诗集校注》卷八，第681页。
② 王禹偁：《忆旧游寄致仕了倩寺丞》，《全宋诗》卷七十一，北京大学出版社，1991，第806页。
③ 刘过：《贺新郎·游西湖》，《龙洲集》卷十一，第98页。

湖的深处。后半阕写苏小小引领他来到烟花缭绕的仙人世界，至此词人觉悟"人世红尘西障日，百计不如归好"。这里词人否定了现实人生的功利追求，积极肯定了归隐的人生道路。

又如曾惇的《朝中措·幽芳独秀在山林》：

> 幽芳独秀在山林。不怕晓寒侵。应笑钱塘苏小，语娇终带吴音。乘槎归去，云涛万顷，谁是知心。写向生绡屏上，萧然伴我寒衾。①

对于隐居山林的词人来说，钱塘苏小小乘着帆船，消失于西湖的万顷碧波之中，从此词人似乎失去了知心之人，但她那画于丝绸屏风之上的容颜，也是一种陪伴和慰藉。又如宋人朱敦儒的《朝中措·当年弹铗五陵间》：

> 当年弹铗五陵间。行处万人看。雪猎星飞羽箭，春游花簇雕鞍。飘零到此，天涯倦客，海上苍颜。多谢江南苏小，尊前怪我青衫。②

朱敦儒一生历任兵部郎中、临安府通判秘书郎等官职。此词称自己壮年行走于权贵之间，才艺出众，也算是豪杰。一生漂泊辗转未有大的作为，不禁感慨道，感谢江南苏小小劝说自己脱去官袍纵情江湖。在这里苏小小的形象上多了知性和见识。宋代苏小小形象的确立，莫过于宋人话本小说《司马槱梦苏小》。这个故事最早见于张耒的《张右史文集》四十七《书司马槱事》：

> 司马槱，陕人，太师文正之侄也。制举中第，调关中一幕官。行次里中，一日昼寐，恍惚间见一美妇人，衣裳甚古，入幄中，执版歌曰："家在钱塘江上住。花开花落，不管年华度。燕子又将春色去。纱窗一阵黄昏雨。"歌阕而去。槱因续成一曲："斜插犀梳云半吐。檀板清歌，唱彻黄金缕。望断行云无去处。梦回明月生春浦。"后易杭州幕

---

① 曾惇：《朝中措·幽芳独秀在山林》，唐圭璋编《全宋词》，第 1174 页。
② 朱敦儒：《朝中措·当年弹铗五陵间》，唐圭璋编《全宋词》，第 846 页。

官，或云其官舍下乃苏小墓，而樗竟卒于官。①

张耒在《书司马樗事》文后还特别注明"苏小小是六朝的名妓"。此后宋人何薳《春渚纪闻》卷七也记载《司马才仲遇苏小》：

> 司马才仲初在洛下，昼寝，梦一美妹牵帷而歌曰："妾本钱塘江上住。花落花开，不管流年度。燕子衔将春色去，纱窗几阵黄梅雨。"才仲爱其词，因询曲名，云是《黄金缕》，且曰后日相见于钱塘江上。及才仲以东坡先生荐，应制举中等，遂为钱塘幕官，其廨舍后，唐苏小墓在焉。时秦少章为钱塘尉，为续其词后云："斜插犀梳云半吐。檀板轻笼，唱彻《黄金缕》。梦断彩云无觅处，夜凉明月生春渚。"不逾年而才仲得疾，所乘画水舆泊河塘，柁工遽见才仲携一丽人登舟，即前声喏，继而火起舟尾，狼忙走报，家已恸哭矣。②

据宋人晁公武的《郡斋读书志》记载：司马樗是司马光堂兄之孙。元祐初年，和王常等以贤良科进士及第，后赴任钱塘尉，不久死于任所。著有《司马才仲夏阳集》二卷。③

故事中苏小小唱的《黄金缕》又名《蝶恋花》，为时人广为传唱。元代燕南芝庵的《唱论》选录有宋金时期流行的十大金曲，这首就是其中之一，作者有作司马樗，也有作秦少章，还有作苏小小。同时代的李献民《云斋广录》（卷七《奇异新说·钱塘异梦》）、南宋罗烨《醉翁谈录》（甲集卷一《钱塘佳梦》）话本对此故事均有转载。南宋曾慥编纂的大型辞书《类说》卷十八收录了李献民的《苏小歌蝶恋花》故事，加入了苏小小劝说司马樗归隐田园以及结尾司马樗之弟哭兄的细节。

> 贤良司马樗梦一美人曰："君异日守官之所，乃妾之居也。幸无相忘。"因歌《蝶恋花》一阕。既觉，唯记其半，词曰："妾本钱塘江上

---

① 张耒：《书司马樗事》，《柯山集：附拾遗》卷四十四，《丛书集成初编》，台北：艺文印书馆，1969，第9页。

② 何薳：《司马才仲遇苏小》，张明华点校《春渚纪闻》卷七，中华书局，1983，第102页。

③ 晁公武：《司马才仲夏阳集》，孙猛校证《郡斋读书志校注》卷十九，上海古籍出版社，1990，第1042页。

住，花落花开，不管流年度。燕子衔将春色去，纱窗几阵黄梅雨。"橚续其后云："斜插犀梳云半吐，檀板珠唇，唱彻《黄金缕》。望断行云无觅处，梦回明月生春浦。"后调官得杭幕，复梦向之美人曰："时相谐矣。"相将就寝。乃为诗曰："长天书锦雁来尽，深院落花莺更多。发策决科君自尔，求田问舍我如何？"橚曰："吾方以少登第，子何遽劝吾退也？"曰："其如命何？"自是每夕梦中必来。橚与同僚道其本末，众曰："廨后有苏小墓，得非是乎？"君后创二画舫，每与同僚游江上。一日昏后，舟卒见一少年衣绿袍，携二美人同升画舫。俄顷火发，舫已没。急至公廨，郎君已暴亡矣。其弟械，字才叔，亦登高第。善属文，长于诗。哭兄诗有云："画舸南游遂不归"，乃记画船事也。此诗之作因梦与才仲燕语，如平生。既寤，遂赋诗，以写其悲怅之意。诗曰："谁教作雁破群飞，一舸南游遂不归。乍见音容悲且喜，不知魂梦是邪非？陟冈望远心犹在，携幼还家意已违。泪眼重寻邱壑去，可堪犹采故山薇。"①

如果说唐代苏小小还是一个寻求爱情而不得的风尘女子，到了宋代，文人给苏小小形象注入了更多知性化、理性化的色彩，更像是一个脱去风尘而超然自适的文人的红颜知己。

四　结语

苏小小不灭的灵魂在宋代江南都市行走了二百多年。她作为歌伎的代名词，记录了杭州以西湖为中心的都市世俗化大众化文艺的兴盛。宋代的妓楼和歌伎不再为士族文人所专享，大量地位低下、仕途不如意的庶族文人还有平民都可以享受歌伎的歌舞文化。在这种歌舞文化消费市场的扩大中，许多庶族文人在歌词创作中找到了自己的乐趣和存在价值，他们与歌伎共同担当起这一都市世俗歌舞文化的建设。在文人与歌伎歌词创作的相互依存中，彼此之间的等级界限消融了，他们互相倾慕、互相欣赏，并引为知己。也正是因为与文人的频繁互动，产生了一批才貌双全、文人气质

① 李献民：《苏小歌蝶恋花》，《云斋广录》，《类说》卷十八，文学古籍刊行社，1955，第1286 页。

浓厚的文化歌伎。宋代苏小小的形象是这样一个多面综合体。

西湖在宋代迎来了其鼎盛期。伴随着杭州都市世俗化大众化文艺的兴盛，西湖表现出文化的多层次性。盛世之时，西湖是文人歌舞宴游的风流之地；失意之时，西湖又是文人携妓归隐的好去处。歌伎文化成为西湖文化的一部分，苏小小作为歌伎的代表，其墓地坐落于西湖也是一种必然。

此中有真意，欲辨已忘言

——陶渊明酒诗中的生命哲学

西　渡[*]

内容提要　陶渊明的酒诗发展了萌芽于《诗经》的以酒表情的传统，把它从表现男女之情扩展到亲情、友情和邻里之情，同时深化了汉魏以来的死亡主题在诗歌中的表现。在陶渊明看来，饮酒的最高境界是"忘"，不仅忘了自己的身份，而且整个连自己都忘了，世俗利害得失也就全然不在话下。从酒后的这一胜境出发，陶渊明创造了一种向死而生，随顺自然，反对执着，强调"委运""任真"的生命哲学。陶渊明不光是在诗文中宣扬这种任真的哲学，创造出一种崭新的诗歌境界，而且把它贯彻到了他的生活中，把酒、诗、人融为一片，在实际人生中赢得了和谐、平静和安乐。

关键词　陶渊明　酒诗　诗歌美学　生命哲学

在陶渊明之前，我国诗歌已经形成了一个酒诗传统。特别是魏晋之际，士人饮酒成风，酒和人们的生活关系日益密切。人们一方面把酒当作消忧行乐、逃避现实的方式，另一方面也把酒中的世界当作自由的境界来追求。但是魏晋文人对酒的这种认识主要通过饮酒的行为和文章得到表达，而相对于酒和文人生活的密切关系，酒在诗中的表现却相当淡薄——只有嵇康、阮籍的少数诗篇对这种关系有所反映。陶渊明是真正把酒、诗融为一片，

──────────
*　西渡，清华大学中文系教授。

而创造出新的诗歌境界的第一人。

《陶渊明集》中饮酒诗之多远超前人。萧统《陶渊明集序》提到"有疑陶渊明诗篇篇有酒"，[①] 似为过言。有人统计，今传陶渊明诗 124 首，涉酒诗达 50 多首，约占总量之半。魏晋间其他文人的酒诗，总数为 107 首，涉及作者 55 人。[②] 也就是说，陶渊明一人所写酒诗约占整个魏晋时期饮酒诗的三分之一。

陶渊明好酒。颜延之《靖节征士诔》序中说他"性乐酒德"。[③] 萧统《陶渊明传》说他做彭泽令时，"公田悉令吏种秫，曰：'吾常得醉于酒，足矣。'妻子固请种粳，乃使二顷五十亩种秫，五十亩种粳"，"贵贱造之者，有酒辄设。渊明若先醉，便语客：'我醉欲眠，卿可去。'"朋友颜延之临别，赠陶渊明两万钱，"渊明悉遣送酒家，稍就取酒"。[④]《五柳先生传》是陶渊明的夫子自道，其中说五柳先生"性嗜酒，家贫不能常得。亲旧知其如此，或置酒而招之。造饮辄尽，期在必醉，既醉而退，曾不吝情去留"。[⑤] 其《饮酒二十首》序言说："偶有名酒，无夕不饮。顾影独尽，忽焉复醉。"[⑥] 陶诗中说到自己好酒之性的所在皆是："忽与一觞酒，日夕欢相持"（《饮酒二十首》之一）、"一觞虽独进，杯尽壶自倾"（《饮酒二十首》之七）、"觞弦肆朝日，樽中酒不燥"（《杂诗》之四）、"在世无所须，唯酒与长年"（《读山海经》之五）、"但恨在世时，饮酒不得足"（《拟挽歌辞》之一）。在《止酒》中，他说："平生不止酒，止酒情无喜。暮止不安寝，晨止不能起。"[⑦] 从这些方面看，陶渊明确是好酒的人。但他的饮酒，和他之前的魏晋文人名士不同。比之建安三曹七子，陶渊明似乎少了些慷慨悲凉之气。与竹林名士比，陶渊明的心境也要平和得多。陶渊明选择了归隐，一生远离政治中心，所以不必像竹林诸人那样以酒避祸。他心中确实也不像阮籍、嵇康、刘伶那样有那么多对当代政治的忧愤。鲁迅说，"再至晋末，乱也看惯了，篡也看惯了，文章便更和平"，"汉魏晋相沿，时代不远，

---

① 萧统：《陶渊明集序》，逯钦立校注《陶渊明集》，中华书局，1979，第 10 页。
② 周乔木：《陶渊明之前的魏晋饮酒诗风貌》，《今日科苑》2011 年第 4 期。
③ 颜延之：《靖节征士诔》，袁行霈撰《陶渊明集笺注》，中华书局，2003，第 605 页。
④ 萧统：《陶渊明传》，袁行霈撰《陶渊明集笺注》，第 611、612 页。
⑤ 陶渊明：《五柳先生传》，逯钦立校注《陶渊明集》，第 175 页。
⑥ 陶渊明：《饮酒二十首》，逯钦立校注《陶渊明集》，第 86 页。
⑦ 以上引诗分别见逯钦立校注《陶渊明集》，第 86、90、116、135、141、100 页。本文陶渊明诗文均出自逯钦立校注本《陶渊明集》，下文不再一一加注。

变迁极多，既经见惯，就没有大感触，陶潜之比孔融、嵇康和平，是当然的"。① 这样的情况下，陶渊明的醉也就和阮籍、嵇康不一样。阮籍他们把醉当作一种抗议，当作一种麻醉，所以必须沉醉、大醉，最好醉得不省人事。他们的醉其实是痛苦的。陶渊明把酒当作一种享受，所以不能大醉，而是止于醺然，止于"我醉欲眠"。他是真正能从饮酒中获得乐趣的人。他饮酒的作风也没有很出格的地方，最大的惊人之举，不过"取头上葛巾漉酒，毕，还复著之"。② 这比起阮籍、阮咸、刘伶辈实在是不足道了。

一 今我不为乐，知有来岁不：陶渊明 酒诗中的死亡主题

陶渊明酒诗的主题和内容远比前代诗人更为丰富和深厚。我们已经说过，竹林名士的饮酒只是一种生活的行为，还没有表现为诗，到陶渊明才真正把酒和诗打成一片，表现出一种特殊的诗歌境界。事实上，陶渊明几乎把汉末以来所有重大的诗歌主题和酒进行了化合，形成了新的诗意。《古诗十九首》以来，忧生念死一直是诗歌表现最为重大的主题，而且出现了一种与饮酒相结合的趋势，如曹操《短歌行》。但这种结合在陶渊明的诗里，才达到了水乳交融的地步。陶诗中触及死亡主题的诗句俯拾皆是："人生若寄，憔悴有时"（《荣木》），"适见在世中，奄去靡归期""身没名亦尽，念之五情热""老少同一死，贤愚无复数"（《形影神》），"世短意常多，斯人乐久生"（《九日闲居》），"常恐霜霰至，零落同草莽""一世异朝市，此语真不虚。人生似幻化，终当归空无"（《归园田居》），"既来孰不去，人理固有终"（《五月旦作和戴主簿》），"运生会归尽，终古谓之然"（《连雨独饮》），"今我不为乐，知有来岁不？"（《酬刘柴桑》），"常恐大化尽，气力不及衰"（《还旧居》），"一生复能几，倏如流电惊""宇宙一何悠，人生少至百"（《饮酒二十首》），"日月有环周，我去不再阳""百年归丘陇，用此空名道""鼇舟无须臾，引我不得住""家为逆旅舍，我如当去客"（《杂诗》），"自古皆有没，何人得灵长？"（《读山海经》之八），"幽室一已闭，千年不复朝""一朝出门去，归来良未央""昨暮同为人，今旦

---

① 鲁迅：《魏晋风度及文章与药及酒之关系》，《鲁迅全集》卷三《而已集》，人民文学出版社，1983，第515、516页。

② 萧统：《陶渊明传》，袁行霈撰《陶渊明集笺注》，第612页。

在鬼录"（《拟挽歌辞》）。但陶诗谈到死的时候，虽然也说"念之五情热""念之中心焦""念之动中怀"，但他的这种焦虑最终是获得了解决的，所以虽然他不断谈到死，但我们感到陶诗的风度却差不多总是平和、泰然的。这种态度和东晋以来佛道之学的流行有很大关系，但在陶渊明这里，还和酒有关。陶渊明正是用酒来解决这一问题的。我们看到陶渊明的很多诗在触及死亡主题之后，紧接着就用酒加以化解。《诸人共游周家墓柏下》说："今日天气佳，清吹与鸣弹。感彼柏下人，安得不为欢。清歌散新声，绿酒开芳颜。未知明日事，余襟良已殚。"《己酉岁九月九日》说："万化相寻绎，人生岂不劳！从古皆有没，念之中心焦。何以称我情，浊酒且自陶。千载非所知，聊以永今朝。"《游斜川》说："开岁倏五十，吾生行归休。念之动中怀，及辰为兹游。……提壶接宾侣，引满更献酬。未知从今去，当复如此不？中觞纵遥情，忘彼千载忧。且极今朝乐，明日非所求。"《还旧居》说："流幻百年中，寒暑日相推。常恐大化尽，气力不及衰。拨置且莫念，一觞聊可挥。"《杂诗》之四说："觞弦肆朝日，樽中酒不燥。缓带尽欢娱，起晚眠常早。孰若当世士，冰炭满怀抱。百年归丘陇，用此空名道？"酒在陶渊明这里几乎成了生的代名词。所以，死的可怕首先在于无酒可饮。《拟挽歌辞》第一首说："但恨在世时，饮酒不得足。"第二首则全从酒立说："在昔无酒饮，今但湛空觞。春醪生浮蚁，何时更能尝？肴案盈我前，亲旧哭我傍。欲语口无音，欲视眼无光……"似乎死后对酒的渴望依然存在，恨不得起来把灵前所供的春醪一饮而光，以补偿生时"饮酒不得足"之恨。首句中"湛空觞"最堪玩味。"湛"者，盈满也。既曰盈满，何言空觞？欲饮不得，所以言空也。首二句犹言，吾生时常无酒可饮，今当死时，觞中徒满春醪，欲饮不得。然而，就生时而言，诗人的"千载忧"确乎在一种微醺的"遥情"中得到了安抚。这种安抚既和曹操"对酒当歌，人生几何"不同，也和《古诗十九首》"不如饮美酒，被服纨与素"不同。在曹操那里，"人生几何"是一个无法依靠酒来解决的问题，其解决寄托在"周公吐哺，天下归心"上，也就是所谓"立德、立功、立言"的"立功"上。而《古诗十九首》的解决之道似乎与陶渊明同出一辙，但也有差别。在《古诗十九首》那里，"不如饮美酒"虽然是一个答案，却和"被服纨与素"相等，也就是说它仅仅是一种物质享受。陶渊明也说"酒能祛百虑"，但对于他，酒的这种忘忧的作用只是其消极的一面，它还有更重要的积极作用。在《饮酒二十首》之七中，陶渊明说："泛此忘忧物，远我遗世情。"

这里，陶渊明不仅把酒直接称为"忘忧物"（这大概是酒被称为"忘忧物"之始），而且指出了酒还有"遗世情"的作用。"遗世情"即忘怀世俗的得失、利害关系。但是，这个"忘"并不是消极的逃避，而是积极地融入世界。事实上，酒后的遥情不但让诗人忘怀自我，而且让诗人和世界完成了一种新的结合："气和天惟澄，班坐依远流。弱湍驰文鲂，闲谷矫鸣鸥。迥泽散游目，缅然睇曾丘。虽微九重秀，顾瞻无匹俦。"这一节内容插在死生之念和饮酒作乐之间，并不是无谓的。在这里，我们发现自然万物充满了欣然的生机和深情，它们和诗人之间表现出一种神秘的默契。这正是酒后陶然忘我的境界。这种境界在陶诗里极为普遍："东园之树，枝条再荣。竞用新好，以怡余情""翩翩飞鸟，息我庭柯。敛翮闲止，好声相和"（《停云》），"山涤余霭，宇暧微霄。有风自南，翼彼新苗"（《时运》），"露凄暄风息，气澈天象明。往燕无遗影，来雁有余声"（《九日闲居》），"暧暧远人村，依依墟里烟。狗吠深巷中，鸡鸣桑树巅"（《归园田居》之一），"蔼蔼堂前林，中夏贮清阴。凯风因时来，回飙开我襟"（《和郭主簿》之一），"南窗罕悴物，北林荣且丰。神萍写时雨，晨色奏景风"（《五月旦作和戴主簿》），"新葵郁北墉，嘉穟养南畴"（《酬刘柴桑》），"重云蔽白日，闲雨纷微微。流目视西园，晔晔荣紫葵"（《和胡西曹示顾贼曹》），"鸟弄欢新节，泠风送余善""平畴交远风，良苗亦怀新"（《癸卯岁始春怀古田舍》），"孟夏草木长，绕屋树扶疏。众鸟欣有托，吾亦爱吾庐。……微雨从东来，好风与之俱"（《读山海经》之一），"仲春遘时雨，始雷发东隅。众蛰各潜骇，草木纵横舒""日暮天无云，春风扇微和"（《拟古九首》）。在《与子俨等疏》中，他说："见树木交荫，时鸟变声，亦复欢然有喜。常言五六月中，北窗下卧，遇凉风暂至，自谓是羲皇上人。"这是人与物的相契相合、彼此解思。这种结合的最高境界就是"采菊东篱下，悠然见南山"。人和世界在这里完全相契无间，达到了最高程度的彼此理解。这是一个和平、和谐的诗境，与阮籍、嵇康所面对的世界截然不同。汉末以来，忧生念死成为诗歌普遍主题的原因是个体的觉醒，个体从世界中的分离让人骤然与死亡相遇。而陶渊明为这一生命难题提供的解决之道乃使世界和人重新获得结合。这是一种更高程度的自我觉悟。当然，这个过程并不是陶渊明的一人之功，它是东晋以来一直在悄悄进行的过程，它在王羲之等人的《兰亭诗》中已有所反映，而陶渊明的诗则宣布了这个过程的完成。

二 日入相与归，壶浆劳近邻：陶渊明
酒诗中的情感主题

以酒表情的传统滥觞于《诗经》。《郑风·叔于田》已经把酒和爱情联系在一起："叔于狩，巷无饮酒。岂无饮酒？不如叔也。洵美且好。"同样出自《郑风》的《女曰鸡鸣》则不仅把酒和爱情的"静好"联系在一起，而且以酒为爱情的誓言："弋言加之，与子宜之。宜言饮酒，与子偕老。琴瑟在御，莫不静好。"《周南·卷耳》把酒置于怀人的主题："采采卷耳，不盈顷筐。嗟我怀人，置彼周行。陟彼崔嵬，我马虺隤。我姑酌彼金罍，维以不永怀。陟彼高冈，我马玄黄。我姑酌彼兕觥，维以不永伤。"① 这里所怀的自然还是情人。实际上，在《诗经》中，寄寓于酒的情感主要是男女思慕相悦和离别思念之情。到汉魏，酒所代表的情感得到了延伸。建安七子之一徐幹所作《情诗》仍以酒表现男女相思主题："嘉肴既忘御，旨酒亦常停。顾瞻空寂寂，惟闻燕雀声。忧思连相属，中心如宿醒。"② 旧题《李少卿与苏武诗三首》把这种感情扩展到了同性间的友谊。其第二首写道："嘉会难再遇，三载为千秋。临河濯长缨，念子怅悠悠。远望悲风至，对酒不能酬。行人怀往路，何以慰我愁？独有盈觞酒，与子结绸缪。"③ 现代一些学者认为这三首李少卿诗实为无名氏伪托，所表现的还是男女别情。但即便是伪托，此一伪托也自有其意义，因为至少在文本表层酒已经被用于表现同性间的别情，为此后同类题材的诗创下了先例。怀人的主题也作为副歌出现在曹操的《短歌行》中，但曹氏此诗所表现的情感更多是政治性的，它的传统来自《诗经》的《鹿鸣》，而不是上述表现私人情感的诗作。嵇康的《酒会诗》则在酒中寄托了个人对知音（非关男女）的追怀思慕之情："临川献清酤，微歌发皓齿。素琴挥雅操，清声随风起。斯会岂不乐，恨无东野子。酒中念幽人，守故弥终始。但当体七弦，寄心在知己。"④ 热闹场中，酒酣耳热、清歌妙舞之际，却忽感孤独，而思念起真正同怀的幽人。在这里，酒不仅关乎友谊，而且关乎一种幽独的品格，酒的内涵于此

---

① 所引《诗经》各诗分别见褚斌杰注《诗经全注》，人民文学出版社，1999，第84、90、5页。
② 徐幹：《情诗》，郁贤皓、张采民笺注《建安七子诗笺注》，巴蜀书社，1988，第174页。
③ 李陵：《与苏武诗三首》之二，沈德潜选《古诗源》，中华书局，1963，第48页。
④ 嵇康：《酒会诗》，殷翔、郭全芝注《嵇康集注》，黄山书社，1986，第77页。

得到了进一步丰富。阮籍《咏怀八十二首》之三十四与此有异曲同工之妙："临觞多哀楚，思我故时人。对酒不能言，凄怆怀酸辛。愿耕东皋阳，谁与守其真？"[①] 阮籍在酒中所怀的"故时人"与嵇康的东野子一样，都是不同流俗的非常之人，东野子具有"守故弥终始"的美好品格，这位"故时人"则能在一个艰难的时代躬耕而守其真。总的来说，以酒表现私人情感，在汉魏时期还不普遍。正如我们在前面分析的，在汉魏诗歌中，酒主要表现及时行乐的主题（作为死亡主题的伴奏主题）和饮宴主题（或者联系于社会性的主题，或者联系于及时行乐的主题）。赠友、赠亲的诗，在曹丕、曹植的传世作品中都占有很大分量，但其中几乎没有写到酒。此外，孔融残句"坐上客恒满，樽中酒不空"，也并非表现私人情感，而是表现饮宴之际公共性的主客之情。以酒表现主题多样的个人情感，可以说始自陶渊明。

陶渊明把酒和更为广泛的个人感情形态联系在一起，友情、亲情、邻里之情在陶诗里都借酒得到表现，其情感的深挚和表现的艺术程度都超越了前代。其《九日闲居》说："敛襟独闲谣，缅焉起深情。"陶渊明的深情是其心灵世界最显著的特征。这一点，中国诗人中大概只有杜甫堪与比美，在西方诗人中要找与之相类的，也只有歌德。陶渊明丰富的情感世界在其酒诗中有最真切的体现。

陶集开卷第一首诗《停云》即在酒中寄寓了对知己朋友深刻的思念之情。其序言说："停云，思亲友也。罇湛新醪，园列初荣，愿言不从，叹息弥襟。"这里的"亲友"不是亲戚和朋友，而是亲密的朋友，即诗中所说的"良朋"。"愿言不从"的"愿"是思念的意思，"愿言不从"就是思念朋友却无法相见。春天来临，园花初开，新酒注满酒樽，但却缺少共饮之人，于是就思念起远方的"亲友"了。这里，酒正是思念的起因。也就是说，酒在陶渊明看来是应该与知己朋友共享的，进一步说，酒代表了缺席的或在场的朋友。这一层意思在诗中得到了更充分的表达："霭霭停云，濛濛时雨。八表同昏，平路伊阻。静寄东轩，春醪独抚。良朋悠邈，搔首延伫"（第一节），"停云霭霭，时雨濛濛。八表同昏，平陆成江。有酒有酒，闲饮东窗。愿言怀人，舟车靡从"（第二节）。这首诗集中而且反复咏叹对朋友的深情，其表现的情感比阮籍、嵇康同题材的诗更

---

① 阮籍：《咏怀诗》之三十四，黄节注《阮步兵咏怀诗注》，人民文学出版社，1984，第43～44页。

深厚，也更蕴藉。从艺术上说，这首诗反复用烘托手法。首二节以"八表同昏，平陆成江"的昏暗景象为反衬，后两节（还包括序言）以"枝条再荣""竞用新好""翩翩飞鸟""好声相和"的初春美好景象为正衬，把思友之情表现得非常具体。这也说明，诗中的"思亲友"并不是一时之想，而是如濛濛时雨悠悠不尽，如初发新花遇春勃兴。诗中，"安得促席，说彼平生""岂无他人，念子实多"的真挚感情通过物象的反复衬托被表现得如可触摸，如可眼见。实际上，陶诗以酒表现友情的诗都具有这种情感深厚蕴藉，并出之以具体形象的特点。《酬丁柴桑》说："载言载眺，以写我忧。放欢一遇，既醉还休。实欣心期，方从我游。"《答庞参军》说："伊余怀人，欣德孜孜。我有旨酒，与汝乐之。乃陈好言，乃著新诗。一日不见，如何不思"（第三节），"嘉游未歇，誓将离分。送尔于路，衔觞无欣。依依旧楚，邈邈西云。之子之远，良话曷闻"。陶渊明晚年家贫病重，少欢之时，然而病情稍轻，就又惦念起朋友了："负疴颓檐下，终日无一欣。药石有时闲，念我意中人。"（《示周续之祖企谢景夷三郎》）陶渊明对朋友之深情，于此可见一斑。陶渊明也非常容易与人亲近。《与殷晋安别》说："游好非少长，一遇尽殷勤。信宿酬清话，益复知为亲。"就是说与对方一见订交，倾谈两夜就成亲密朋友了。另一首五言《答庞参军》说："相知何必旧，倾盖定前言。"下文是："有客赏我趣，每每顾林园。谈谐无俗调，所说圣人篇。或有数斗酒，闲饮自欢然。"其序云："款然良对，忽成旧游。俗谚云'数面成亲旧'，况情过此者乎？"《饮酒二十首》之十四说："故人赏我趣，挈壶相与至。班荆坐松下，数斟已复醉。"从这些诗句可以看出，陶渊明所看重的友情与金谷二十四友那种因势而结的政治联盟截然不同。这种友情以共同的情趣为基础。他们之间心灵相通，所以能够"谈谐无俗调"；他们之间无利益计较，所以能够"倾盖定前言"。这样的友谊不因势而结，也不会因势而散。陶渊明可以说为朋友之情注入了新的内涵。

陶渊明也是一个对亲人怀有深厚感情的人。其《悲从弟仲德》《祭程氏妹文》《祭从弟敬远文》《与子俨等疏》《责子》等诗文都表现了深挚的亲情。陶渊明在《止酒》中说"大欢止稚子"，《和郭主簿》中则说："弱子戏我侧，学语未成音。此事真复乐，聊用忘华簪。"可见他的一片亲子之情。其《责子》一诗曾引起杜甫和黄庭坚的不同看法。杜甫《遣兴》诗说："有子贤与愚，何其挂怀抱。"并因此认为："陶潜避俗翁，未必能达道。"① 黄庭坚《书陶渊明责子诗后》说："观渊明之诗，想见其人，岂弟慈祥戏谑可观也。俗人便谓渊明诸子皆不肖，而渊明愁叹见于诗，可谓痴人前不得说梦也。"② 就此论而言，不得不说黄庭坚要高出杜甫一筹。当然，杜甫诗既题"遣兴"，也有戏谑之意，不能完全当真。巧合的是，陶渊明《和郭主簿》和《责子》中都出现了酒。《和郭主簿》在"弱子戏我侧"之前是"春秫作美酒，酒熟吾自斟"。《责子》则在叙述五子种种"不肖"表现后，以"天运苟如此，且进杯中物"作结。《和郭主簿》把"酒熟吾自斟"和"弱子戏我侧"一同视为人生至乐，而且是不可分割的两个部分：在酒后的陶然中，观弱子戏于我侧，这就是人生至乐。酒在这里引起了亲情的催化和升华。在《责子》中，酒的作用似乎是被动的：诸子不贤，聊以酒自慰。事实上，陶渊明此诗恐怕另有深意。正如黄庭坚指出的，《责子》表面上似乎在责备诸子不贤，其实是在写诸子的天然可爱，表现了诗人的"岂弟慈祥"。所谓"且进杯中物"不过是以玩笑的口气再次道出了诗人对孩子的深厚亲情。《祭从弟敬远文》既追忆了与从弟生前相知相从、诗酒流连的美好亲情（"敛策归来，尔知我意。常愿携手，寘彼众议……与汝偕行，舫舟同济。三宿水滨，乐饮川界"），又表达了从弟身后自己的悲思（"抚杯而言，物久人脆。奈何吾弟，先我离世。事不可寻，思亦何极"）。这里生前相知之乐与身后相思之悲，都通过酒表现出来，生前是两人相与乐饮，身后是自己抚杯独悲。"抚杯而言，物久人脆"看文意似为敬远生前所言，然此刻杯在人亡，念之更觉凄怆。

陶渊明还有很多诗篇为我们描绘了一种和平、淳朴、亲昵的邻里关系："时复墟里人，披草共来往。相见无杂言，但道桑麻长""漉我新熟酒，只鸡招近局。日入室中暗，荆薪代明烛。欢来苦夕短，已复至天旭"（《归园田居五首》），"邻曲时时来，抗言谈在昔。奇文共欣赏，疑义相与析""春秋多佳日，登高赋新诗。过门更相呼，有酒斟酌之。农务各自归，闲暇辄相思。相思则披衣，言笑无厌时"（《移居二首》），"日入相与归，壶浆劳近邻"（《癸卯岁始春怀古田舍》），"清晨闻叩门，倒裳往自开。问子为谁与？田父有好怀。壶浆远见候，疑我与时乖""父老杂乱言，觞酌失行次。

---

① 杜甫：《遣兴五首》之三，《杜工部集》卷三，辽宁教育出版社，1997，第45页。
② 黄庭坚：《书陶渊明责子诗后》，刘琳等校点《黄庭坚全集》（2），四川大学出版社，2001，第655页。

不觉知有我，安知物为贵"（《饮酒二十首》），"得欢当作乐，斗酒聚比邻"
（《杂诗十二首》）。这种关系是在共同劳动生活的基础上形成的一种基于平
等之爱的邻人之谊。我们不难看到酒在这种关系中是一种非常重要的调和
剂。对酒的分享，也就是对邻里之谊的分享，所谓"漉我新熟酒，只鸡招
近局""过门更相呼，有酒斟酌之""日入相与归，壶浆劳近邻""故人赏
我趣，挈壶相与至""得欢当作乐，斗酒聚比邻"。酒在这种邻人之谊中处
于中心地位，正是酒拉近了彼此的关系。事实上，当人们坐在一起喝酒的
时候，身份、地位的差异得以消除，代之以一种平等、亲昵的关系。酒不
但在熟人之间具有这种作用，而且还能迅速拉近生人之间的关系。陶渊明
《乞食》说，自己饥饿难耐，不得不求告于不相识之农人。诗人一开始还
"叩门拙言辞"，但主人慷慨，厚加馈赠，还拿出酒来款待，不久宾主便
"谈谐终日夕，觞至辄倾杯"，以至"情欣新知劝，言咏遂赋诗"了。这里
当然不可忽视酒的作用。如果只是馈赠米粮衣物，宾主之间是不可能建立
这种亲密关系的。正是酒把乞食者与施与者的不平等关系，转换成了平等
的宾主关系。

　　陶渊明与邻人的这种亲昵关系的前提是他的人道情怀。前引萧统《陶
渊明传》说："贵贱造之者，有酒辄设。渊明若先醉，便语客：'我醉欲
眠，卿可去。'"可见，陶渊明待客，一律以平等之礼，只要家中有酒，
便与客人畅饮。陶渊明做彭泽令时，给家里派了一个仆人帮助操持家务，
为此给儿子写了一封信："汝旦夕之费，自给为难，今遣此力，助汝薪水
之劳。此亦人子也，可善遇之。""此亦人子也"，这在那个时代说出来可
是振聋发聩的伟大声音。我们知道，去陶渊明不远，石崇仅仅因为婢女未
能劝客人把酒喝掉，就把她们杀了，而石崇连杀三人，做客的大将军王敦
"颜色如故"。丞相王导责备他，他还说："自杀伊家人，何预卿事？"可
以说，陶渊明能把仆人当作和自己一样的人，同是父母的儿子，这种人道
情怀远远超越了他的时代。其《杂诗》第一首说："落地为兄弟，何必骨
肉亲。"陶渊明晚年与病中作《与子俨等疏》，又引《论语》"四海之内皆
兄弟"之语，告诫诸子在他没后互相扶持。可见，这种人道情怀在陶渊明
是一贯的。他之能与邻人建立上述那种亲昵关系，跟他这种平等待人的胸
襟是分不开的。

三　悠悠迷所留，酒中有深味：陶渊明
酒诗中的生命哲学

　　陶渊明的酒诗发展了萌芽于《诗经》的以酒表情的传统，深化了汉魏以来的死亡主题在诗歌中的表现，在艺术上达到了前所未有的高度。但这些还不是陶渊明酒诗的最大贡献。陶渊明酒诗的最大贡献，笔者认为在于创造了一种向死而生的独特的生命哲学。这种生命哲学是通过酒这一中介发现的。在陶渊明之前，对于饮酒所获得的境界，人们已有所言说。《世说新语·任诞》中记载了当时士人对酒的一些言论，颇值得注意："王佛大叹曰：'三日不饮酒，觉形神不复相亲。'"又："王孝伯言：'名士不必须奇才，但使常得无事，痛饮酒，熟读《离骚》，便可称名士。'"又："王卫军云：'酒正自引人入胜地。'"又："王光禄云：'酒正使人人自远。'"① 从这些语录可以看出，当时的士人已经注意到了酒有使人形神相亲、远世俗、入胜地的作用。但这个酒后"胜地"，在当时的诗中却没有相当的表现。陶渊明的酒诗，正好表现了这个"胜地"，并由此形成了一种独特的生命哲学。

　　《晋故征西大将军长史孟府君传》是陶渊明为已故外祖父孟嘉所写的传记，其中记载了桓温与孟嘉关于酒的问答。"温尝问君：'酒有何好，而卿嗜之？'君笑而答曰：'明公但不得酒中趣耳。'"看来，陶渊明这位深知酒中趣的外祖父把他的体味遗传给了外孙。陶渊明《饮酒二十首》之十四对这种酒中趣有更具体的表达："故人赏我趣，挈壶相与至。班荆坐松下，数斟已复醉。父老杂乱言，觞酌失行次。不觉知有我，安知物为贵。悠悠迷所留，酒中有深味！"这首诗写出了饮酒的几个不同层次的境界。首先是"醉"。陶渊明的醉显然不是像阮籍、刘伶那种酩酊大醉，而是醺醺然的微醉。第二层次是"杂乱言""失行次"。微醺之后，接着喝，便达到了这个"失行次"的层次。也就是忘了自己和对方的长幼辈分、身份地位的差异，开始畅所欲言。我们知道，在《诗经》的饮酒美学中，喝酒喝到"不知其秩"的程度被认为是很丢人的，而且要受到谴责。但这却正是陶渊明要追求的境界。由此可见陶渊明所谓的酒中趣与《诗经》基于礼、立于礼的饮

---

　　① 以上引语分别见徐震堮《世说新语校笺》，中华书局，1984，第410、410、408、402页。

酒美学相去之远。然而，对陶渊明来说，这还不算达到饮酒的最高境界。这个最高的境界是什么呢？是"不觉知有我，安知物为贵"。就是喝得不仅忘了自己的身份，而且整个连自己都忘了，更别说什么世俗利害了。所谓"悠悠迷所留"是说连自己置身何处、是生是死都忘了，这才算是进入饮酒的神仙境界，真正领略到了酒中的深味。可以看出，这里有一样东西对领略酒中深味特别重要，那就是忘。"不觉知有我""安知物为贵""悠悠迷所留"都在强调一个"忘"字。这个"忘"字就是陶渊明所谓酒中深味的关键词。事实上，陶渊明的酒诗一直在强调这个"忘"字："白日掩荆扉，对酒绝尘想"（《归园田居五首》之二），"试酌百情远，重觞忽忘天"（《连雨独饮》），"中觞纵遥情，忘彼千载忧"（《游斜川》）。这些诗句都在说酒有引"忘"的作用。陶渊明最有名的两句诗——"采菊东篱下，悠然见南山"——实际上也是在写酒后忘情的境界。从酒后忘情的自由境界，陶渊明进一步把这个"忘"字应用到普遍的人生中。对陶渊明来说，一个人要达到自由的境界，就必须善"忘"："穷居寡人用，时忘四运周"（《酬刘柴桑》），"目送回舟远，情随万化遗"（《于王抚军座送客》），"负杖肆游从，淹留忘宵晨"（《与殷晋安别》），"闲居三十载，遂与尘事冥"（《辛丑岁七月赴假还江陵夜行涂口》）。在陶渊明这里，晨昏、四季、人事皆可忘。在其夫子自道的《五柳先生传》中，我们看到陶渊明正是通过"忘"赢得了人生的真趣："好读书，不求甚解，每有会意，便欣然忘食"，"尝著文章自娱，颇示己志。忘怀得失，以此自终"。忘怀得失，用陶渊明《五柳先生传》所引黔娄之妻的话就是"不戚戚于贫贱，不汲汲于富贵"。忘怀得失是陶渊明生命哲学的重要一环。正是通过对得失和毁誉的遗忘，我们的诗人为自己赢得了生命的自由。

在陶诗中，上述"忘"的境界也体现在"疏""远""悠""缅""遗"等词素中。王光禄所谓"酒正使人人自远"的"远"在陶诗中得到了充分的表现。《归鸟》："日夕气清，悠然其怀。"《和刘柴桑》说："栖栖世中事，岁月共相疏"——忙忙碌碌、永无安定的尘世间事，随着岁月的流逝，与我相去日远了。《游斜川》："缅然睇曾丘""中觞纵遥情"。《癸卯岁始春怀古田舍》："夙晨装吾驾，启涂情已缅。……寒草被荒蹊，地为罕人远。"《九日闲居》："敛襟独闲谣，缅焉起深情。"《饮酒二十首》之五："问君何能尔？心远地自偏。采菊东篱下，悠然见南山。"《饮酒二十首》之七："泛此忘忧物，远我遗世情。"《祭从弟敬远文》："心遗得失，情不依世。"这里

"疏""远""遗"的对象都是世间的利害，它们在陶诗中都可视为"忘"的同义词。还有一个同义词，那就是"无心"。《归去来兮辞》："云无心以出岫"。这是"忘"的境界的形象体现，云正是由于无心，所以能够自然。聚之为云，散之空明，聚也无喜，散也无忧。这就是陶渊明在酒中所求的境界，也是他在人生中所求的境界。

最为完整地表述了陶渊明生命哲学的诗作是他的《形影神》三首。此诗序言说："贵贱贤愚，莫不营营以惜生，斯甚惑焉。故极陈形影之苦，言神辨自然以释之。"也就是说，这首诗的主题是替众生解"营营以惜生"的迷惑。在诗中，形影分别代表两种不同然而同样陷于迷惑的人生态度，神则以辨明自然之道来解除两者的迷惑。第一首《形赠影》是形对影说的话，主张"得酒莫苟辞"，也就是及时行乐，原因是人生短暂，"适见在世中，奄去靡归期"。这可以说是道家、杨朱一派自卫其私的主张。第二首《影答形》则是影对形的发言，批评形"得酒莫苟辞"的主张，而主张立善以留名。这可以说是儒家立德、立功主张的翻版。影认为，人既没有长生的可能，又没有求仙之术，只有立善可以传留后世之名，因此就要不断努力行善，所谓"立善有遗爱，胡可不自竭"。在影看来，以酒消忧与立善留名比起来，是一种拙劣的人生态度。《神释》则以神对形、影双方的批评并提出自己的主张，为此一公案作结。神首先回应了形立说的依据，并表示赞同："三皇大圣人，今复在何处？彭祖爱永年，欲留不得住。老少同一死，贤愚无复数。"但是神对形"得酒莫苟辞"的主张却不表赞同，而加以反驳："日醉或能忘，将非促龄具？"就是说，天天沉湎于酒，或许能忘掉死亡的恐惧，但是会伤害身体，造成短命的后果。对影的立善留名的主张，神也加以批评："立善常所欣，谁当为汝誉？甚念伤吾生，正宜委运去。"意思是立善留名是靠不住的，因为现在已经没有孔子那样的君子为立善者赞叹扬名了，而且对人生过于执着，也会有伤生的危险。借"正宜委运去"一句，神提出了自己的正面主张，就是要"委运"而行，也就是听任天命所之，随运而行。最后四句进一步阐述这一主张："纵浪大化中，不喜亦不惧。应尽便须尽，无复独多虑。"意谓放浪于大化之中，生也不喜，死也不惧。《荀子·天论》说："四时代御，阴阳大化。"①《列子·天瑞》说："人

---

① 荀子：《天论》，张兆裕编著《荀子》，北京燕山出版社，1995，第200页。

自生至终，大化有四：婴孩也，少壮也，老耄也，死亡也。"① 按照荀子的说法，"大化"就是自然的运行；按列子的说法，则"大化"是指人生的四个不同阶段。陶渊明此处"大化"的用法兼有两义，主要指人生的自然变化。既然死亡不可避免，人就应当去适应自身的这份天命，死亡该来的时候自然会来，不必对它多做忧虑，"得酒莫苟辞"式的悲观或立善以留名的执着，都不是正确的人生之道。陶渊明认为人不仅应当"识运知命"（《自祭文》），而且要把坦然地接受自己的命运当作快乐，所谓"乐夫天命复奚疑"（《归去来兮辞》）。这里，形影神三方的主张，其理论基础都是死亡的必然，可以说都表明了一种向死而生的意向。所以，即使影主张"立善有遗爱"，也和传统儒教"不知生，焉知死"的人生态度大有不同。显然，在三方的主张中，神的主张最接近陶渊明本人。这一主张表面上反对滥饮，其实正出自陶渊明关于饮酒的哲学。这一生命哲学随顺自然、反对执着的要点，正是从前述酒后忘我的境界中引申出来的。陶渊明所谓"酒中有深味""此中有真意"的"深味"和"真意"也就是这一"纵浪大化中"的生命哲学。这一生命哲学强调"化"，强调"委运"，所以是以沉默来显示自身而不拘形迹的，那么自然也就"欲辨已忘言"——因为"辨"就是执着，也就是不"化"而流于形迹了。

因此，陶渊明的饮酒就不像曹操《短歌行》那样包含了深沉的忧患意识，也不像竹林诸人在纵酒放诞的行为下掩藏了那么多的忧愤和难言之隐。陶渊明的饮酒是有节制而又快乐的。他写到酒总是用平和的语调，心情则常是"陶"，是"欢"，是"乐"，是"适"，是"怡"。陶渊明写到饮酒之乐的诗句甚多："挥兹一觞，陶然自乐"（《时运》），"放欢一遇，既醉还休"（《酬丁柴桑》），"我有旨酒，与汝乐之"（《答庞参军》），"或有数斗酒，闲饮自欢然"（《答庞参军》），"清歌散新声，绿酒开芳颜"（《诸人共游周家墓柏下》），"忽与一觞酒，日夕欢相持"（《饮酒二十首》之一），"且共欢此饮，吾驾不可回"（《饮酒二十首》之九），"我唱尔言得，酒中适何多"（《蜡日》），"何以称我情？浊酒且自陶"（《己酉岁九月九日》），"盥濯息檐下，斗酒散襟颜"（《庚戌岁九月中于西田获早稻》），"得欢当作乐，斗酒聚比邻"（《杂诗十二首》之一），"觞弦肆朝日，樽中酒不燥。缓带尽欢娱，起晚眠常早"（《杂诗十二首》之四），"理也可奈何，且为陶一

---

① 列子：《天瑞篇》，来可泓等编译《列子》，上海辞书出版社，2003，第 10 页。

觞"（《杂诗十二首》之八），"欢言酌春酒，摘我园中蔬"（《读山海经》之一），"引壶觞以自酌，眄庭柯以怡颜"（《归去来兮辞》），"衔觞赋诗，以乐其志"（《五柳先生传》），"捽兀穷庐，酣饮赋诗"（《自祭文》）。萧统在《陶渊明集序》中已经透辟地指出，陶渊明的饮酒是别有深意，并不在酒本身："吾观其意不在酒，亦寄酒为迹焉。"① 这正如陶渊明蓄无弦琴，"每酒适辄抚弄以寄其意"。② 这个"意"也就是陶渊明自己所说的"真意""深味"，也就是陶渊明的生命哲学。

在《神释》中，陶渊明生命哲学的几个关键词都出现了，这就是"大化"之"化"、"委运"之"委"、"纵浪"之"纵"。这些词分别承担了陶渊明生命哲学的内涵。"化"在陶渊明的诗中有时用作名词，有时用作动词。用作名词的时候，"化"意味着自然（天）、命运或自然（天）、命运的必然规律。用作动词，其意义就是顺应自然或命运的要求，并按照这一要求来行动作为。《五月旦作和戴主簿》："居常待其尽，曲肱岂伤冲。迁化或夷险，肆志无窊隆。"《戊申岁六月中遇火》："形迹凭化往，灵府长独闲。"《读山海经》之十："同物既无虑，化去不复悔。"《岁暮和张常侍》："穷通靡攸虑，憔悴由化迁。"《始作镇军参军经曲阿》："真想初在襟，谁谓形迹拘？聊且凭化迁，终返班生庐。"《归去来兮辞》："聊乘化以归尽，乐夫天命复奚疑"——此处表明陶渊明不仅听从命运的安排，而且以此为乐。哀悼亲人的早逝，陶渊明也以"乘化"自宽："翳然乘化去，终天不复形。"（《悲从弟仲德》）

"委运"和"凭化"基本同义，就是随顺自然和命运的安排。陶诗中带"委"字的诗句相当多，同样体现着陶渊明的生命哲学。《始作镇军参军经曲阿》："弱龄寄事外，委怀在琴书。"《饮酒二十首》之十五："若不委穷达，素抱深可惜。"《归去来兮辞》："寓形宇内复几时？曷不委心任去留？"《自祭文》："乐天委分，以至百年。"

"纵浪"意谓放浪、自放，这里的"纵"有听任的意思。《五月旦作和戴主簿》："虚舟纵逸棹，回复遂无穷。"这里把自然的、不受人力牵制的变化也叫"纵"。在陶诗中，"纵"字常与"心"连用，"纵心"意谓任凭自己的心意行动。其同义词有"肆志""任真""任怀""称心""称情""济

---

① 萧统：《陶渊明集序》，逯钦立校注《陶渊明集》，第 10 页。
② 萧统：《陶渊明传》，袁行霈撰《陶渊明集笺注》，第 612 页。

意""委心"等。这些丰富的同义词，足以说明此一概念对于陶渊明的重大意义。《游斜川》："中觞纵遥情，忘彼千载忧。"《五月旦作和戴主簿》："迁化或夷险，肆志无窊隆。"《连雨独饮》："任真无所先。"《庚子岁五月中从都还阻风于规林》："纵心复何疑？"《己酉岁九月九日》："何以称我情，浊酒且自陶。"《饮酒二十首》之十一："死去何所知？称心固为好。"《感士不遇赋》："靡潜跃之非分，常傲然以称情。……宁固穷以济意，不委曲而累己。"《归去来兮辞》："寓形宇内复几时？曷不委心任去留？"《晋故征西大将军长史孟府君传》："至于任怀得意，融然远寄。"陶渊明所谓"纵心""肆志""任怀""称情""济意""委心"，就是听任内心的要求而采取自由的行动，也就是"任真"，也就是自然。因此，这个"纵"绝不是"放纵"之"纵"，更不是"纵欲"之"纵"。《庄子·渔父》说："礼者，世俗之所为也；真者，所以受于天也，自然不可易也。"[1] 庄子所说的自然就是人受之于天的本性，也就是"真"。这个"真"在庄子看来是最宝贵而不可易的。陶渊明则把涵养、保护这个"真"视为自身的根本任务。《辛丑岁七月赴假还江陵夜行涂口》说："养真衡茅下，庶以善自名。"也就是说，"养真"才是最好的自善之道。陶渊明热爱田园，也正是在田园中，人才有机会养其真。所谓"久在樊笼里，复得返自然"（《归园田居五首》之一），这里的"自然"含有双重意义：一谓天然、无欺、无伪的田园；二谓行动之自然不受牵制，也就是我们今日所谓自由。陶渊明撰《晋故征西大将军长史孟府君传》载桓温与孟嘉的问答：又问听妓，丝不如竹，竹不如肉。答曰：渐近自然。这个"自然"也即天然，非人为之意。看来，陶渊明从他这位外祖父那里不仅继承了好酒之风，也继承了一种生活哲学。陶渊明把与此相反的选择称为"迷""迷途"，称为"心为形役""累己"。这所谓的"迷"就是基于利害得失的算计，行动违反自己的本性。《归园田居五首》之三说得平淡："衣沾不足惜，但使愿无违。"《饮酒二十首》之九说得直接："纡辔诚可学，违己讵非迷！"陶渊明把这种"迷"视为有过于饥寒的最大痛苦。《归去来兮辞》序说自己"质性自然，非矫励所得。饥冻虽切，违己交病"。文中复道："既自以心为形役，奚惆怅而独悲？"这可以视为陶渊明归隐的哲学和心理基础。《归去来兮辞》的主题是迷途知返，"实迷途其未远，觉今是而昨非"，全篇充满了重新获得自由的快乐。陶渊明认

---

① 庄子：《渔父》，曹础基注说《庄子浅注》，中华书局，2000，第469页。

为，他的时代和夏商周的末世一样，已经失去了纯真纯朴的本性。《饮酒二十首》最后一首："羲农去我久，举世少复真。"《感士不遇赋》序说："自真风告逝，大伪斯兴，闾阎懈廉退之节，市朝驱易进之心。"陶渊明把这种自然、任真的风气的消逝，视为社会堕落的根源。

这种"凭化""委运""任真"的生命哲学在陶渊明的实际人生中赢得了和谐、平静和安乐。陶诗中，"谐""和""闲""陶""适""欢""乐""欣"等表现安闲、愉悦的字眼使用非常频繁，其出现频率在陶诗中并不低于"酒"字。陶诗中，一个"闲"字、一个"悠"字最能体现陶渊明内心的这种从容安闲。这两个字既表现在诗人的心境上："有酒有酒，闲饮东窗"（《停云》），"童冠齐业，闲咏以归"（《时运》），"寄心清尚，悠然自娱"（《扇上画赞》），"敛襟独闲谣，缅焉起深情"（《九日闲居》），"居止次城邑，逍遥自闲止"（《止酒》），"户庭无尘杂，虚室有余闲"（《归园田居五首》之一），"形迹凭化往，灵府长独闲"（《戊申岁六月中遇火》），"是以植杖翁，悠然不复返"（《癸卯岁始春怀古田舍》），"采菊东篱下，悠然见南山"（《饮酒二十首》之五），"悠悠迷所留"（《饮酒二十首》之十四），"勤靡余劳，心有常闲"（《自祭文》）；也反映、投射在他所看到的自然万物上："敛翮闲止，好声相和"（《停云》），"日夕气清，悠然其怀"（《归鸟》），"延目中流，悠想清沂"（《时运》），"天气澄和，风物闲美""弱湍驰文鲂，闲谷矫鸣鸥"（《游斜川》），"重云蔽白日，闲雨纷微微"（《和胡西曹示顾贼曹》），"飘飘西来风，悠悠东去云"（《与殷晋安别》），"日暮天无云，春风扇微和"（《拟古九首》之七）。

从个体心理学考察，陶渊明的生命哲学带来了诗人内心的安闲快乐；从诗人与外部的关系来看，这一哲学创造了一种和谐的境界。陶渊明的"和谐"境界表现于四个方面：一是与命运相处的和谐，所谓"委运""乘化"；二是与自然相处的和谐，在与自然的交往中体会到"天人合一"的境界；三是与人相处的和谐，这点我们在分析陶渊明的情感特征时，已有详论；四是与自我相处的和谐，也就是前文所说的"任真""纵心""肆志""任怀""委心"，行动自然，不违反自己的本性。《形影神》三首讨论的主题就是自我相处之道。陶渊明的生命哲学，归根结底可以说是一种如何与自我相处的哲学。可以说，这个哲学的根本命题就是和谐。陶渊明常年生活在乡间，日日与农夫野老相往还，精神上难免孤独，但他却是一个善与孤独相处的人。一方面，他有平易之心，能从与农夫野老的往还中得到乐趣。另一方面，他也善于自处。实在找不到"乐与数晨夕"的"素心人"，他就与自己的影子交谈、共饮、出游。《时运》序说："偶影独游，欣慨交心。"《饮酒二十首》序说："顾影独尽，忽焉复醉。"《杂诗十二首》之二："欲言无予和，挥杯劝孤影。"后一首诗显然是李白《月下独酌》的母本，因此《月下独酌》也是李白诗中最从容安闲的。事实上，陶渊明此诗已有唐人的风致（陶集中另一首颇近唐诗的诗是《诸人共游周家墓柏下》）。正因为陶渊明善与命运、自然、他人、自我和谐相处，他才能在穷困的境遇中不失内心的安闲快乐，而且常有一种悠然的心境。细读陶集，会发现陶渊明的世界充满了勃然的生机和忘机的快乐。陶渊明虽然一生勤苦，却并无"穷愁"之慨，相反一直用心体验生活的快乐。与其说陶诗篇篇有酒，倒不如说陶诗篇篇有快乐。放眼中国诗史，似乎真找不到一个比陶渊明更快乐的诗人。

刘秉忠词风及其在词史上的意义

李春丽[*]

内容提要 词学史上论析金元词人，对刘秉忠的评价甚高，视刘秉忠为元代"填词当行"的词人。刘秉忠词风格独特，情感内蕴复杂深厚，兼有雄廓、蕴藉之美。其胸襟气魄、声情力度开元词百年风气，在提高词体品格方面具有重要的词史意义。

关键词 刘秉忠 内蕴 雄廓 当行

刘秉忠是元代初年影响巨大的政治人物，对一代政治体制、典章制度的创立发挥了重大作用。在元初词坛上，刘秉忠亦具有首开风气的意义。他的《藏春乐府》存词八十一首，元代词选《名儒草堂诗馀》，收录元人和南宋遗民 60 余人的词作 200 余首，所选第一人就是刘秉忠。

词学史上论析金元词人，对刘秉忠的评价甚高。况周颐曰："近阅刘太保《藏春词》，其厚处、大处亦不可及。孰谓词敝于元耶？"① "厚"与"大"是况周颐词学思想的重要范畴，以此来褒扬刘秉忠词，足见认可程度之高。甚而认为元词因有刘秉忠而不可谓之衰敝。晚清四大家之首的王鹏运对刘秉忠评价更高，视其为"填词当行"的词人，足以说明刘秉忠的词坛地位。

---

* 李春丽，包头师范学院文学院教授。
① 况周颐：《樵庵词跋》，四印斋所刻词，上海古籍出版社，1989 年影印本，第 864 页。

一 复杂深厚的情感内蕴

刘秉忠（1216～1274），字仲晦，号藏春散人，邢州（今河北省邢台市）人。他是元代的开国之臣。然而他的人生道路却耐人寻味，经历了一个从归隐到积极入仕，到位极人臣又到淡出仕宦的过程。刘秉忠出身于典型的士大夫之家，自幼聪颖好学，8 岁入学，日诵数百言。17 岁为邢台节度使府吏，后弃而归隐，曾出家天宁寺为僧。元太宗十一年（1239）他 24 岁时，与云海法师一同觐见忽必烈，受到赏识，开始了他的政治生涯。至元元年（1264）奉旨还俗，后位列太保、参领中书省事、同知枢密院事。然而在至元五年（1268），他辞去中书省事之职，退出权力中心。至元八年（1271），刘秉忠向忽必烈启奏建国号大元，以中都为大都。至元十一年（1274）八月卒于上都南屏山庵堂。刘秉忠一生大起大落，颇多磨难，这种跌宕起伏的人生体验直接影响了他的词风，时而高亢，时而低沉。

一方面，藏春词表现出积极用世的精神，声情高亢。刘秉忠一生中曾多次受到朝廷重用，庐陵凤林书院《名儒草堂诗馀》辑刘秉忠两首词，从内容看，都是表达词人积极的政治热情之作。第一首《木兰花慢·混一后赋》：

> 望乾坤浩荡，曾际会，好风云。想汉鼎初成，唐基始建，生物如春。东风吹遍原野，但无言、红绿自纷纷。花月流连醉客，江山憔悴醒人。 龙蛇一屈一还伸。未信丧斯文。复上古淳风，先王大典，不贵经纶。天君几时挥手，倒银河、直下洗嚣尘。鼓舞五华鸳鹭，讴歌一角麒麟。[①]

词题为"混一后赋"，对统一的元王朝表达了热烈的祝颂。词中兴奋的情绪，也是其作为开国功臣的应有之义。起句紧扣词题"混一"两字，"望乾坤浩荡，曾际会，好风云"。际会风云是君臣相得的生动写照。面对功业将成、四海混一的大好形势，词人胸中豪气干云，落笔大气磅礴。上片用"望"字领起，紧扣题意，以汉、唐初成比拟元的统一，以春天蓬勃生机喻

---

① 唐圭璋辑《全金元词》，中华书局，1979，第 609 页。

元朝新政。下片表达了作者对新朝的殷殷希望，"复上古淳风，先王大典，不贵经纶"，歇拍处以瑞鸟、瑞兽出现作结，象征太平盛世的来临。虽是歌功之作，但词中居安思危，委婉讽谏，显示了政治家清醒的头脑和宽广的胸怀。全词气势酣畅，沉稳雄健，显元词气象。陶然先生认为，"刘秉忠之词代表了文人谋士在此风云际会之时的心态"，词中的"自信心与恢弘的气度，在唐宋词中倒是不甚多见的"。①

所辑另一首词《朝中措·书怀》抒写作者得到蒙古统治者任用后，愿为蒙古王朝出力的情怀。原词如下：

> 布衣蓝缕曳无裾。十载苦看书。别有照人光彩，骊龙吐出明珠。
> 天人学业，风云气象，可困泥涂。随着傅岩霖雨，大家济润焦枯。②

上阕写作者入仕前发愤苦读、学有所得的情形。下阕展望学成前景，渴望风云际会，大展宏图。结句以武丁举荐傅说为殷朝宰相的典故喻作者希望得到朝廷任用，达济苍生。

刘秉忠一生以推举贤能为己任，不仅在位时如此，即使晚年已力辞高位，意欲淡出政治，举荐贤能之心也不曾改变。如《朝中措·赋赠章仲一》：

> 衣冠零落暮春花。飘卷满天涯。好把中原麟凤，网来祥瑞皇家。
> 白云丹嶂，青泉绿树，几换年华。认取随时达节，莫教系定匏瓜。

张易字仲一，官至平章政事。此词作于刘秉忠晚年。上片起句写景，表达了睹"落花"而"惜春"的情绪。在这种感情基调之下，转入正题"好把中原麟凤，网来祥瑞皇家"，词人感伤"落花春逝"是在喻指"中原麟凤"不受重用，朝中人才流失。下片换头再次以景落笔，"白云丹嶂，青泉绿树"之景物如常如旧，但人世沧桑，韶华易逝，已经"几换年华"。于是词人劝勉友人顺随时代需要，求取贤士，千万不要使济世之才如"匏瓜"悬置，不得其用。表现出词人对文化贤才的重视，也是其用世情结的写照。

另一方面，刘秉忠词中多有摒弃功名、渴望归隐的思想，情调低沉。

---

① 陶然：《金元词通论》，上海古籍出版社，2001，第349～350页。
② 唐圭璋辑《全金元词》，第619页。

刘秉忠尽管身居高位，诗词中却常常流露出仕途奔波的孤独感、凄凉感。他在《答友人留饮》一诗中写道："黄尘道路竞抛梭，不觉行年四十过。世事逾多逾琐细，人生渐老渐蹉跎。愁城平却无遗址，乐府开来有妙歌。桃李花间一壶酒，君留不醉欲如何？"这是其仕宦生涯中的真实感受，也成为他词中反复咏叹的主题。如《南乡子》：

> 南北短长亭。行路无情客有情。年去年来鞍马上，何成！短鬓垂垂雪几茎。　　孤舍一檠灯。夜夜看书夜夜明。窗外几竿君子竹，凄清。时作西风散雨声。①

词人从离别写起，南来北往，长亭短亭，路途奔波，行客悲伤。词人不禁感慨"年去年来鞍马上，何成！短鬓垂垂雪几茎"，多年来四处奔波，双鬓早已白发丛生，究竟有何成就？下阕紧承上阕，写孤舍寒风，青灯一盏，长夜苦读。词境清冷，词情孤独。结尾以"窗外几竿君子竹，凄清。时作西风散雨声"之语营造出一个与词人灵魂深处的孤独相映衬的世界：深夜孤寂，灯下读书，陪伴他的只有窗外的君子竹，在冷雨中发出瑟瑟萧萧的声音。仕途奔波，带给词人的是如此凄清的心境。

况周颐曾评刘秉忠的《江城子》曰："'看尽好花春睡稳，红与紫，任他开。'则是功成名立后所宜有矣。"②况氏认为"功成名立"后的满怀豪情才应是刘秉忠词的主调。然而通读刘秉忠的词作，感觉并非如此。刘秉忠词中经常流露出摒弃功名、向往隐居的情绪。如《踏莎行》：

> 白日无停，青山有暮。功名两字将人误。褊怀先著酒浇开，放心又被书收住。　　一味闲情，十分幽趣。梦哦芳草池塘句。东风吹彻满城花，无人曾见春来处。③

上阕起首二句白日青山对举，表达的是岁月无情、人生苦短的感叹。于是发出"功名两字将人误"的痛悔之叹。词人试图用醉酒浇开"褊怀"以求放逐心情，却"又被书收住"，即被功名之书破坏了"放心"之逸兴。

---

① 唐圭璋辑《全金元词》，第614页。
② 况周颐：《蕙风词话》卷三，《词话丛编》第五册，中华书局，1986，第4470页。
③ 唐圭璋辑《全金元词》，第617页。

词的下阕表现了对"闲情""幽趣"的向往。在无功名羁绊的梦中吟哦的是"芳草池塘"之句，即东晋谢灵运的名句"池塘生春草"。在梦中词人放情于山水之间，所谓的"功名""襟怀"在这里都已被词人抛之九霄云外了。尾句写"东风"吹过，满城春花，却无人知道春天的来路。在词人看来，春天来自内心的敏感体察和热烈期待，来自远离尘俗的闲情和幽趣。

又如《玉楼春》：

> 翠微掩映农家住。水满玉溪花满树。青山随我入门来，黄鸟背人穿竹去。　　烟霞隔断红尘路。试问功名知此趣。一壶春酒醉春风，便是太平无事处。①

此词直接表现词人追慕田园归隐生活的情怀。上阕开头二句写词人在翠绿竹林掩映的农家中居住，恰逢满树花开、小溪涨水的时节。词人用"翠""满""玉""花"几个色彩鲜明的词语，描绘出一幅恬淡、清新的乡村美景图。又把"青山""黄鸟"这两个自然景物拟人化，"青山随我入门来，黄鸟背人穿竹去"表达出词人追求人与自然和谐相处的理想境界。下阕"烟霞"句实写青山竹林的道路被缭绕的烟雾遮掩的景色，也暗指山林乡野的美景使人忘却尘世中的种种烦恼。奔波在功名利禄场中的人体会不到这样恬淡自然的趣味，只有摒弃了功名，才可以"一壶春酒醉春风"，在醉酒之中，无忧无虑，没有了事功的烦恼，太平无事，优哉游哉。至此，词人淡却功名、渴望归隐山林的愿望一览无余。

刘秉忠词中多处盛赞陶渊明，表达了自己对归隐生活的向往。《洞仙歌》（仓陈五斗）写道："陶令家贫苦无畜。倦折腰间里，弃印归来，门外柳、春至无言自绿。山明水秀，清胜宜茅屋。"通过盛赞陶渊明，而自明心迹，表达自己渴望归隐的心情。《南乡子》（季子解纵横）写道："二顷田园也易成。尊酒醉渊明。菊有幽香竹有声。吹破北窗千古梦，风清。小鸟喧啾噪晓晴。"词写香菊、声竹、清风、鸟喧，在这些自然美景中"尊酒醉渊明"，像陶渊明一般潇洒醉酒，不去理会世俗之事。此外，刘秉忠词中还出现了范蠡、鲁仲连这些功成名就后归隐山林的名士，表达了对他们的赞美与羡慕之情。

---

① 唐圭璋辑《全金元词》，第612页。

摒弃功名富贵之语，在刘秉忠词中随处可见，如"千年事业一朝空"（《木兰花慢》）、"酒杯里、功名浑琐琐"（《风流子》）、"功名应小"（《永遇乐》）、"名途利场。物与我，两相忘"（《望月婆罗门引》）、"功名眉上锁，富贵眼前花"（《三奠子》）、"不堪苦事功名"（《临江仙》）、"黄尘南北路、几功名"（《小重山》）、"功名好，欢伯笑人愁"（《江月晃重山》）、"今古利名忙。谁信长安道路长"（《南乡子》）、"谁不被，利名惊"（《太常引》）、"功就便抽身。富贵若浮云"（《太常引·鲁仲连》）、"图富贵，论功名，我无能"（《诉衷情》）、"青史功名都半纸"（《桃花曲》），等等，都表达了词人厌弃功名、渴望归隐山林的思想。

积极进取的用世情结，弃世慕隐的心灵追求，相悖迂回，构成了刘秉忠词复杂的情感内蕴，是其人生进退取舍的曲折反映，也是其胸襟情怀的映射。郑骞先生在《刘秉忠的藏春乐府》中评曰："藏春词佳处在性情深厚，襟抱磊落；悲天悯人之胸怀，深沉之思想，尤为历来词家所无。凄婉苍凉之致，犹为余事。"[①] 所评甚为精当。此种情怀，显现于词，便自有独特的风格面貌。

二　雄廓蕴藉的风格特色

雄廓、蕴藉之论，出自王鹏运。况周颐援引半塘老人评语，并做了进一步阐述：

> 曩半塘老人跋《藏春乐府》云："雄廓而不失之伧楚，酝藉而不流于侧媚。"余尝悬二语心目中，以赏会《藏春词》。如《木兰花慢》云："桃花为春憔悴，念刘郎、双鬓也成秋。"《望月婆罗门引》云："望断碧波烟渚，蘋蓼不胜秋。但冥冥天际，难识归舟。"《临江仙》云："马头山色翠相连。不知山下客，何日是归年。"《南乡子》云："暮雨夜深犹未住，芭蕉。残叶萧疏不奈敲。"前调云："醉倒不知天早晚，云收。花影侵窗月满楼。"前调云："行人更在青山外。不许朝朝不上楼。"《鹧鸪天》云："斜阳影里山偏好，独倚阑干懒下楼。"《踏莎行》云："东风吹彻满城花，无人曾见春来处。"右所摘皆警句，以言酝藉，近

---

① 郑骞：《刘秉忠的藏春乐府》，《景午丛编》（上），台北：台湾中华书局，1972，第161页。

是，而雄廓不与焉。①

况周颐认为，蕴藉是藏春词更显著的特色，并举出大量例子加以说明。从所举词句来看，基本特点是设色清雅，用语清新，而又意味无穷。况氏认为，刘秉忠词以此类为胜，可言蕴藉，而"雄廓不与焉"。

刘秉忠的词中，的确不乏委婉蕴藉之作，其咏物词非常有代表性：

冰雪肌肤香韵细，月明独倚阑干。游丝萦惹宿烟环。东风吹不散，应为护轻寒。　素质不宜添彩色，定知造物非悭。杏花才思又凋残。玉容春寂寞，休向雨中看。（《临江仙·梨花》）

一别仙源无觅处，刘郎鬓欲成丝。兰昌千树碧参差。芳心应好在，时复问蜂儿。　报到洞门长闭着，只今未有开时。杏花容冶没人司。东家深院宇，墙外有横枝。（《临江仙·桃花》）

词人以清高、雅洁的梨花、桃花自喻，"冰雪肌肤香韵细"与"兰昌千树碧参差"，俨然是词人自身清高、净洁品格的写照。并与"才思凋残""横枝墙外"的杏花对比，寄托其孤傲、高洁之人品，咏物而不滞于物，笔调明丽清新，曲折婉转，词意含蓄蕴藉，体现了"酝藉而不流于侧媚"的风格特点。

综观刘秉忠词，尽管有不少蕴藉之作，但"雄廓"仍然是其词风主流。所谓"雄廓"，即雄奇廓大，这样的审美理想在刘秉忠论诗之作中多有体现：

剑气从教犯斗牛，百川横放海难收。九天直上无凝滞，更看银河一派流。（《读遗山诗十首》其一）

水平忽有惊人浪，盖是因风击起来。造语若能知此意，不须特地骋奇才。（《为大觉中言诗四首》其一）

清雄骚雅因题赋，古律篇章逐变生。一字莫教无下落，有情还似不能情。（《为大觉中言诗四首》其三）

第一首评价元好问诗歌，以剑气冲犯斗牛，百川横放难收，九天直上、

---

① 况周颐：《蕙风词话》卷三，孙克强导读，上海古籍出版社，2009，第79页。

银河纵流，概括了元好问诗歌雄奇奔放、纵横豪迈的风格特点，表达了惊叹赞美之情，也表现了作者的审美理想。后面两首，则言"惊人浪"须"因风击起"，不须刻意骋才；"清雄"气或"骚雅"语要"因题赋""逐变生"，不能率性任情。在这里，诗人强调"惊人""清雄"都要自然生成，不可任气使才。

这样的诗学思想表现在词创作中，则有"雄廓而不失之伧楚"之特色。在刘秉忠的词中，"雄廓"体现为阔大之景象、苍凉之词境、清劲之笔力，三者相辅相融，自然而成。

其一，词人善于使用阔大的景象。

如"千载拆中台"（《木兰花慢》）、"千古短长亭"（《小重山》）、"千年万年兴废"（《诉衷情》）、"月华千古分明"（《清平乐》），词人以千年、千古、万年等词语来描写物象，时空阔大，表达出强烈的沧桑之感。再如"碧云千里"（《风流子》）、"漠北云南路九千"（《小重山》）、"万丈晴虹吸海涛"（《南乡子》）、"山河萦带九州横"（《诉衷情》）、"青山千里，沧波千里，白云千里"（《桃花曲》），千里、万丈、九州、无穷等语，大气磅礴，景象宏阔。再有"看长空、澹澹没孤鸿"（《木兰花慢》）、"渺浮海，一虚舟"（《木兰花慢》）、"一天明月，几行征鹰"（《永遇乐》）、"碧水东流，白云西去。旌旗卷尽西山雨"（《踏莎行》），长空出没的孤鸿、渺远海面的虚舟、碧水白云、西山暮雨、旌旗翻卷，极具苍茫阔远的美感。

其二，词人将北方特有景象写入词中，构筑了苍凉之词境。

刘秉忠词中触目可见冰霜风雪、塞外飞沙等北方所独有的景象。如"紫塞风沙"（《木兰花慢》）、"黄尘扰扰马纵横"（《临江仙》）、"霜天鸿雁，沙漠牛羊"（《望月婆罗门引》）、"松苍竹翠岁寒天"（《江城子》）、"枕上数寒更。西风残漏滴、两三声"（《小重山》）、"西风鸿雁落沙汀"（《小重山》）、"西风落叶关山路"（《秦楼月》）、"时作西风散雨声"（《南乡子》）、"才离蛮烟又塞沙"（《南乡子》），风沙、黄尘、岁寒是北方典型的气候特征，霜天鸿雁、沙漠牛羊、战马纵横亦是北方特有的景象。再如"青山憔悴锁寒云"（《太常引》）、"淡烟寒露"（《踏莎行》）、"雪晴风冷千山晓"（《点绛唇》）、"白雪浩歌"（《浣溪沙》）、"小溪深雪前村路"（《点绛唇》）、"一见冰容"（《点绛唇》），从寒云、寒露到雪晴风冷再到白雪、深雪、冰容，词人选取这些北方独特的自然景象进入词文学世界中，反复歌咏，构筑了苍凉之词境。

其三，词人将苍凉意象与人生感慨相结合，笔力清劲，风格雄放。

刘秉忠词中多写仕途奔波中的所见所感，如"夜来霜重。帘外寒风动"（《清平乐》）、"月明风劲"（《清平乐》）、"十载风霜，玉关紫塞"（《点绛唇》）、"满怀冰雪"（《太常引》）、"满襟怀冰雪"（《好事近》），景物凄寒，冰雪满襟，具有清雄之气。

我们来看一首《南乡子》：

> 游子绕天涯。才离蛮烟又塞沙。岁岁年年寒食里，无家。尚惜飘零看落花。　　闲客卧烟霞。应笑劳生鬓早华。惊破石泉槐火梦，啼鸦。扫地焚香自煮茶。①

词写游子四处漂泊，思念故乡，情怀悲凉。上阕写游子常年奔走天涯，才离开"蛮烟"，又到了塞外飞沙之地。下阕笔锋一转，写闲客的午睡与煮茶。两阕各写一意，虽各自独立却又相互映衬。大千世界，人生选择各不同，词中表现出两种不同的人生道路和人生命运，词人情愫在词中自然流露。以健笔写清愁，既不停滞于景物，又不拘泥于抒情，笔力疏快而不失之粗放。确如严迪昌先生评曰："刘秉忠词能得清疏松秀之长，较少粗放梗直之弊，在元初词人中堪称高手。"②

再看一首《鹧鸪天》：

> 清夜哦诗对月明。诗魂偏向月边清。欲成小梦还惊破，无奈洋河聒枕声。　　红日晓，碧天晴。风沙扑面过鸡鸣。溧阳川里鱼龙混，四海青山拱一城。③

起首便以"清"字入句，清夜月明，本想吟诗来抒发情感，但"诗魂"却像这明月一般难以捉住。只好"欲成小梦"，不想又被洋河流水之声惊破，无奈度过一个无眠之夜。下阕描绘日出之景，拂晓红日，晴天碧空。又开始了一天的奔走行程："风沙扑面过鸡鸣。溧阳川里鱼龙混，四海青山拱一城。"一路行程，均以景语出之。大笔挥洒，描绘山川边城雄壮的景

---

① 唐圭璋辑《全金元词》，第 614 页。
② 严迪昌：《金元明清词精选》，江苏古籍出版社，1992，第 45 页。
③ 唐圭璋辑《全金元词》，第 616 页。

色，也透露出词人开阔的胸襟和坚定的意志，笔力清劲，风格豪迈。

刘秉忠在元初词坛上具有特别的意义，他是一位杰出的政治家，也是一位有独特风格的词人。宋濂《元史》中评价："秉忠生而风骨秀异，志气英爽不羁。"既是对刘秉忠北方文人禀赋气质的概括，也概括了藏春词的精神风貌。藏春词上承金源北宗词派，下启元词，有着元代特定文化背景下的内涵与特质。

三　刘秉忠词的词史意义

金元词虽然没有唐宋词那样的辉煌，却是词史上的重要节点。与唐宋词水软风轻的南方韵味相比，金元词展示出的是冰河峻岭的北方风骨。词史在这个时期展现出气象一新的面貌。而刘秉忠正是这一时期北方词人的杰出代表。晚清词坛领袖、四大家之首王鹏运曾高度评价刘秉忠词：

> 雄廓而不失之伧楚，酝藉而不流于侧媚，周旋于法度之中，而声情识力常若有余于法度之外，庶为填词当行，且论者庶不薄填词为小道。藏春之境，雅与之合。[①]

王鹏运高屋建瓴地指出了刘秉忠词的词史意义。

第一，刘秉忠词实现了"声情"与"法度"的统一。所谓"法度"是指词体音律规范。在词史上常常有词人个性表现与"法度"的冲突，如苏轼的部分豪放词并不严格遵循音律要求，正如北宋人晁补之所说："苏东坡词，人谓多不谐音律，然居士词横放杰出，自是曲子中缚不住者。"[②] 苏轼之后的一些"少年"专意学习"东坡移诗律作长短句"，[③] 成为词坛一时的风气。从北宋苏轼之后，"声情"与"法度"的矛盾一直存在，往往顾此失彼难以兼得。刘秉忠的词"雄廓而不失之伧楚，酝藉而不流于侧媚"，既有士大夫的豪情，又有词体特有的音律美感，"周旋于法度之中，而声情识力常若有余于法度之外"，达到了词体审美的新高度。

第二，视刘秉忠词为新时期当行本色的典范。"当行本色"是北宋以来

---

① 王鹏运：《藏春乐府跋》，施蛰存编《词籍序跋萃编》，中国社会科学出版社，1994，第 460 页。

② 吴曾：《能改斋漫录》卷一六引晁无咎语，上海古籍出版社，1979，第 469 页。

③ 王灼：《碧鸡漫志》卷二，上海古籍出版社，1988，第 161 页。

词学批评中的一个重要范畴，源于陈师道对苏轼词的批评，《后山诗话》云："子瞻以诗为词，如教坊雷大使之舞，虽极天下之工，要非本色。"所说的"雷大使"是北宋教坊官员雷中庆。其作为教坊官员（教练），虽舞技高超，但与寻常艺人跳舞韵味不同。此处喻指苏轼词虽如诗歌那样精彩高妙，却异于当时普遍流行的具有音乐美感的词。从北宋至南宋，当行本色之说一直是词坛议论的话题，一般皆以突出词体特性作为本色，而将以诗为词视为非本色。王鹏运以"填词当行"称誉刘秉忠词，是对词体"本色"论的一次重要发展，也是对刘秉忠词中"声情识力"这些诗性元素的肯定。王鹏运的本色论具有新的时期性、地域性，换言之，王鹏运将元代初年以刘秉忠为代表的独特美感风格视为新的"填词本色"。这是十分有意义的观念演进。

第三，称赞刘秉忠词实现尊体，提高了词体的品格。词体从诞生之日起，就与具有诗教传统的诗歌不同，娱乐性是其特质之一，内容上的相思离别、男欢女爱，表现形式上的"男子而作闺音"，语言风格上的"香而软"，与传统的诗格差异明显。随之而来，"小道""卑体""末技"就如影随形附着于词体。刘秉忠的词举凡上至国家命运，君臣之义，下及个人情怀，闺襜思绪皆可写入词中，但已经完全摒弃了游戏、调笑的态度和软媚绮靡的风格，有诗性的气质。刘秉忠以自己的词作改变了以往人们视词为小道的印象。因而，王鹏运称其"不薄填词为小道"，是一个十分中肯的评价。

在词史上，刘秉忠的词具有特殊的意义，"蕴藉"的风格表现了对唐宋词传统的继承，"雄廓"的气概既体现了地域特色，又彰显了刘秉忠词的独特风貌。王鹏运从法度内外关系的角度提出了"填词当行"的新标准，而这种新标准的典范正是刘秉忠词。后人曾说元初词尤有宋人风骨，正是因为有以刘秉忠为代表的词人的存在。

清代词学集大成者临桂词人王鹏运综论

沈家庄　朱存红*

内容提要　王鹏运精校精刻唐宋金元人词籍数十家，开创词家校勘学；广泛结交词学界先贤与同辈，乐于奖掖后进，指导有方，促使清代后期词人社集之风大盛；他精研词律词法，独创并践行着"重拙大"这一全新的词学理论概念与审美理念。半塘学词从王沂孙入手，再由姜夔、辛弃疾、吴文英以上窥苏轼、周邦彦，其间主要学习某一词家的同时，还曾向上述其他诸家及其以外的词人如冯延巳、周密、张炎等学习。光绪二十五年（1899）以后，大致不主一家，并且由南追北，上及北宋张先、柳永、晏几道等名家，欲取两宋各大词人之所长，由此逐步形成了其转益多师、博观约取的"重拙大"的独特风格。半塘向前代词人学习的途径主要得自常州词派，但在此基础上根据自己的兴趣有所变通，学习的范围更广，在后期更能突破常州词派的樊篱而广泛涉猎，最终成为临桂词派的当然领袖、清代词学的集大成者。

关键词　王鹏运　晚清四大家　重拙大　临桂词派　集大成

在中国近代文化史上，王鹏运是具有独到的创造性成就的卓越人物，被公认为词史上"晚清四大家"中的首席。他的这个"首席"，不是浪得虚名，而是因在词学史上做了许多先前和同辈学者没有做过的词学事业得来。如他曾精校精刻唐宋金元人词籍数十家成《四印斋所刻词》。龙榆生认为，

＊　沈家庄，广西师范大学文学院教授；朱存红，铜仁学院人文学院教授。

"自鹏运以大词人，从事于此，而后词家有校勘之学，而后词集有可读之本"。① 他宽厚包容，广泛结交词学界先贤与同辈，乐于奖掖词坛后进，且指导有方，故而在他身旁聚集起大批词人，一同唱和，促成清代后期词人社集之风大盛。他精研词律词法，而且形之于自己的创作实践，平生留下风格各异的七百余首词作；他的词学理论独树一帜，标榜"重拙大"的评论宋词原则和批评历代词作的衡绳，这是一个伦理价值与诗歌艺术审美价值并重的新的词学批评理论纲领，既为后继者况周颐在词学理论上的突破并自成一家导乎先路，又以王鹏运自己丰富的创作实践，践行着这一全新的词学理论审美观念。

所以康有为称许王鹏运"填词为光绪朝第一"。② 叶恭绰称许他："半塘气势宏阔，笼罩一切，蔚为词宗。"③ 蔡嵩云则首肯王鹏运为清词第三期的"创始人"，为"桂派"领袖，并强调："此派最晚出，以立意为体，故词格颇高；以守律为用，故词法颇严。今世词学正宗，惟有此派。余皆少所树立，不能成派。"④ 故而我们可断言：王鹏运是有清一代词学的集大成者。

然而我们读早年各种版本的文学史，除了中国近代文学史专家阿英曾将王鹏运等唱和的《庚子秋词》编入《近代反侵略文学》丛书之《庚子事变文学集》外，其他对于王鹏运的介绍甚是寥寥——这种文学创作和文学活动中的成就以及时人评价与文学史对其评价反差之大，在历史上也是少见的。究其原因，大概有三：其一，王鹏运生逢清代末造，早年做文学史者，于近代文学研究有所忽略；其二，王鹏运词流行版本为其自删七稿九集仅存 139 首的《半塘定稿》，由朱祖谋刻印于广州，虽然朱祖谋以刊落太甚，又取《袖墨》《虫秋》《校梦龛》《南潜》四集选录 55 阕为《半塘剩稿》，但仍有四分之三的王鹏运作品未能与广大读者谋面；其三，王鹏运父

① 龙榆生：《清季四大词人》，《龙榆生词学论文集》，上海古籍出版社，1997。
② 此语出自康有为光绪二十二年（1896）《寄赠王幼霞侍御》诗解注。康诗云："修罗龙战几何时，王母重开善见池。金翅食龙四海水，女床栖凤万年枝。焰摩欢乐非非想，博望幽忧故故疑。大醉钧天无一语，王郎拔剑我兴悲。"附注云："幼霞名鹏运，临桂人，清直能文章，填词为光绪朝第一，时欲修圆明园，幼霞抗疏争，几被戮，幸翁常熟为请，得免。然后为荣禄所卖，误劾常熟。常熟以救幼霞语我，吾告幼霞，卒劾荣禄引去。附注于此。"时王鹏运在北京，康有为从广州函寄。
③ 叶恭绰：《广箧中词》卷二，浙江古籍出版社，1998 年影印本。
④ 蔡嵩云：《柯亭词论》"清词三期"条，唐圭璋编《词话丛编》，中华书局，1986，第4908 页。

亲王必达入广西巡抚邹钟泉幕，因与太平军相抗有功而进入仕途，出于当时政治倾向的考量，故20世纪五十至七十年代鲜有学者关注王鹏运其人、其作，更未能对其家世、生平进行研究或做出中肯评价。

我们对王鹏运的全部词作进行搜集、考订、校勘和笺注。搜求到王鹏运词集计有：乙稿（甲稿王鹏运自编时阙如，另有专文详论）《袖墨集》《虫秋集》，丙稿《味梨集》，丁稿《鹜翁集》，戊稿《蜩知集》，己稿《校梦龛集》，庚稿《庚子秋词》《春蛰吟》，辛稿《南潜集》（已佚，仅见《半塘定稿》及朱祖谋所辑《半塘剩稿》）。其中乙稿《袖墨词》有《薇省同声集》本，《虫秋集》有家刻本（已佚），丙稿《味梨集》、丁稿《鹜翁集》、戊稿《蜩知集》、庚稿《庚子秋词》《春蛰吟》有家刻本。己稿《校梦龛集》初未刻，后广西北流陈柱借得龙榆生所藏稿本刻入《粤西词四种》。半塘客扬州时，将七稿九集删存139首为《半塘定稿》，交朱祖谋刻印于广州，半塘去世一年后刻成。朱祖谋以刊落太甚，又取《袖墨》《虫秋》《校梦龛》《南潜》四集选录55阕为《半塘剩稿》。除此之外，我们分别从北京、上海、南宁、桂林等地求得国家图书馆所藏《四印斋词卷》稿本，上海图书馆所藏《袖墨集》稿本、《梁苑集》稿本、半塘乙稿《袖墨集》一卷、《虫秋集》一卷稿本（有郑文焯校）、半塘己稿《校梦龛集》初定稿本（有郑文焯校），广西壮族自治区图书馆所藏龙榆生捐赠的《王龙唱和词》手稿（录半塘词九首）以及朱祖谋旧藏《校梦龛集》手稿（即陈柱刻本所据）。今多方搜罗，去其重复，共得王鹏运词759首（包含半塘词集中所收与他人联句之作14首）。这是迄今为止海内外收录王鹏运词最全者。

一

王鹏运（1849~1904），字幼霞（一作佑遐），中年自号半塘老人，一号半僧，晚号鹜翁、半塘僧鹜，因有室名"吟湘"，也曾自署吟湘病叟。先世山阴（今浙江绍兴）人。高祖王云飞，以乾隆戊子举人大挑知县出宰江西星子县，数转官至广西昭平，卒于任上，家人贫不能归，遂居临桂（今广西桂林）。父王必达，累官至甘肃安肃道，有《养拙斋诗》十四卷。半塘家在临桂盐道街燕怀堂。道光三十年（1850），洪秀全在广西桂平金田村起义，次年建号太平天国。王必达入广西巡抚邹钟泉幕，与太平军相抗。后王必达以军功荐赴部铨叙，得江西建昌县令。约于同治元年（1862）王必达任饶州知府前后，半塘始至江西与父亲团聚。此前半塘在临桂家塾读书，塾师为灌阳唐懋功。自此半塘随宦江西十余年。同治四年（1865），半塘与曹氏成亲。

同治九年（1870），半塘回乡应乡试中举，翌年入京应进士试不第，后曾长期滞留京师。同治十三年（1874），半塘以内阁中书分发到阁行走，旋补授内阁中书，寓所在北京宣武门外校场头条胡同（即四印斋，后来半塘居所迁移，亦以"四印斋"名其室）。同年，祖父王诚立卒。光绪七年（1881）冬，半塘父王必达从甘肃安肃道移任广东惠潮嘉道，行抵平凉卒。翌年春，半塘扶枢南归，第三年冬至大梁（今河南开封市）省兄王维翰。在大梁期间半塘与当地诗友多有诗词酬唱。半塘无子，以兄维翰之第三子瑞周为嗣，改名为郦。在大梁，半塘与朱祖谋订交。光绪十年（1884），半塘服阕回京。

半塘在京时，常在同乡龙继栋（字松琴，号槐庐）的觅句堂为文酒之会。参加者除龙氏外，有永福韦业祥（字伯谦），桂林谢元麒（字子石），灌阳唐懋功之子唐景崧（字薇卿）、唐景崇（字春卿）、唐景對（字禹卿）三兄弟等，半塘与他们非亲即故。觅句堂成员以广西人为主，亦有外省文友；觅句堂文会以作词为主，亦作诗、古文。作词以半塘最专且久。光绪八年（1882），龙继栋因云南报销案解任候质，觅句堂之会遂散，词人又常在四印斋聚会。光绪十四年（1888），临桂况周颐至京，与半塘在四印斋以词相切磋。两人成名以后，共称王况。人称他们创立临桂词派，以半塘为首领。而觅句堂之会，实开其端。半塘开始学填词时受江宁（今南京市）端木埰影响最大。端木埰任内阁中书，在词坛年岁最长，填词以常州派张惠言为宗，与半塘在师友之间。端木埰曾手书宋词十九首与半塘。

半塘于光绪十一年（1885）任内阁侍读，值实录馆。光绪十三年（1887），慈禧太后下令修建颐和园，挪用海军巨款作修园之用，致使海军停购军舰；并以海军成员督修颐和园。同年慈禧下旨，为光绪帝筹办大婚典礼，半塘得预其事。光绪十四年（1888）四月，夫人曹氏卒，后半塘终身未续娶。光绪十五年（1889）正月，光绪帝完婚，慈禧归政，光绪帝亲政。光绪帝完婚叙劳，半塘得赐三品衔。光绪十七年（1891），颐和园初步竣工，慈禧入住主殿乐寿堂，光绪帝奉皇太后驻跸颐和园自此始。光绪二十年（1894），中日甲午战争爆发，翌年初，北洋海军全军覆没，三月签订丧权辱国的《马关条约》。

光绪十九年（1893）七月，半塘入都察院，任江西道监察御史，升礼科给事中，转礼科掌印给事中。半塘既在谏垣，目睹中日甲午之战中清廷的腐败导致战事节节失败，而投降派畏战言和，丧权辱国，曾上疏弹劾李鸿章、孙毓汶、徐用仪等大员，以为和议不可行，请罢奸邪以坚战局。但中日战争中清廷终归惨败。光绪二十一年（1895），半塘屡次替康有为上书谈变法等事。七月，半塘参加强学会。半年后强学会被查封。光绪二十二年（1896）春，半塘为使光绪帝免于事事受慈禧牵制，使之自主图强，上疏谏驻跸颐和园。疏入，光绪帝软弱，深恐慈禧怪罪，遂引太监寇连材上书请慈禧勿干政被杀一案欲加严谴，幸有恭亲王奕訢、吏部大臣李鸿藻（一说军机大臣翁同龢）据理力争得免。光绪二十四年（1898）正月，半塘上疏请开办京师大学堂。四月二十三日光绪帝下诏定国是，宣布变法。五月五日诏立京师大学堂（即今北京大学前身）。八月六日慈禧发动政变，囚光绪帝于瀛台，再出训政，旋杀"六君子"，变法失败。之后，半塘上书"请端学说以正人心"，以图自保。

光绪二十二年（1896），朱祖谋重到京师，半塘邀其入咫村词社。朱祖谋填词，实出半塘引导，半塘嘱以专看两宋词，有所得，然后可看明以后词。词社中又有张次珊、郑文焯、王以敏、易顺豫等人，一时从游者甚众。光绪二十五年（1899），半塘与朱祖谋一起校勘梦窗词，并举校梦龛词社。

光绪二十六年（1900）七月二十日，八国联军侵占北京，烧杀淫掠。慈禧挟光绪帝西逃。九月慈禧逃至西安。其时半塘身陷危城，与朱祖谋、刘福姚共集四印斋填词以抒悲慨。宋育仁住所相近，亦时往填词。九月，宋氏离京，三人仍填词不已，共成《庚子秋词》。后又与朱祖谋、郑文焯等十余辈迭相唱和，共成《春蛰吟》。

光绪二十七年（1901），半塘得请南归，经朱仙镇至金陵，过上海，游苏州，与朱祖谋、郑文焯相酬答，后寓于扬州。至上海时，曾讲学于南洋公学。光绪二十九年（1903）主讲扬州之仪董学堂。光绪三十年（1904）四月，况周颐过江相访。五月，过江访郑文焯，相会于吴皋。六月，往山阴省墓道经苏州，两江总督端方约半塘夜宴于苏州八旗会馆（拙政园旧址），翌晨即病，二十三日夜卒于两广会馆。初寄榇沧浪亭侧结草庵中，后归葬临桂城东半塘尾村祖墓之侧（今桂林市育才小学内）。

二

半塘长期致力于校刻词集。自光绪七年至光绪三十年（1881～1904），前后近二十五年，百计搜求前人词集，创校词五例：一曰正误，二曰校异，三曰补脱，四曰存疑，五曰删复。其将校勘之学用于刻词，所刻词最为精审。如《四印斋所刻词》，搜罗有《东坡乐府》《稼轩长短句》《白石道人词集》等二十四种词籍（其中《漱玉词》《樵歌》为辑佚）。又刻有《宋元三十一家词》四册二十五种。其校刻《梦窗甲乙丙丁稿》，前后凡五年，三易其板，可见其校词态度的精严。

《半塘定稿》所收各集标题下注有各集收词起止年份。此年份当指删定前原七稿九集各集收词起止年份。半塘诸词集中词作大体按写作时间先后排列，但《半塘定稿》中所注起止年份有的与实际情况有所出入。《半塘定稿·袖墨集》收词起止年份标"丙戌至己丑"，即光绪十二年至光绪十五年（1886～1889），而实际上《袖墨集》所收词作有早至光绪六年（1880）庚辰的；《半塘定稿·虫秋集》收词起止年份标"庚寅至癸巳"，即光绪十六年至光绪十九年（1890～1893）；《半塘定稿·味梨集》收词年份标"甲午乙未"，即光绪二十年（1894）和光绪二十一年（1895），而实际上《味梨集》所收始于光绪十九年（1893）七月（此时半塘始入都察院任江西道监察御史）；《半塘定稿·鹜翁集》收词年份标"丙申丁酉"（《鹜翁集》家刻本同），即光绪二十二年（1896）和光绪二十三年（1897）；《半塘定稿·蜩知集》收词年份标"戊戌"（《蜩知集》家刻本同），即光绪二十四年（1898）；《半塘定稿·校梦龛集》收词年份标"己亥"，即光绪二十五年（1899）；《半塘定稿·庚子秋词》收词年份标"庚子"，即光绪二十六年（1900）；《半塘定稿·春蛰吟》收词年份标"庚子辛丑"，即光绪二十六年（1900）和光绪二十七年（1901），写作时间为庚子冬和辛丑春；《半塘定稿·南潜集》收词起止年份标"辛丑至甲辰"，即光绪二十七年至光绪三十年（1901～1904）。

总体而言，半塘词集的刊刻流传以及各词集之间的异同，以其七稿九集及家刻本和手稿最为可靠。其家刻本最为精审，绝少错误。半塘早期词作稿本留存有数种，分存于各大图书馆，版本情况较为复杂。笔者另有专文，大体以各词集刻本为主，分别进行了论述。①

三

王鹏运开始专力作词约始于光绪五年（1879），至光绪三十年（1904）六月去世，专用心力于此。半塘虽自云"作辍一再"，但其实创作颇丰。为了深入了解王鹏运的创作过程，有必要对其全部词作进行分期考察。这里根据半塘各词集所收词作实际情况，结合半塘生平仕履，将其词创作分为以下四个时期。

第一期为王鹏运任职内阁、在京优游度日专心学词的时期。半塘自同治十三年（1874）在京第二次应进士试不第，十二月任内阁中书，约至光绪五年（1879）开始随龙继栋和端木埰学词，参加觅句堂唱和及中书词人唱和；光绪八年（1882）正月丁忧归，光绪九年（1883）秋至开封，与在开封的诗人相唱和，直至光绪十年（1884）十月返京，服满起复，十一月委署侍读，继续参加中书词人唱和。光绪十五年（1889）十月，考取御史，光绪十九年（1893）七月补授江西道监察御史。半塘此时期词集有《袖墨集》和《虫秋集》。

第二期为王鹏运担任台谏恪尽职责，同时屡举词社招集词友一同唱和吟咏的时期。光绪十九年（1893）七月半塘被补授为江西道监察御史。光绪二十年（1894）六月转掌江西道监察御史。其直谏垣十年，疏数十上，大都关系政要，在甲午战争时期，曾上奏三争和议，且多次弹劾李鸿章，为抗战出谋划策。自光绪二十一年（1895）起，半塘屡次为康有为代递奏折，自己也多次建言，是变法维新运动中一位不可忽视的人物。半塘不畏强权，正直敢言，曾弹劾过不少权臣政要，特别是光绪二十二年（1896）三月十三日上奏谏帝后驻跸颐和园，更是敢于担当。半塘在台谏任上，积极建言，但仍不废吟咏，并且时常招集词友社集唱和，推动了晚清词坛向前发展。此时期词集有《味梨集》《鹜翁集》《蜩知集》《校梦龛集》。

第三期为王鹏运对国事深感失望、身丁巨变而将满腔忠愤或隐或显地寄托于词的时期。半塘约于光绪二十五年（1899）升任礼科给事中，后转礼科掌印给事中。光绪二十六年（1900）庚子之乱起，半塘身处围城中，

---

① 朱存红：《王鹏运词集考》，《中国韵文学刊》2013 年第 4 期。

与朱祖谋、刘福姚在四印斋唱和，成《庚子秋词》二卷，词中多君国之忧和黍离麦秀之悲，被世人目为"反侵略"之作。后又扩大范围，与刘福姚、朱祖谋、郑文焯诸人唱和成《春蛰吟》一卷。半塘曾于闰八月十一日上《为首祸之臣情罪重大请饬交廷议折》，请求将庄亲王载勋等造成祸乱的大臣严加治罪。次年五月，半塘见国事终不可为，愤而上疏弹劾荣禄，然后弃官南下。

第四期为王鹏运弃官之后不问政事、优游名胜的时期。半塘南下后主要跟其兄及子住了大约两年，其间也经常出游访友，游踪及南京、上海、苏州等地。后出任扬州仪董学堂监督。光绪三十年（1904）六月，半塘游西湖归，道经苏州，卒于两广会馆。此时期词作多为纪游、酬赠之作。词集有《南潜集》。

四

前人对王鹏运词作的艺术风格多有论述，可谓众说纷纭。我们试图在深入把握半塘全部词作的前提下，从其词作的情感和词境两方面去归纳总结其主体艺术风格。

王鹏运身世坎坷，经受过各种人生的不幸。其喜怒哀乐都在词中表现，悲多乐少，所以我们感觉到他主要借助词这种形式来深沉地表现悲苦的情怀。

其悲苦原因大致数端：内忧外患的时代，仕途不顺的经历，报国无门的摧挫，锻就了他千回百折的词心；疾病的终生折磨，父母、兄弟、妻儿先后去世的巨痛，逐渐酿就了他忧郁伤感性格的苦酒。半塘最知心的词友朱祖谋曾评论半塘说："君天性和易而多忧戚，若别有不堪者。既任京秩，久而得御史，抗疏言事，直声震内外，然卒以不得志去位，其遇厄穷，其才未竟厥施，故郁伊不聊之概，一于词陶写之。"[1]

半塘平生的种种情感都诉诸词，其悲苦情感主要表现在以下四个方面。

其一，忧国伤时之悲。光绪十九年（1893）七月半塘任江西道监察御史，次年六月，中日甲午战争爆发。半塘在战争期间一力主战，并积极建言，但最终清廷在战争中失败，以割地赔款了局。此后西方列强逼迫日甚，

---

[1] 朱祖谋：《半塘定稿序》，光绪三十一年（1905）广州刻本。

至光绪二十六年（1900）八国联军占领北京，两宫西狩，半塘更是在京目睹了这幕历史的惨剧。《庚子秋词》和《春蛰吟》即表现出词人对国事的担忧和关注，对以慈禧为代表的顽固投降派的讽刺和指责，对外国侵略者的斥责和痛恨，集中凸显其忧国伤时的郁闷和伤痛。如其作于光绪二十六年（1900）闰八月底的《凤来朝》词云：

> 热泪向风堕。压城头、坏云磊砢。正黄头市饮、歌相和。叹回面、有人过。　　目断西征烽火。动哀吟、杜陵饭颗。自灭烛、深宵坐。又点点、乱磷火。

半塘将自己比作落魄的杜甫。表述自己在围城中，眼见侵略者放纵猖狂，思念西去的光绪帝，深夜难眠，只有哀吟着向风洒泪而已。

其二，亲友去世之悲。半塘自幼丧母，后又丧父，故自号"半塘老人"。其后生子未能长成，不到四十岁妻子去世，一兄一弟也先后弃他而去。其词友韦业祥、谢元麒英年早逝，端木埰、许玉瑑等先后去世，志同道合的挚友"六君子"之一的杨锐不幸被杀害。半塘本来就是非常注重亲情和友情的人，面对这些亲友多数夭逝，哪能不悲伤痛苦？考其词集中悼念亲友的词作有 16 首，集中体现了其伤悼亲友的拳拳真情。除此之外，因时、因地、因物的触发，亦往往会勾起词人这种隐秘的伤痛。如《百字令·叔问寄赠魏普泰二年法光造像记，文曰：为弟刘桃扶北征，愿平安还。时予季新亡，读之惨然。赋此以寄，叔问去秋亦有鸰原之痛也》词云：

> 深龛礼佛，乍摩挲断碣，凄然欲涕。大愿人天空记取，憔悴看云心事。千劫难磨，三生谁认，此恨何时已。天亲无著，羡他尘外兄弟。　　还记客岁分襟，秋心黯淡，君洒鸰原泪。争信江湖书尺到，我亦飘摇如此。佛也无灵，天乎难问，散偻西风里。蒲团投老，相期同证禅契。

此词作于半塘幼弟辛峰去世不久，半塘收到郑文焯寄给他的魏碑拓片，由其文字内容引发了对亡弟的怀念和悲伤，"佛也无灵，天乎难问"二句，足证其悲痛之深。

其三，不遇之悲。半塘终生进士未第，他报捐内阁中书，任职后十年未得升迁，后转内阁侍读，在任上又是将近十年；官终正五品的礼科掌印给事中，求一外任而不可得，最终郁郁而逝。半塘进士屡举不第，尤为心病。如《长亭怨慢·亭皋木叶下纷纷，七见秋光老蓟门。多少天涯沦落意，未应秋士独消魂。此己卯口占句也。容易秋风，又逢摇落，古所谓树犹如此者，岂欺我耶？用石帚仙自制腔，以写怀抱》《金缕曲·六月三十日，鹤公招同夔笙小集市楼》《鹧鸪天》（笑里重簪金步摇）等词均是其不遇悲叹的深刻表现。又如其《思远人》词云：

> 潦倒蓬蒿三径晚，身世共虫蛰。撑肠广厦，低头江岸，吟啸意谁识。　　茂陵老尽秋风客。那更一钱值。笑大户今朝，醉乡深处，红笺为生色。

"撑肠"三句用杜甫诗意。杜甫《茅屋为秋风所破歌》："安得广厦千万间，大庇天下寒士俱欢颜，风雨不动安如山。"又《哀江头》诗："少陵野老吞声哭，春日潜行曲江曲。"作者以杜甫自况，潦倒不堪，却心忧天下。

其四，欲归不得之悲。半塘故乡桂林山水秀丽，景色宜人，是半塘父母墓庐所在和亲人所居。在那里，留有词人许多美好的童年记忆。半塘有一个梦想，就是有一天能和兄弟们归隐故乡，相守以终老。故乡常在半塘的魂牵梦萦中，但真要归去又恐怕很难。先是半塘尚有功名心，力求有所进取，归隐故乡只是一个比较遥远的打算。《临江仙·己丑除夕》《蓦山溪·怡贞下第游粤，作此送之》《南乡子》（烂醉复奚疑）词可证。半塘作于光绪二十二年（1896）底的《木兰花慢》（童游牵梦惯）词序云："今年春日，颇动故园之思，尝倩恒斋丁丈绘《湖楼归意图》，并赋词寄兴。既而归不可遂，而恒斋出守，画亦不可得。顷阅辛峰词，有用稼轩翠微楼韵题杉湖别墅一阕，林容水态，模绘逼真，益令人怅触不已。故乡风讯，咄咄逼人。南望清漓，正不独一丘一壑系人怀抱。依韵属和，辛峰其知我悲也。"序中所云欲归不得之伤痛，可谓直接道出其心声。后来半塘毅然投劾出京，才真的有了归隐故乡的可能。但是此时半塘却没有足够的资财去应对隐居的生活，其作于南归之后光绪二十八年（1902）冬的《长亭怨慢·腊月四日偶然作》道出此种进退维谷的尴尬：

> 几绝倒、先生归计。百瓮黄斋，费人料理。落落云孤，等闲舒卷

定何意。寒毡青拥，还约略、儿时味。鸥鹭莫惊猜，试认取、盟书一纸。　　愁寄。问家山何处，黯黯夕烽西起。白头吟望，尽销得、杜陵憔悴。看倦羽、已落江湖，漫犹忆、巢痕云倚。只催换新声，未惯玉箫月底。

此词自嗟身世，叹家贫欲归无计，忧国伤时，诸感纷至沓来。半塘自知家贫欲归而无法实现，会惹人嘲笑，凸显其心中两难处境的难言隐痛。

半塘词情感的深沉同时在于其表达方式的隐蔽性。半塘经常在其词作中运用比兴寄托的手法，大量使用典故，在词中含蓄地寄寓其情感，如果读者不联系时代背景和半塘自身境遇仔细探究，是很难进入其词所表达的意奥的；在多数情况下，抒情主人公不会站出来直接抒发其情感，而往往通过使用景物描绘进行侧面烘托或今昔对比等，进行间接表达。如《减字木兰花》：

    婆娑醉舞。呵壁无灵天不语。独上荒台。秋色苍然自远来。
古人不见。满目荆榛文字贱。莫莫休休。日凿终为浑沌忧。

此词表面看是一首纪游之作，简单的几笔秋景的描写，表达出作者的秋愁，但通过对诸如"呵壁""天不语""醉舞""古人不见"词意细绎，对"苍然""浑沌"意境联想，则可知作者在词中抒发的是如同屈原般面对苍茫秋色而触动的深沉的忧国之思。

半塘精熟唐宋以来词坛诸名家词集，并能心摹手追，善于向不同风格的词家学习，既得雄浑真髓，又不乏委婉肌肤，雄浑和委婉异质同构，形成其自身独特的语言特色和词境。与半塘曾有交游的词家陈锐曾评其词云："王幼遐词，如黄河之水，泥沙俱下，以气胜者也。"[1] 张尔田曾云："并世作者，半塘之大，大鹤之精，彊村之沉，与蕙风之穆，骎骎乎拊南宋而上矣。"[2] 叶恭绰则云："半塘气势宏阔，笼罩一切，蔚为词宗。"[3]

半塘词所具有的阔大的气势当与其词作的语言和词境有很大关系。半塘非常推崇东坡词的清雄，以为是无法学习的，但事实上半塘词的雄浑有

---

① 陈锐：《襄碧斋词话》"评近人词"条，唐圭璋编《词话丛编》，中华书局，1986，第4198页。
② 张尔田：《词莂序》，朱孝臧编、张尔田补录《词莂》，《彊村丛书》本。
③ 叶恭绰：《广箧中词》卷二，浙江古籍出版社，1998年影印本。

与东坡类似的地方。如其登临怀古、纪游之作就比较明显地具有这一特点。其《西河·燕台怀古，用美成金陵怀古韵》词云：

> 游侠地。河山影事还记。苍茫风色淡幽州，暗尘四起。梦华谁与说兴亡，西山浓翠无际。　　剑歌壮，空自倚。西飞白日难系。参差烟树隐舳舻，蓟门废垒。断碑漫酹望诸君，青衫铅泪如水。　　酒酣击筑访旧市。是荆高、歌哭乡里。眼底莫论何世。又芦沟冷月，无言愁对。易水萧萧悲风里。

此词用周邦彦词韵，沉郁苍凉与清真原词接近而悲慨更甚。词中眼界阔达，镜像深幽，视野所及由西山、蓟门到芦沟桥、易水河，尤其是对乐毅、荆轲、高渐离等慷慨悲歌之士的追怀，让人感慨呜咽，情不能已，凸显了半塘词雄健浑厚而悲怆的特色。

半塘词的雄健浑厚特点不仅普遍体现于上述怀古、纪游之作中，即便是寻常的送别、酬赠之作，也往往可以见出其雄浑的特点。如其《翠楼吟·送郑椒农游闽粤》：

> 月朗澎湖，镜澄越峤，楼船横海重试。鲸波惊昨梦，费多少、鲛人清泪。书生豪气，但白眼看天，狂歌斫地。曾知未。海鸥翔集，暗窥人意。　　快驶。万里长风，喜焱轮电卷，壮游堪寄。神山凝望渺，想壶峤、今通尘世。云帆高倚。好向若探奇，凿空求是。愁分袂。思君岁晚，海天无际。

因朋友郑椒农将去之地闽粤临近大海，故词人把思维活动的舞台移到了海上，想象了一番朋友在海上纵横驰骋的壮举，加上书生狂态的描写，最后归结到二人的友谊，全词气象自然开阔，雄健浑厚，凸显出"重、拙、大"风姿。

在半塘词作中，无论情感内蕴强弱，也无论表达方式是抒情抑或写景，抑或叙事，甚或议论，都很少通篇用率性无遗的直抒胸臆法。这一方面是由词体本身的特点所决定，另一方面也是由半塘的词学观决定的。词与诗不同，词之情辞的达意传声强调含而不露、要眇宜修，富有烟水迷离之致；如前所论，半塘非常认同词体的这一文学本色，这些就决定了半塘词作的曲折婉转、内敛蕴藉。

陈匪石论词之气和笔时曾说："随地而见舒敛，一身而备刚柔。半塘、彊村晚年所造，盖近于此。"① 诚哉斯言。如果慢慢咀嚼，读者很容易发现半塘有许多词作的确是柔中裹钢，绵里藏针，刚柔相济，别开生面——特别是其晚年词作更臻于此境。我们如果试着去探寻上面所举具有刚柔两类词境的例子，会发现在同一首词作中其实可以找到相对的另一面。试读其《南潜集》纪游之《古香慢·同叔问步登灵岩，遂至琴台绝顶。用梦窗韵》：

> 藓池粉冷，兰径香留，愁满吴圃。暝入疏林，一角淡烟催暮。筇外雁程低，笑飞趁、轻身过羽。瞰沧波、万顷在眼，老怀浣尽幽苦。
> 是旧馆、名娃深处。钟磬僧房，残霸谁主？步屟沉沉，落叶响廊疑误。古意落苍茫，乱云锁、盘空岭路。剩岩花，自漂坠、半溪暗雨。

此词用吴文英自度曲《古香慢》（怨娥坠柳）词韵，梦窗原词具有委婉深沉的特点。半塘此词也出之以曲折婉转姿态，通过选择性的景物描写和对历史陈迹的追寻而发出登临怀古之幽思。但是，词人站在高山之顶，俯瞰万顷沧波，并见乱云封锁了险峻的来路，这些景象的描绘，又流露出跌宕起伏的雄健浑厚之气，从而达到了刚柔相济的佳境。

又如《念奴娇·九月朔日宿徐州作》，全词曲折婉转地表达了词人孤凄及怀友、伤时之情，同样具备刚柔相济的特色。

总之，半塘词境既有雄健浑厚的一面，又有委婉曲折的一面，并且两者在其词作中得到了和谐的统一，形成了既雄浑又委婉的面目。

由以上论述可以得出结论，王鹏运在词作的风格上进行过多种尝试和探索，如其平日的联句、和韵、拟作之举，就是有意在追慕前贤和同辈的艺术风格。本来作为一位词坛大家，就不是一种艺术风格所能束缚得住的。由于半塘自身性格等方面的原因和外界环境各种因素的影响，悲苦沉郁的情感和雄浑委婉刚柔相济的词境，共同构成了王鹏运词作沉雄悲婉的"重、拙、大"主体艺术风格。

---

① 陈匪石：《声执》卷上"行文两要素"条，唐圭璋编《词话丛编》，第 4949 页。

五

王鹏运曾校刊唐宋金元人词籍数十家，故而精熟唐宋名家词集，并心摹手追，有选择地多方向他们学习，最终能自成一家。半塘向前代词人学习的途径主要得自常州词派，但在此基础上根据自己的兴趣有所变通，学习的范围更广，在后期更能突破常州词派的樊篱而广泛涉猎，最终成为清代词学的集大成者。

常州词派中期的理论家周济认为王沂孙"餍心切理，言近指远，声容调度，一一可循"，吴文英"奇思壮采，腾天潜渊，返南宋之清泚，为北宋之秾挚"，辛弃疾"敛雄心，抗高调，变温婉，成悲凉"，而周邦彦则为"集大成者"，此四家为宋词之"领袖"。周济在此认识基础上提出向宋人学词应遵循的途径，即"问涂碧山，历梦窗、稼轩，以还清真之浑化"。① 朱祖谋评价半塘的学词道路时即认为与上述周济之说非常契合。后来龙榆生在具体分析半塘各期词作后更进一步提出半塘学词"欲由碧山、白石、稼轩、梦窗，蕲以上追东坡之清雄，还清真之浑化"，② 此说更接近半塘向宋词名家学习的实际，但似乎尚有不够全面的地方。

半塘学词从王沂孙入手，再由姜夔、辛弃疾、吴文英以上窥苏轼、周邦彦，其间主要学习某一词家的同时，还曾向上述其他诸家及其以外的词人如冯延巳、周密、张炎等学习。光绪二十五年（1899）以后，大致不主一家，并且由南追北，上及北宋张先、柳永、晏几道等名家，欲取两宋各大词人之所长，由此逐步形成了其转益多师、博观约取的"重拙大"的独特风格。至其光绪二十七年（1901）以后之作，可谓"老去诗篇浑漫与"，虽出于自由挥洒，但能自具面目，首首都可称为精品。龙榆生曾举半塘《浪淘沙·自题庚子秋词后》《尉迟杯·次沤尹寄弟韵》《鹧鸪天·登玄墓还元阁，用叔问重泊光福里韵》等词为例，认为半塘这些词作"已冶众制于一炉，运悲壮于沉郁"。③ 且看其后首：

---

① 周济：《宋四家词选目录序论》，唐圭璋编《词话丛编》，第 1643 页。
② 龙榆生：《清季四大词人》，《龙榆生词学论文集》，上海古籍出版社，1997，第 436 页。
③ 据龙榆生《清季四大词人》一文，《龙榆生词学论文集》，第 446～447 页。按三词分别见《庚子秋词》《春蛰吟》《南潜集》。

云意阴晴覆寺桥。秋声瑟瑟径萧萧。五湖新约樽前订，十月轻寒
画里销。　　　　凭翠槛，数烟桡。一楼人外万峰高。青山阅尽兴亡感，
付与松风话市朝。

此词为纪游之作。词人的兴亡之感本来是由青山长久而世事无常引发，
但不是直接抒发出来的，而是赋予青山以人格，让青山见证兴亡，在松林
风声之中谈论世间争名逐利之事。故词人心中的兴亡之感表现得很含蓄。
此词正可以代表半塘词沉雄悲婉的典型风格。

半塘的学词道路大致与常州词派周济之说相近，但其实还是有明显差
别。这在其《四印斋所刻词》中将《东坡乐府》列为第一，《稼轩长短句》
置于第二，便可见端倪。

综而论之，王鹏运在追摹前辈词家后，渐悟渐变，其与常州词派相较，
于词体之突破，大体可归纳为四点。

其一，在词作内容上的突破。半塘生当晚清内忧外患极深之际，其生
平经历坎坷，其性情襟抱又与众不同，故其词作内容与常州词派张惠言、
周济辈相比，增加了不少新的东西，身世之感和家国之忧经常寄托于词作
中。半塘"天性和易，而多忧戚，故郁伊不聊之概，一于词陶写之"，[①] 因
其"胸中别有事在"，[②] 故发之为词，"于回肠荡气中仍不掩其独往独来之
概"，[③] 足见其词作内容上不同于常州词派的独创性。

其二，在词学宗尚上的突破。半塘作词于碧山、稼轩、梦窗、清真外
兼宗姜夔、张炎之清空醇雅，实际上已取浙西词派与常州词派之长而避其
短，在一定程度上已经不同于清代词坛前辈。同时，不同于常州词派标榜
稼轩，而是退辛进苏，稍抑稼轩之豪旷，而推崇东坡之清雄。龙榆生有言：
"至其晚岁，始稍稍欲脱常州羁绊，以东坡之清雄，运梦窗之绵密，卓然有
以自树。"[④] 正因为半塘在词学宗尚上有比较大的突破，其词作才能取得较
大成就，他才能成为一代词坛大家。

其三，严于词律。常州词派重视词作内容，注重词作的比兴寄托，但

---

① 朱祖谋：《半塘定稿序》，见光绪三十一年（1905）朱祖谋广州刻本。
② 钟德祥：《半塘定稿序》，见光绪三十一年（1905）朱祖谋广州刻本。
③ 朱祖谋：《半塘定稿序》，见光绪三十一年（1905）朱祖谋广州刻本。
④ 龙榆生：《与吴则虞论碧山词书》，《龙榆生词学论文集》，第373页。

不怎么注重词律。"鹜翁取义于周氏，而取谱于万氏"，① 于重视词作内容的同时，也重视词作的协律。半塘精于词律，其词作到后来守律渐严，可证其对词律的更加重视。

其四，对于唐宋以来词作为一种文学体裁的文学本质特性有独到的体悟。如况周颐在《蕙风词话》卷一论及其与半塘讨论填词要不要把意思说尽，用典需不需要注明典实原意时，引用半塘语曰："刌填词固以可解不可解，所谓烟水迷离之致，为无上乘耶。"半塘认为词的最上乘之作，就在于"可解不可解""烟水迷离之致"之间。因为词与一切文学作品一样，是以"文字为物质手段，构成一种表象和想象的形象，从而反映现实生活，表现艺术家的审美感受"。② 语言文字本是概念认识的手段，但在文学作品里则要求它不作逻辑论断，"而要求利用它与感情经验的联系来唤起自由的生动表象与情感"，③ 所以，真正称得上文学作品的东西，是不能"一语道破"的。恩格斯认为："作者的见解愈隐蔽，对艺术作品来说就愈好。"④ 比照思忖，结果十分明了，王鹏运对于词的"无上乘"境界之认识，就是以上当代美学家和恩格斯所欣赏的文学境界。正由于半塘的这种文学本质属性体认的前卫性，他让我们读到了有史以来，用词来咏叹中国历史上第一部翻译西方小说《巴黎茶花女遗事》中女主人公玛格丽特的词作《调笑转踏·巴黎马克格尼尔》。词云：

> 妾家高楼官道旁。山茶红白分容光。愿作鸳鸯为情死，托身不愿邯郸倡。浮云柳絮无根蒂。情丝宛转终难系。漫道郎情似海深，不抵巴尼半江水。　　江水。恨无已。泪尽题琼书一纸。红香蹴地尘难洗。凄绝名花轻委。脸红断尽铜华底。日夕明霞还起。

《调笑转踏》，又名《传踏》《调笑》《调笑令》《调笑歌》，是兴盛于北宋、诗与小令组合咏一情事的俗曲体制，常用于歌舞表演，也有士大夫所作，置于文案，自娱自乐者。黄庭坚、秦观、毛滂等皆有所作。"转"又作

① 释持（沈曾植）：《彊村校词图序》，《东方杂志》第 3 期，1922 年 3 月。
② 王朝闻：《美学概论》，人民出版社，1981，第 270 页。
③ 李泽厚：《美学论集》，上海文艺出版社，1980，第 354 页。
④ 恩格斯：《致玛·哈克奈斯》，《马克思恩格斯列宁斯大林论文艺》，人民文学出版社，1980，第 135～136 页。

"传"，是唐代歌舞表演的一种程序；"踏"者，"踏歌"之简称。"踏歌"属乐府杂曲歌辞，有五言六句、八句，七言四句、八句等。李白《赠汪伦》诗有云："李白乘舟将欲行，忽闻岸上踏歌声。"即此"踏歌"之谓也。王鹏运这首《调笑转踏》，由两部分组成：前半为七言乐府《踏歌词》，后半为一首《调笑令》，体制与秦观咏王昭君《调笑令》同。即踏歌词尾句最后二字与调笑令首句二字相同，形成顶针修辞的连珠效果，一气贯下，韵味浑成。

　　"马克格尼尔"即法国小仲马《茶花女》小说之女主人公的名字，今通译作玛格丽特。"山茶"句谓玛格丽特爱插山茶花为饰，红色山茶花与茶花女的白脸蛋相辉映，互增光彩，也点明"茶花女"得名缘由。"邯郸倡"，指歌伎。《古乐府·相逢狭路间》有云："堂上置樽酒，使作邯郸倡。"战国时赵国产歌伎，赵都邯郸，故诗人常以"邯郸倡"称之。《茶花女》之男主人公阿尔芒误会自己心爱的恋人玛格丽特，曾生气地辱骂玛格丽特是"无情无义的娼妇"。此句以茶花女的口吻，表白自己如鸳鸯般向往矢志不渝的爱情，甚至可以为情而死；发誓来世托身，也不愿再做妓女。这两句表明王鹏运对茶花女内心世界真实情愫和绝望悲苦的根源理解透彻，深抱同情。后四句写男主人公阿尔芒。"浮云柳絮"，喻天下不可靠的爱情以及朝秦暮楚、爱情不专一的男女。这里，王鹏运从男女主人公爱情悲剧的事实跳出来作一凌空翻转，他不是直接批评阿尔芒对爱情不忠，因为事实上阿尔芒也是受其父蒙骗而对茶花女产生误会，所以作者这句旁白似的评论具有一种对于世间爱情泛认知的意味。对方既然是"无根蒂"，那么任你情丝如何婉转缠绵，始终是系不住"浮云"和"柳絮"的。"漫道"二句就是直接谴责阿尔芒了。曾对茶花女表白自己情深似海，但遇到挫折，却不能够坚定不移地信赖对方，其情还不如塞纳河的半江水，更别说"似海深"了。巴尼，即巴黎。其城市主要河道为塞纳河。这八句诗是从总体上评价茶花女与阿尔芒的爱情悲剧。

　　后半部分由"踏歌词"转为"调笑令曲"。是从细节上专一写茶花女悲剧的凄惨结局——恰如一朵漂亮的茶花一样，绚丽开放，刹那间衰败零落成尘，再无重绽枝头之望！"江水。恨无已。"过渡紧凑，意脉直逼女主人公哀感顽艳的决绝之"恨"！"泪尽题琼"，四字写尽小说悲剧性故事的细节泣咽：善良的玛格丽特在恋人阿尔芒的父亲冷酷狡诈的欺骗下，流尽悲怆的泪水，迫不得已给恋人阿尔芒写绝交信，读信后的阿尔芒却误会了玛格丽特，这封信断送了两位青年的真挚爱情，也酿成让茶花女殒命的悲惨结局。题琼，指写信。琼，喻色泽晶莹如美玉之信笺。前蜀毛文锡《赞浦子》词："宋玉《高唐》意，裁琼欲赠君。"可知"题琼"在古代诗词中常用来专指写情书。这封绝交信，是茶花女写给阿尔芒的最后一封情书。"泪尽"一语，将茶花女当时的伤心与绝望表述得令人肝肠寸断！

"红香"二句谓艳红芬芳的茶花女被龌龊冷酷的现实玷污而无法洗濯出自身的清白，凄惨地零落委顿。红香，代指茶花女。这两句用了双关的手法，既写红山茶花零落尘埃，名花委地，又写茶花女贫病交加，玉殒香消。踠地，屈曲斜垂着地貌。庾信《杨柳歌》："河边杨柳百丈枝，别有长条踠地垂。""脸红"句指玛格丽特得了肺病，在镜子中见到自己潮红的脸色，逐渐由红转白，最后在铜镜前变得脸色苍白，身心俱灰，终于堕地，了断了凄艳的余生，孤寂死去。铜华，指铜镜。这里安排一面铜镜非常符合人物身份，也很有艺术思维创意——半塘在这里暗示茶花女就是一面镜子：她身上折射出貌似强大的法国传统制度的不合理性以及"上流社会"人性的缺失。"日夕"句谓茶花女死后，太阳照旧升起又落下，世界还是老样子。表达出词人对世态炎凉的深沉喟叹。

言及此，人们会问：庚子年间（1900）的王鹏运，如何能够读到法国小仲马的名著《茶花女》呢？原来，1899年2月，由新近从法国留学回国的福建学子周寿昌口授、林纾执笔翻译的中国第一部翻译西方小说《巴黎茶花女遗事》在福州首版发行。5月，汪康年在上海用原版刻板重印。不久，多家书馆、书局争相刊刻，《巴黎茶花女遗事》不胫而走，形成清代末年中国知识圈的《茶花女》热。林纾也因为这部小说的翻译而一朝声名大震，并且一发而不可收，从此走上不懂外文的外国文学翻译之路。

有一个巧合就是，当《巴黎茶花女遗事》在上海、北京流传时，正是八国联军打进北京城、火烧圆明园、使中国人蒙受奇耻大辱的惨剧发生的时候。王鹏运等接触到这个译本，是平生读到的第一部翻译成中文的西方小说；也是目睹西方列强入侵中国、对于侵略者弱肉强食的暴掠本性有了感性认知的时候。这种认知上的同步，使得诗人对于巴黎茶花女的个人悲剧的深刻性体悟得更为深致入骨，吟咏时的情感体验，也就犹如感同身受，作品内蕴的情愫便显得十分悲戚忧伤——这应该是作为一个封建时代士大夫的作者，之所以能够对在资本垄断的特权社会之时代阴影笼罩下生活着的下层妇女饱受凌虐的悲惨身世遭际寄予极大的同情和理解的直接原因。

当时参加同题吟咏的还有上面提到的光绪十八年（1892）状元、临桂词人刘福姚和《宋词三百首》的创编者浙江人朱祖谋。王鹏运为首唱，刘福姚与朱祖谋乃和作。刘词云：

> 雪肤花貌望若仙。陌上相逢最少年。柔丝宛转为郎系，摧花一夜东风颠。珍重断肠书一纸。钿车忍过恩谈里。山茶开遍郎不归，娇魂夜夜随风起。　　风起。月如水。照见当年携手地。春宵苦短休辞醉。金屋留春无计。花前多少伤心泪。诉与个侬知未。

朱词云：

> 茶花小女颜如花。结束高楼临狭斜。邀郎宛转背花去，双宿双飞新作家。堂堂白日绳难系。长宵乱丝为君理。肝肠寸寸君不知，鲍子坪前月如水。　　如水。妾心事。结定湘皋双玉佩。曼陀花外东风起。洗面燕支无泪。愿郎莫惜花憔悴。憔悴花心不悔。

这两首和作都感慨茶花女的爱情悲剧，突出她的善良心地以及对爱情专一的纯洁真性。两作不同点在于对茶花女悲剧的理解和表达方式。刘作突出茶花女寄出绝交信后的期盼，希望阿尔芒能够读懂信件字里行间的委屈悲哀，并希冀对方能够理解自己的绝交信言不由衷、迫不得已以至陷入精神撕裂的内心苦楚。朱作则在于突显女主人公对于双方爱情坚定不移的执着和坚守。为了信守爱情盟约，宁可摧折一己肝胆，背负起沉重的十字架，整天以泪洗面，而不愿对方受折磨，还在祈祷对方不要为思念自己而憔悴。尽管如此，比起王鹏运的"漫道郎情似海深，不抵巴尼半江水"的无情棒喝，就显得温柔敦厚有余，而爱恨是非略显不足了。

王鹏运此作是中国历史上第一篇咏西方小说的词，既能够证明王鹏运文学观念的包容性和前瞻性，也能够反观与半塘同时代的黄遵宪主张"诗界革命"、提倡"旧瓶装新酒"的文学观念在这位以传统词的创作为其安身立命根本的"老派"文人心灵和创作上的投影。这在中国词史上，甚至在近代中国文学史和中西文学交流史上，都是一个值得加载史册的话题。

半塘词独辟蹊径，前人已有论列。如叶恭绰有云：

　　幼遐先生于词学独探本原，兼穷蕴奥，转移风会，领袖时流，吾常戏称为桂派先河，非过论也。彊村翁学词，实受先生引导。文道希丈之词，受先生攻错处，亦正不少。清季能为东坡、片玉、碧山之词者，吾于先生无间焉。①

蔡嵩云在论清词分期时曾云：

　　清词派别，可分三期。浙西派与阳羡派同时。浙西派倡自朱竹垞，曹升六、徐电发等继之，崇尚姜、张，以雅正为归。阳羡派倡自陈迦陵，吴薗次、万红友等继之，效法苏、辛，惟才气是尚。此第一期也。常州派倡自张皋文，董晋卿、周介存等继之，振北宋名家之绪，以立意为本，以叶律为末。此第二期也。第三期词派，创自王半塘，叶遐庵戏呼为桂派，予亦姑以桂派名之。和之者有郑叔问、况蕙风、朱彊村等，本张皋文意内言外之旨，参以凌次仲、戈顺卿审音持律之说，而益发挥光大之。此派最晚出，以立意为体，故词格颇高；以守律为用，故词法颇严。今世词学正宗，惟有此派。余皆少所树立，不能成派。其下者，野狐禅耳。故王、朱、郑、况诸家，词之家数虽不同，而词派则同。②

　　蔡氏以为半塘开创"桂派"，郑文焯、况周颐、朱祖谋均为"桂派"重要成员，该派立意、守律兼重，为当时词学正宗。
　　"桂派"，或者称"广西词派""临桂词派"。此派是否存在，以及半塘是否为该派的领袖，在当今词学研究者中尚有异论。有论者认为以半塘为首的清季四家应当归入常州词派的晚期；有论者承认该派的存在，但认为其领袖应当为朱祖谋；也有不少论者认为确实存在以王鹏运为首的临桂词派，但又称其为常州词派的绪余；当然也有不少论者认为以王鹏运为领袖的临桂词派独立于常州词派之外。笔者同意最后一种观点，认为临桂词派是清季出现的一个新的词派，而王鹏运、朱祖谋先后为该派的领袖。因前人就此争论甚多，在此只陈述理由，而不做更多辩驳。

―――――――――――

① 叶恭绰：《广箧中词》卷二，浙江古籍出版社，1998 年影印本。
② 蔡嵩云：《柯亭词论》"清词三期"条，唐圭璋编《词话丛编》，第 4908 页。

六

半塘坐镇北京，以久宦京华的台谏和词坛名家的身份经常召集词社，以其人格魅力吸引了大批同官京城和北上求官或应试的词人加入，其词弟子况周颐、朱祖谋和深受半塘熏陶的文廷式、郑文焯即为其中的杰出者。清季词坛有名的人物如此，其他同游唱和者受半塘影响也可想而知。即使在出都后，半塘每至一地，都能与当地的词人进行唱酬，其影响力也得以扩展。

半塘与同时词人的交流不限于以词相唱和，还有其他一些方式。如他在校刻《四印斋所刻词》的过程中就结识了不少词友，或者说请一些词友参与到词籍校勘中来，而这些词友中有的可能没有与半塘以词唱和过。如冯煦、李慈铭等著名词人都曾为半塘所刻词籍作有序跋，而未见其唱和词作。他们之间没有相互唱和的原因还有待研究，但必须承认，帮同校刻前人词集，这也是王鹏运与当时词学界同人间交流的一种重要方式。在这个交流过程中，半塘处于盟主地位。

上面主要谈及半塘对清季词坛的直接影响，同时还应注意到其词弟子对清季词坛的影响。如黄华表先生对于"广西词派"的论述：

> 嗣后况夔笙复至湖南，与湘社词人程颂万子大、易顺鼎哭庵、易顺豫叔由友善，以其所闻于半塘者，相与切磋；朱彊村又复广半塘四印斋词所不逮，汇刊宋元明各家词集，为彊村丛书；又复以所闻于半塘者，提倡于东南，选宋词三百首以示范；夔笙又撰《蕙风词话》，衡论古今词家，指示学者途径，为词家批评之学，由是全国风从，广西词派，遂悉拔浙常之帜，巍然为海内词宗。[①]

况周颐与朱祖谋如此，其他一些在京时从游唱和的词人（如周岸登等）在离京他去后也曾将在半塘处所学词学家数推衍传播。这种间接的影响及于民国。

纵观千年词史，经过两宋的繁盛之后，元明渐现衰颓，清词雅称中兴，

---

① 黄华表：《广西文献概述》，《建设研究》1941 年第 4 卷第 5 期，第 72～73 页。

而清代末季词坛则为千年词史的终结挥洒出最后一抹艳丽的晚霞。半塘
"开清季诸家之盛",① 其创作成就卓著，声望又极高，号召力和影响力很
大，"主持坛坫，时推祭酒",② 人谓之清季词坛盟主，我们谓其清代词学集
大成者，应该是当之无愧的。

---

① 龙榆生编选《近三百年名家词选》王鹏运小传，上海古籍出版社，1979，第 153 页。

② 徐世昌辑《晚晴簃诗汇》卷一百六十四，《续修四库全书》第 1632 册，影印民国十八年
（1929）退耕堂刻本，第 27 页。

论八旗词家郑文焯词作之"精"

杨传庆[*]

内容提要 郑文焯是晚清民初著名词人,与王鹏运、朱祖谋、况周颐并称清季四大词人。其词作情感浓郁,内容充实,风格多样,"精"是其词作重要的艺术特色之一。具体而言,郑氏词创作之"精"主要体现在立意精纯、字句精炼、字声精严三个方面。"精"是郑文焯卓然成为一代词家的重要原因。

关键词 郑文焯 词作 精

梁启超在《中国韵文里头所表现的情感》一文中说:清代大词家"头两把交椅,却被前后两位旗人——成容若、文叔问占去"。[①] 施蛰存也说:"满洲词家以成德始,以叔问终,二百六十年汉化,成此二俊;胜金元矣。"[②] 二人所云"叔问"即清代八旗词人大家郑文焯(1856~1918),他号叔问、小坡,晚年又号大鹤山人。奉天铁岭(今辽宁铁岭)人,隶内务府正白旗。郑氏是晚清词坛四大词人之一,与王鹏运(半塘、幼遐)、朱祖谋(古微、彊村)、况周颐(蕙风)一起享有盛名,正如吴梅所云:"近三

---

* 杨传庆,南开大学文学院副教授。本文为"中央高校基本科研业务费专项资金资助'诗与诗学团队建设项目'"阶段性成果。

① 梁启超:《饮冰室合集·文集》第4册,中华书局,1989,第99页。
② 施蛰存著、林玫仪辑《北山词论》,《中国文哲研究通讯》第13卷第2期,台北中研院中国文哲研究所,2003,第228页。

十年中，南则小坡，北则幼遐，当时作者，未能或之先矣。"① 郑文焯一生创作甚丰，对于其词作的艺术特色，况周颐曾云："王半塘坚苍，郑叔问工隽，朱古微和雅。"② 他以"工隽"评郑，准确抓住了郑词字面精工、意味深长的特点。郑氏弟子张尔田也云："并世作者，半塘之大，大鹤之精，彊村之沉，与蕙风之穆，骎骎乎拊南宋而上矣夫。"③ 知师莫若弟子，张尔田以一"精"字概括郑文焯词作的特征，可谓一语中的。那张氏所云之"精"的内涵为何呢？我们考察郑氏的创作过程及其词作，其创作之"精"主要体现在立意精纯、字句精炼、字声精严三个方面。

一　立意精纯

创作的态度、精神与作品的艺术个性密切关联，冒广生在论及郑文焯创作时云："所著《瘦碧》、《冷红》诸词，规抚石帚，即制一题，下一字，亦不率意。"④ 郑文焯好友陈锐云："近年词家推郑文焯氏，殚精覃思，每一调成，必三五易稿，其意境格趣，殆不仅冠绝本朝而已。"⑤ 夏敬观也说："郑叔问作词，改之犹勤。常三四易稿，甚至通首另作，于初稿仅留一二句。"⑥ 郑文焯严谨认真的创作态度、在创作过程中的殚精竭虑，以及精益求精地锤炼主旨的精神使得其词作在立意上具备了精纯的特性。

郑文焯词作立意精纯的特征体现在其改易词稿的过程之中。如《庆春宫》（冬绪羁吟）词，《樵风乐府》稿本为：

> 霜月流（一作洒）阶（一作霜宿迟芜），烟芜连苑（一作宿庭芜烟，又作烟芜门柳）（前二句又作红叶家林，苍烟邻寺），草堂岁晚余清（一作小园岁晚余清）。残雁来稀，寒蛩吟断（一作南雪鸿稀，西堂蛩断），但闻风叶窗鸣（一作卧愁还听秋声）。夜帘灯飏（一作夜窗灯晕），乱愁泻、空山雨声（一作镇摇落、江山旧情）。萧条人事（一作

---

① 吴梅：《词学通论》，复旦大学出版社，2005，第139页。
② 郑逸梅：《近代名人丛话》，四川人民出版社，1992，第239页。
③ 张尔田：《词荫序》，《彊村遗书》，民国二十一年（1932）刊本。
④ 冒广生：《小三吾亭词话》，唐圭璋编《词话丛编》，中华书局，2005，第4693页。
⑤ 陈锐：《袌碧斋词话》，唐圭璋编《词话丛编》，第4199页。
⑥ 夏敬观：《蕙风词话诠评》，孙克强辑考《蕙风词话　广蕙风词话》，中州古籍出版社，2003，第463页。

伤心年事），多少繁华（一作何限繁华），看到飘零（一作不抵飘零）。

　　年光（一作春光）猛忆堪惊（一作几日逢迎）。南雪重逢，衰鬓星星（一作青眼云骄，红泪花盈）。金狄摩挲，铜驼歌舞，旧游还是承平（一作谁信萧条，哀时词赋，过江空老兰成）。过江如梦，难寂寞、鱼龙未醒。半生怊怅，都到尊前，一醉无名（一作空老兰成）。

《樵风乐府》刻本卷八、卷九各有《庆春宫》词一阕，分别为：

庆春宫·冬绪羁吟

　　红叶家林，苍烟邻寺，岁残未了秋声。门柳鸦寒，庭莎蛩老，浸霜月气冥冥。夜窗灯晕，镇摇落、山川旧情。伤心年事，何限繁华，不抵飘零。　　追思结客幽并。连骑云骄，看剑星横。谁分萧条，哀时词赋，过江无泪堪倾。暮鸿天远，奈重拍、燕歌自惊。一生怊怅，拚与江南，空老兰成。

庆春宫·同羁夜集，秋晚叙意

　　霜月流阶，芜烟衔苑，戍笳愁度严城。残雁关山，寒蛩庭户，断肠今夜同听。绕阑危步，万叶战、风涛自惊。悲秋身世，翻羡垂杨，犹解先零。　　行歌去国心情。宝剑凄凉，泪烛纵横。临老中原，惊尘满目，朔风都作边声。梦沉云海，奈寂寞、鱼龙未醒。伤心词客，如此江南，哀断无名。

　　从草稿到定稿，可以看出词人不断修改词作的勤勉，为了实现词作意旨的精纯，他在词句的斟酌上费尽心血。从纷杂的草稿中我们大略可以厘出两个主题：一为感叹光阴飞逝，怀才不遇，空老江南；一为忧国之将亡，愤慨振起之无望，空有无奈之哀怨。稿本中将这两个主题混在一起，显得芜杂，使得两个主题都未得到凸显。但在刻本中，词人将这两个主题分立，置于两首词中，使得要表达的主旨得到强化。

　　另如《定风波》词首句，《大鹤山人词翰》稿本作"自爱林泉自写真"，《樵风乐府》稿本作"为爱林泉作隐沦"，《苕雅》四卷稿本、《苕雅余集》刻本都作"聊得浮生作隐沦"。郑文焯屡次会试不中，后绝意仕进，归隐吴中，客老江南。"自爱林泉自写真"与"为爱林泉作隐沦"写出了词人对林泉之隐的热爱，其中透露出潇洒与旷达。"聊得浮生作隐沦"之句则充满了光阴疾逝、浮生若梦、不得已而归隐的无奈。既然空老江南，一事无成，何不暂借浮生作隐沦之乐？可见"自爱林泉"是假，无奈作隐才是真。两相比较，后者才是词人真实心境的体现。通过由稿本到刻本的词作修改，不难看出郑文焯词作在立意上的精心锤炼。

郑氏对词稿的改易不仅仅体现在词集稿本中的圈画修改，即便是定稿刊刻的词作，在重新编刻时也是不惮费思进行修订。例如《莺啼序》（秋感，和梦窗丰乐楼韵）词，《比竹余音》刻本第四叠作（按：改易处加着重号）：

> 乌头暗雪，马角生埃，念凤楼久迟。但几点、随风珠唾，鹤怨猿猜，望断层城，玉梯十二。烟霄咫尺，森森冠佩，江关投老词赋客。叹京尘，空染忧时袂。伤心孤燕巢林，乱叶迷归，夕阳故里。

《樵风乐府》刻本选收此词时第四叠则作：

> 宫槐翳日，苑柳扃烟，念凤楼久迟。但梦绕、瑶池仙步，鹤怨猿猜，望断层城，玉梯十二。骄云满眼，森森冠佩，江关投老词赋客。叹京尘，空染忧时袂。伤心孤燕巢林，乱叶迷归，夕阳故里。

词人改"乌头暗雪，马角生埃"为"宫槐翳日，苑柳扃烟"，变动较大。乌头、马角，用燕太子丹的典故，典出《史记·刺客列传》，燕太子丹被秦王囚禁，太子丹请求放他回国。秦王说："乌头白，马生角，乃许耳。"乌头不可能变白，马不可能生角，乌头马角指不可能实现的事情。词人以此典故写光绪皇帝被囚禁，又反用这一典故，写乌头雪白，马角有埃，不可能实现的事已经实现了，为何皇帝还久久不见？其中蕴含着词人对光绪被幽囚的深重悲痛。就词情表达看，如此用典是成功的。创作这首词时，郑文焯正学习梦窗词风，就学梦窗用典而言，也是能得其仿佛的。但是这种用典却使得词意非常晦涩，这与郑文焯一贯主张的"清空寄托"明显有悖。因此，在晚年删定词作时，郑氏将其易作"宫槐翳日，苑柳扃烟"，"宫槐""苑柳"切合帝王身份，而"翳日"与"扃烟"准确地指出君主被奸佞之徒囚禁的事实，与用典故之抽象不同，两句词形象地营造了一个清疏寂静的词境。因此，改后词句更加切合词人的词学理念，在词情表达上也更容易让读者切入体会。而下改"烟霄咫尺"为"骄云满眼",也是变抽象为形象。词人用"烟霄咫尺"写权贵获得高位之容易,反衬自己仕途之艰辛,其中暗含对官场腐败的愤懑。如此写略显晦涩,词人改作"骄云满眼"后,写尽京师官场之腐败跋扈,也与所接"森森冠佩"更加密切,此二句与接句"江关投老词赋客"之间的张力也更强。词人的愤懑、悲楚及对国家振起无望的担忧都更为清晰明确。

郑氏词作易稿之处甚多,我们通过以上词例即可见其在词作立意上精益求精的追求,而其改易后的词作也的确体现了表情达意上精纯的特性。

二 字句精炼

易顺鼎曾称赞郑文焯词"句妍韵美",[①]"句妍"得力于郑氏对词作中词句的精心锤炼,"为避熟字而力炼新语"。[②]通过精炼字句,使词作语言在摹景状物、传情达意上更加新颖生动,更加富有感染力。如其《侧犯》(天平山题壁)词:

> 乱峰倒立,蹋空直与云呼吸。奇极,看列坐愁鬟、许平揖。尘飞不到处,人影和天碧。幽觅,正木落千岩,数声笛。 层巅石镜,空照苍黄壁。寻坏藓,旧诗痕,烟外翠如泣。满袖松风,画秋无迹。绿尽吴根,付谁收拾。

词人开篇想象奇极,山峰倒立,"蹋"在天空,"蹋"字形象有力,山、天澄碧合一,人、山、天相融,浑化为一。下片"烟外翠如泣",运用通感修辞,混合视觉(翠)与听觉(泣),且"泣"与李贺"芙蓉泣露香兰笑"之"泣"同妙,用典浑化。另如《湘月》(天平山上)词上片云:

> 乱峰唤客,引幽筇藓步,飞上空翠。旧赏林亭,更暝踏,到地秋声红碎。裂壁通樵,崩崖辟乌,风谷铿环佩。斜阳屏画,舞枫欲共天醉。

① 易顺鼎:《瘦碧词序》,《瘦碧词》,苏州交通书馆,民国九年(1920)刻《大鹤山房全书》本。
② 王易:《词曲史》,东方出版社,1996,第421页。

词人写天平山秋色可谓独具匠心，如"更暝踏，到地秋声红碎"句，此句所写只不过是词人傍晚踏在落叶上的感受，但词人却以"红碎"非常形象地写出了不可捉摸的秋声仿佛在耳畔作响。末句"斜阳屏画，舞枫欲共天醉"，词人将斜阳天空比作一个屏风，枫叶因风飞舞，极具动态美；火红的枫叶与傍晚火红的天空共色，色彩鲜明；词人又将红色的天空想象成天之醉颜，奇特新颖。此外像"桂影筛金，竹声碎玉"（《踏莎行·丁未秋夕》）词之"筛"字，"十年秋鬓输山绿，依旧看山十里行"（《鹧鸪天·余往来邓尉山中》）词之"输"字，都是"极见精丽而清光荡漾"①之炼字佳证。

郑文焯在创作中很善于修辞，拟人、譬喻、通感等修辞手法的运用增加词句妍美，增强了词情的表达。拟人如"好月一年能几见，待得圆时，抵死云遮遍"（《蝶恋花·己酉中秋夜雨》）、"人瘦于花花尚妒"、"乱叶从风诉漂泊，晚花凝露泪阑干"等，赋予云、花、叶以生命，投射出词人悲愁的情感。再如郑词中"瘦"字的运用："花落春如人瘦"，"水瘦烟昏"，"唤吟边瘦月"，"树更如腰瘦"，"甚梦也，和天瘦，空阶还夜雨"（《法曲献仙音》），"误东风一信，香桃瘦损"（《湘春夜月》），他将用于人之"瘦"字用在春、水、月、树、梦、桃上，将其与词情词境恰切结合。譬喻如以"老来睡味甜于蜜"（《鹧鸪天》）写老年嗜睡，以"残泪纷如絮"（《夜飞鹊》）写眼泪飞洒，以"长见峭倚荒天，凄凉如笔，写愁边风雨"（《湘月》）写虎丘坏塔，词人把破败的虎丘塔比作正书写着沧桑历史的一枝巨笔，真是想落天外，既生动展现了坏塔的形象，又把读者引向历史的深处。拟人、譬喻之外，郑文焯还善用通感的修辞手法，如《浣溪沙》（虎丘六咏）："云老山荒乱绿啼"（《吴波鸥语》），《翠楼吟》（壶园消夏初集）："吴笺丽，墨花飞上，晚帘香细"（《吴波鸥语》），"绿啼"沟通了视觉与听觉，"香细"则沟通了味觉与触觉。另如同样是视觉"红"色，在词人的精心提炼之后又可以与不同感官相通，像"一叶窥窗红悄"（《秋宵吟》），"斜阳红冷"（《竹马子》），"万叶战秋红苦"（《迷神引》），分别与听觉、触觉、味觉沟通。可以说，这些通感修辞正是"词中起眼"，是渲染词情、营造词境的生花妙笔。

张炎《词源》曾云："贺方回、吴梦窗，皆善于炼字面，多于温庭筠、

---

① 俞樾：《瘦碧词序》，《瘦碧词》，苏州交通书馆，民国九年（1920）刻《大鹤山房全书》本。

李长吉诗中来。"① 郑文焯词之"精"也表现在善于锤炼典故上。他对利用前人字面有着自觉的追求，其云：

> 曩者与吴社诸子和石帚令词，爱其琢句老成，取字雅洁，多从昌谷诗中得来。因征之清真，先后同揆，所谓无一字无来历。玉田亦谓方回、梦窗取材温李，以字面为词中起眼处，须字字敲得响也。②

秉此创作主张，郑氏词作化用前人诗文，熔炼经史百家，其善于化用前人字面者如：《湘春夜月》"蓬山咫尺，更为谁、青鸟殷勤"，用李商隐"蓬山此去无多路，青鸟殷勤为探看"句意；《水龙吟》"八表同昏，孤云自远"，用陶渊明"八表同昏""孤云独无依"之意；《声声慢》（秋雨酬瞻园同年）"铜狄摩挲，曾歌汉月移盘。南云梦华重聚，荐吴尊、休泛衰兰"，用李贺《金铜仙人辞汉歌》诗意。郑文焯化用前人字面时并非直接挪用，而是将其熔炼，与自己的词作的词情融合，并创造出新的意境。如"佛鼓荒坛，神鸦废社，今古苍茫烟水。吴丝漫理。正波上鸿飞，数峰清异"，此数句化用辛弃疾《永遇乐·京口北固亭怀古》词"可堪回首，佛狸祠下，一片神鸦社鼓"和钱起《省试湘灵鼓瑟》诗"曲终人不见，江上数峰青"两句。词人在原句基础上，选用更为荒寒、冷淡的意象，营造了一个凄冷苍茫的境界。郑文焯称周邦彦词"隶事属辞，有羚羊挂角之妙"。③ 他对周词精用典故、融化无痕之高境极为推尊，在个人创作中也自觉地逼近这种境界。如其为朱祖谋画《归鹤图》并题《祭天神》词即是一例，词云：

> 叹岁寒残雪谁堪语。换苍苔、旧步荒江桥上路。西园梦后重寻，剩有闲鸥侣。奈沧江照影依依，阶前舞。寂寞送、孤云去。　　漫追惜、仙客归来误。江山在，人物改，一霎成今古。念茫茫、虫沙陈迹，天海风声，独立斜阳，自断凌霄羽。

依据朱祖谋对此词的注释，④ 可知此词所用典故涉及刘敬叔《异苑》、

---

① 张炎：《词源》，唐圭璋编《词话丛编》，第259页。
② 郑文焯：《郑文焯致朱祖谋书》，《词学》第7辑，华东师范大学出版社，1989，第214页。
③ 郑文焯：《郑文焯致朱祖谋书》，《词学》第7辑，第219页。
④ 郑文焯：《词录》，《国粹学报》宣统二年（1910）第65期。

吴均《咏鹤诗》、李白《独坐敬亭山》、刘长卿《送上人》、《搜神后记》、
《晋书》、《世说新语》、《北史》、《左传》。词人题《归鹤图》，自然词中处
处涉鹤，但是字面不着一"鹤"字，此可谓字面的融化无痕。更重要的是
此词作于清室将亡之际，词人将涉"鹤"典故与要表达的词情密切结合，
恰到好处。如用李白、刘长卿诗寄托遥情，用丁令威化鹤归来所见人民、
城郭之非写词人国家灭亡前江山、人物的沧桑之感，用"自断凌霄羽"写
亡国后归隐之志，此可谓词情的融化无痕。由此可见词人在典故运用上的
精炼工巧，这自然都是不断锤炼之故。

三　字声精严

《续修四库全书总目提要》论及郑文焯创作时云："文焯……于宋之词
人，不薄屯田，而于清真、梦窗之词研讨最深。故其所撰，炼字选声，飞
沉起伏，处处允惬，语语摇荡，清末词人中一大家也。"① 朱庸斋也说："郑
文焯喜谈声律，填词谨守四声。"② 他们都指出了郑文焯词字声精严的特点。
郑氏作词之初受到了以潘钟瑞为代表的吴中词派精究声律的影响，对"声"
在词作中的作用有明确认识，他说："词者，声之文也，情之华也，非娴于
声，深于情，其文必不足以达之，三者具而后可以言工，不綦难乎?"③ 又
云词作"声文谐会，乃为佳制"。④ 他认为只有声、情、文三者同时具备的
词才可称绝妙好词，才可当一"工"字。因此在创作上，郑氏"刊律寻
声"，⑤"少乖于律，虽工弗录"，⑥ 对完美声律的追求，成为其作词的重要
目标。

由于宋人词作音谱早已亡佚，在创作时，只能对尚能体现词作音乐特
性的平、上、去、入字声加以精心布置，以实现"声文谐会"的追求。郑
文焯致夏敬观书云：

---

① 《续修四库全书总目提要》第 16 册，齐鲁书社，1996，第 623 页。
② 朱庸斋：《分春馆词话》，广东人民出版社，1989，第 102 页。
③ 郑文焯：《郑文焯校评乐章集》，台湾广文书局，1972 年影印本。
④ 郑文焯：《鹤道人论词书》，《国粹学报》宣统二年（1910）第 66 期。
⑤ 易顺鼎：《吴波鸥语序》，《词学季刊》第 3 卷第 1 号。
⑥ 郑文焯：《瘦碧词序》，《瘦碧词》，苏州交通书馆，民国九年（1920）刻《大鹤山房全书》本。

《采云归》第三句"思"字，仍未若径用"看"字叶平。……《秋思》一解……"井梧"句"以"、"渐"二字音欠响，兹妄拟"又渐疏"，何如。拙作《夜半乐》已写请伯夔审订，容即奉教。……伯夔顷复书，酌定两去声字律，特写上，幸裁正之。①

可见，为追求词作的声情谐和，郑文焯在字声的考虑上极其精心，"炼字选声"，一丝不苟。如郑氏作有次韵梦窗《梦夫容》（秋江霞散绮）词，其于"画屏曾展，连唱度花外"句批云："'度'字百思始得之，音拍之难如是。"② 尽管音拍甚难，但是郑氏不惮"百思"之劳。音谱亡佚后，宋词名家所作词的字声成为清代词人创作时的依据与标准。郑文焯于精于声律的宋词名家柳永、周邦彦、姜夔、吴文英的词集深入研究，把握这些词人词作字声运用的特点，并以之为准绳，指导自己的创作。郑文焯曾作《迷神引》（看月开帘惊飞雨）一词，结句云："苕苕云端隔，寄愁去。"郑氏就此句批云："结句又极难合拍，盖人人易作是调，却未轻许能到此境？南宋诸词家赋此解绝少，几成虚谱矣。"③ 《迷神引》一调，创自柳永，《乐章集》中有《迷神引》词两阕，一为仙吕调，一为中吕调。柳词仙吕调《迷神引》（一叶扁舟轻帆卷）词结句作"佳人无消息，断云远"，字声为"平平平平入，去平上"，连用四平声，八字中又夹杂上、去、入三声，因此郑氏云"极难合拍"。但是，郑文焯的这阕《迷神引》结句字声正作"平平平平入，去平上"，与柳词完全吻合。

郑文焯在批校白石《翠楼吟》（月冷龙沙）词"月冷龙沙，尘轻虎落，今年汉酺初赐"时云："'酺'字作平声，和此调者每用上声，非是。"④ 郑文焯在吴社和白石词联句时作《翠楼吟》（壶园消夏初集），在恽村词社时作《翠楼吟》（恽村紫藤花同半塘老人作，和白石韵），与白石词相同位置词句分别为：

秀竹支亭，凉蕉补榻，壶中一闲天赐。
旖旎团云，玲珑碎雪，宫袍隔帘新赐。

---

① 郑文焯：《大鹤山人论词遗札·与夏映庵书》，唐圭璋编《词话丛编》，第4343页。
② 郑文焯：《樵风乐府》稿本，南京图书馆藏。
③ 郑文焯：《樵风乐府》稿本，南京图书馆藏。
④ 陈柱：《白石道人词笺平》，商务印书馆，民国十九年（1930）版。

其中"闲""帘"二字都谨遵白石词平声之例。郑文焯在批校周邦彦《兰陵王》（柳阴直）词末句"似梦里，泪暗滴"时云：

> 惟千里和调按谱填词，无少乖离。惟煞句与允平并作"夜雨滴"，盖亦不谋而合。惜"夜雨"作去上声，稍稍失律耳。清真词于煞句最精细，此云"似梦里，泪暗滴"，作上去上，去去入，六仄声，极有分别也。①

郑氏认为和清真《兰陵王》词者不能只满足于结句六字作仄声，应严格遵循清真词"上去上，去去入"的字声要求，尤其是"梦里"二字处必须作"去上"二声。

郑文焯在批校吴文英词时，发现了吴词入声字例，并将其和清真、白石词联系起来，此实为郑氏研读宋词的一大功劳。郑氏于此也颇为得意，其云："近世词家，谨于上、去，便自命甚高。入声字例，发自鄙人，征诸柳、周、吴、姜四家，冥若符合。"② 因此，郑氏在创作中不仅"谨于上、去"，对于周、吴等人词中入声字例亦无不因循遵守。郑氏批校周邦彦《忆旧游》词末句"东风竟日吹露桃"云："按：此调煞句第四字，两宋名家并用入声字，元人之作则律有出入已。"③ 末句第四字为"日"，是入声字，郑作《忆旧游》末句"渔舟夜笛何处招"第四字"笛"也是入声字。另外如吴文英《霜花腴》（重阳前一日泛石湖）词"翠微路窄""妆靥鬓英争艳"二句中"'窄'字宜用入声，'靥'字宜用入声"。④ 郑作《霜花腴》词相同位置处二字为"客""国"，同样是入声字。郑文焯认为宋人作词不仅于上、去二声谨严，于入声字运用更加严格。因此，他在创作中严格遵守宋人入声字例更加体现了其字声精严的特点。郑氏批校吴文英《法曲献仙音》（和丁宏庵韵）词云："凡点注处并作入声字（叶、咽、色、不、别），此词律之细者，清真、石帚俱守是律。"⑤ 我们不妨将郑作《法曲献仙音》与清真、梦窗二人所作同调词词句对比：

---

① 郑文焯：《郑文焯批校清真集》，刘崇德教授藏本。
② 郑文焯：《石芝西堪校订清真词》稿本，国家图书馆藏。
③ 郑文焯：《石芝西堪校订清真词》稿本，国家图书馆藏。
④ 郑文焯：《郑文焯手批梦窗词》，台北，中研院中国文哲研究所，1996 年影印本。
⑤ 郑文焯：《郑文焯手批梦窗词》，台北，中研院中国文哲研究所，1996 年影印本。

蝉咽凉柯，燕飞尘幕，漏阁签声时度。（周）
落叶霞翻，败窗风咽，暮色凄凉深院。（吴）
妆濯池花，步鸣廊叶，晚色苍凉僧院。（郑）
诗骨栽花，酒香行药，径曲苍苔埋步。（郑）

比较可知，在周、吴词用入声字处，郑氏所作的两首《法曲献仙音》完全遵守，毫无二致。

郑文焯严于入声字还表现在他对入声派入其他三声的字也坚持用入声字作平、作去、作上，而反对直接用平、上、去三声里的字。如其批校吴文英《西子妆慢》（湖上清明薄游）词云：

> 此曲惟玉田有和作……今就玉田所作校此，凡梦窗词中入作平之字，如曲、食之属，玉田并直用平声字，少欠精细，而万氏《词律》不悉其所以，即注云可平，于"食"字却又漏注。昔人于审律未略深考可知。①

吴词首句作"流水曲尘"，张炎和词首句"白浪摇天"。郑文焯认为吴词"曲"字为入声字，派作平声用，是以入作平。而张词"摇"字本就是平声字，其和词"稍欠精细"，并不符合吴文英以入作平的做法。因此，郑文焯《西子妆慢》和梦窗词首句作"山送月来"，"月"是入声字，他认为如此方是于字声"精细"的表现。可以说，郑文焯在创作中对清真、梦窗等格律精严的宋代名家词作的步趋相从，鲜明体现了其字声精严的创作特征。

郑文焯在创作过程中追求词作立意的精纯及其词作字句精炼、字声精严的特征与其创作观是密不可分的。郑文焯在致朱祖谋的信中说："曩与子复老友谈词，先务尽词表之能事，即玉田所谓字面，为词中起眼，必须字字敲得响也。而文章色泽，皆情之华，最关切要。"② 可以说，郑词所体现出的"精"的艺术特点与其"务尽词表之能事"的创作追求息息相关。对词作的立意、字句、字声的精心打磨，最终使得其词"格调独高，声采超异"，③ 郑文焯也赖此卓然成为一代词家。

---

① 郑文焯：《郑文焯手批梦窗词》，台北，中研院中国文哲研究所，1996 年影印本。
② 郑文焯：《郑文焯致朱祖谋书》，《词学》第 7 辑，第 213 页。
③ 叶恭绰：《广箧中词》，浙江古籍出版社，1998，第 640 页。

周岸登词述略

时润民[*]

内容提要 周岸登为晚清民国时期蜀地词人典型代表，其词集《蜀雅》中的作品，具有辞藻密丽、格律严谨、多赋蜀地特色三大特点，颇值注目。

关键词 周岸登词 《蜀雅》 特色

近年来晚近词之研究渐成热点，此一时期之岭南词人，因当下闽广一带词学学术力量雄厚而备受关注。而同时，对近代蜀地词人则鲜有专文论及。实则乔曾劬之《波外乐章》、张祥龄之《半箧秋词》、周岸登之《蜀雅》、赵熙之《香宋词》、林思进之《清寂堂集》，莫不以南宋为法乳、瓣香清季四家，蕴藉高华。然或囿于地域，或匿于资料，长期未得学界注目。甚而因书名之故，或有误以周岸登所著《蜀雅》为选录、汇集地域词作之词选类文献者，未免失察。笔者虽非蜀人，然甚佩周词之功力，今特撰文一述其特色，以就教于方家。

一 概述

早前所知周之生平资料阙如，后经搜览，于辞书及蜀地地方文献中获知稍多。周岸登（1872～1942），字道援，号癸叔，别号癸辛词人、蜀雅

---

* 时润民，华东师范大学出版社编辑。

堂，威远一和乡人。1892 年中举，先后任广西阳朔、苍梧知县，全州知州。辛亥革命后，历任四川省会理、蓬溪，江西省宁都、清江、吉安等县知事，江西省庐陵道尹。又历任四川大学、厦门大学、重庆大学、安徽大学各校中文系及文学院主任、教授职。博学专精，著述甚丰，有《唐五代词讲稿》《北宋慢词讲稿》《金石学讲稿》《曲学讲稿》《楚辞训纂》《贤女传讲稿》《韩民血泪史》《莞子故训甄》等。工词曲，兼善诗赋，词宗梦窗、草窗，故自号"二窗词客"，所作收入《蜀雅》《能登集》《梦碧簃曲稿》等刊行于世。《蜀雅》词十二卷、别集二卷，正集中《邛都词》1 卷 30 首、《长江词》1 卷 33 首、《北梦词》2 卷 72 首、《焄梦词》2 卷 52 首、《南潜词》2 卷 46 首、《丹石词》1 卷 45 首、《退圃词》1 卷 41 首、《海客词》1 卷 12 首、《江南春词》1 卷 38 首，别集中《和庚子秋词》116 首、《杨柳枝词》102 首，共计 587 首，标为《二窗词客全集》第一种，由上海中华书局于民国二十年（1931）以聚珍仿宋本大铅字精印刊布。近十多年间，其词经四川社会科学研究院文学研究所李谊《历代蜀词全辑》正续二编辑录，补成六百余首。另查"四川省古籍联合目录集部（词类）"，知周尚批校有清康熙曹栋亭刊本宋黄大舆辑《梅苑》十卷及清咸丰曼陀罗华阁刻本《吴梦窗词》四卷补遗一卷，俱藏四川大学。

周岸登之词，于晚近享誉甚隆。民国王易《词曲史》即云："词学自晚清中兴。今词坛耆宿之存者虽止彊村一翁，而十余年来造述蔚如，足以列作者之林者尚不乏人。其存者如……周岸登，字道援，号癸叔，威远人；有《二窗》《十稿》合为《蜀雅》，辞丽密而律特精严，其《邛都词》中多赋西南逸事，足备职方。"① 并录其《霜叶飞·重九霜降登滕王阁》一阕。后姜方锬《蜀词人评传》袭王易之论，并另录其《风流子·观舞和清真》一阕。② 夏敬观《忍古楼词话》则撰有"周二窗"一条专论其词："昨年因姚景之，寄予所著《蜀雅》十二卷，《蜀雅别集》二卷。岸登虽曾官江右，予未之常共文咽也。集中有'东园暝坐'用予韵《宴清都》云……岸登才思富丽，亦非余子可及者。"③ 所评与王易为近。胡先骕《蜀雅序》中则极称其词"沉酣梦窗，蒿皇典丽"。④ 王易《蜀雅序》更赞以"博雅矜炼，语

① 王易：《词曲史》，江苏教育出版社，2005，第 318 页。
② 姜方锬：《蜀词人评传》，成都古籍书店，1984，第 385 页。
③ 夏敬观：《忍古楼词话》，唐圭璋《词话丛编》，中华书局，1986，第 4786～4787 页。
④ 胡先骕：《蜀雅序》，上海中华书局，民国二十年铅印本。

出已铸，律细韵严，气度弘远"。① 观上述诸评，知《蜀雅》之得誉者，一为宗法周邦彦《清真词》、吴文英《梦窗词》之辞藻，二为法度严谨之格律，三为词中蜀地风貌及本事。今俱依前人所述略申一二。

二 辞藻

周岸登既自号"二窗词客"，已可见其嗜好。观《蜀雅》之中，"次清真韵"之作近20首，"次梦窗韵"及"依梦窗谱"之词更近30首，而吴文英所创词中最长调《莺啼序》，周氏更先后填有10首，实是冠绝古今之举，愈显其宗尚所在。顾周邦彦词之"富丽精工"、吴文英词之"七宝楼台"，华辞丽藻已极，而《蜀雅》实有过之而无不及，兹举集中"次韵"为例。

姜方锬《蜀词人评传》中所录之《风流子·观舞和清真》一首为周词名作：

> 斜日转银塘。蘋风度、少女踏春阳。看轻雪乍回，碧莲翻沼，小腰慵举，红杏倚墙。殢人处、慢歌调舞，节迟拍昵金簧。佳侠艳光，笑时飞电，醉魂惊眼，邀处停觞。 司空浑闲事，清狂减、还自注目瑶厢。记否旧家，金钗十二成行。叹老来结想，承平遗恨，怕描残粉，愁赋翻香。多少梦果余话，说也何妨。

此词下字造语，虽不能如周邦彦词臻于化境，然气度近之。周邦彦词有所谓"艳语之笔而人竟不觉"之称，如"拚今生、对花对酒，为伊泪落"（《解连环》）、"天便教人，霎时厮见何妨"（《风流子》）等句，反生出情怀无限，周岸登此作中"小腰红杏"之语虽不能到此境，然亦不可径目为恶俗。另若周邦彦词"惟有旧家秋娘，声价如故"（《瑞龙吟》）之以实笔写虚而如在目前，周岸登此作则已得其神：词中并未说破所忆之"旧家金钗"已然离去，而仅着一"记否"，便有虚实相生之妙。此作全篇气息婉转流利、不粘不滞，正颇似周邦彦词之笔致。

又晚近之时精研吴文英《梦窗词》者最众，前有朱彊村为词坛盟主，后有陈洵、杨铁夫、刘永济诸家名满海内，周岸登亦是此中翘楚，其《瑞

---

① 王易：《蜀雅序》，上海中华书局，民国二十年铅印本。

鹤仙·己巳重九和梦窗丙午重九之叶》词：

> 绚霞蒸海峤。动旅怀谁省，惊秋恨早。粘天尽衰草。念北书南菊，顿樱愁抱。慵舒远眺。自高歌、声情缥缈。叹年来、遁处遗荣，久谢紫荚乌帽。　　都道。百花潭上，濯锦江头，尽堪归老。吟鞭醉袅。须细染，学年少。怕郫筒香减，黄花明日，蝶怨天遥梦窈。夕风号、漫掩西窗，暂迎晚照。

正乃以密致意象间之对照牵连为谋篇布局之法，尽得所谓"梦窗词风"。又如《绛都春·题渝州旧院郭六跨马小影用梦窗韵》：

> 愁肠似线。又天淡绿芜，江空人远。雁早信迟，菊秀兰衰成秋苑。司勋惆怅添清怨。听嘶马、风花零乱。紫骝芳垞，藏鸦细柳，胆娘庭院。　　曾见。娇憨娅姹，据鞍态、翠拥珠围红茜。桂管梦遥，湖海游疏春潜换。桃花依旧迷人面。掩查背、千呼不转。怎教一笑回眸，语香送暖。

《绛都春》为吴文英自度曲，填之不易。周词诸景迭换，炫人眼目，而自凭一股"潜气"打通关节，绝少以虚字作承转功夫，诸韵间又多以"空际转身"式跳跃叙述为串联，逼似梦窗。

由上略可见，虽然于晚近词坛宗梦窗之风蔚为大观之背景下，周岸登词尚不能如金天羽《红鹤词》般突破樊篱、开拓异境，但守成则绰绰有余，若称其为"词坛巨擘"，实非虚誉。

三　格律

再看周岸登词之格律，前人"特精严"之誉，似不为过。其词之守律确实堪称典范，如《解连环·和忏盦甘棠湖泛秋》一阕：

> 半查秋色。叹沧江散发，旧情何极。尚记省、西子西湖，按多丽清歌，翠寒珠滴。画舸鸥夷，怕难买、越娃心力。尽长门赋笔，未抵茂林，枉费词墨。　　微波漫申怨抑。正须眉映绿，天镜涵碧。自误

约、桃叶桃根，等双桨来时，泪已沾臆。古驿梅迟，恨暗绕、江城吹笛。便今宵、梦中见了，梦回更忆。

《钦定词谱》于《解连环》一调注曰："此调始自柳永……名《望梅》；后因周邦彦词有'妙手能解连环'句，更名《解连环》……宋、元人多填周邦彦体。"① 此调虽始见于柳永《乐章集》，但因周邦彦词影响甚巨，故特以后出之名传世，宋元人皆从其谱。而填词格律注意要点中，有所谓入声字为词律之关键的说法。周邦彦词中《解连环》一首，除了入声字押韵处之外，另有多处非韵脚之入声，如"嗟情人断绝"之"绝"字，"想移根换叶"之"叶"字，"料舟依岸曲"之"曲"字，"漫记得、当日音书"之"得"字、"日"字，"水驿春回"之"驿"字等，若以"守律严细"为准，则上述各处，悉应从周邦彦词而依用入声字。周岸登此作于周邦彦原谱各非韵脚入声字处，分别作"发""笔""绿""约""叶""驿"（见上词中所标着重符处，后同），亦俱乃入声，丝毫无差。

又如周岸登词中《西子妆慢》三首，起句各为：

> 飞岭切云，陷河折柳，倦旅兰营春晚。
> 迷鸟扑窗，乱蛩聒枕，梦绕非烟非雾。
> 慵舞鹤迷，化烟玉冷，缥缈蓬山弱水。

《西子妆慢》一调，《钦定词谱》引张玉田语，言为吴梦窗自制曲，② 则其格律当以吴文英词为范式。吴词原作起句"流水曲尘，艳阳酷酒，画舸游情如雾"之"曲""酷"二字处俱是入声，填此调者最宜从之，然宋以后人所填之作，多不能遵，于律甚疏，及至晚近始辨其声，况周颐等人所填，此二处皆用入声。周岸登集中此三首，"切""折""扑""聒""鹤""玉"六字亦皆入声，故其确可谓知音审律之大家。

周岸登《蜀雅》一集，即便是僻调以外之寻常词牌，其所作格律亦相当严细，足可见造诣之精深。如《八声甘州》一调，《钦定词谱》言当以柳永词为正体。③ 柳词上片第三韵"是处红衰翠减，苒苒物华休"，下片第三

① 王奕清等编纂《钦定词谱》，学苑出版社，2008，第 1600～1601 页。
② 王奕清等编纂《钦定词谱》，第 1151 页。
③ 王奕清等编纂《钦定词谱》，第 1120 页。

韵"想佳人、妆楼颙望，误几回、天际识归舟"之中，"物""识"二字，亦是所谓词律的入声关键处，然自南宋开始，填此调者已多不遵，晚近诸大家虽能守律，但未能挽风气之颓，周岸登词于此亦能守律，实属不易，今举其集中数首为例，此二韵处作：

> 干尔东风底事，皱了一江潮。……误倾城、横波眉黛，定有人、飞泪湿龙绡。
>
> 几见乘槎凿空，犯斗不占星。……九回肠、依稀归路，待醒来、魂断隔江青。
>
> 响逗檐花落处，晕冷逼愁灯。……酒尊空、吴娘歌罢，定有人、和泪卜归程。

"一""湿""不""隔""逼""卜"诸字俱严守入声，是真知词律者也。

周岸登词格律严细，在近代词坛人所共称，周之好友吴虞于日记中记道："一年级学生李沧萍……盛称黄晦闻、邵次公、曾刚父、苏曼殊、丁叔雅，言次公盛推周癸叔词能合拍。"① 邵次公即晚近词坛名家邵瑞彭，与周岸登为同辈，故其态度很能代表时人观点。又胡先骕《评朱古微〈彊村乐府〉》一文言："近日友人周癸叔曾将《绮寮怨》翻为入韵，亦极合拍。固知声音之道，大有至理存焉。虽词谱散失，未能歌唱，冥心求之，其法度自可见也。"② 此说亦可参观。

然而，周岸登研习格律之故事，人或有不知。周氏于《蜀雅》中《长江词自序》言："邛都词既削稿，明年乃返成都，求词学旧书，渺不可得。华阳林山腴同年思进，以万红友《词律》见贻，颇用弹正，未暇一一追改也。"③《吴虞日记》中亦谈及此事："余于词之本源素未了悉，每遇词调多影响而无真确之句读，且于声韵之平仄、字数之异同，均未能辨，常见周癸叔于词甚精熟，颇为诧叹，不知其全本此书（《词律》）也。"④ 然则周岸登于词律实亦有一研习过程，此在其集中《忆旧游》一调作品特能见出。

① 《近代历史资料专刊·吴虞日记》上册，四川人民出版社，1984，第649页。
② 胡先骕：《评朱古微〈彊村乐府〉》，《词学研究论文集（1911—1949年）》，上海古籍出版社，1988，第363页。
③ 周岸登：《长江词自序》，上海中华书局，民国二十年铅印本。
④ 《近代历史资料专刊·吴虞日记》上册，第185页。

《忆旧游》始创于周邦彦，格律当从原作，其关键处结句第四字例用入声外，上下片中段"凤钗半脱云鬟，窗影烛花摇""旧巢更有新燕，杨柳拂河桥"之"烛""拂"两处亦最宜谐以入声，然南宋时张炎《山中白云词》本调诸作却在此二字处多以上去声敷衍，流风及于后世，能明者益鲜。观《蜀雅》中结集较早之《邛都词》与《长江词》中，《忆旧游》一调数首此二处亦用上去声：

> 尔时帅府新创，筹笔厌言兵。……故人幸有冬树，潇洒振芳馨。
> 酒边散愁无计，桃叶倚桃根。……海天暗增沈恨，潮汐变晨昏。
> 秘闻总归天上，同辇罢金根。……恶吟病山词句，蝉叶怨黄昏。

可见周岸登填词初期亦不能辨。及后则迥异矣，各集中凡填《忆旧游》调，两处悉作入声：

> 少年漫挟豪兴，欹羽忆争墩。……旧人醉郭应笑，席帽逐黄尘。
> 背人倦叶如诉，红怨泣尘沙。……断词字灭慵认，春蚓杂秋蛇。
> 暗尘乍籁玫柱，凄调落平沙。……杜陵健笔犹在，吾道一龙蛇。
> 傲霜病菊犹艳，村酒熟新筶。……背风败叶如诉，寒雨袭征裘。

其于词律之求索历程，由此可见。

《蜀雅》之格律，上引诸例实冰山一角，限于篇幅，不再赘言。晚近朱彊村曾有"律博士"之誉，周岸登词之水准虽不能比肩朱氏之《彊村语业》，然仅以词律而论，实不遑多让，此亦清季民初词坛之能事也。

四　词中风物及本事

周岸登词另一大特色，即王易所谓"多赋西南逸事，足备职方"。盖周氏本即四川威远人，青壮年时又于蜀地为官前后累计十数载之久，词中所及当时当地风物，遍览皆是。蜀地风光对其之影响，胡先骕《蜀雅序》中所言甚是："蜀本词邦，相如、子云导之先路，太白、东坡腾其来轸，自汉魏以还，迄于今世，言词赋者，必称蜀彦，而《花间》一集，岿然为词家星宿海。盖其名山大川，郁盘湍激，峰回峡转，亦秀亦雄，清奇瑰伟之气，毓为人灵，有以致之也。"① 周氏常年浸淫于此间之奇山异水，无怪乎才思迭发。其《邛都词自序》中称："自四月踰邛来，迄八月奉权会理止，得日百二十，得词百三十有八。"②"日成一词"竟已不足以状其创制之丰，而其词中所绘瑰丽雄奇，于摄人心魄外实更令人叹为观止，兹略举数例。

《蜀雅》开篇《邛都词》卷首《高阳台·过邛徕九折坂》一阕云：

> 雪嶂参霄，冰苔篆树，山深寂不知春。谷响云孤，高寒路隔红尘。回车旧辙今犹昔，上青天、叱驭如闻。算千秋，通道西南，终属词人。长卿自有凌云气，纵长门谏猎，未称高文。谕蜀何功，端宜笔扫千军。南荒更续骖鸾录，绣弓衣、愁染蛮熏。待归来，城上芙蓉，红竟秋旻。

起句"雪嶂""冰苔"之谓已是他处之词人所不能道，盖中原、江南等地固绝少有此风景。而下片"南荒更续骖鸾录，绣弓衣、愁染蛮熏"一拍则更渲出"蜀色蜀香"无限。最后结以"芙蓉""秋旻"之绮丽，真使人有如历蜀境之感。

周词中《望海潮·蜀都赋》一首则更是久负盛名：

> 江山天堑，提封天府，华阳黑水梁州。霞簇锦官，云横玉垒，芙蓉城郭清秋。通道自金牛。问蚕丛杜宇，今古悠悠。邪界金堤，萦洄巴字带双流。　雄都胜迹经游。记仙人药市，太字遨头。诗说草堂，玄谈卜肆，枇杷门巷寻幽。崇丽望江楼。借薛涛笺色，烘染芳洲。听取貲歌渝舞，神笔定边筹。

昔左思作《三都赋》而竟洛阳纸贵，周词甫出亦传诵一时，自古锦城丝管已令人浮想联翩，此又经周词妙笔皴擦，使人几欲一往以亲见"枇杷门巷"之旧址。此类纯以赋笔铺排之词，虽无幽怨悱恻动人之怀，然借以存一时一地之风物，实亦自有其不可忽视之价值在。

另有夏敬观盛称之《宴清都·东园瞑坐用映庵韵》，亦属周词名作：

---

① 胡先骕：《蜀雅序》，上海中华书局，民国二十年铅印本。
② 周岸登：《邛都词自序》，上海中华书局，民国二十年铅印本。

画省喧笳鼓。边风急，穷秋烟暝催暮。蛮熏未洗，吴棉自检，薄寒珍护。筝弦也识愁端，渐瑟瑟、偷移雁柱。更送冷、败叶声干，敲窗点点如雨。　　琴心寄远难凭，孙源间蜀，巴水连楚。流波断锦，孤衾怨绮，梦抽离绪。寒声已度关塞，任碎捣、繁砧急杵。数丽谯、廿五秋更，乌啼向曙。

上片边境风烟已是描摹入微，下片一抒胸臆则又感慨千端，辞藻工致，确是词家正法。此中"孙源间蜀"一句，若不明川蜀地理，则颇费解，实乃指川蜀境内之孙水河，特为摹状其思乡之情切也。诸如此类蜀地故实，即是王易等人所最推崇之处。

周氏集中涉及所历时地风俗之词大半，几至每一节日每一地域皆有所赋，不但喜用小序说明，且多于词题中透露消息，如《望海潮·星回节邛海观炬题孤云阁》之类词作，纵不明词中具体内容，亦可于词题中略知其大概。

关于周氏生平及其词之详尽本事，因罗元晖《词学家周岸登》①，彭静中《杰出的爱国词曲家周岸登》②，胡传淮《词坛巨匠周岸登与蓬溪》③，林荫修《词坛巨匠周岸登》④，林荫修、郝作朝、周怀笛《周岸登教授事略》⑤等，俱曾以专文长篇的形式，详细说明周岸登作品中一词与一地、一词与一事之关联，且本文侧重于析论周词本身之词艺与特色，故不再累言，有兴趣之读者自可按图索骥并通过阅读上述诸文而对周岸登之生平与创作得一全面具体之了解。笔者以为，诸篇专文介绍周氏生平及其词之本事，虽不免有与当时政局牵强附会而故作郑笺之处，然大体而言，仍颇可信，于了解周氏填词创作时之心理状态、幽曲用意，不无补益。

五　《和庚子秋词》

周岸登《蜀雅别集》两卷含《和庚子秋词》《杨柳枝词》两种各百余

① 载四川省重庆市政协编《重庆文史资料选辑·第33辑》，第132页。
② 载四川省蓬溪县政协编《蓬溪文史资料·第28、29辑》，第125、110页。
③ 载四川省蓬溪县政协编《芝溪集（胡传淮文史专辑）》，第258页。
④ 载四川省政协、四川省文史馆编《四川近现代文化人物》，四川人民出版社，1989，第293页。
⑤ 载四川省威远县政协编《威远文史资料选辑·第1辑》，第28页。

首。其《杨柳枝词》沿袭历代竹枝词特色，而周氏特于秀美通俗中别喻时代、身世之感慨，味兼沉厚，颇耐咀嚼。其《和庚子秋词》一卷更值注目。晚近词史中，朱彊村等人所制之《庚子秋词》秉常州词派意内言外之旨，隐指时事，所托遥深，历来为词学研究者所重，而周氏所著此卷和词则几至湮灭无闻。其《和庚子秋词自序》云："庚子秋词者，临桂王幼遐给谏、归安朱古微侍郎、临桂刘伯崇殿撰所同作也。是时给谏居下斜街，予于五六月间拳祸初亟时曾屡过之。后余先出京，甲辰重入京师，始得秋词读之，半塘已归道山，每过斜街，辄踯躅移晷，不能为怀。……簿领多暇，取而和之，起甲寅腊日，汔乙卯灯节，得词百有十六……兹之所和，未能终卷，意有愧焉。但以一时思感，寄诸文字，弃之未忍，姑录存之。"[1] 取而参观，不仅可知词中意旨，亦可助彼时晚清士大夫词人交游之考，实具较高之文学文献价值。

昔沈轶刘、富寿荪二先生选编《清词菁华》，曾录此卷和词中《踏莎行·和庚子秋词沤尹韵》一首：

> 旧酒尘襟，新歌障扇，江湖十载经行遍。当筵禁得奈何声，试妆已是随年变。　　笛里惊魂，花边倦眼，旗亭画取兴亡怨。过江涕泪满青山，无人说与当时燕。

词下并有二位先生短评曰："岸登《踏莎行》上片逼近朱祖谋，下片微嫌浅露伤拙。"[2] 盖江山兴亡、世事多变，周氏之感慨已难自矜。而是集和词中《浪淘沙·自题庚子秋词后和鹜翁韵》一首则或可目为总括此一卷作品之意旨者：

> 华发阅山青。屈指周星。故人谁与话平生。旧事蓬莱重检点，烟浪无声。　　蟫梦校寒檠。秋籁曾听。蠹余残墨沁红冰。风景不殊朝市改，愁对新亭。

此作实可谓乃为其《和庚子秋词自序》中"革除已后，回忆旧所经历，

---

① 周岸登：《和庚子秋词自序》，上海中华书局，民国二十年铅印本。
② 沈轶刘、富寿荪选编《清词菁华》，安徽文艺出版社，1986，第411页。

时一展读，俯仰身世，都如梦影，之视今更不知当作何语"① 一段文字自作一番注脚也。

六 余论

至于周词之不足与弊端，王易在《蜀雅序》中曾为此一辩："或微病其矜博而失情，牵律而害意，然余谓是者宁涩毋滑，宁密毋疏，奚竟俗赏为？"② 而夏承焘《天风阁学词日记》中有一条明确对周词提出批评："张惠衣来谈，谓刘子庚、周岸登词皆难成诵，是其病处。予谓草窗不及玉田，亦即坐此。"③ 夏承焘对于晚近词坛宗尚梦窗词风并不提倡，故其所谓"皆难成诵"有夸大成分在。然周岸登词时有拗口不通处则是事实，盖密丽于辞藻则必有滞涩于气脉处，而又不能如朱彊村词步步顿挫，可见天分之于词家亦各有级差。另，周氏所作既丰，则雷同之病亦不能免，集中"弓衣""蛮熏"之类词出现频率少则数次多则十数次，至于连篇累牍以同调赋同一题材亦所在多见，其先后填有 10 首《莺啼序》更是古今仅此一家。观其词愈久，则审美疲劳恐亦愈甚矣。

尽管如此，观周岸登于《邛都词自序》言曰："嗟乎！鼎鼎中年，已多哀乐，悠悠当世，莫问兴亡。夫君美人之思，闲情检逸之篇，不无累德之言，抑亦伤心之极致，忆云生盖先我矣。"④ 于《长江词自序》则称："长江以贾簿故最名，江山文藻，触感弥深。从政之余，引宫比律，倚双白之新声，无小红之低唱，自歌谁答，良用慨然。"⑤ 于《丹石词自序》又有如下诸语："昔葛稚川闻勾漏有丹砂，求为令，求长生也、出世法也。予在江右三为县，一尹庐陵，非求长生，偷生而已，无出世法，度世而已，比之稚川，愧已。稚川求长生出世不得，载郁林片石归耳。予求偷生度世不得，载石无石，思归无归，其遇较稚川为何如也。"⑥ 则周词缘情体物之思、追步古贤之怀、伤怀身世之衷，他人固亦不应随意菲薄之也。

---

① 周岸登：《和庚子秋词自序》，上海中华书局，民国二十年铅印本。
② 王易：《蜀雅序》，上海中华书局，民国二十年铅印本。
③ 夏承焘：《天风阁学词日记》，浙江古籍出版社，1992，第 667 页。
④ 周岸登：《邛都词自序》，上海中华书局，民国二十年铅印本。
⑤ 周岸登：《长江词自序》，上海中华书局，民国二十年铅印本。
⑥ 周岸登：《丹石词自序》，上海中华书局，民国二十年铅印本。

　　周岸登一生交游颇广，与吴虞、胡先骕、王易等过从甚密，往来之余又常有酬赠之作，弟子中亦不乏印刷史学家张秀民、文史学者宛敏灏及词家刘凤梧等知名人物，而要与胡、王二人最为相契。所谓知人论世，则知周者莫过胡、王。胡氏《蜀雅序》曰："自丙辰邂逅翁于金陵舟次，有《大酺》之唱酬。忘年定交，忽忽十余载，关河阻隔，交谊弥挚。知翁之身世，嗜翁之词翰，环顾海内鲜有余若，……居尝自谓，古今作家之所成就，系于天赋者半，系于其人之身世遭遇者亦半。翁少年蜚声太学，博闻强记，于学无所不窥。壮岁宦粤西，娄宰剧邑，退食之余，寄情啸傲，穷桂海之奥区，辑赤雅之别乘，柳州、石湖以后，一人而已。迨辛亥国变，更宰会理，抚循夷猓，镇慑反侧，暇则搜讨其异俗，网罗其旧闻，歌咏其訞丽瑰奇之山川风物，一如在桂。已而客居故都，落落寡合，黍离麦秀之慨，悲天愍人之怀，一寓于词，风格则祖述梦窗、草窗，而气度之弘远，时或过之。盖翁之遍揽西南，徽山水雄奇之胜；所遭世难，怮悦诪张之局，有非梦窗、草窗所能比拟者也。丙辰参赣师幕府，武夫不足以言治，乃益肆志为词。征考其乡邦之文献，友其士君子酬唱谈燕，几无虚日，所作气格益苍坚，笔力益闳肆，差同杜陵客蜀以后之作。乙丙而还，世乱弥剧，翁乃避地海疆，谢绝世事，讲学之暇，间赓前操，命意渐窥清真，继轨元、陆，以杜诗、韩文为词，槎枒浑朴，又非梦窗门户所能限矣。"① 可谓周氏及其词之大知音。王易《蜀雅序》中则言："忧时念乱，契阔死生，自鸣不平，歌以代哭。王风楚骚之志，而引商刻羽，不怵呕心，一篇甫成，如土委地，此中甘苦，不足语于外人，惟余与二窗相向太息而已。"② 虽寥寥数语，亦彰其精诚，读之不禁使人心有戚戚。

　　创作之余，周岸登于词学亦有建树。校勘方面，除前述尚有批校本《梅苑》《梦窗词》存世外，其曾以阳泉山庄本《遗山集》校朱彊村覆弘治高丽本《遗山乐府》，并据其他笔记资料增得补遗一卷，使《遗山乐府》之传于今者具是矣。考证方面，夏承焘曾就吴梦窗词中关于二姜之问题专门向周岸登求教，夏氏于日记中多有两人互通书信之记载，③ 并于 1931 年 11 月致朱彊村函中言："周癸叔先生客岁致晚生书，谓梦窗有二姜，一名燕，浙产，在吴娶之，死于吴。一杭人，不久遣去。又少年恋爱一女，死于水。

① 胡先骕：《蜀雅序》，上海中华书局，民国二十年铅印本。
② 王易：《蜀雅序》，上海中华书局，民国二十年铅印本。
③ 夏承焘：《天风阁学词日记》，浙江古籍出版社，1984，第99、107、125页。

乃据《莺啼序》、《三姝媚》、《画锦堂》、《定风波》诸首考得。"①（吴无闻辑《夏承焘教授学术活动年表》中曾言及此事发端："1929 年 7 月……初与周癸叔通函，讨论梦窗词。"②）词学理论方面，其为王易《词曲史》所作序中，谓词学需"以科学之成规，本史家之观察，具系统，明分数，整齐而剖解之，牢笼万有，兼师众长，为精密之研究，忠实之讨论，平正之判断"，"词曲之为体，忠厚恻恒，闳约深美，史公所谓隐约以遂志者，有恻隐古诗之义；足以移人性灵，愉人魂魄；冀得匡拂末流，涵濡德性，而反之于诗教"。③ 体现了其卓越的词体观，此间造诣亦非流辈可及。

顾清季民初词学体系初创之时，治词学者实亦颇多能词、擅词之行家里手，周岸登正可称此中典型，故今特稍叙其词之奥妙，以使世之合缘者有得于斯也。

---

① 《文献·第八辑》，书目文献出版社，1981，第 71 页。
② 吴无闻等编《夏承焘教授纪念集》，中国文联出版公司，1988，第 225 页。
③ 周岸登：《序》，王易著《词曲史》，江苏教育出版社，2005。

行走的缪斯：早期新诗的域外行旅视角考察

卢 桢[*]

内容提要 自晚清始，文人域外出访游学渐成风气。异邦行旅体验与本土诗学经验的结合，成为诗歌体式变革的重要中介，也拉开了晚清诗歌以通俗化表达新思想的序幕。从新诗发生的角度考量，域外行旅虽然不是新诗观念的直接催生要素，但它影响甚至改变了诸多诗人认识和感觉世界的惯习，激活了他们的想象思维和审美情趣，促使其在"他者"的文化视域中反思本土经验，表达前所未有的新异感受，进而确立与时代文化语境相对应的主体意识和情感理念。同时，域外行旅文化在抒情视角、意象谱系、语感节奏等方面参与了新诗的美学建构，有效地推动了中国新诗的发生，并对新诗的精神实质与方法生成产生持续性的影响。

关键词 域外行旅 中国新诗 发生

在新诗萌发的过程中，写作者的域外行旅体验尤其值得重视，它和促成文学变革的诸多元素共同作用，触发了中国诗歌从文言古体到白话新体的历史演进，一定程度上影响了新诗的特质与走势。早期新诗人如胡适、郭沫若、宗白华、王独清、李金发、刘半农、徐志摩等大都具有域外行旅的切身体验，分别以美国、日本、西欧为中心。他们各有侧重地调动其美

---
* 卢桢，南开大学文学院副教授。本文为"中央高校基本科研业务费专项资金资助'诗与诗学团队建设项目'"阶段性成果。

学观念，力求精准呈现异国风景和文化风情，抒发行旅者的即时感思，从而在情感与形式的磨合中，为新诗赋予了一种实感体验层面上的现代性品格。如果把这类行旅抒写视为相对完整的系统，尽量将它历史化，或可为研究早期新诗拓展出一条新的脉络线索，丰富学界对于新诗精神主体建构和美学生成逻辑的认识。

一　行旅经验对白话诗观念的催生

晚清以降的文学生态与行旅要素的参与关涉紧密，肇源于对"夷祸之烈"的反思，清政府开始向海外大量派遣使官，异域出访之风日盛。留洋者对行旅过程和异邦见闻的记载与描述，构成晚清文学一个显在的写作向度，也为现代域外纪游文学的兴起储备了思想与文化势能。彼时凡涉及域外行旅体验的文学，基本由两部分构成：一为王韬、李圭等的私人出访文学，多为游记、日记、信札；二是文本规模更为庞大的"使官文学"，以日记为主体。此外，诸多有着出访经历的官员（或其随使人员）借海外纪游诗的形式抒写行旅，希望以此传递新知、启蒙民众，发挥文学的经世功能，从而彰显出与域外文明互动的新气象。

同治以前，清人鲜有涉及异域行旅的纪游诗作，文人的出行范围也多为邻邦。相较之下，晚清旅人的行旅场域则宽广许多。不过，受限于"士"的济世传统和"怀古"的情思模式，以及相关文化积习的制约，诸多诗人仍沿袭山水宴游、羁旅行役等传统主题。他们所营造的风景与"现代性"感受无缘，既难以准确地解释物象，又无法尽然表达异国之"异"和现代体验之"新"。甚至走向极端，或用陈词旧典诠解新事物，刻板僵化；或是生搬硬入新名词，突兀难解。域外行旅体验带来的世界观念、时空意识、观物角度等变化，使诗人抒写现实的情感需要与传统言说方式之间的抵牾，即"言文分离"的矛盾愈发突出。一些诗人由此萌发出体式革新的想法进而付诸行动，意在使文言写作与彼时不断化生的新观念合拍。大体而言，一是打破传统文体在表意内容上的封闭性，增强诗歌对新学新知的传播力度。二是尝试改良诗歌的内质形式，纳入杂事诗、竹枝词等体式采风问俗，以之涵容更多的新造语词，并力求客观描述异国风光、人情、礼俗、节庆等"新意境"，使诗歌承载更多的"社会相"。黄遵宪的《日本杂事诗》，潘飞声的《柏林竹枝词》和张祖翼的《伦敦竹枝词》是这方面的代表。三

是普遍为域外纪游诗穿插详赡注文，疏解新名词造成的阅读滞塞，正所谓
"椟胜于珠"。① 以上三类求新之变，在黄遵宪的诗歌中最为典型。他所追求
的"新派诗"明显提升了诗歌功能的现代性，"把诗歌从山林和庙堂世界，
带到了嘈杂喧闹的人间现实世界，强调了诗文'适用于今，通行于俗'的
重要性"。② 将这些诗文置于域外行旅文学的范畴，可见其中诸多篇章都准
确捕捉到行旅者繁富玮异、追新逐奇的内心体验，深度契合了"以旧风格
含新意境"的"诗界革命"要旨。

　　梁启超总结诗界革命前期的缺点时，指出其弊之一在于"拾扯新名词
以自表异"，③ 令人无从臆解。他视新意境、新语句与古人风格为衡量标准，
将"新意境"置于首位，由此称赞黄遵宪《今别离》等诗"纯以欧洲意境
行之"，④ 其情思精微新颖，独树一帜。客观而论，新意境和旧风格的融合，
即"革其精神，非革其形式"⑤ 的理念，的确有助于增强传统诗歌对新情境
的包容力，但不触动关乎诗歌形式的核心要素，便始终无法彻底解决域外
纪游类作品"文法"与"韵味"失和的矛盾。在表现域外行旅题材时，旧
体诗在音律结构体制、字数和句法规则等方面仍受颇多掣肘，语词也经常
超出传统文体本身的负载，对遣意传情形成阻滞，使诗质、诗语、诗体之
间的裂隙逐渐扩大。进一步说，无论是输入新词还是更改句式，都很难将
旅行者乍履他乡的新鲜体验还原成诗。种种声光电影、奇趣异闻引发的新
异感觉，最终还是被传统的心理呈现模式以及固型化的象征传统同化。正
如钱锺书评价黄遵宪的《日本杂事诗》时所说："假吾国典实，述东流风
土，事诚匪易，诗故难工。"⑥ 即使像黄遵宪那样苦心孤诣于小注的增补，往
往也会因其头绪万端、始末多方导致大量新的语言材料与旧的诗语体式彼此
失衡。郁达夫对此的评判是："即使勉强成了五个字或七个字的爱皮西提，也
终觉得碍眼触目，不大能使读者心服的。"⑦ 周作人的理解更为透彻：如黄遵
宪《人境庐诗草》那样能窥见作者和他所处的时代，的确值得赏识和礼赞，

---

① 对行旅文本的自注，最早见于林鍼的《西海纪游草》自序。钱锺书评价黄遵宪《日本杂事诗》
　　时指出："端赖自注，椟胜于珠。"钱锺书：《谈艺录》，中华书局，1984，第 347～348 页。
② 王光明：《现代汉诗的百年演变》，河北人民出版社，2003，第 45 页。
③ 梁启超：《饮冰室诗话》，《梁启超全集》第九册，北京出版社，1999，第 5326 页。
④ 梁启超：《夏威夷游记》，《梁启超全集》第四册，北京出版社，1999，第 1219 页。
⑤ 梁启超：《饮冰室诗话》，《梁启超全集》第九册，第 5327 页。
⑥ 钱锺书：《谈艺录》，第 348 页。
⑦ 郁达夫：《谈诗》，《郁达夫全集》第 11 卷，浙江大学出版社，2007，第 139 页。

但"若是托词于旧皮袋盛新蒲桃酒，想用旧格调去写新思想，那总是徒劳"。①
形式框架的规训，阅读程式的制约，造成旧体诗难以揭示进而传递新物象背
后的深层理致，这是它在经验表达上的短板。不过，从语言建设层面言之，
晚清诗人的一系列诗学探索，还是使旧体诗显露出由文言向白话过渡的新质。
例如，诗人在内容上采纳外来语和借词，更新了诗歌的语象资源；在形式上
依靠竹枝词等民间文体，为诗歌注入通俗化的因子；而"自注"的广泛出现
和新句法（如长短句）、新体式（如散文语句和说话调子）的尝试，都清晰地
展现出一个趋势，即域外行旅经历启发了晚清诗人"言文一致"的想法，他
们从心理体验反映到语言表现，不断探寻改良的可能性。其所践行的新名词、
新语句等文体实验，很大程度上推进了诗歌抒情方式、语体结构和精神内蕴
的递变，为新诗的诞生积累了可资借鉴的宝贵经验，也为孕育新诗本体提供
了必要的养分。因此，以海外纪游诗为代表的晚清旅行写作正可"作为汉语
言文学实践的一个重要部分"，"它使得旅行者个人性的主体经验，被潜移默
化地纳入中国文化中去，成为策动新文化、新文学、新知识的语言资源"。②
而域外行旅等海外体验也"在新诗尝试中起着催生新诗语、接受新的文学
观念和外来诗的影响的作用"。③"言文失和"触发的龃龉与矛盾，促使一部
分诗人继续在旧诗体格局内部求索。还有一些知识分子（尤以留学欧美者
居多）质疑文言体式的表现能力，认为它无力承载行旅交往等新语境中产
生的文化元素与动态情感，由此在诗界革命以外的路向上另起炉灶，倡导
更为彻底的语体变革精神，白话新诗的观念呼之欲出。

　　以清末民初的海外纪游诗写作为媒，在新诗体式的发生过程中，海外
文化要素的参与愈发显著，特别是留学生文化群体的跨语际、跨文化实践，
将语体问题从工具辨析的层面深化至创作本体，为全新诗歌观念的登场拉
开了帷幕。梁实秋曾明确强调留学生在白话文运动中所发挥的骨干作用：
"近年倡导白话文的几个人差不多全是在外国留学的几个学生，他们与外国
语言文字的接触比较的多些，深觉外国的语言与文字中间的差别不若中国
言语文字那样的悬殊。"④ 在这方面，胡适的思考颇具有代表性。1915 年夏

---

① 周作人：《人境庐诗草》，《秉烛谈》，河北教育出版社，2002，第 42～43 页。
② 张治：《异域与新学——晚清海外旅行写作研究》，北京大学出版社，2014，第 11 页。
③ 林岗：《海外经验与新诗的兴起》，《文学评论》2004 年第 4 期。
④ 梁实秋：《现代中国文学之浪漫的趋势》，《浪漫的与古典的》，新月书店，1931，第 6～
　　7 页。

季以后，围绕"文学革命"的讨论成为胡适与朋友之间热议的话题。他曾在回顾这段经历时表示，文学革命之所以能够孕育而生，大致有三个偶然的因素，[①] 而第三个因素正与行旅体验有关。1916 年 7 月，任叔永同梅光迪泛舟凯约嘉湖，遭大雨翻船，有感而成一首古体诗《泛湖即事》，该文成为胡适更新诗歌言说方式的突破口。全诗通篇四言古体，所写翻船一段在胡适看来"皆前人用以写江海大风浪之套语"，"死字"居多，"故全段一无精彩"，而更改方法不外乎用"活字"作诗，此为"文学革命"的真谛。[②] 由"泛舟"这一微小的行旅事件引发的胡适与任叔永、梅光迪等人的笔战看似偶然，然而它正源自诗语旧格和现代体验之间的矛盾。如果继续停留在旧体诗的范畴，那么语词只能滑动和漂浮于经验表面，抓不准写作者期望表达的感受，也不能真实畅达地反映行旅。由此可见，胡适就"小事件"做出的"大回应"，实际上还是对"言文失和"问题讨论的延续。

胡适曾明言他不喜欢作全然写景的诗，书写留美期间行旅见闻的诗文也寥寥可数，仅有赴尼格拉（尼亚加拉）瀑布观飞瀑、游活铿谷（沃特金斯峡谷）等名胜和对伊萨卡、纽约等城市的简略记述，多以文言诗体写成。这些行旅纪游诗并未延续晚清域外纪游文学那种抒发惊羡体验、熔铸新知入诗的姿态，而是向着古典的自然审美精神靠拢。诗意生发方式回归"游子思家"的传统路数，即由此间异域景色触发故国怀乡情思。不过，胡适也在创作中发现了语言变革的可能性。如《游"英菲儿瀑泉山"三十八韵》，他便认为此诗优在"不失真"，继而指出"尝谓写景诗最忌失真"。[③] 此间之"真"，至少包括两重含义：一是字句形式虽不能被成法所拘，但形式终究要为内容服务，不可喧宾夺主，破坏诗歌的理趣；二是写景作品应讲求情感经验的当下性，强化对现场细节的真率还原。游览尼格拉瀑布期间，诗人第一次看到全景视角下瀑布的奇崛气象，从而得出唐人诗所谓"一条界破"的惯语实为"语酸可嗤"。[④] 因其写不出瀑布真实的雄奇状貌，更无法呈现由行旅体验所引发的感知新变。以上两例，皆源自诗人游览瀑布的真实体验，从中可见他对实地描写的推崇。结合前文围绕"泛舟"一

---

① 前两个因素一为胡适针对主张采用字母替代汉文的观点予以驳斥，得出白话才是活语言的观点，二是胡适在与任叔永等人的辩论后提出"作诗如作文"主张。

② 《藏晖室札记》卷十四，《胡适留学日记》，岳麓书社，2000，第 682 页。

③ 《藏晖室札记》卷四，《胡适留学日记》，第 147 页。

④ 《藏晖室札记》卷一，《胡适留学日记》，第 26 页。

诗的论述或可窥见，胡适已经切身体验到古典写景模式和表现手法在现实景物面前的"力不从心"。为了让"物"与"质"尽量契合，他在争论的基础上正式提出"八事"主张，其精神层面的"不摹仿古人"和"须言之有物"，或可理解为诗人对表现"明显逼人的影像"，即"诗的具体性"[①]的重视。他曾写下一首英文诗《夜过纽约港》，[②] 观其自译，皆为活语言和新词句。乘船游玩的体验借由白话语言、自由诗体和自然音节得以抒发，显得清晰质直，透彻通达，也证明用白话语体表达现代经验，的确能使诗歌更接近于"达意"。

由胡适的文学实践可以看出，作为晚清文学革命激发要素的海外行旅体验，同样也是推动新诗诞生的力量之一。源于阐释新事物和表达新经验的文学需要，诸多负笈异邦的诗人生发出语体变革的觉悟，并借助"以文入诗"等多种手段，尝试增强诗歌对生存现实的还原与表现能力，使文本内质贴合行旅者自身的主体性要求。"让语言和形式贴近感觉经验而不是感觉经验去迁就语言形式"，[③] 这是新诗生成过程中的重要一环。行至五四，更多新诗人拥有了区别于晚清一代的个性行旅经验。工业文明的定向支配与现代国家观念的强烈牵引，"风景的发现"对自我意识和文化心理的影响塑造，以及艺术倾向上西方文学观念与情调的引导催化，使诗人的语体革新意识较之以往更为自觉和彻底，也给了他们拓展诗歌抒情空间、调试语词节奏、探析文化理趣的契机。他们在异国环境中尽情驰骋想象，视域外风景为文化表述的心灵媒介，"将异域的感受与自我发展的深切愿望相互沟通"，[④] 形成彼此之间暗合、呼应的精神联络，从而印证了五四一代作家追求"深度体验"的内在情感结构。白话新诗的观念也在行旅体验等多种要素的"综合性引导"下持续成长，并逐步向成熟迈进。

二　行旅体验与新诗精神主体的形成

域外留学、考察、旅游、访问的见闻所感，为新诗人提供了大量异于本土的感觉经验，激活了他们的文化感受力和艺术想象力。如乘坐新兴交

---

① 胡适：《谈新诗》，杨匡汉等编《中国现代诗论》上册，花城出版社，1985，第14页。
② 写于1915年7月，原诗为英文写成，后附作者自译。
③ 林岗：《海外经验与新诗的兴起》，《文学评论》2004年第4期。
④ 李怡：《"日本体验"与中国现代文学的发生》，《中国社会科学》2004年第1期。

通工具的"速度"体验、跨越大洲的"世界"体验、接触现代科技的"惊羡"体验、反思城市文明的"异化"体验、回望中国的"怀乡"体验等，对诗人的主体意识都构成了深刻的精神浸染。特别是在精神主体介入世界的方式、感悟时空的模式、观察现实的角度等层面上，域外行旅的塑形作用尤为突出。

一是在精神主体介入世界的方式上，传统文化中"游"的观念与域外行旅文化交流融合，开启了现代意义上的精神转化，在心理功能上激发诗人于旅行中发现自我，并通过创作彰显主体意识。与晚清一代出洋文人相比，早期新诗人的学问见识更为博大通彻，他们对新事物虽也有叹奇惊羡之感，却不像前人那般眼界乍开的激烈，而是将震惊体验从容消化为日常经验，不再充当单纯的猎奇者或是屈辱体验的承受者，看待异域的心态趋于淡定舒缓。诚然，缘于出游国度文化背景以及诗人个体性格、趣味的差异，他们对当地人文风土的感受并非整齐划一，而是纷然杂陈，各臻其态。不过，行旅中见到的优美风景可以引起诗人的广泛共鸣。风景对身心的调节功能特别是遣怀功效，引渡写作者与蛰伏在精神传统中的"游"观念遇合。他们着重贴合"游"本身蕴含的轻盈、洒脱、自由因子，追求超越时空的自在和解放，一定意义上突破了很多晚清行旅者"游必以致用"的功利心态，为新诗以更为开放的姿态抒写风景带来可能。

域外风景带来的如画之美，可以使诗人超脱现实烦恼的羁绊，触发他们意识到性灵深处的真实吁求，从而将地理旅行引渡至精神游历的象征层面。宗白华便是在静寂的自然中觅得灵感的源泉："舞阑人散，踏着雪里的蓝光走回的时候，因着某一种柔情的萦绕，我开始了写诗的冲动。"[①] 再如慰冰湖之于冰心，康桥之于徐志摩，博多湾之于郭沫若……这些"有意义的风景"均成为诗人造梦的温床。以郭沫若为例，他视博多湾为"思索的摇篮"和"诗歌的产床"，[②]《女神》中直接抒写博多风景的诗篇就达二十一首。甚至谈及弃医从文的缘由，诗人还特意提及此地："所以至此的原因，我的听觉不敏固然是一个，但博多湾的风光富有诗味，怕是更重要的一个吧。"[③] 相比于郭沫若，徐志摩则直接受到欧洲文人"修业旅行"风俗

① 宗白华：《我和诗》，《文学》第 8 卷第 1 期"新诗专号"，1937 年 1 月 1 日。
② 郭沫若：《泪浪》，《郭沫若全集》（文学编）第 5 卷，人民文学出版社，1984，第 391 页。
③ 郭沫若：《追怀博多》，《郭沫若全集》（文学编）第 19 卷，人民文学出版社，1992，第 335 页。

的感召。他在欧洲的行走游历，如同去赴一场美的宴会，也是追随拜伦、济慈等先贤足迹的朝圣之旅。沉浸于优美、宁静、谐调的康桥风景，诗人读解出自然与人生的灵性殊缘："我的眼是康桥教我睁的，我的求知欲是康桥给我拨动的，我的自我意识是康桥给我胚胎的。"① 他以悠闲纡徐、从容自适的"游"的态度感受行旅，在日常景致中锁定了美的存在，不断肯定并强化着个体在自然间独自漫游的精神价值。可见，域外风景造就了诗人对美的感悟力。他们从审美角度抒写风景，从认知角度理解乃至再造风景，持续尝试"物我"联系及心物感应的多元方式，深化了新诗对"言我"与"言景"交互关系的思考。

二是域外行旅影响了精神主体的时空体验模式。西风东渐的文化渗透，使中国经历了前所未有的开创性变化，它的标志之一便是现代时间观念的形成，以及一代人身处"世界"空间范围内对风景的想象。王一川曾论述道："对诗人来说，自己所置身其中的生存体验世界的变化及其语言表现才是真正至关重要的：从以中国为中心的古典'天下'体验到现在的'全地球合一'的全球体验，这一转变对诗人及其他普通人造成的生存震撼是真正致命的。"② 诚如斯言，意识到"世界"的存在，以全球意识反观精神主体，是中国诗学在精神主体建构层面实现现代转型的关键一环。仍以胡适的《夜过纽约港》为例，诗中景物与观察者都被置于具体的时空语境下，地球、天空、城市、雕像和抒情主体对照叠合，构成由远及近、自上而下的清晰层次，标示着诗人对精神主体与世界关系的新知。地球、世界、宇宙这类空间语象频繁出现于早期新诗文本，彰显出写作者精神视野和思想格局的变化。

随着现代交通条件的改善和洲际旅行线路的成熟，传统意义上"咫尺天涯"的空间远景很可能成为便于观看的现实近景。特别是漫长的旅程带给诗人特殊的时空感受，触发他们在相对独立的交通工具空间内驰骋诗情，构筑文本。如康白情《一个太平洋上的梦》和孙大雨《海上歌》等作品，就是远渡留洋途中的乘兴之作。与邮轮相比，诗人搭乘列车时体验到的"加速度风景"，往往对新诗的意境生成和美感传递影响更甚。郭沫若曾向

---

① 徐志摩：《吸烟与文化》，梁实秋、蒋复璁编《徐志摩全集》第 3 卷，中央编译出版社，2013，第 89 页。

② 王一川：《全球化东扩的本土诗学投影——"诗界革命"论的渐进发生》，《北京师范大学学报》（社会科学版）2008 年第 2 期。

宗白华讲述自己的旅日经历，他和田汉乘火车前往二日市、太宰府，诗人感叹：“飞！飞！一切青翠的生命灿烂的光波在我们眼前飞舞。飞！飞！飞！我的‘自我’融化在这个磅礴雄浑的 Rhythm 中去了！”[1] 古老观看模式下的静态风景被列车的速度带动，在诗人面前形成流动的卷轴，表现出奔放的节奏感。再如成仿吾《归东京时车上》对“光阴”飞逝的微妙捕捉和幽婉再现，都源于现代交通带来的速度体验。这一体验为新诗开创了从科学中汲取灵感和想象的途径，它强调流徙创化的变动之美，从而与古人注重淡泊明净、精神相对守恒的静态美拉开了距离，甚至打破了传统经验中时空的连续性和稳定性，为抒情者带来观景方式和感觉形式的巨变，使他们无论是观察自然还是发现自我，都与往昔有所不同，正如郭沫若言及的“在火车中观察自然是个近代人底脑筋”。[2] 柄谷行人曾把“风景的发现”视为日本现代文学诞生的一大标志，这一论断可以帮助我们反观中国新诗自身。多元繁复的时空体验，拓展了新诗人对于世界的观念认知，培养了他们的文化比较意识，并促成其想象视域的现代转换，这自然也助力了现代新诗的成长。

三是“外在之我”的发现。对习惯在稳定、静态的自然文化语境里寻求诗意的诗人来说，从域外行旅过程中体验到的时空感受更新了他们的观物方式，外在的观察者或行旅者视角得以形成，“外在之我”也愈发显扬。20 世纪 20 年代初，李金发写下《里昂车中》一诗，抒情主体持续观察着窗外的移动景物，由此生发暗示、幻觉和联想。郭沫若、徐志摩等也有类似诗作，都以现代交通工具作为观察基点。面对流动的风景，无论是古典意象自我循环的传统，还是传统山水诗主客对应的法则，都难以即时发挥效应。诗人只能通过连续的动态画面捕捉瞬间的意识流动，观察者与景物的时空距离和心理距离不断变化，演绎出文本情绪的张力节奏。可见，乘坐交通工具的体验和行旅生活带来的种种精神刺激，深刻改变了诗人对外部世界的感觉结构，从本体论的意义层面来看，它还触及新诗对传统“主客体”等概念的重新认知。古典诗歌讲求“以物观物”，即不强加心灵于物，而是将自我圆融无间地化入事物中，使物象得到自然呈现，物象与主体精神相互映衬又独立存在，正所谓“物我同境”。而“外在之我”的出现，以

---

[1] 《郭沫若致宗白华》，《郭沫若全集》（文学编）第 15 卷，人民文学出版社，1990，第 122 页。

[2] 《郭沫若致宗白华》，《郭沫若全集》（文学编）第 15 卷，第 124 页。

"自我"作为抒情原点，诗人不再刻意将精神主体融入物象世界，也不拘泥于古典诗歌的"静观"模式以及"物我相融""神与物游"等自然审美范式，他们以相对独立灵活的抒情视角介入语象世界，为表达现代性情感体验开辟出新的路径。

通过对"物我"关系的多重实验，很多诗人找到了利于抒发现代性感受、构筑情思空间的观察点。这种观察的"自觉"，体现出作家抒情向度和运思手段的变革。同时，在借镜西方的过程中，一些诗人采取"互文"的阅读方式，将西式观物理念与自身文化经验结合，催化出域外行旅者特殊的心理机制和精神情调。这些影响有些为间接发生，如欧洲浪漫主义绘画对风景尤其是天空的描绘、后印象派艺术对景物色彩和光影的强调，触发闻一多、徐志摩等人着力打磨意象的视觉性，使写景诗与风景画联姻，为"绘画美"的艺术旨向赋予深度。而直接影响的情况则更多，能够引起新诗人震惊体验的风景多为都市景观，缤纷跃动的声光电影丰富了他们的器物层知识，更激活了诗人对现代主义文学中"漫游者"身份的认同与反思。王独清的《我漂泊在巴黎街上》《我从 CAFE 中出来……》便拥有闲逛的漫游者眼光，抒写游离于异己文化中的创痛与哀愁。旅途的颠沛、环境的陌生、人际关系的冷漠，构成现代主义意义上的生存焦虑。抒情者无法把握生命存在的根基，他只能选择一个异域游荡者的精神形象，以此将精神主体的漂泊无依感沉郁托出。正如李金发的《我背负了……》一诗对"简约之游行者"形象的细腻打磨和孤寂沉思，其中既吸收了波德莱尔的精神要义，又能将诗人"无根的异乡人"心态与异域游历产生的新奇感觉两相结合。这类在行旅过程中被发现，进而意义持续增殖的"外在之我"，带有浓郁的异国色调，同时融合了写作者本土的精神习俗。借助这些意蕴多维的抒情形象，现代诗人开启了各自的观察之门，将风景的"物象"沉淀为精神主体的"心象"，使行旅体验内化于诗歌的美学要素，为外部感觉经验、内在心理经验以及诗歌表达经验之间的联络与转化建立起有效的通路。此类尝试不仅促进了新诗精神主体的生成，而且从实质上影响了新诗的审美嬗变。

三　行旅体验与新诗内质要素建构

受惠于行旅带来的"文学/文化"交流，新诗人纷纷与地缘文学观念相遇合，表现出不同的接受特征。如留美诗人多以实验的态度推动诗歌的语体变革，留英诗人多聚焦于诗歌的抒情功能，留德、法诗人普遍打磨文本的现代主义特质，留日、苏诗人则注重诗歌"为人生"的实用属性。很多写作者如刘半农、王独清的海外行旅未局限于一个国家或地区，因此可以在不同文化"对应点"的穿梭交流中获取多元的信息，形成开放性的美学观念。这些观念直接或间接地作用于意象谱系、诗义结构、象征模式、语言节奏等新诗内部要素，使得与行旅抒写相关的文本在具备专属性情感主题的同时，也拥有与这些主题相适应的现代诗形和美感传达方式。

首先，表现在意象层面上，新诗的语体创新和情感空间建构与行旅意象的谱系生成关系密切。诸多诗人有意识地将"行旅"行为及与它相关的域外风物作为诗歌的语象资源，为行旅见闻做出意象化的诗意呈现。如和交通相关的火车、飞机、轮船等意象，充当了诗人抒发怀乡幽思或是超越性想象的首要载体。再如山岳、清风、江海、流云等自然风景，浸润并滋养着诗人的审美灵性。此外，对甫登异域的诗人而言，令他们最为惊羡的或许正是都市意象。富含古典人文气息的历史古迹，现代都市中的高楼大厦、咖啡馆、酒吧等，都承载了城市人纷繁多元的现代情绪，强势冲击着新来者固有的认知体系。如邵洵美所说："新诗人到了城市里，于是钢骨的建筑，柏油路，马达，地道车，飞机，电线等便塞满了诗的字汇。"[1] 在新诗人笔下，异国城市作为崭新的意象资源，直接进入了新诗的抒情中心。郭沫若便颇多咏叹日本都会风景，高歌工业文明"力的律吕"；[2] 在邵洵美的足音下，踏出的是颓废者的迷情与疲乏；在蒋光慈、王独清的血液里，流淌的是先觉者对下层民众的深刻体怀；在李金发的微雨中，坠落的是孤独灵魂离群索居的现代意绪。《微雨》出版后，有人就评论说李金发诗歌的一个特点是"异国情调的描绘"，[3] 孙玉石进一步指出这种"异国情调"追求的结果，是"大量富有异国色调的意象的创造"。[4] 作为意象的异域城市在新诗中频繁登场，成为"现代诗歌意象自觉接受外来影响，不同于传统

---

① 邵洵美：《现代美国诗坛概观》，陈子善编《洵美文存》，辽宁教育出版社，2006，第96页。
② 郭沫若：《立在地球边上放号》，《郭沫若全集》（文学编）第1卷，人民文学出版社，1982，第72页。
③ 博董（赵景深）：《李金发的〈微雨〉》，《北新周刊》第22期，1927年1月25日。
④ 孙玉石：《中国现代诗学丛论》，北京大学出版社，2010，第425页。

意象而具备的最显著的现代性特征"，① 也使新诗意象的资源贮藏和表意空间实现了同步扩容。

诸多诞生于行旅过程中的意象汇聚组合，共同构成新诗人对"异国形象"的理解。就本土文化身份来说，作为"他者"形象的"异国"是如何被发现进而被想象的，它寄托了抒情者的何种情感，都与诗人自身的文化感知方式和跨界身份观念紧密扣合。诸多诗人在调动异邦自然意象和都市意象两大群组的同时，还将启蒙与家国之思纳入意象塑造中，由"异邦"回望"本土"，使意象空间和现实经验之间同步与偏离并存。一种情况是：精神主体能够主动融入异域文化，并从中吸收良性的营养。如胡适笔下的绮色佳（伊萨卡）、徐志摩诗中的翡冷翠（佛罗伦萨），诗性雅译的背后，蕴含着文人对异国城市风情的倾慕与投合，其诗文景色情语相融，哲思慧悟频发。另一种情况则更为普遍，如刘半农《巴黎的秋夜》、李金发《柏林之傍晚》《卢森堡公园》等域外文本投射出的，依然是诗人无法融入城市文明的精神焦虑与内心苦楚，潜藏着一代知识分子对外邦文化的拒斥和对本土文化的眷恋。于是，由异国意象组成的文化"他者"空间，便可构成诗人剖析当下、回溯传统的一个渠道。从表述策略上看，写作者或是如王独清那样，将罗马视为"长安一样的旧都"（《吊罗马》），由欧洲古典精神的没落反观华夏文明的兴衰，找寻自我与历史的精神对应；或是如闻一多《秋色》一般，将芝加哥的风景与本土的"紫禁城"等影像杂糅混融，以此纾解知识分子内心的去国焦虑。总之，由众多城市意象所衍生的，是诗人在文化"他者"面前不断萌发的认同危机和反思意识。伴随着异域行旅文本的持续增多，此类观念也逐渐凝聚成新诗的一个显在的精神主题。

其次，"风景结构"对"诗义结构"产生的影响。域外风景抒写为诗人设置了一个课题，即如何组织视野中不同层次的"风景"，并将既往文化记忆与新锐视觉经验熔铸于诗，这涉及新诗的结构意识。其中，风景结构指诗人以何种布局方式排列物象，诗义结构则指诗人对意义的停顿或转换以及对不同意义层次所占比重的安排。在早期新诗诸多文本中，诗人对风景的描述大都延续了"意在言外"的传统隐喻形式。身处海外奇观，他们的情思所对应的却是故国景象和怀旧意绪，诗义结构多由"现实风景"与"故国风景"两次停顿构成，且以后者为表述重心，诗情转换较为简单直

① 王泽龙：《中国现代诗歌意象论》，中国社会科学出版社，2008，第224页。

接，但也并非全无新质。陆志韦曾写下一首《九年四月三十日侵晨渡 Ohio 河》，诗人在肯塔基州渡江南望，以梨花、黄牛、鹅头组构画面，发出"江南好，也在梨花开得早"的感慨，颇与古人"又见江南春色暮"的情致相仿。同时，诗人对风景的观察又是双重的：一方面，他选取的物象贴合了古典田园文化中的风景原型，具有浓厚的"中国风"；另一方面，诗人采用纯白描的手法刻绘景物，在诗义结构上将"现实风景"置于言说核心，如实记录了抒情者即时体验到的达观、自由之感，使文本"意在言内"的当下性意义得以显扬，也切中了白话诗对"达意状物"的审美要求。

"诗的经验主义"[①] 理念的渗入，使一些新诗人侧重于逼真再现客观景物，由此形成抒写风景的一类范式。但这种写法太过拘泥于具象，滞留于事实，导致部分诗歌质轻情浅，意义单薄。随着异域体验的加深，很多诗人扬弃了质直单纯的表达风格，他们频繁动用多重的象征符码，为新诗筑造立体的诗义结构。李金发、王独清便重视诗歌与电影、绘画、音乐等艺术形式的共通性，前者的《寒夜之幻觉》《巴黎之呓语》综合运用蒙太奇手法，动态呈现错时片段的空间景物，从整体上为现代人迷离、焦虑的心态赋形；后者更是突破诗、画、乐的界限，使之有机组合。游历了佛罗伦萨的圣吉奥瓦尼教堂后，王独清写下《但丁故乡断章》。全诗分两段，首段写诗人在"天国之门"面前感受到自我的渺小，希冀像文学先贤那样求得灵魂的提升，第二段诗行排列则饶有意味——婀恼河、老桥背、教堂顶、全城市四个意象渐次展开，又与重复循环的"钟声荡"错次排列。景物在诗歌中出现的次序遵循由低至高的渐进抬升视角，仿若摄像机一般带给读者直观的方位感。层次分明的风景结构，在诗义上紧随灵魂"飞升"的主题，影像与诗相互支撑，彼此互喻。徐志摩的域外景物诗也注重空间内的构图与色彩的渲染，受益于英国"如画"美学和现代派艺术的滋养，他写下《康桥西野暮色》《春》等一系列景物诗，景深层次鲜明，色彩浓淡相宜。诸多无序的风景语象经过诗人的组织渲染，形成彼此之间的谐调共生，在风景结构上暗合了油画的"光影的透视法"与"空气的透视法"，同时在意义结构上也契合了诗人对纯粹澄明之美的艺术诉求。因而说组织景象的方式可以影响文本的意义生成，甚至形式本身便直接外化了诗的内涵。

---

① 这一观念由胡适提出，最早出现在其诗作《梦与诗》的"自跋"中。参见胡适《尝试集》，华夏出版社，2009，第185页。

　　最后是在语言节奏层面。很多诗人着力加强语言节奏的表现力，通过声音在语流"时间段落"中的变化，为新诗调试出"有意味"的内在韵律。在这种情绪与节奏相匹配的"内在韵律"发生过程中，行旅经验起到哪些作用，又扮演了何种角色？郭沫若的创作可以作为典型范例。1919年9月，诗人第一次遭遇大型台风，之前欣赏"光海""晴海"的心绪瞬间被《立在地球边上放号》中那种恣情舒展、狂放不羁的情感所取代。文本充斥着短促的叹词，核心物象不断起伏、闪回。诗人自释道："这是海涛的节奏鼓舞了我，不能不这样叫的。"海涛"运动的节奏"与"音响的节奏"令他"血跳腕鸣"，精神上"要生出一种勇于进取的气象"。[1] 与这首诗的成诗过程类近，《雪朝》也源自诗人观看博多风景的真实经历。诗人曾说这首诗是应着实感写成，风声、涛声和风过松林的声音，形成一起一伏的律吕，他"感应到那种律吕而做成了那三节的《雪朝》"。[2] 风景的音响节奏被三段式的文本结构拟现，并被转化为与之深度契合的声韵节奏，使"言文一致"在节奏范畴上得以实现。依靠感性智慧和自觉的文体意识，写作者用音韵的变化和意象的组合建立起与所观景物同步的语感节奏，这在留日诗人笔下较为多见。相较而言，留美诗人如闻一多、孙大雨等受都市节奏的启迪更深，孙大雨甚至改变了单纯崇尚古典艺术的审美趣味，主动从城市文明中汲取诗意。他的《纽约城》一诗均押"eng"韵，声韵一体，铿锵有力，生动凸显出都市的快速节拍。《自己的写照》则以每行四顿的节奏筑起和谐的"音组"，在节奏上模拟都市"秩序"的森严，而每一行的顿歇都结束于一个新的意象，并在下一行由这个意象继续展开意义联结，如此周而复始，与纽约城紊乱喧嚣的秩序形成同构，进而"从整个的纽约城的严密深切的观感中，托出一个现代人的错综的意识"。[3] 这些例证或可说明，新诗人正是在从景物节奏到语言节奏，最终抵达精神节奏的递进式过程中，逐步实现了对行旅体验的心理消化和诗性呈现，也为新诗的语感建设提供了有实绩支撑的参考。

　　以上从三个方面论述了域外行旅在中国新诗"发生"过程中的作用，以证明新诗成立的标准并非单纯地从传统文言诗歌中解放。除了语言要素外，它的生成离不开实践主体的观物方式、体验模式以及想象思维等势能

---

[1]　郭沫若：《论节奏》，《郭沫若全集》（文学编）第15卷，第357页。
[2]　郭沫若：《创造十年》，《郭沫若全集》（文学编）第12卷，人民文学出版社，1992，第83页。
[3]　陈梦家：《〈新月诗选〉序言》，新月书店，1931，第26页。

驱动，或许这种作用和影响还有探讨的空间，有些问题尚需深入掘进。比如，古体诗与新诗对行旅经验的抒写并非"以新易旧"的简单过程，新诗在发展演进中对行旅经验进行着想象和表现上的"现代性"转换，而这种转换同样辐射到了旧体纪游诗。甚至在新文学占据主流的 20 世纪二三十年代，依然有吴宓《欧游杂诗》、李思纯《巴黎杂诗》和《柏林杂诗》、胡先骕《旅途杂诗》、吕碧城《信芳集》这样的诗作，沿着旧体纪游诗的轨道前行。很多新文学家如郭沫若、郁达夫、苏雪林等，也曾以文言古体复归传统情怀，"表达缠绵低回、惆怅婉转的域外体验"，① 这种新旧"并行"的现象值得关注。很多情况下，新诗人的域外行旅创作还存在"诗与文"的互文。他们常用诗和散文并行的方式抒写同一次行旅体验，其诗歌侧重抒发观景时产生的瞬间灵思，个体化象征色彩浓郁，而当诗人试图反思国民精神或文化差异等现实问题时，又会选择以散文文体承载更多的社会面相。阅读者往往要兼顾双重文体，才能对诗人的行旅文本建立综合全面的认识。此外，从行旅体验与新诗整体发展进程的动态关系出发，还应宏观考量域外行旅对新诗产生的持续性影响，总结诗歌史不同时段关联点间的组合、递进规律，把握其承续与变异、错杂又互补的结构形态。新诗现代性的一个重要环节便是体验的现代性，作为精神活动的行旅体验记录了现代知识分子自我想象和自我发现的心路历程，这些主体性经验的凝聚融合，形成对新诗"发生"与"发展"的强力支持，并在艾青、戴望舒、冯至、辛笛等后继者笔下不断发酵，构成一脉绵长顽韧的诗学谱系。当然，中国诗人在接受、消化、呈现异邦经验时也往往具有主体意识不够自觉、功利性审美不时出现等问题，对此还需理性认知和客观估衡。

---

① 苏明：《域外行旅体验与中国近现代文学的变革》，博士学位论文，南京大学，2008，第 36 页。

在人生逆旅中瞭望远方：牛汉诗歌创作略论

李文钢*

内容提要 牛汉在 20 世纪 40 年代和 70 年代这两个诗歌创作高峰期的作品有很多相似之处，可统称之为"反抗诗学"。它们都是作者意图反抗苦难现实的精神武器，带有强烈的主观理想主义色彩，亦因其不断重复的抒情模式和情感结构而显现出局限。20 世纪 80 年代中期以后，牛汉的创作逐渐远离了其"反抗诗学"的理想色彩，而更贴近内心深处的真实生命感觉。他在清醒地承受着现实命运撕裂般的痛苦中，开拓出了新的诗歌境界。透过牛汉的诗，我们可以清晰地看到一个不断倔强地奋争、痛苦地思索的灵魂。

关键词 牛汉 反抗诗学 理想主义

牛汉是中国现代诗歌史上的一位重要诗人，他生于 1923 年 10 月，15 岁时就受胡风和田间诗作的感染开始写诗，进入 21 世纪后仍时有新作面世。作为一位跨世纪的诗人，他既是"七月派"的核心成员，又是"归来诗人群"中的一位突出代表，在时代的巨流中沉沉浮浮，多舛的命运在他的诗歌创作中留下了鲜明的底色。透过牛汉的诗，我们可以清晰地看到一个不断倔强地奋争、痛苦地思索的灵魂。

---

* 李文钢，南开大学文学院博士后，河北科技师范学院文法学院讲师。本文为河北省教育厅高等学校青年拔尖人才项目"'归来诗人'的创伤体验与诗歌创作研究"（项目编号 BJ2014080）阶段性成果。

一　苦难中形成的反抗诗学

1938年，正值国难当头、形势危急，在读初中二年级的牛汉已不安于整天坐在书斋里当一名书生，而是热切地渴望能投入战斗生活中。于是，他秘密加入中共地下组织，开始了隐蔽而危险的"地下工作"。1946年春，牛汉因组织西北大学"反美、反内战"的民主学生运动而被捕。在被捕的过程中，牛汉被青年军特务殴打得昏死了过去，由于脑内淤血未得到及时治疗，他从此留下了颅内淤血压迫神经的后遗症，常在深夜梦游。被囚禁在汉中第二监狱期间，牛汉抱着必死的决心写下了一首题为《死》的诗："假如/死，/带着人类底/最后一次灾难；//假如/我一个人/可以同垂死的敌人同归于尽，/让千万人/踩着我的尸体前进；……那么，/让我去死！/我有新世纪诞生时的/最初的喜悦"。[①] 从这气魄豪迈的诗句中，我们可以真切地感受到抒情主人公那一份坚定的革命信念：他怀着推翻黑暗的旧政权、追求一个更光明的世界的理想，而做好了牺牲自己的心理准备。幸运的是，入狱不久，牛汉就在党组织的营救下以"因病保释"的名义平安出狱。在后来的"地下工作"中，他虽又遭遇了数次出生入死的严峻考验，所幸均有惊无险。在那一特殊年代的艰险斗争环境里，他的灵魂也"在地狱的火焰中得到了冶炼和净化"。[②] 他不止一次地饱含热情写下这样的诗句："祖国呵，/你是不是也寒冷？//我可以为你的温暖，/将自己当作一束木炭/燃烧起来……"[③] 一个勇敢地追求光明，无畏地反抗黑暗社会压迫的战士形象在他此时的诗行中清晰可现。

在那些满怀激情的战斗岁月里，牛汉写得最多的，也是此类关于战斗生活的诗："在北方/我的心/我的歌/拥抱着人民/我的足迹/在九月的黄色的山野/画出了战斗的图"。[④] 这些以诗描摹出的战斗图景，常常将反抗黑暗现实的激情和悲壮的情怀交相叠印，既充溢着革命浪漫主义色彩，也印证着作者战斗的热情。牛汉在回忆他这阶段的诗歌创作时曾这样说道："1940

---

① 牛汉：《死》，《爱与歌》，作家出版社，1954，第83页。
② 牛汉口述、何启治、李晋西编撰《我仍在苦苦跋涉——牛汉自述》，生活·读书·新知三联书店，2008，第80页。
③ 牛汉：《落雪的夜》（1947年），《牛汉诗文集（诗歌卷）》，人民文学出版社，2010，第223页。
④ 牛汉：《九月的歌弦——梦幻曲》（1942年），《牛汉诗文集（诗歌卷）》，第61页。

年到 1942 年，我完完全全被诗迷住了，不写诗就闷得活不下去。也就是这
两年，整个大后方笼罩着白色恐怖，我和几个朋友陷入了苦恼与烦躁之
中……生活境遇的危难和心灵的抑郁不舒，更能激发一个人对命运抗争的
力量，而诗就是在这种抗争中萌生的。"① 在民族危难之际，牛汉不仅走向
反抗的实际行动，而且将其笔下的诗视为"反叛的匕首和旗帜"，在对黑暗
社会现实的揭露和反叛中体现了鲜明的意识形态性。

新中国成立后不久，牛汉又抱着同样的战斗热情报名参加了抗美援朝
志愿军部队，一心只想着去"做一个毛泽东底好战士"。② 如他本人所说：
"我们为祖国几乎献出了一生的生命，为的就是祖国与人民的幸福。我们其
实单纯得很。"③ 然而，与很多"归来诗人"的遭遇一样，单纯的牛汉也遭
遇了极为荒谬的现实。1955 年 5 月，刚由志愿军部队调到人民文学出版社
不久，牛汉就因"胡风事件"而被捕。在经历了长达两年的"隔离审查"
后，他才重回出版社继续从事编辑工作，但已被开除党籍，属于"降级使
用"。"文革"开始后，他又被关进"牛棚"，屡遭批斗。继而，1969~1974
年，他被下放到位于湖北咸宁的文化部"五七干校"，先后从事多种重体力
劳动。直到 1975 年初，他才重新回到人民文学出版社，被分配在资料室里
抄卡片。

一个曾经甘愿为了祖国和人民而牺牲自己的一切的战士却被视作人民
的敌人，在这段人生中最为屈辱最为痛苦的日子里，牛汉遭遇了最严酷的
生命考验。伤痕既留在了他的身体上，也烙刻在了他的心上。自 1955 年被
捕后，牛汉就被迫停止了诗歌创作。1970 年他在干校劳动期间奇迹般地恢
复写作，一系列的人生遭遇使他的诗呈现出和以前截然不同的面貌。他在
此期间创作的诗，大多属于咏物诗，如《鹰的诞生》《毛竹的根》《半棵
树》《华南虎》《悼念一棵枫树》《巨大的根块》《麂子》《蚯蚓的血》等。
在他此时诗笔下所雕琢出的意象中，我们可以发现一个相似的规律：它们
虽然都处于"被禁锢"乃至"被砍伐"的不利地位，却都有着坚忍的意志
和不屈的灵魂。鹰蛋虽然在暴雨雷电的危险环境中催化，雏鹰却只在高空
密云里学飞；毛竹的根虽然被砍断，却能绕过潜伏的岩石，穿透坚硬的黄

---

① 牛汉：《对于人生和诗的点滴回顾和断想》，《随笔》1986 年第 2 期。
② 牛汉：《塔——当我从苏联红军烈士纪念塔前走过的时候》（1950 年），《在祖国的面前》，
　　香港：天下出版社，1951，第 29 页。
③ 牛汉 1982 年 3 月 31 日致梅志信，见《命运的档案》，武汉出版社，2000，第 60 页。

土，迂回曲折地探索到远远的山岗下面的小湖；被雷电劈掉了半边的树，仍然直直地挺立着，还是像一整棵树那样伟岸；被囚在笼中的老虎，用它破碎的趾爪在铁笼的墙壁上留下了一道道鲜血淋漓的沟壑，显示着它不羁的抗争；被伐倒的枫树，即便被分解成宽阔的木板，也仍旧散发着浓郁的芬芳；年年被斫，无论如何挣扎也长不成大树的灌木丛，却以其顽强的生命力在地下凝聚成一个个巨大的根块……从这些有着大致相似精神蕴含的意象中我们可以看出，牛汉几乎无时不是在以这些意象借喻自我人生，是他在那个扭曲的时代里痛苦挣扎的心灵与搏斗意志的折射。这些诗，是他意欲摆脱现实世界的控制和迫害，想象性地反抗不自由的现实的精神武器。

牛汉曾将 20 世纪 40 年代和 70 年代称为他的诗歌创作的两个高峰期。这两个高峰期间隔了近三十年，虽属同一个诗人的创作，却有着各自不同的鲜明特点。何言宏曾将这种不同概括为"由在四十年代的'为祖国而歌'转而为'文革'时期的'为生命而歌'"。认为在 70 年代的创作中，"牛汉的切身体验使得他的话语言说不再轻率地指向某种意识形态及其许诺的未来图景，而是从自己独特的生命体验出发，将其最大的精神关切置于'生命'本身，伤痛于生命的受戮并且为生命的尊严而呐喊"，[①] 这一分析是深中肯綮的。在经历了一系列的政治迫害和人生苦难后，牛汉开始不断反思自己曾经的政治乌托邦梦想，逐渐摆脱了工具化了的意识形态话语体系，将思考的基点重新落在真切的个人生命体验上。由"为祖国而歌"到"为生命而歌"，这一看似简单的变化却隐含着他本人的无数血泪。

然而，表面看来虽然差异明显，但如果我们把牛汉的这两个创作高峰期放在一起考察，仍会发现其内在的相通之处。可以说，牛汉在这两个阶段创作的诗，同为其"反抗诗学"的典型体现，即这些创作都是出于对黑暗现实的反抗和对美好理想的向往，都有其明确的现实针对性，都暗含着以语言的力量改变现实困境的憧憬。20 世纪 40 年代黑暗社会的严酷压迫，70 年代个人生命所遭遇的屈辱经历，是其"反抗诗学"得以萌芽的土壤。

这两个不同阶段的深层相通之处还在于：它们都源自诗人在遭遇现实生活的痛苦之后的一种反应，而通过这些脱胎于现实并且反抗现实的诗歌世界的营建，诗人缓解了现实痛苦。正如黑格尔早就指出的那样："艺术家

---

① 何言宏：《严酷年代的精神证词——"文革"时期牛汉的诗歌写作》，《当代作家评论》2000 年第 2 期。

常遇到这样情形：他感到苦痛，但是由于把苦痛表现为形象，他的情绪的强度就缓和了，减弱了。甚至在眼泪里也藏着一种安慰；当事人原来沉没在苦痛里，苦痛完全占领了他，现在他至少可以把原来只在内心里直接感受的情感表现出来。如果用文字、图画、声音和形象把内心的感受表达出来，缓和的作用就会更大。"① 在牛汉最感痛苦的这两个生命阶段，他也通过这些反抗现实、借以励志的诗，缓解了自己内心的苦闷。正因如此，他才如是说："幸亏世界上有神圣的诗，使我的命运才出现了生机，消解了心中的一些晦气和块垒……我与我的诗相依为命。"②

牛汉的"反抗诗学"从根本上说是他对现实矛盾的反应，是他企图克服现实困难、解决现实问题的观念的产物。因而，这两个不同阶段的诗都直接对应着作者本人的生活经历，带有他自己强烈的主观色彩，是直接与他特定生命阶段的生活经验相合一的诗。如谢冕先生曾经指出的那样："和许多诗人一样，牛汉先生写的诗很多，好像都在写作自己。不论是想象的飞扬还是意象的熔铸，都可以溯源到与他血肉相连的独特的经历和生命的极限体验上面去。"③ 在这些诗中，我们可以读出他的生活的本来气息，可以看到他顽强、不羁的性格，也明显感觉到他类型化的表达模式的单一。已有论者指出："牛汉这类主/客同构的诗，不断重复的物/我对应的直线，只能是同一生命平面的延展。"④ 牛汉的此类诗歌创作，既因其经验与情感的真切鲜活而显示了其感染力，也因其不断重复的抒情模式和情感结构而暴露了其局限。一个人的经历即便再丰富，毕竟也是有限的。连诗人自己也清醒地认识到："那些诗，只有在当时那种特殊的主客观情境里才能写出来，不可能重复第二回。"⑤

德国诗人歌德曾在谈及艺术创作时指出："一个人如果想学歌唱，他的自然音域以内的一切音对他是容易的，至于他的音域以外的那些音，起初对他却是非常困难的。但是他既想成为一个歌手，他就必须克服那些困难的音，因为他必须能够驾驭它们。就诗人来说，也是如此。要是他只能表

---

① 〔德〕黑格尔：《美学》（第一卷），朱光潜译，商务印书馆，1996，第 60～61 页。
② 牛汉：《谈谈我这个人，以及我的诗》，《中华散文珍藏本·牛汉卷》，人民文学出版社，1997，第 171 页。
③ 谢冕：《牛汉先生诗中的树、头发及骨头》，《文艺争鸣》2003 年第 6 期。
④ 任洪渊：《"白色花"：情韵·智慧·生命力——读曾卓、绿原、牛汉》，《诗刊》1997 年第 7 期。
⑤ 牛汉口述，何启治、李晋西编撰《我仍在苦苦跋涉——牛汉自述》，第 187 页。

达他自己的那一点主观情绪，他还算不上什么，但是一旦能掌握住世界而且能把它表达出来，他就是一个诗人了。此后他就有写不尽的材料，而且能写出经常是新鲜的东西，至于主观诗人，却很快就把他的内心生活的那一点材料用完，而且终于陷入习套作风了。"① 诗人牛汉要想摆脱如歌德所说的"习套作风"，成为一个"真正的"诗人，就必须走出自己主观情绪的牢笼，去学唱他本来音域以外的那些音，并在此基础上开拓出新的境界。而他自己也已经清醒地意识到了这一点。

二　走向混沌般的空旷

面对在诗歌创作中形成的定型化风格，牛汉也表达了自己的不满和对新的诗学追求的向往。他说："而我最不喜欢的也就是这个诗的定型……我自己觉得，近几年来每写一首诗，都象是第一次写诗。过去几十年的创作历史与正在写作的诗几乎毫无关系，我压根儿想不起自己已有什么创作技巧与经验，常常是怀着初学写作时的不安宁的躁动情绪，还带有一些对陌生事物探索时的神秘感。创作中的诗，是我从来没有感知过的情境，它对于我是必须经一番拼搏才能显现出来的心中的幻景与欲望，写一首诗就是一次艰难而欢乐的创造。"② 在这段文字中，我们可以清晰地看到牛汉对以前的"定型化"写作的不满，以及对"近几年来"的写作所带给他的全新创作体验的欣喜。牛汉写出如上这段话的时间是 1985 年 8 月，如果我们对他 1985 年前后的诗歌写作进行一番考察，也许就可以窥见牛汉所言的"从来没有感知过的情境"的具体内涵。

阅读牛汉 1983 年底至 1985 年的诗，除了很多延续他过去一贯风格的作品外，有如下几首令人印象深刻：《细雨静静地落着……》，描写在透明的细雨中飞翔的蜜蜂和蝴蝶，在云雾缭绕的荔枝林中歌唱的小鹧鸪，有着难得一见的柔和与清新；《奔马》，描写一匹早已忘记了返回草原的路，而只能吼啸着狂奔在狭窄的小街、熙攘的闹市中的奔马，传递着令人不安的感觉；《呐喊》，描写一个瘦骨嶙峋的人靠着桥栏杆痛苦地发出了不要命的呐喊，却激不起从他身边慢悠悠经过的绅士一点感觉和回响，扭曲的

---

① 〔德〕爱克曼辑录《歌德谈话录》，朱光潜译，人民文学出版社，2000，第 96 页。
② 牛汉：《对于人生和诗的点滴回顾和断想（续）》，《随笔》1986 年第 3 期。

形象中带着凄厉；《里尔克的豹》，将里尔克诗中那只巴黎著名的豹视为会吼叫的植物，明显反映了作者的荒诞意识。其中尤其具有代表性的一首诗是作于1983年冬的《奥弗的教堂》。如果说，在这首诗中出现的那个高坡上的教堂，还如他此前很多诗中的意象一样，是一个光明的理想的象征的话，在这里诗人已经不再像过去那样简单地歌颂它、赞美它，而是真实地表现出了它的可望而不可即。通往这个光明理想的道路只能是弯曲而泥泞的，人们只能在这条路上不停地跋涉并喘息。而此前牛汉笔下的那个诗歌艺术世界，则常常是他为了反抗现实的苦难而营建出的一个纯粹理想世界，那个世界就像他笔下的鹰群一样，因不愿坠死在地上而永远是在"云层上面飞翔"，总是被赋予一种"超人"的力量。在那个世界里，被囚禁在两道铁栅栏中的老虎，也能获得在"石破天惊的咆哮"声中"腾空而去"的姿态，① 主观理想主义色彩十分明显。但在20世纪80年代中期以后，牛汉逐渐开始更多地如他《奥弗的教堂》一诗中所呈现的那样去直面现实的泥泞了，也许是他已经深刻地意识到：理想虽然存在，但只是一种召唤，每个生命都要真实面对的，是眼前弯曲而泥泞的道路，是不停的挣扎与喘息。

当他以新的眼光看待现实生活时，他发现，日常生活并非如他过去的"反抗诗学"所描绘的那般，是是非明确的善与恶的角逐，或者是清晰可辨的二元对立，在更多的情况下，我们的生活是混沌不清的，甚至是荒诞的，并没有多少明晰的意义摆在眼前。正如耿占春曾经指出的那样："一切明晰化也都是僵化，这是趋近于明晰的一个危险。保持理解力或认识能力，可能更多地意指着对未知的、含混的、变动的、混杂因素的洞察。……理解还应保持事物本来的不透明。"② 牛汉所言的那一写作的新境界，也许正源自他对于本来就不透明的生活和世界的新的理解角度，对未知、含混、变动、混杂因素的敏感。

歌德谈及自己的创作经验时说："一般来说，我总是先对描绘我的内心世界感到喜悦，然后才认识到外在世界。……如果我要等到我认识了世界才去描绘它，我的描绘就会变成开玩笑了。"③ 艺术自觉走在理性认识的前面，正是古今中外很多艺术家成功进行艺术创作的普遍规律。要避免对生

---

① 牛汉：《华南虎》，《诗刊》1982年第3期。
② 耿占春：《改变世界与改变语言》，社会科学文献出版社，2000，第372页。
③ 〔德〕爱克曼辑录《歌德谈话录》，朱光潜译，第34页。

活的僵化认识，就要求作家保持其生活敏感，并忠实于个人的真实生命体验和艺术直觉，而不是简单地以对抗的模式赋予生活以意义。这也就是牛汉自己所说的："我不是返回到孤独的内心世界，而是异常坚定地进入了世界的内心。"① 不是返回孤独的内心，而是要坚定地走向世界的牛汉，由此获得了观察人生、感悟生命的新视角。他不再是根据自己内心的需要去简单地"将主观突入客观"，而是以其敏锐的艺术感觉去真实地感知客观生活。他由此渐渐摆脱了过去过于强烈的主观视野和直接的情感投射，把目光投向更为广阔的客观世界，这样，他也就超越了如歌德所说的主观诗人局限于内心材料的习套。从创作回应现实生活中的创伤和苦难经验的诗，到倾听这个世界的真实声音，这显示了作者超越个人局限的努力。从此，那些过于外露的现实指涉功能在他的诗中不见了，他的诗也渐渐摆脱了明确的意义指向，而表述了某些难以明晰言说的生命体验。这些作品逐渐远离个人具体的生活经验，但更贴近了真实的心灵和生命感觉。正是因为有了这一新的创作视角，他才终于创作出《三危山下一片梦境》《空旷在远方》等诗篇，展开了对壮丽而神秘的生命、空茫而浩大的宇宙的追问与探询。

在牛汉笔下诞生的这个新的意象世界，是一个混沌的世界。正如作者所说："三危山不是一脉供人攀登游览的驯服的山/它是一个不朽的对心灵的诱惑"。他笔下的三危山，是一个"美丽而苦恼的诱惑"，有着他本人所驯服不了的意义，虽然那里有他"从少年起就苦苦跋涉幻想进入的梦境"。牛汉笔下的那个"空旷的远方"对于他自己来说，也同样是一个尚未清楚把握它的全部意义的"恼人的诱惑"，那里没有语言和歌，没有轮廓和边界，只有纯净的自由的空白，虽然那个世界的诞生源自他自己的真实生命体验。无论是牛汉笔下的三危山，还是空旷的远方，其实都已经成了他笔下的一个象征，在这个幻景中表征着他自己的客观心灵世界。而这个心灵世界实际上是连他自己也无法做到完全了解的，它只是一个需要与之不断展开对话交流并不断重新认识的客观对象，而不是一个已经被完全把握了的主观世界。牛汉的这一创作特点与李欧梵先生眼中的西方现代主义文学的中期阶段十分相似，在这一阶段里："自我开始从外部退回来，并且把自己几乎像是当作世界本身那样投到对自身的内心动力——自由，强迫，突

---

① 牛汉口述，何启治、李晋西编撰《我仍在苦苦跋涉——牛汉自述》，第187页。

变——做的一种精细考查中。"① 当他把自己的内心世界也当作一个需要进一步研究认识的客观对象来进行考查，他也更深一层地意识到了生命感受的丰富与复杂。

由二元对立般的反抗，走向混沌般的空旷，牛汉经历了一个由反抗诗学、历史诗学到生命诗学的重大转变。由高高在上的理想的天空，落在真实生活的地面，他真切地感受到生命的世俗性本质。如他所言："世俗的东西非常必要，世界本来就是荒诞的……"② 在世俗的真实生活中，他对自己所遭受的苦难有了更清醒的认识：变形为飞翔的大鹰只是自己的一个幻想，那颗受难的心脏不但变不成飞翔的大鹰，甚至发不出呼救的声响，等待着它的将是无底的深渊。在《三危山下一片梦境》一诗中，他将自己在这深渊之中的孤独的疑惑和苦恼的憧憬展露无遗，深切地融入自己"世俗"的真实生命体验，并因此而更为切近人类生存的本来面目。三危山虽然近在眼前，却间隔着一片亘古的梦境。他陷溺在三危山下那条没有岸没有水的命运的河道里，艰难地苦苦跋涉着，却永远也无法接近、无法攀上那座缥缈的三危山。这里有的，是他生命的颤抖和喘息，是对生命痛苦体验的审视和咀嚼，而不再是像过去那样呈现出可以条分缕析的理性意识、意图明确的清晰反抗。牛汉，这个斗士般的英雄，此时终于将自己还原为芸芸众生中的一员，开始关注自己作为一个普通人的那种混沌而又有些尴尬、复杂难言的生存状态。这种复杂难言的状态和感悟，无法被简单地抽象和阐释为 A、B、C，但在这混沌之中，有他真实的痛楚和清醒的生命意识。

三 "瞭望着冥茫的远方"

在世俗的真实生活中，牛汉对自己所遭受的苦难和现实命运有了更清醒的认识。而清醒地认识到自己的苦难，是超越苦难的一个前提。正如耿占春曾经指出的："拯救与解脱并非要消除苦难这一事实，而是要消除苦难的无意义。"③ 苦难的事实无法撤销，但却并非所有的苦难都能获得意义。只有当当事人清醒地意识到曾经遭受的苦难带给他的意义，他才能在苦难

---

① 李欧梵：《文学潮流（一）：追求现代性（1895—1927）》，费正清主编《剑桥中华民国史（1912—1949）》第一部，上海人民出版社，1991，第 541 页。

② 牛汉、刘湛秋：《裂变·超越·生命的形态》，《人民文学》1989 年第 1 期。

③ 耿占春：《苦难的释义学》，《改变世界与改变语言》，第 261 页。

所带来的创伤中获得拯救和解脱。也就是说，他要在接受人生既有不公平现实的前提下，"重建一个使其无妄的苦难变得有意义的信念系统"。① 对于牛汉来说，他在自己的苦难中走出了理想主义的限阈，获得了人生的清醒，这就是他的苦难带给他的意义，也是他超越自己的创伤和苦难的方式。

关于这一点，他曾多次谈及。1998 年，牛汉在致友人的一封信中这样写道："我这个人本来也是很左的，如果不是经受了这么多的灾难痛苦，我也许不会最终清醒过来。因此，我感谢苦难的人生。我的诗，说到底，是从苦难中获得清醒的人性的经历。这正是历史的也是个人的真情。"② 在牛汉看来，如果自己没有遭遇这些苦难，他也许将陷溺在"左"的思维中不能自拔，甚至有可能永久埋没了清醒的人性。这一说法虽然带有假设的性质，却并非没有可能。因而，清醒的获得在牛汉自己看来显得尤为可贵。于《牛汉诗选》自序中，他又说："我和我的诗所以这么顽强地活着，绝不是为了咀嚼痛苦，更不是为了对历史进行报复。我的诗只是让历史清醒地从灾难中走出来。"③ "清醒"再次成为关键词，在获得清醒之后更要保持清醒，唯其如此，才有可能从灾难中走出来。在他自述的回忆录中，他再次表达过类似的意思："经过三十年的苦练，对人生、历史、世界以及诗，有了比较透彻的理解和感悟，获得净化之后的透明般的单纯。如果回避人生苦难，不是经受人生，绝达不到这个境界。"④

清醒之后的牛汉，理想主义的基调渐渐减少，生命的真实色彩越来越突出。如果说在过去，他常常是由内向外地抒发自己对抗现实苦难的理想憧憬和主观意愿，那么，20 世纪 80 年代中期以后，他更多的时候是自外向内去观察自己的内心，从生活本身出发去解释生活，他的创作因此经历了写作视角的明显转变。呈示自己的真实苦痛和人生噩梦，而不是刻意拔高自己的姿态，是他的诗在 80 年代中期以后的一个突出特点。他自己也曾这样表示："最近有人问我现在创作上最苦恼的是什么，我回答他说是如何直面人生而不是回避人生，把此时此刻的生动而复杂的现实真实地写出来。"⑤

---

① 〔美〕朱蒂斯·赫曼：《创伤与复原》，杨大和译，台北：时报文化出版企业有限公司，1995，第 232 页。

② 牛汉：《致吕剑》，《诗刊》1999 年第 3 期。

③ 牛汉：《谈谈我这个人，以及我的诗（代自序）》，《牛汉诗选》，第 3 页。

④ 牛汉口述，何启治、李晋西编撰《我仍在苦苦跋涉——牛汉自述》，第 187 页。

⑤ 牛汉：《后记》，《海上蝴蝶》，四川文艺出版社，1985，第 3 页。

最终，他所苦恼着的那些复杂心理内容，多在他的笔下以并不表明明确意义内涵的诗歌情境呈现出来。最为典型的，是他的《空旷在远方》一诗。表面看来，这首诗是在对远方的憧憬中表现出一种旷达而又超脱的心态，实际上，正是在其中显露了他最深刻的孤独意识。因为那个空旷的远方虽然是"最美的"，却也是"最陌生的"。"那里没有语言和歌/没有边界和轮廓"，只是一个"恼人的诱惑"。正像他在创作于2001年的《彼岸花》一诗中所说："我一生在诗中执着地追求着远方，/但我从没有到达过梦境般的彼岸"。那个魅惑人的幻梦般的空旷的远方，虽然为他所憧憬，却是他所永远无法到达的。这是他所遭受的苦难带给他的命运，他既清醒地领悟了这一命运，又在这命运面前清醒地意识到了自己的无助和孤独。在下面这一段创作谈中，他将这一心态表露无遗："我真正伤心地明白，一百年前惠特曼自信已到达的那个没有被人发现、没有被人航行过、连人迹都没有的海和岸，我并没有与之相遇和相融合。我其实仅仅是一直瞭望着冥茫的远方而已。"①

这一"心虽向往之而不能至"的主题，在他20世纪80年代中期以后的《三危山下一片梦境》《一生的困惑》《梦游（第三稿）》等诗中得到了反复书写。诗中的三危山、远方、天堂，或梦中的那个光的湖泊，都是他可望而不可即的，这就是他真实的命运，也是他所遭受的种种创伤和苦难给他所带来的痛苦负担。对于自身命运的限度的认识，牛汉是非常清醒的，如他所说："由于种种沉重的负担，每跨进一步都必须战胜使生命陷落的危险，事实上我已很难从命运的底层升上来了。"② 一个身在黑夜中的人，只有清醒地意识到自己是在黑夜中，才能在心中生出对黎明的期盼。如果失去了这一清醒，或将不可避免地走向对黑夜的麻痹，甚至在黑夜中寻求苟安。牛汉在对自己的苦难命运有了清醒的认识之后，反而获得了进一步升华的契机。他曾这样说："正因为沉重地被深深陷入人生，我反而练出了一身特异功能，能以承受住埋没的重压，并从中领悟到伟大的智慧和灵感。"③身处噩梦般的黑夜之中，他所发展出的"特异功能"之一，就是对黑夜本身的清醒认识和观察。就像他笔下那个因没钱雇模特而只能画自己的梵高，他也"让自己坐到自己的对面/冷冷地去观察自己"，去感受自己在这黑夜

---

① 牛汉：《后记》，《牛汉抒情诗选》，青海人民出版社，1989，第302页。
② 牛汉：《〈三危山下一片梦境〉的附语》，《萤火集》，中国华侨出版社，1994，第156页。
③ 牛汉：《〈三危山下一片梦境〉的附语》，《萤火集》，第156页。

中的真实苦痛，因而，"画一次自己/就经受一次自焚"。① 梵高为自己画像，牛汉写关于自己的命运的诗，"苦痛把梵高鞭笞到爆炸点"，牛汉则在清醒的痛苦中得到了升华。他们的相通之处，就在于这对镜自照，牛汉也是自己坐到了自己的对面，去冷静地观察、审视、思考着自己的心灵和命运。如法国诗人兰波所说："想当诗人，首先需要研究关于他自身的全部知识；寻找其灵魂，并加以审视、体察、探究。"② 唯其如此，才会有清醒的耕耘。

　　在清醒地承受着现实命运的撕裂般痛苦中，牛汉孕育出一系列现实生活中不可能出现的诗歌情境。这些情境的内涵是复杂的，已经无法用他过去的诗中那"单向度"的反抗所能阐释。其中，既没有对苦难往事的简单形容，没有对心中哀怨的倾泻与哭诉，也没有对自己的理想的激动宣示，而是深入生命体验的无意识领域，是对自己全部生命体验的象征。他所有想说的话，都已蕴含在那些富有质感的诗歌形象与情境之中，可供读者去感悟与领会，却无法进行简单的归纳与概括。然而，在这噩梦般的黑夜中，他在清醒地期待着一个黎明。如他的诗所说："黑暗并不能孕育永远的黑暗，/而黎明必将从黑夜的腹腔中诞生"。③

　　牛汉在现实生活中表现出的激烈个性与他的诗中对内心生命体验的细腻关注恰好形成了鲜明对比。或许正是因为牛汉已经清醒地意识到了诗歌写作伦理与社会伦理的不能混同，对现实社会不公的批判只能由实际行动来完成，诗歌作为一种艺术不可能起到如实际行动般的作用，因此，他在自己的诗中对自己的本体性的生命体验完全敞开，而对更多的现实社会伦理内容保持了沉默。这正应和了艾略特的一句名言："艺术家越是完美，承受痛苦的自我和进行创作的自我就越是分开；思想就越能完美地消化和转化作为其材料的激情。"④ 但尽管牛汉在诗中对其现实痛苦保持着沉默的风度，他的艺术世界还是埋藏着深沉的冲动，在期待着现实世界的理解。如他的诗中所写："沉默不是没有声音/沉默只是声音一时的昏厥和梗塞/声音并没有寂灭/它闷在一个胸腔里/还会雷一般醒过来"。⑤ 在他诗歌世界的沉

---

① 牛汉：《最后的形象》，《中国作家》1989 年第 3 期。

② 〔法〕阿尔蒂尔·兰波：《致保罗·德梅尼》，《兰波作品全集》，王以培译，东方出版社，2000，第 330 页。

③ 牛汉：《黎明》，《人民文学》2001 年第 5 期。

④ 〔英〕艾略特：《传统与个人才能》，吴文安、张敏译，朱刚编著《二十世纪西方文论》，北京大学出版社，2006，第 62 页。

⑤ 牛汉：《沉默》，《中国作家》1989 年第 3 期。

默之处，也有可能深埋着这样的惊雷。牛汉曾经明确地说："我的每首诗都体现了中国人——普通人内心的感受。后人研究我的诗，也认清了这一段历史。不仅仅是诗，而是历史的悲剧，诗所反映的时代。"① 他清醒地奋力书写着关于自己命运的诗，更期望着后人能在自己的诗中清醒地认识一段历史，并借此实现对过去那段历史的反击，② 这或许就是牛汉在噩梦般的黑夜的感觉中对于那个遥远的黎明的真实期待吧。

① 牛汉口述，何启治、李晋西编撰《我仍在苦苦跋涉——牛汉自述》，第278页。
② 牛汉在1986年2月2日致艾青的信中写道："我没有放松自己，我要努力写，多少还有点对那段历史的反击的心理。"见牛汉《命运的档案》，武汉出版社，2000，第98页。

21 世纪"口语诗歌"的新形态

罗　麒[*]

内容提要　21 世纪诗歌语言依然坚持"口语化"的方向是诗歌和语言的共同选择,一方面理想主义的情感和政治隐喻的指涉退潮后,语言占据了诗歌创作的主体地位,另一方面当下诗歌的"及物"精神要求语言必须如实地传达现实经验。21 世纪口语诗歌形成了独特风貌,进一步强调语感,呈现出一种自然轻松的写作状态,在语言领域消弭了"知识分子写作"和"民间写作"的粗暴区分。21 世纪口语诗歌的"过分叙述"、俗语俚语甚至是脏话的介入、身体意象充斥抒情空间的倾向值得警惕,但其局限显然被夸大了。

关键词　21 世纪　口语诗歌　尝试　危机

21 世纪诗歌的语言问题一直是研究者和读者群体中争议颇多的焦点,而其中的"口语化"又因是语言艺术探索中的核心现象,格外引人关注。面对越来越多用日常口语写就的诗歌文本,支持声和批评声对立纷乱,此起彼伏。对之该如何给出一个客观公正的判断,是对每一个诗歌研究者的严肃追问。

新诗与口语的结缘,远比与其他语言形式要早。从新诗萌动之时就曾有过"口语"写作的构想,如"我手写我口""不避俗语俗字""方言未尝

---

*　罗麒,天津师范大学文学院讲师。本文为 2016 年度教育部人文社会科学研究规划青年基金项目"新世纪中国诗歌现象整体性研究"(项目批准号 16YJC751020)阶段性成果。

不可入文"等口号也都相继被提倡过；但"口语化"的初见成效，却比它的提出要晚得多。一方面，这是因为日常口语与书面语即便是在白话文运动进行得如火如荼的 20 世纪 20 年代也没能完成合流，在当时掌握书面语表达的人，依然是社会中的少数精英，这些受传统教育或西方教育长大的精英，很难完全抛弃典雅凝练的书面语言习惯，在诗歌写作中虽极力加入、强化白话文的成分，但还会不自觉地向传统文化影响下的书面语言习惯靠拢，直到改革开放以后普遍教育程度获得大幅提高后，书面表达才不再是精英阶层的专利，口语与书面语的合流才成为一种可能，只是至今这种合流还不完全，"口语入诗"也就不可能过早地出现。另一方面，诗歌作为抒情文体的特殊性和古典诗词的长远影响，一直在拒斥日常口语进入诗歌，它们通过对大众接受的影响累积来制约大众的审美品位，口语诗歌在这种文化背景下很难在艺术上得到认可。所以说，日常口语真正进入诗歌写作，还是从 20 世纪 80 年代末的"第三代"诗歌开始的，韩东、于坚、李亚伟等人发起的带有强烈后现代主义颠覆性、反叛性的"口语诗"运动，矛头直指朦胧诗时代的精英主义诗学、理想主义情感和诗歌艺术的象征化、意象化，采用"反英雄""反崇高""反抒情""反诗歌"的策略，通过语言还原、冷抒情、口语化的语感手法，企图以诗歌呈现生命的本真状态。随着"第三代"诗歌在诗坛站稳脚跟，口语诗歌才真正意义上拥有了"准入许可"，用日常口语写诗也具有了艺术上的合法性。而后经过 20 世纪 90 年代诗歌的进一步锤炼，口语写作已然成为一种新的诗歌语言可能，甚至上升到一种新的诗歌标准，占据诗坛的"半壁江山"。正如沈浩波在世纪之交所说："在真正意义上的 90 年代，从韩东、于坚、杨黎等对于语言'命题'的完成，到伊沙、余怒对于语言'命题'的重新开发和补充，到'后口语'诗人群在写作上体现出来的勃勃生机，再到新近涌现出来的'下半身'诗歌群体对于诗歌写作中身体因素的强调，这十年来，中国先锋诗歌内部新的生长点不断涌现着。"① 这也是当下诗歌"口语化写作"的大背景。然而，在诗歌生态、文化思潮、现实环境均已发生巨大转变的 21 世纪，诗歌语言依然坚持"口语化"的方向，绝不仅仅是对 20 世纪八九十年代短暂诗歌传统的惯性延续，而是有其特有的深层动因的。

① 沈浩波：《对于中国诗歌新的生长点的确立》，中岛主编《诗参考》（民刊）2000 年第 16 期，第 273～274 页。

一　诗歌和语言的共同选择

在口语诗歌发展的路途上，当下诗歌是站在一个历史的十字路口起步的，是继续坚持 20 世纪 90 年代口语写作的方向在非议与诟病中艰难前进，还是放下一切包袱冒险去寻找新的途径？这是一个让人尴尬的理论问题，而现实的情况则更糟。坚持"口语化"会让一些固执的读者嗤之以鼻，因为专业艺术探索与大众审美发展的不平衡关系，大众审美在当下是严重落后于诗歌艺术探索实践的，一些优秀的口语诗歌根本无法得到读者的理解和尊重，一些在口语追求上比较极端的诗人遭遇的责难尤其严重。比如赵丽华，本来是一位水准不低的诗人，只是因为几首探索"口语化"的实验作品被网友挖出，断章取义地"恶搞"，成了"梨花体"的代言人而成为众矢之的。大众对这一类诗歌的第一反应往往是"这有什么稀奇""我也能写出来""这也叫诗吗？"这样的责难，却不能静下心来仔细想想作品中究竟有没有未被发现的意蕴。而直接放弃"口语化"的语言倾向看似轻松，却难以找到其他出路，新诗经过百年的发展，已经到了某种艺术创新的瓶颈期，今天的情感相比于百年前的情感除了某些时代特征之外并无实质性的转变，政治隐喻可以紧跟时代却并不是每个时代的主流话语都能许可的，今天的诗人想要在诗歌史上留下点儿什么，似乎也只能在技巧上下功夫了。而语言还是第一个需要解决的问题，片面的回归古典显然不现实，今天的诗歌写作和阅读都与古典诗词相去甚远，而"回到八十年代"又究竟有多大的可能性和艺术前景？拾人牙慧简直是不可接受的。这就形成了一个"没有选择的两难选择"，这也恰恰证明坚持诗歌语言"口语化"方向是艰难却唯一可能的选择，这种看似"无可奈何"的选择原因复杂，它是诗歌和语言合力作用的必然结果。

一方面，在理想主义的情感和政治隐喻的指涉都已经退潮之后，语言就占据了当下诗歌创作的主体地位。"当代中国诗歌写作的关键特征是对语言本体的沉浸，也就是在诗歌的程序中让语言的物质实体获得具体的空间感并将其本身作为富于诗意的质量来确立。"[①] 语言曾经只是诗歌抒情的载

---

① 　张枣：《朝向语言风景的危险旅行》，陈超编《最新先锋诗论选》，河北教育出版社，2003，
　　 第 458 页。

体，然而中国文学近三十年来的一系列事件和创作潮流都让语言的地位有了根本性提升，特别是在 20 世纪 80 年代理想主义被消解意义以及诗歌政治隐喻失效之后，诗人们不再相信语言所负载的任何超出语言本体的价值和意义，而是专注构建以语言为本体的诗歌世界，通过语感的营造使诗歌回到语言自身。这使 20 世纪 90 年代以来的诗歌艺术探索几乎成了对诗歌语言的探索。这种"语言转向"业已成为当下诗歌的主要潮流，并且在近几年间存在某种极致化的发展倾向。最明显的表现是"语词"直接进入诗歌充当语象，这也是当下诗歌创作独有的一道风景。比如冰儿的《另一种思念》："一个词被另一个词伤害/它揪住自己的疼痛/呐喊撕咬一点点从自身剥离/他们在同一张纸的两个面/隔着一张纸的厚度/非穿透自身无法到达//她尝试加速剧烈喘息/挣脱她自己/在词的内核里奋力突围/用尖锐切割词的边缘/呼啸爆发/她在喷涌的火山口被火焰烧伤/两具赤裸身子闪电般的短兵相接/被各自的利刃击中"。人们通常会认为，语词只是事物的命名符号，语词不和客观事物联系起来，它只是空洞的能指，没有意义。正是出于这样的认识，人们往往是重事物而轻语言，忽略了语言的本体意义。这类作品就是把"语词"作为一种蕴含无限意义的本体，词取代了历史、革命、纷争、杀伐等文化主体，却依然产生了强烈的紧张感，产生一种奇特的陌生化阅读体验。让人惊奇的是这样的作品并不是孤例，并已形成有相当创作实绩支撑的艺术风格。相似的作品还有孔灏的《有些词燃烧了以后必须回家》、君儿的《我准备离开词语休息一会儿》、温志峰的《一个词在大声疾呼》等。这些文本的出现不仅是诗人们开始思考语言本质问题的结果，更是语言脱离工具层面成为诗歌创作核心部分的体现。在诗歌语言的地位发生了根本性的转变之后，要用什么样的语言来写诗也就成为一个事关重大的问题。在这种背景下，口语进入诗歌创作也就拥有了理论基础和实践准备，在大量的诗歌语言实验性创作中脱颖而出的口语诗歌，也就有了成为一种艺术潮流的根本。

另一方面，当下诗歌的整体精神是"及物"的，这要求诗歌语言必须如实地传达现实经验并被现代人普遍接受。这种"及物"倾向在当下表现为对日常凡俗生活的关注，这导致那些歌颂英雄、歌颂神灵、歌颂集体的诗歌已经基本落幕了，诗歌要表达平常人的平常情感，自然需要使用平常人的语言，那些佶屈聱牙的典故、天花乱坠的修辞、神秘莫测的象征，都已经不适合当下诗歌发展的大潮流。诗歌想要与现实生活实现对接就必须与现实生活处在同一个语言环境下，只有这样，诗歌才能让人们更清晰地看到我们的时代,诗人们抒发的情感也只有通过通俗的方式才能完成完整的传达而获得某种意义和价值。当下诗歌对于私人经验的重视,让生活琐屑替代了"觥筹诗酒",也驱逐了"自由理想",成为诗歌的主要内容构成,生活中的平常物象大量进入诗歌创作,诗歌语言也必须与时俱进地跟上诗歌内容的转变。而对于社会底层群体的关注,让诗歌更具时代精神和人文关怀的同时,也让那些曾经雅致精细的诗歌语言转向"平白无奇",因为诗歌语言的选择必须以诗歌受众为首要考虑的影响因素,诗人们是不满足于只把诗写给自己和同行欣赏的,尤其是在网络时代,诗人们希望能够随时把自己的情绪转化成诗,发布给数以万计的自媒体关注者,这其实是人的"不耐"心理的直接体现。在情感表达上,如果存在更为快捷和方便的形式,大部分人都会因为无法接受漫长的等待过程而选择便捷的方式,这种便捷是有一定代价的,"口语化写作"虽然也需要不少成分的艺术加工和抒情主体驾驭语言的超凡能力,但能做到"言文一致",因此无疑在便捷性上具有极大的优势,传播成本和接受成本都相应降低,也让"口语化"成为网络时代诗歌语言的最优选择。同时,诗歌写作主体的变化让更多的"普通人"成为诗歌创作者,在中国诗歌史上,从未有哪个年代能有如此众多的大众群体成为诗歌创作主体,那些专属于"精英阶层"的诗歌语言也就失去了统治地位,无论诗歌理论和艺术探索达到什么样的高度,最终起作用的依然是诗歌创作主体,也就是"人"。诗歌语言样态的选择归根结底要由写诗的人来决定,当下诗歌创作主体的成分十分复杂,既有传统意义上的专业诗人,也有来自高校的知识分子阶层,还有来自民间的"草根"诗人,甚至有来自生产第一线的打工诗人和城市边缘人。这些人虽然身份地位皆不相同,但都是普通的劳动者,只是分工有所不同,这与古代"士大夫"阶层与劳苦大众之间的文化差距和身份悬殊是不可同日而语的。诗歌语言已经不可能再次沦为被某个社会阶层垄断的工具,现代的诗歌语言也必须拥有"大众性",日常口语或许是符合这种标准的第一选择。总之,"口语化"的语言倾向是当下诗歌依然迫切需要的风向标。

这些原因和条件决定了在未来不短的时间内,"口语化"将是诗歌语言的主要发展方向,同时,由于语言在诗歌创作领域得到空前的重视,"口语化写作"将不局限在诗歌语言范畴,而将对整个诗歌发展构成深远的影响,甚至改变大众对诗歌的普遍认识。所以对于当下诗歌而言,继承 20 世纪 90 年代以来的诗歌"口语化"传统是个不错的选择,当下诗歌的"口语化"

虽然在方向上与前代保持了基本的一致，但不可忽视的是，进入 21 世纪后的十几年间，诗歌生态、文化思潮、现实环境已经发生了"翻天覆地"的变化，新一代的诗人们也在"口语化写作"领域不断地寻找新的增长点，相比于 20 世纪 90 年代，当下诗歌语言的"口语化"也有了某些新特点。

二　"口语入诗"的新尝试

日常口语真正进入诗歌创作的时间虽然不长，但是其发展速度却是极快的，几乎是像"流感病毒"一样地扩散开来。到 20 世纪末，日常口语已经是诗歌语言的主要样态，"口语诗歌"概念已经有了大量的文本作为实践准备，进入 21 世纪后，随着网络传播把诗歌创作的平台扩大并高度自由化，用口语写诗也就成了一件顺理成章的事情，而把这些诗歌文本归结成"口语诗歌"是没有问题的。相比于发展初期浓重的反传统和解构经典的意味，"口语诗歌"在当下诗歌创作和艺术探索中有了新的变化和发展，其主要特征表现为三个方面。

一是诗歌语言对于语感的进一步强调。所谓语感，是对语言的有效性和合适性的感觉，是一种经验色彩浓重的审美能力，涉及学习经验、生活经验、心理经验、情感经验，包含理解能力、判断能力和想象能力等诸多因素。在诗歌创作领域语感也是十分重要的，总有一些经典的诗歌作品并没有十分华丽的辞藻和工整的格律，但是读起来就是朗朗上口，它们的用词和语气给人一种无法替换的感觉。同时，语感又是遵循或背离某种语言既定用法的敏感性，这就使语感敏锐的诗人往往能用平常的语言创造出不凡的意义，在诗歌语言层面寻找到某些陌生化元素。而口语恰恰是最能体现现代汉语语感的语言样态，口语写作"软化了由于过于强调意识形态和形而上思维而变得坚强好斗和越来越不适于表现日常人生的现时性、当下性、庸常、柔软、具体、琐屑的现代汉语，恢复了汉语与事物和常识的关系。口语写作丰富了汉语的质感，使它重新具有幽默、轻松、人间化和能指事物的成分。也复苏了与宋词、明清小说中那种以表现饮食男女的常规生活为乐事的肉感语言的联系"。[①] 与书面语的工整规范相比，口语的直接、

---

① 于坚：《诗歌之舌的硬与软：关于当代诗歌的两类语言向度》，陈超编《最新先锋诗论选》，第 414 页。

自然更易于寻找语感，其规范性的缺乏和随意性反而更容易让诗人在诗歌语言中背离这些语词的既定用法，创造出新鲜的语感。"第三代"诗就非常重视诗歌语感的生成，"非非"诗派的周伦佑认为，语感先于语义，并且高于语义，是诗歌语言中的超语义成分。"他们"诗派的韩东提出："诗人语感一定和生命有关，而且全部的存在根据就是生命。"[1] 他们也确实用创作实绩验证了这些观点，创造出一批语感上佳的文本。这一时期口语诗歌的语感往往要借助某种特别的物象来作为载体，比如杨黎《高处》中的符号A 和 B，韩东《从白色的石头间穿过》中的"石头"，朱文《机械》中的"砖头"，于坚《一枚穿过天空的钉子》中的"钉子"等。当下口语诗歌在语感层面最大的突破就是把语感的追求完全融入对现实生活的平凡叙述中，关注日常生活，关注庸常人生的烦恼与困境，具有一种贴近人生的"灵气"。做到了在亲近生活、充满生活气息的同时，不失诗歌的"灵气"，这实则是对于语感的不懈探索起了作用。比如心芳的《一家人》："在低矮的平房前/一家人围着一张矮桌子埋头吃饭/儿子往衰老的父亲母亲碗里夹菜/儿子往妻子和女儿碗里夹菜/小小的女儿搬着她的小矮凳/颤颤巍巍，到爷爷奶奶那里坐坐/到爸爸妈妈那里坐坐……"全诗并没有任何难以理解的词语和句子，更没有过多值得深思的哲理，但就在这种近乎"絮叨"的语言中，读者能够感受到温暖的亲情，有带着温度的画面感，在这里语感的调度是功不可没的，而直接用生活场景和日常口语入诗也增强了这种语感的亲切。再如白庆国的《下午》："我要把空水缸装满水/母亲已经叮咛三次了/我还要运回一车青草/然而首先要做的是/必须在下午三点钟以前/从乡卫生站取回老父的验血报告/如果有什么严重的情况/必须在天黑之前给远在兰州的大哥/写一封关于父亲身体状况的快信/好让大哥马上寄钱回来……"诗人似乎在讲一个平白无奇、毫无波澜的故事，也像是在规划这个"下午"究竟要做些什么，整首诗都没有发现情感的爆发点，但却通过平实质朴的语言传达出生活的无奈和诗人的坚韧，这与诗人良好的语感是密不可分的，对于语感的精确把握让诗句带有天然的诗性，让人感同身受，也能够相对直接地触摸到诗人的内心世界。总之，相对于 20 世纪 90 年代诗歌中那种欲说还休的语言感觉，当下诗歌语言的语感更具生活气息和大众气质，但又不失巧妙灵活。

---

① 于坚、韩东:《太原谈话》,《作家》1988 年第 4 期。

口语诗歌在近年来放下了曾经的精神包袱，呈现出一种自然轻松的写作状态。口语一开始进入诗歌就带着某种精神层面的启蒙或革命色彩，口语写作也因此承载了太多的精神负担，要完成许多文本、语言之外的附加任务，这也使口语诗歌一直都不仅仅是个纯美学问题。口语诗歌始终承载着后现代主义反叛、颠覆、断裂的文化理念，这其中有像"非非"诗派那样的追求语言的"前文化还原"，使语言进入无语义指涉的游离状态，凸显诗歌语言的语音和形象成分，还原诗歌的"声音"的本源；也有韩东、于坚式的刻意强调诗歌回归本体，极力将诗歌从意识形态遮蔽下"解放"出来，以期达到"诗到语言为止"的诗学理想；还有伊沙这种的通过诗歌颠覆社会文化形象、解构崇高和英雄意识，在口语诗歌写作中独树一帜。口语诗歌长期承载着诗歌理想和诗学观念，如蓝马的《胶布》、杨黎的《高处》、于坚的《零档案》、韩东的《有关大雁塔》以及伊沙的《车过黄河》等，都因为一种"前文化"或"反文化"书写策略，而成为一个时代的口语诗歌标志。这固然是源于诗歌的艺术解放与日常口语的双向选择，但过度的文化意义就有可能遮蔽口语诗歌本身的艺术特质。近年来，这种类似于"历史使命"的任务型口语诗歌已经基本告一段落，用口语写诗越来越成为一种自然自觉的艺术选择，这也让当下的口语诗歌呈现出一种超越文化的轻松与自由，能够在凡俗生活中构筑出新鲜的诗意。如朱庆和的《谁家没有几门穷亲戚》就还原了穷亲戚上门借钱的生活图景，用幽默的口语传达出一种悲悯又无奈的情绪，在令人莞尔的同时也隐隐感受到些微的悲剧感。一回的《工伤》则用冰冷得没有任何感情色彩的口语，刻画了一个被机器碾断左手的悲惨的农民工形象，其中甚至不乏调侃的语气，让人深切感受到社会底层生活的困窘；同时，口语的运用也让底层民众无知无觉的状态显露无遗，惹人遐想。这些作品都不是为了达到某种文化上的目的而故意使用口语，但由于再现现实生活的需要，口语成了他们的共同选择，口语的直观、直觉、直接能够作为再现现实过程中便捷的表达工具，而口语的不确定性又能让诗人更容易地用平凡之语传达新鲜的诗意，制造出陌生化的艺术效果。

口语诗歌的成功推广，在诗歌语言领域消弭了"知识分子写作"和"民间写作"的粗暴区分。口语入诗之初是带有深刻的"民间"情结的，所谓的"民间写作"也试图把口语写诗作为他们的专利之一，把那些写"看不懂的诗"的"知识分子"排除在口语诗歌门外。但随着近年来人们对这种二元对立思维弊端的重新认识，已经很少有人以阵营来评判诗歌创作的艺术价值了。而对于口语诗歌而言，这种对立阵营的影响几乎是零，在进入 21 世纪以后，口语写诗已经成为大多数诗人的自然选择，已经是某种诗歌运动的推动或领军人物的引导无法全部囊括的，它是出于艺术自觉的纯粹选择，本身并不具备立场。我们看路也的这首《妇科 B 超报告单》："当时我喝水，喝到肚子接近爆炸，两腿酸软/让小腹变薄、变透明，像我穿的乔其纱/这样便于仪器勘探到里面复杂的地形/医生们大约以为在看一只万花筒/一个女人最后的档案，是历史，也是地理//报告单上这些语调客观的叙述性语言/是对一个女人最关键部位的鉴定/像一份学生时代的操行评语/那些数字精确、驯良/暗示每个月都要交出一份聘礼"。这样的诗歌到底属于 "知识分子写作" 还是 "民间写作"，简直没法回答。按照双方都不很严密的诗歌理论和分类标准看，这首诗则既有 "知识分子写作" 对复杂经验的精确处理、把握，以及对词语的选择、修饰的讲求，又符合 "民间写作" 那种置身存在现场、注重细节，于凡俗化、平庸化日常生活中提炼诗意的写作路径。这一方面说明了口语诗对于 "知识分子写作" 和 "民间写作" 两股力量的聚合作用，另一方面也从侧面证明了所谓的 "论战" 事实上并没有起到指导创作实践的作用，意气之争的成分或许更大一些。口语诗歌能够消弭 "知识" 与 "民间" 在诗歌语言问题上的对立，并非诗人们有意而为之，而是诗歌写作自然演化的过程，也符合诗歌艺术发展的内在规律。

　　口语诗歌在近年来的发展和创作实绩，证明了 "第三代" 诗歌对于诗歌语言的重视和口语写作的探索，是符合诗歌发展的总体潮流的，当年那些不能被完全接受的解构行为如今看来也都成了再正常不过的艺术实验。可令人疑惑的是，即便是在口语诗歌已经大面积占据当下诗歌创作的情况下，许多评论者仍旧无法接受这种诗歌语言的变化，甚至还有激烈的控诉和批判。那么，他们提出的口语诗歌的 "危害" 究竟是否属实，诗歌语言的 "口语化" 究竟前景如何呢？

三　被夸大的 "口语危机"

　　在当下诗歌研究界，有一股不可忽视的力量，他们极力反对诗歌语言的 "口语化"，举出了口语诗歌的种种弊端。一时间，似乎当下诗坛多有不尽如人意的地方，都能在口语诗歌中找到根源。这种把口语诗歌定为罪魁祸首的做法显然是错误的。口语诗歌发展到今天，很大程度上是诗人们出于艺术自觉的选择，而口语诗歌在数量和质量上也确实都达到了比较高的水准。当然，这并不是说我们要"以成败论是非"，直接用结果推理口语入诗原初的合理性。但过于武断地把口语诗歌打入"非诗"的大牢显然也不可取，它忽视了诗歌的进步和发展事实。很多较为冷静、客观的批评者认为口语诗歌的"泛滥"，制造出太多艺术水平低下的"口水诗"，这种结论并没有太大争议，也暗合了当下诗坛存在为数不少的"口水诗"滥竽充数、损害了诗歌艺术价值和社会价值的现状，对于这类作品确实不该姑息。但我们也必须明白，评价一个时代的诗歌水准乃至文学创作的水准时，究竟要以这个时代的最优秀的作品作为考察对象，还是要以那些最差的作品作为对象。事实上，我们在评价以往年代的文学作品时，总是以文学史中的经典作品作为依据，来研究某个时代文学创作所达到的高度；而那些粗制滥造的作品，要么被遗忘，要么只作为整体水平的某个极不重要的参考值。这种评价越是概括，那些低质量的文本就越不会被纳入考察的范围。所以，过分关注口语诗歌中的"渣滓"意义不大，倒不如把精力用在发掘和评述那些合乎这个时代诗歌标准的作品上。口语入诗不可能解决当下诗歌面临的所有困境，同样也不是口语入诗导致了所有困境的出现，批评者必须时刻更新对诗歌观念的根本认识，以顺应时代和诗歌的变化。如果时至今天我们还是沿用 20 世纪的批评标准，就该静下心来好好考虑自身的问题了。我们的诗歌评论往往在方法上愿意求新，但在标准上却有些天真的固执，而这个时代有太多能跟得上时代变迁的事物和思想，这对一些比较守旧固执的批评者来说可能是个"坏消息"。

目前研究界对于口语诗歌的批评和反思，大多存在过分丑化口语诗歌的嫌疑，这不是说口语诗歌就完美无瑕，它的确有其明显的发展局限。

一是口语诗歌中"过分叙述"的倾向是值得警惕的。口语确实有便于叙述的性质，相比于书面语，口语讲述的故事往往更有可读性，但诗歌终究不同于叙述型的文体，过多的叙述性语言会让诗歌作品显得乏味、啰唆、冗长，这就对用口语写诗的诗人们提出了很高的要求，如何使并不简洁的口语变得凝练且饱含情感和哲思，而不仅仅停留在对生活和现实的机械复制上。叙述性语言并非一定没有韵味和深度，与其说"过分叙述"是口语诗歌的一种局限，倒不如说这是诗人们艺术技巧的某种缺憾。二是一些俗语、俚语甚至是脏话随着口语进入诗歌创作，对诗歌的严肃性发起了挑战。

口语中确实包含了不少糟粕成分，一些不太负责任的诗人，把脏话带进诗歌写作，如果真是情感表达的需要那也无可厚非，比如要表达极端的愤怒、疑惑、失望等情绪时，确实有部分人会无法克制地使用不健康的词语，但诗歌的情感是有克制的必要的，一首好诗也必须是情感克制的结果。毫无顾忌地乱鸣乱放，是会把诗歌艺术引向低俗空间的，作为诗歌语言的口语也有必要在日常口语的基础上，去掉那些不健康的语句。三是口语在诗歌创作中的大量使用，也导致很多以往不会进入诗歌的身体意象开始充斥诗的抒情空间。首先必须澄清的是，身体意象并不是肮脏的、下流的，事实上人的身体或许是人类作为生命体最健全和纯洁的部分，肮脏下流的思想远比单纯的身体器官危害要大。但是在"下半身写作"中确实出现了许多不必要的肉体展示，这不仅仅在写作道德层面触犯了某些禁忌，而且过分沉迷于肉体狂欢和自慰快感，会让诗歌成为感官刺激的附属，失去主体性，而一些格调过于低俗的作品也让人难以理解。

口语诗歌的问题和局限都没有想象的那么严重，一味地"口诛笔伐"显然是有些夸大其词了，当然其存在的问题不能视而不见。客观地说，社会思潮、现实环境和诗歌生态的变化，使当下诗歌的语言正处在变革期，这中间出现一些难以理解的艺术探索现象也是再正常不过的。但从诗歌创作者的角度看，网络传播的巨大力量让诗歌权力回归到个人手中，这种前所未有的"权力下放"，让当下诗歌处于类似于"初级民主泼期"的发展阶段，在这个阶段内，不可避免地会有滥用诗歌权力的现象，也只有经历这样一个发展准备期，诗歌语言才有可能寻求到或典雅、或凝练、或含蓄以及其他我们无法预测的理想样态。

「诗/学/理/论」

娱心与炼艺：诗钟与闽派诗人及其诗风之关系

张元卿[*]

内容提要 闽派诗群是清末民国时期最有影响力的诗歌群体，这个诗群的绝大部分诗人都喜欢诗钟，诗钟的写作与其诗歌的创作一直相伴而行，互相影响。本文即主要探讨诗钟与闽派诗人及其诗风之关系。事实证明，闽派诗钟与闽派诗歌的发展进程基本重合，作为闽派诗群诗歌艺术的两种形式，其风格之交互影响正凸显了闽派诗学的活力。闽派诗学有诗歌和诗钟两个传播系统，在这两个系统的共同作用下，闽派诗风流行于大江南北，闽派诗群亦因此而称雄诗坛。因此，要谈论闽派诗钟与闽派诗歌的关系，必须从诗歌史与诗钟史的交互关系入手，对诗格与钟格做具体的考察，从风格上论影响，而不是局限于在作法上谈利弊。

关键词 闽派诗群 郑孝胥 陈宝琛 诗钟 诗风

闽派诗群是清末民国时期最有影响力的诗歌群体，它兴起于清同光年间，讫于新中国成立之初，以郑孝胥、陈宝琛、陈衍等福建籍诗人为主体，主要成员有五十多人。这个诗群本是宗唐的诗派，后诗风渐转向宗宋，被时人称为"同光体"闽派，但其内部犹有宗唐的诗人，20 世纪 30 年代后"同光体"逐渐式微，但闽派还在继续发展。

---

* 张元卿，南京师范大学出版社副研究员。

　　闽派诗人甚喜诗钟，每次雅集几乎必作诗钟，因此，雅集常成了钟聚。在宣南时期，闽派诗人的钟聚也随着闽派诗群的兴盛而兴盛，不仅出现了专作诗钟的诗钟社，而且印有诗钟集子。因此，闽派诗群的"宣南梦"也包括他们的"诗钟梦"。事实证明，诗钟不仅加深了闽派诗人间的私人情谊，也成了他们之间维系情感的一种纽带，更为重要的是诗钟风格与闽派诗风互有影响，在闽派诗群的形成与其诗歌特色的锤炼中曾产生过不可替代的作用，因此，要全面了解闽派诗群及其诗歌特色，必须对诗钟与闽派诗群的关系做一深入的探析。

一　何谓诗钟

　　诗钟是由对联发展而来的一种文字游戏，[①] 清嘉庆、道光年间兴起于福建，后传至京师及南北各地，晚清民国时期盛极一时，"文革"开始后逐渐消失，20 世纪 80 年代后重又在福建兴起。

　　2001 年，白化文《〈风雅的诗钟〉序》曾对诗钟的历史做过简要说明："诗钟源从左海，盛于晚清。生面别开，名流共赏。刻烛击钵，网丽篆之才；裁绢穿珠，成色丝之作。虽云别调，衍为大观。作者声气相求，吟社组织叠起。丛刻收载，专辑编刊。斯亦和声鸣盛之一品也。爰及奕叶，微波递传。'文革'战鼓声喧，折枝音寂。然而时逢再造，肃杀过而繁华来；世无久虚，箫韶奏则英杰见。际昌隆之会，为盛世之征。"[②] 由此可知，诗钟虽属"别调"，却为"名流共赏"，有组织，有专刊，生命力很强。但诗钟毕竟是一种游戏，作为游戏它到底是如何作的呢？目前所知有以下几种说法。

　　闽派女诗人薛绍徽之子陈锵等编《先姚薛恭人年谱》在"光绪六年庚辰"条下对诗钟有这样的描述："诗钟之戏，本始于道光间，先大父偕同辈谢枚如山长、张亨辅、徐云汀两孝廉、何午楼茂才并刘赞轩云图两妻舅等

---

①　程千帆认为"诗钟就是对联游戏化的产物"，见《程千帆全集·程氏汉语文学通史》第 12 卷，河北教育出版社，2000，第 468 页。龚鹏程认为"因作对联之风昌盛，反过来影响诗创作的，是诗钟的出现"，见龚鹏程《中国文学史》（下），世界图书出版公司，2012，第 338 页。

②　白化文：《北大熏习录》，北京大学出版社，2010，第 286 页。《风雅的诗钟》，王鹤龄著，2003 年由台海出版社出版。

设会于小西湖宛在堂，号飞社。制一盒上，立一架悬钟，以线系锤，中系香注，下连盒，盖香残线断，钟响盒闭，后成之卷不得入。"① 此处描述的主要是作诗钟用到的器具及其使用方法。这个器具的主要功能是控制时间并按时收卷。

何刚德《诗钟述旧》诗注云："吾闽前辈有诗钟之作，拈两字为题，作七言一联，以一炷香为限。另制一合（盒）以投诗，合（盒）有口，上置一钟，设机括以系连之，爇香于线端，香烬线断，钟鸣一声，合（盒）之口闭，则诗便不得再投，此诗钟所由名也。"② 这个描述基本与前一描述相同，唯一不同的是提到了机括的作用。

龚鹏程在其《中国文学史》中这样介绍诗钟："诗钟，嘉、道间创于福建，本是一种文人游戏。在文人聚会时，出两个字，让大家作对仗，也就是律诗中之一联，分别把两个字放在上下联中。……在题目发下去，趁大家攒眉苦思之际，燃起一炷香，绑一条丝线，在线挂一枚铜钱，底下则有个铜钵。待香烧完，把丝线烧断了，在线铜钱即掉了下来，当一声，敲在钵盘上。表示时间到了，收卷，再开始评审。因有这敲钵盘的过程，所以叫诗钟。……这种清嘉、道以后盛于闽台，流衍于各处的文字游戏，各诗社雅集时最喜玩之。"最后又说："此风至今台湾诗社间还常举行。"③ 龚鹏程的描述与前述说法基本一致，但在收卷器具上却有分歧：龚鹏程指出是用钵盘收卷，而前两种都说是用盒收卷。龚鹏程所描述的诗钟器具与光图 1 所示 2012 年福州三坊七巷保护修复成果展馆所陈列的诗钟用具是相同的。④

这个器具与光绪六年（1880）的器具的最大不同是，它只有控制时间的功能，却没有收卷的功能。其中原因可能是何刚德所说的机括技术业已失传。

燃香与机括的妙用，确实能给诗钟活动带来不少乐趣，但诗钟能盛行一时，并不仅在于"敲钵盘的过程"的趣味性，更重要的还在于"评审"即唱卷环节的功利性。也就是说，诗钟活动有写作与唱卷两大环节。写作可得钟鸣之乐，唱卷则有科甲之荣。

陈铿等编《先妣薛恭人年谱》"光绪五年乙卯"条下对诗钟评审有这样

---

① 薛绍徽：《黛韵楼遗集》，民国三年（1914）刻本。
② 何刚德：《平斋诗存》，民国十九年（1930）刻本。
③ 龚鹏程：《中国文学史》（下），第 338 页。
④ 此图原为《吟诗作乐忆诗钟》一文的配图，见 2012 年 6 月 27 日福州《东南快报》。

图 1　2012 年福州三坊七巷保护修复成果展馆所陈列的诗钟用具

的记载："是时闽中诗钟特盛，多就庙宇结社，标二字，限以嵌于第几字，成七言对偶二句，分左右两房评甲乙，所取高下，以磁器、文具、洋货、珍玩为彩，每卷卷资十余文，每唱，有多至数千卷者。"①

唱卷是诗钟的重头戏，徐珂《清稗类钞》对此有较为详细的记载：

> 闽人作诗钟，以唱为重。其作诗钟、阅诗钟之法，每发题后，人例作四联，投卷于筒，汇交誊录，誊录以小笺纸分誊，每笺例四联。如每会十人，每人四联，则小笺十纸，即可誊毕。每誊毕一纸，即送末座先阅，阅毕，递传上座者，以次轮阅，拟取者各另纸录出。所取不过十联以内，自定甲乙。如每会十人，则十人各定所取甲乙也。各阅定后，以次宣唱之，优等者有赏。唱卷之法，从最后先唱，至元卷而毕。诗钟以唱为乐，但颇费时耳。②

徐珂所写着重于过程的说明，尚未涉及评选的等级等细节内容。当代诗钟研究者黄乃江对唱卷过程的诸多环节有更明确的说明，他指出："诗钟活动主要有词宗设置、命题、计时、纳资、值坛、收卷、誊录、校阅、标取、唱卷、赏贺、罚纳等环节。唱卷相对于科举揭晓，所录'元、殿、眼、花、胪'相对于'状元、殿元、榜眼、探花、传胪'。"③ 并认为诗钟的评

---

①　薛绍徽：《黛韵楼遗集》，民国三年（1914）刻本。
②　徐珂：《清稗类钞》第 8 册，中华书局，1986，第 4012 页。
③　黄乃江：《台湾诗钟研究》，复旦大学出版社，2009，第 40 页。

选办法是"参照科举取士的一系列制度和程式建立起来的"。① 而且他认为
"诗钟活动也提高了封建士子的诗歌创作水平和科举应试能力"，"诗钟活动
反过来也影响科举，助长了人们梦幻科场、热衷科名的社会心理与社会风
气"。同时，他又指出士子迷恋诗钟的原因在于诗钟活动"围绕'元、殿、
眼、花、胪'的评选，往往寄托着封建士子的科举梦想与人生得失。通过
参与诗钟活动，对于那些还没参加过科举考试的年轻士子来说，可以熟悉
科考程序并从中得到模拟演练的机会，如果能够'一诗压社'，对于提高他
们对漫漫科途的信心无疑是个很大的鼓舞；对于那些参加过科举考试并且
已有功名的士子来说，则可以重温'金榜题名时'的美好记忆；而对于那
些曾经参加过科举考试但科场失意的士子来说，通过参加诗钟活动来博取
个元、殿、眼、花、胪什的，也不失为一种心理补偿与精神安慰。因此，
从封建士子的角度来看，诗钟的兴起及其活动的开展，无论如何都是无所
不适的，他们自然也就乐此不疲了"。② 这也就是科举废除后诗钟并未受到
大的冲击，反而更为士绅们所钟爱的原因。

诗钟虽是文人游戏，但在科举废除，传统诗歌逐渐走向边缘的历史情
境下，其存在价值并不在于保存了"科举遗意"，③ 而在于它已成为承载传
统诗歌的一个平台，传统诗歌之生命由此得到保护和延续。

二 闽派诗群的诗钟活动

闽派诗群的诗钟活动主要是以诗钟社为平台而进行的。在 1882 年
郑孝胥、陈衍、林纾中举之前，旧闽派的诗钟活动就很盛行。道光年
间，福州有吟秋诗社，所作诗钟"皆嵌字之体"。④ 这期间，京师有荔香

---

① 黄乃江：《台湾诗钟研究》，第 39 页。关于"收卷""眷录""校阅"诸环节，黄乃江在
《诗钟与科举之关系及其对清代台湾文学的影响》一文中也有具体说明，如"左、右词
宗"，相当于科举考试之任命正副主考；"值坛"，相当于科举考试之选派监考人员；"标
取"，相当于科举考试之"荐卷"。另据《清稗类钞》（中华书局，1986，第 4013 页）云：
"诗钟甲乙最优者为状元，最劣者为眷录。梁节庵编修鼎芬尝言：'陈伯严主政三立、缪筱
珊编修荃荪作诗钟，皆由眷录升至状元。'言其初皆不工，后乃甚工也。"
② 黄乃江：《诗钟与科举之关系及其对清代台湾文学的影响》，《社会科学》2008 年第 7 期。
③ 耐充《闲话诗钟》（《国艺》1940 年第 1 卷第 2 期）云："樊云门先生谓：'科举废后，其
犹存科举遗意者，惟有诗钟一道。'"
④ 萨伯森：《萨伯森文史丛稿》，海风出版社，2007，第 255 页。

吟社，① 由曾元澄、杨庆琛等人组织，刊有《击钵吟》。同治年间，福州诗钟活动特盛，据王仁堪《林心北年丈约饮汇清园感赋》注云："甲子、乙丑之间，吾乡击钵吟社最盛。"② 到光绪时，林纾等在当地组织琼社，"多嵌字格，间亦有分咏"。光绪末年，陈宝琛、严复、张元奇、郭曾炘等在北京组织灯社，辛亥后数年仍有吟集。光绪年间，福建的诗钟活动还被介绍到国外。③ 辛亥后，王允皙在福州组还社，1916 年他又与林苍组观社。④ 20 世纪二三十年代，福建的诗钟社更多。1946 年吴石、董岳如还在厦门组织石社。可以说，自道光后百余年间，诗钟之风一直盛行，已然成为闽地独特的一种文化传统。

闽派诗人热衷参与诗钟活动，固然是因为其地有诗钟传统，而闽派高官和士绅的竭力提倡和参与无疑助长了这一风气。陈宝琛《张君葊斋六十寿序》云："吾乡先辈每燕闲，拈题为绝句，推二人甲乙之，集其稿为《击钵吟》，其嵌二字成一联，则目为'折枝'，即世称'诗钟'者，盖亦滥觞于百年中。郭远堂先生、沈文肃公、林锡三丈皆喜为之。余里居时，作者益盛，风气亦屡变。"⑤ 郑丽生在《郑丽生文史丛稿》中对此有所补充："郭柏荫《郭中丞诗钟存稿》七卷，录诗联 2000 首，为'诗钟'最早之别集。沈葆桢任船政大臣时，公余集朋僚为诗，刊有《船司空雅录》，亦常作'折枝'，则无有结集。……窃以沈公之作，允推'诗钟'宗匠。"谈及陈宝琛，又谓："陈氏早膺甲第，故旧门生多，晚岁部门'诗钟'之会，人多乐与追随。"⑥ 郭柏荫、沈葆桢、陈宝琛都是闽籍高官，在闽地士子中声望很高，同时又是诗钟高手，因此朋僚门生乐与追随。而受其影响的士子在出

---

① 光绪中叶，何刚德等闽派诗人在北京虎坊桥福州新馆重倡荔香吟社，活动持续至 1911 年。郭曾炘《邴庐日记》"戊辰八月十六日"条云："检尘架己酉冬（1909）荔社钵吟稿数册，其时弢老正宣召来京，赞老、涛园并在京，几道亦среди来。当是健将如畏庐、石遗、绎如、梅贞、松孙、仲沂、心衡、徽宇、朗溪、熙民、寿芬、陀庵、季咸、啸龙，外籍则实甫、鹤亭偶亦参入，笔阵纵横，各极其才思，大都以造意为主，不以隶事为能，与今之梯园、蜇园风气迥别，洵为闽派正宗，亦可谓极一时之盛。"可知当日在京之闽派诗人多参与其中，具体情形详见昝圣骞《晚清民初词人郭则沄研究》，硕士学位论文，南京师范大学，2011。

② 王仁堪：《王苏州遗书》，民国二十三年（1934）铅印本。

③ 周建国：《"诗钟国"——福州》，《福州晚报》2011 年 8 月 2 日。该文称："光绪十六年（1890 年），外交家陈季同的法文著作《中国人的快乐》在法国出版，书中详细介绍了'诗钟'盛行的情况，并摘录佳作，他称'诗钟''天真无邪'。"

④ 萨伯森：《萨伯森文史丛稿》，第 255 页。

⑤ 陈宝琛：《沧趣楼诗文集》（上），上海古籍出版社，2006，第 340~341 页。

⑥ 郑丽生：《郑丽生文史丛稿》，海风出版社，2009，第 213~214 页。这段话中的"部门"当是"都门"之误。

仕后或游幕期间都会把诗钟之风带到异地，或与异地的诗钟同好结社，诗钟活动遂逐步推及南北。①

　　江庸《趋庭随笔》云："诗钟之作，始于吾闽，光绪初盛于南北，张文襄尤好之，逮入政府，仍不辍。"② 张之洞晚居京师之时，曾入张幕的闽派诗人陈宝琛、陈衍、郑孝胥等先后聚于京师，一时间"都下宴集，多相率为诗钟"。③ 陈衍虽为闽派诗人，也常参加诗钟活动，但他本人并不很喜欢诗钟。他在《石遗室诗话》中曾写道："都下最盛诗钟之会，余颇苦之。因与樊山诸老谋另结一社也。"④ 郑孝胥对诗钟也不很热衷，但其日记中却有很多诗钟活动的记载，如1892年2月3日至9日的日记，几乎每天都有与沈瑜庆等作诗钟的记录。2月3日的日记称沈瑜庆约同"斗诗"，⑤ "余不能却，作二局而返，夜雪甚寒，已十二点"。⑥ 可见，即便不很喜欢诗钟，在同乡的约请之下，郑孝胥也无法推辞。这说明在游宦在外的闽派诗人看来，诗钟的联谊功能有时更甚于"斗诗"本身。

　　1911年后陈宝琛常约郑孝胥、陈衍、严复、陈懋鼎等作诗钟。1913年至1914年陈宝琛约集闽派诗人结兰吟社，专作诗钟，出版有诗钟集《兰吟》，主要成员有陈宝琛、严复、张元奇、郭曾炘、郭则沄、周登皞、陈懋鼎、黄懋谦、黄濬、林庚白等。1915年3月，陈衍与樊增详、易顺鼎等人另结春社。⑦ 就在这一年，陈宝琛、严复、张元奇、郭曾炘、黄懋谦、黄

① 何刚德、沈瑜庆在南昌成立诗社，时有钟集。沈瑜庆、郑孝胥在湖北参加张之洞组织的钟聚。辛亥后，陈宝琛、郭啸麓、陈衍、严复在北京参加寒山诗钟社的活动。
② 徐一士：《张之洞善诗钟》，见徐凌霄、徐一士《凌霄一士随笔》（四），山西古籍出版社，1997，第1383页。
③ 陈衍：《石遗室诗话》，张寅彭主编《民国诗话丛编》（一），上海书店出版社，2002，第271页。夏仁虎《旧京琐记》（见王景山主编《国学家夏仁虎》，浙江文艺出版社，2009，第24页）亦云："当时名流文酒之会，率为诗钟。"
④ 陈衍：《石遗室诗话》，张寅彭主编《民国诗话丛编》（一），第207页。
⑤ 程千帆认为："诗钟一般采用七言的形式，介于咏诗与作对之间，讲究因难见巧，对仗工整。就篇幅来说，它小于诗作；就拘限来说，它又多于对句和对联。正因为束缚繁多，才更能激起文人雅士的好胜之心和艺术灵感，在有限的时间内考验反应的淹速，比赛文思的敏钝。——这也正是科举考场所要求于士人的。表面上，诗钟只是文人的风雅游戏，实际上它有很强的竞争性，不乏紧张激烈的赛场气氛，故又有'战诗'的雅号。其目的是除了在实战中磨砺咏诗作对的本领外，还可以触类旁通，从中体会、熟悉八股文的一些基本技法。"见《程千帆全集·程氏汉语文学通史》第12卷，第470页。
⑥ 《郑孝胥日记》（一），中华书局，1993，第263页。
⑦ 《石遗室诗话》云："余建社于东城寓庐也。社建于暮春之初，故以春名。"又录左绍佐（笏卿）诗云："东城最深处，闽客此为家。略有园林意，小桃新著花。邀人作春社，把盏酹流霞。"

濬、陈懋鼎等三十余人在北京成立灯社，专作诗钟，活动一直持续至1922年后。1986年陈声聪作《北京灯事》云："惟闽人有诗钟之局，每岁上元日举行灯社。所谓灯社，即平时之钟社，为两句诗，称'改诗'，又号'折枝吟'。遇元宵，扩大诗局。或临时出眼字嵌句，或于前一月出题，分卷，交卷，分门录取，是夕胪唱。以各色灯为锦标，事前请画家作画，以灯之精细及画之高下，分别奖赠。陈弢庵老人恒主其事，作画者有金拱北、金陶陶女士，有时亦有陈师曾、王梦白等作品，颇能吸引兴趣，争夺高标。后郭蛰云之'栩园诗社'继起，并参加外省人，不以闽音读卷，宾客更盛。此事久已沉寂，言之无异于春明说梦也。"[①] 当日灯社的活动情形由此可见一斑。

灯社"以闽音读卷"，恰说明它不仅是诗钟社，也是纯粹的闽籍诗人社团。何刚德《诗事数往》云："前辈有社名荔香，联吟击钵俱同乡。"[②] 可知"联吟击钵俱同乡"，是荔香吟社与灯社的共同面貌。这说明从联谊的功能来看，灯社其实就是同乡会。李宣倜《挽沧趣翁》有句云："上元灯影犹摇梦，始旦诗篇为细哦。"[③] 所咏虽为上元之夕灯社的胪唱情形，却满是乡人乡梦的追念之情。自1935年陈宝琛去世后，闽派诗人在旧京的诗钟活动逐渐沉寂。后郭则沄组栩园诗社，邀外省人参加，虽"宾客更盛"，"联吟击钵俱同乡"的景象却难再见。

1904年严复作《甲辰出都呈同里诸公》云："忆昔戊巳游京师，朝班邑子牛尾稀。即今多难需才杰，郭张陈沈皆奋飞。孤山处士音琅琅，皂袍演说常登堂。可怜一卷《茶花女》，断尽支那荡子肠。诸君且尽乘时乐，酒琖诗钟恣欢谑。"[④] 因"联吟击钵俱同乡"，"酒琖诗钟恣欢谑"才值得追忆。

1936年何刚德去世后，黄濬追忆闽派诗人的诗钟活动，甚为感伤地写道："予虽晚出，得陪钵集钟会亦近三十年，……两者风气至今未沫，而事迹已如过翼，更十数年，则必成广陵散，后生更瞠目结舌，不知旧人酸寒呫哔之趣矣。旧日诗文之支流，若钵、钟、灯虎，虽玩愒丧志，无裨实用，而颇有情味，视饮博自盛。偶思为钟话，辄恐连卷不能休，因平斋之殁，触类记之。平生文字海中之一微澜也，然此波沫，不记亦即不留，曷任感

① 陈声聪：《北京灯事》，《团结报》1986年2月15日。此文后收入陈声聪《兼于阁杂著》，上海古籍出版社，2002，第59页。

② 何刚德：《平斋诗存》，民国十九年（1930）刻本。

③ 李汰书：《苏堂诗拾》，1956年油印本。

④ 周振甫选注《严复选集》，人民文学出版社，2004，第204页。

唱。"① 在黄濬看来，诗钟有"咕哗之趣"，虽"无裨实用，而颇有情味"，因此尽管为"诗文之支流"，也并不希望它终成广陵散。因为诗钟虽为诗文游戏，却也是他们维系乡谊、沟通感情的纽带，其变迁轨迹不仅能反映闽派诗群的兴衰，一定程度上也影响着闽派诗群的存续。

三　"诗钟"事件的解读

曾在伪满政府任职的周君适在《伪满宫廷杂忆》中记录了陈宝琛用诗钟讥讽日本人的事：

> 在一次宴集中，打"嵌字格诗钟"，用"中、日"两字嵌在一副七言对联的第一字里。陈宝琛写的一联是："日暮可堪途更远，中干其奈外犹强"。在座有郑孝胥的侄儿把这联诗钟抄下来，带给郑孝胥看，转抄到了板垣手里。板垣把它记在手册中，加注"陈宝琛诗钟讥日本"。有人为之解释说，文人偶然游戏笔墨，无足介意。板垣才不再提了。②

王庆祥在《陈宝琛与伪满洲国——兼论陈宝琛的民族立场问题》中引述了这则轶事后写道："这当然不会是'游戏笔墨'，而反映了陈宝琛对控制着伪满局面的日本殖民统治的看法。……'诗钟'事件还说明，陈宝琛与郑孝胥的矛盾早已超越了'主迎'和'主拒'两派辩论的性质，实际已带有与日本殖民者统治对抗的性质，不过由于陈氏的社会声望以及他与溥仪的特殊关系，才得以避免不堪设想的结局。"③ 王庆祥又认为从进步与反动看，陈宝琛作为遗老，念念不忘大清，"把自己的才智都投放到废帝溥仪的身上，这当然是反动的"。但用爱国与卖国来衡量，则"我们都应该承认他是爱国的"。郑孝胥和罗振玉由复辟走向卖国，陈氏则"绝不从民族的立场、爱国的立场后退一步"。④

关于这个"诗钟"事件，一般都认为是陈宝琛用诗钟讥讽日本人，认

① 黄濬：《花随人圣庵摭忆》，山西古籍出版社，1999，第 522 页。
② 转引自王庆祥《陈宝琛与伪满洲国——兼论陈宝琛的民族立场问题》，收入唐文基等主编《陈宝琛与中国近代社会》，陈宝琛教育基金筹委会，1997，第 85 页。
③ 唐文基等主编《陈宝琛与中国近代社会》，第 85 页。
④ 唐文基等主编《陈宝琛与中国近代社会》，第 91 页。

为陈氏虽尊君，却能守住民族和爱国的立场，与郑、罗不同。但也有不同的意见。许宝蘅《夬庐杂记》"诗钟"条云："太傅有句云：日暮可怜途尚远，中干其奈外犹强。意指海藏。而为日本军部所闻，认为为彼而发，殊可笑也。"① 盛星辉则认为："从字面上看，讽刺了日本和伪满洲国；从运典看，又讽刺了大汉奸郑孝胥，上联语出伍子胥答包胥书，下联又切姓。故此联实熨帖，被传为佳话。"②

关于上联的文字，许宝蘅所记虽与周君适不同，但其本意相去不远。盛星辉从运典的角度指出"上联语出伍子胥答包胥书"，但未做进一步分析。据《史记·伍子胥列传》记载，楚国伍子胥为父报仇，引吴师伐楚，掘楚平王之墓，鞭尸三百。申包胥得知此事，使人指责伍子胥，伍子胥曰："吾日莫途远，吾故倒行而逆施之。"③ 因此，笔者认为"日暮可堪途更远"的寓意是指倒行逆施，典故中的人名又都有一"胥"字，很明显是在影射郑孝胥。上联所要表达的其实是陈宝琛对郑孝胥倒行逆施的不满。

下联"中干其奈外犹强"，盛星辉只说它"切姓"，也未展开说明。据《左传·僖公十五年》记载，春秋时期秦晋之间爆发战争，晋惠公要使用郑国赠送的马来征战，庆郑以为不妥，曰："古者大事，必乘其产，生其水土而知其人心，安其教训而服习其道，唯所纳之，无不如志。今乘异产以从戎事，及惧而变，将与人易。乱气狡愤，阴血周作，张脉偾兴，外强中干。进退不可，周旋不能，君必悔之。"④ 简言之，庆郑认为郑国之马为"异产"，外强中干，不可倚重，强用之，必会陷入"进退不可，周旋不能"的绝境，到那时必会后悔。陈宝琛使用这个典故，显然是说日本人是"郑国之马"，外强中干，郑孝胥倚重它来复辟清朝，必会陷入"进退不可"的绝境，到时"君必悔之"。这显然是在效仿庆郑规劝晋惠公的故事，劝告郑孝胥要迷途知返。盛星辉所说的"切姓"，指的就是庆郑。

通过以上分析，笔者认为许宝蘅"意指海藏"的说法当更接近陈宝琛的本意。如果要用诗钟讥讽日本人，尽可用其他形式，⑤ 也不必非要用影射

---

① 许宝蘅：《夬庐杂记》，《历史档案》2005 年第 4 期。

② 盛星辉：《诗钟漫谈》，香港：新风出版社，2003，第 236 页。

③ 司马迁：《史记》，中华书局，1982，第 2177 页。

④ 陈书良审定《春秋左传》，新疆人民出版社，1994，第 165 页。

⑤ 1921 年《新声》第 2 期为国耻特刊，诗钟栏目刊有分咏"日本人、狗"的诗钟。徐枕亚句云："三岛下流名说浪，一门上客盗称雄。"切秋句云："岛国强奴心未死，权门下走尾摇无。"这里是用"分咏"来讽刺日本人。

郑孝胥的典故来表达。至于"从字面上看，讽刺了日本和伪满洲国"的说法，从当时情景看也有道理，但它可能并非陈宝琛的本意或主要的意思。一个诗钟有两样解释，恰说明诗钟佳作是雅俗共赏的。

此处讨论陈宝琛诗钟之意涵，无意于弄清"诗钟"事件的本末，而是要说明诗钟是闽派诗人之间表达情感的一种手段，其形式之简约与用典之灵活是诗歌所无法取代的。

四　诗钟与闽派诗风的关系

关于诗钟与诗艺的关系问题，陈宝琛认为诗钟"虽游戏之作，亦岸然有以自异。老宿常规人勿多为折枝，恐有妨诗格，殆不然也"。[①] 刘永翔认为"殆不然也"即是说诗钟无伤于诗格，并进一步解释说："其实，这是委婉之语，详上下文，弢庵分明是要说折枝有裨于诗格的。恽毓鼎说：'诗钟虽小道，而法律至严，忌假借，忌添凑，忌改字，必能工确浑成，方为及格。'正是经过了诗钟严格的训练，做起七律来才能信手拈来，罔不如意。因为诗歌本来就是累词成句、积句成篇的。'小道'之'可观'，正在于积小能成其大。"[②] 诗钟是闽派诗群共同的爱好，因此诗钟有裨于诗格应是此派诗人之共识，可刘永翔对其共识的说明却不够深入。"积小能成其大"，所言只是字法、句法层面的一般规律，并不足以说明诗钟何以会有裨于诗格。而诗钟自有钟格，因此诗钟与诗格的关系实质上是钟格与诗格的关系。

宗子威《诗钟小识》云：

> 诗钟作法，大概分为闽粤两派，湘派与粤派相近。粤派尚典实，闽派尚性灵。典实派简称为典句，性灵派简称为白句。尚典实者，率诋闽派为空疏。尚性灵者，率诋粤派为板滞。实则源分流合，各有专长，文人相轻，自古而然，非定论也。王贡南谓："典实浑成为上，亦须超脱；性灵超脱为上，亦须浑成。"又云："刻烛摊笺之会，撑胸万卷，数典何难，妙手拈花，说空匪易。"个中人讵不识其甘苦耶？樊山谓："空灵之至，非不典也，看似寻常，而具有故实，如水中着盐，有

---

① 陈宝琛：《张君蕉斋六十寿序》，刘永翔、许全胜校点《沧趣楼诗文集》（上），上海古籍出版社，2013，第341页。

② 刘永翔：《〈沧趣楼诗文集〉前言》，刘永翔、许全胜校点《沧趣楼诗文集》（上），第9页。

味而无滓，此闽派之妙也。花当叶对，玉质金相，妙造自然，无牵合短订之迹，此粤派之上乘也。"准于前说，固分之则二，合之则一也。虽然，流派既分，风气自变，夸多斗富，争胜出奇，亦必然之势也。①

宗子威又云："余谓闽派如谢灵运之初日芙蓉，天然可爱，又恐失之滑易；粤派如颜延年之缕金错采，又恐失之僻涩，是所不同耳。"② 可知当时诗钟分闽粤两派，也就是说钟格有闽粤两种。闽派如初日芙蓉，粤派如缕金错采，正是对这两种不同钟格的形象描述。宗子威虽抓住了两派诗钟的特色，但其所言只是清末民初的情形，从诗钟发展史来看，闽派诗钟在光绪初年也是"尚典实"的，③ 只是到了清末民初才由"尚典实"转向"尚性灵"，但即便如此，"尚典实"之风并未消歇。民国时期闽派诗钟之特色亦非专尚性灵，奢作白句，而其追求之极致正是樊樊山所说的"空灵之至，非不典也，看似寻常，而具有故实，如水中着盐，有味而无滓"。"看似寻常，而具有故实"，是说表面看是"白句"，④ 而内里却藏有典故。以此为标准来衡量闽派诗钟，就目前所见当以陈宝琛的"日暮可堪途更远，中干其奈外犹强"为极致。

陈宝琛善作诗钟，被时人誉为"钟圣"，⑤ 佳作常被时人表彰。易顺鼎《诗钟说梦》云："弢老瘦生四唱卷云：'梅花虽瘦无寒相，松子初生有大才。'大而不廓，空而不疏，所以佳也。"⑥《诗钟说梦》又云："闽派以弢庵阁学为最工，……补颜云：'生际圣朝无补甚，老营陋室自颜之。'皆冲

---

① 宗子威著、吴容甫整理《诗钟小识》，湖南省文史馆组编《湖湘文史丛谈》第2集，湖南大学出版社，2008，第122页。
② 宗子威著、吴容甫整理《诗钟小识》，湖南省文史馆组编《湖湘文史丛谈》第2集，第122页。
③ 据萨伯森、郑丽生《诗钟诗话》称，郭柏荫《郭中丞诗钟存稿》光绪七年（1881）福州青莲书屋刊本，录嵌字格诗钟两千联，为闽中最早的诗钟刊本。李丹时《跋》称："烹经炼史，无一字无来历，无一语不生新。"详见萨伯森、郑丽生《诗钟诗话》，福建省政协文史资料委员会《文史资料选编·文化编》第3卷，福建人民出版社，2001，第149～150页。何刚德《诗钟述旧》注云："意在温典，并斗博也。然用典亦必以烹炼为工，若用典不知剪裁，易涉呆相。"见何刚德《平斋诗存》，民国刊本。
④ 白句亦称空句。唐景崧《诗畸》云："不用典，专作空句，较易成联，以用典每窘于觅对。近来作者，辄避实而就空，非前辈典型矣。惟空句最宜曲折、新颖，论做到佳处，较典句尤难。盖虽空句，亦由书卷及古人名句、平生阅历，酝酿而出。若一味滑腔习见，则生厌。"见南注生（唐景崧）《诗畸》，光绪十九年（1893）刻本。
⑤ 黄濬：《花随人圣庵摭忆》，第522页。
⑥ 易顺鼎：《诗钟说梦》，《庸言》1913年第1卷第11号。

远深微，诗钟之最上乘也。"① 樊樊山《七月初九日宴叟庵前辈市楼前辈云昨夕诗钟"誓、霜"七唱颇难因即席赋诗呈前辈及同社诸君子》中所言"誓、霜"七唱为："秘殿牢牛窥密誓，渡河新雁带微霜。"② 可见陈宝琛兼工白句、典句，出入自有，俱有佳作。那这些佳作的钟格与陈宝琛的诗格到底有什么关系呢？张之淦《读沧趣楼诗》云："沧趣极工诗钟，流传名句甚多，余尝疑彼用全力于折枝句，求工巧，遂亦不免有损通篇整体之大方，此或乃余所偏见尔。"③ 赵腾腾认为："陈宝琛用典、属对之功夫，与他平时喜欢做'诗钟'有极大的关系。……正是经过了诗钟严格的训练，做起七律来才能信手拈来。"④ 张之淦认为陈宝琛善作诗钟，会流于刻意追求个别句子的"工巧"，而影响通篇的布局和意蕴。赵腾腾则认为有了"诗钟严格的训练"，做七律才能信手拈来。两人的观点一正一反，合起来看，还是从作法的角度来谈诗钟对于作诗之利弊。诗钟对于作诗自有利弊，关键在于这利弊对于诗风或诗格有何影响，也就是说钟格是如何影响诗格的。

　　清末民初闽派诗钟才由"尚典实"转向"尚性灵"，造成这种钟格变化的重要原因是当时闽派诗群的诗学趣味正由杜、韩、黄系统转向王、白、苏系统，诗格也随之发生转变。也就是说闽派钟格的转变其实是由闽派诗格的转变引起的。既然如此，那闽派钟格怎么会影响到闽派诗格呢？闽派诗钟本是"尚典实"的，在陈衍、郑孝胥等新闽派人物提倡宋诗，标举"三元"后，闽派诗钟"尚典实"的故技恰可派在学宋诗的用场上，因此，陈宝琛等闽派诗人之热衷诗钟，除了娱心外，用诗钟来练习用典，锤炼诗艺也是一个重要的原因。林庚白认为陈宝琛诗"以昌黎、荆公、眉山、双井为依归，落笔不拘，而少排奡之气。不甚似荆公，于其他三家，皆有所得"。⑤ 季惟斋认为陈宝琛晚岁为诗哀感顽艳，但其诗主格是典密。⑥ 以"昌黎、双井"为依归，就是在杜、韩、黄系统内学习宋诗。这个诗学系统的诗学趋向是用典故来表达思想情感，这与"尚典实"的钟格是十分合拍的。因此，陈宝琛频繁参加诗钟集会所强化的"尚典实"的钟格无疑会对

① 易顺鼎：《诗钟说梦》，《庸言》1913 年第 1 卷第 12 号。
② 《采风录二集》，天津大公报社，1934。
③ 张之淦：《遂园琐录》，台北：台湾学生书局，2002，第 81 页。
④ 赵腾腾：《陈宝琛诗歌研究》，硕士学位论文，苏州大学，2008，第 51 页。
⑤ 林庚白：《丽白楼诗话》，张寅彭主编《民国诗话丛编》，第 140 页。
⑥ 季惟斋：《徵圣录》，华东师范大学出版社，2010，第 306 页。

其同时进行的诗歌创作产生影响，对于促成和强化其"典密"诗格自有不可替代的作用。当闽派诗群的诗学趣味转向王、白、苏系统后，陈宝琛的诗风也逐渐向这种趣味靠拢，同时其诗钟钟格也由"尚典实"转向"尚性灵"，[①] 与诗格的转变基本是同步的，影响也是相互的。

在闽派大家中，陈宝琛最喜诗钟，陈衍、郑孝胥却并不很喜欢。陈衍晚年转向王、白、苏系统，论诗"喜广易而恶艰深"，郑孝胥晚年也转向了这一系统。陈、郑的这种转变与闽派诗钟转向"尚性灵"是合拍的，但陈、郑本人并未热衷于写"尚性灵"的诗钟，因此，他们只是从诗学趣味上欣赏"尚性灵"的诗钟，具体的诗歌实践并未有太多受其影响之处。即便是在闽派诗钟"尚典实"的阶段，也未见陈衍、郑孝胥的诗钟佳作。因此，闽派诗群中受诗钟影响最深的是陈宝琛，对于其他人而言，诗钟基本是与闽派诗风转换相伴的炼艺的游戏，钟格往往是诗格的表现，它对诗格的反作用力并不明显。因此，要谈论闽派诗钟与闽派诗歌的关系，必须从诗歌史与诗钟史的交互关系入手，对诗格与钟格做具体的考察，从风格上论影响，而不是局限于在作法上谈利弊。

清末民初闽派诗钟与闽派诗歌的发展进程基本重合，作为闽派诗群诗歌艺术的两种形式，其风格之交互影响正凸显了闽派诗学的活力。由此可知，闽派诗学有诗歌和诗钟两个传播系统，在这两个系统的共同作用下，闽派诗风流行于大江南北，闽派诗群亦因此而称雄诗坛。

---

① 1928 年《南金》第 7 期刊有诗钟"柴、羽"二唱，作者多为闽派诗群中人。其中陈弢庵卷云：生柴入爨艰成饭，弱羽投林苦避缯。又云：片羽燹余珍剩稿，束柴病后感羸形。郭春榆卷云：没羽北平空射石，拾柴东野欲巢经。郑稚辛卷云：织羽衣轻欺雪白，仿柴瓷细爱天青。陈懋鼎卷云：茅柴亦足当醇蚁，芥羽何烦逗斗鸡。方策六卷云：枯柴谁拾伤潢断，弱羽难胜恐陆沉。黄君坦卷云：过羽岁华忙底事，乱柴山骨瘦无情。高耕愚卷云：春柴入灶烟多湿，水羽随舟浪尽恬。郭啸麓卷云：束柴供暖聊知足，片羽留光岂在多。这些诗钟多为白句，是闽派诗钟由"尚典实"转向"尚性灵"的历史痕迹。

论中唐新春秋学对韩孟诗派
"尚怪奇"的影响

李广欣*

内容提要 中唐之际，啖助、赵匡、陆淳等开创的新春秋学在时代语境下颇具独特性，一度传者众多。这一学派与同样倾向儒家立场的韩孟诗派有着直接交往，二者之思想更颇多渊源。本文认为并着力论证，新春秋学提倡的"以权辅正""常事不书"等思想，对于韩孟诗派"尚怪奇"的诗学追求与创作实践具有特殊影响。

关键词 新春秋学　韩孟诗派　尚怪奇　以权辅正　常事不书
中唐文学

　　韩孟诗派是中唐诗坛上的重要力量，其独特诗风与美学追求在当时独树一帜。以韩愈为核心，孟郊、李贺、卢仝、刘叉、马异、皇甫湜、李翱乃至贾岛、姚合等创作了一大批"以险怪为特征"[①] 的诗歌，从文学史的角度来看，亦可谓"诗到元和体新变"[②] 之一重要表征。罗宗强先生将这一派的诗歌创作与思想特质概括为"尚怪奇"。[③] 学者对韩孟诗派"尚怪奇"特色的成因早有关注，就外因分析而言，往往以社会环境与文化氛围为主要

---

*　李广欣，南开大学文学院副编审。

① 王立增：《论韩孟诗派的形成》，《郑州大学学报》（哲学社会科学版）2003年第3期。
② 白居易：《余思未尽加为六韵重寄微之》，《白居易集笺校》卷二十三，上海古籍出版社，1988，第1532页。
③ 罗宗强：《隋唐五代文学思想史》，中华书局，1999，第314~343页。

解释框架，或以为其得时代审美风尚之助，① 或曰佛禅思想的弥漫乃是重要催化因素。②

但必须注意，社会现象生成的重要特征之一乃多因性，即特定社会风气、思潮或文化取向的出现，往往是诸多因素共同作用、综合促动的结果。中唐时期的社会氛围亦复如是。笔者认为，助力韩孟诗派形成独特风貌的时代风气中也存在儒学的因素，特别是中唐文化语境下极富个性和变革意味的新春秋学，在思想倾向、逻辑方式、价值追求等方面与韩孟诗派的诗学追求、创作实践多有相合之处，或可视为韩孟诗派"尚怪奇"成因之重要一端。笔者以为，尤其对于谏拒佛骨、为佛教徒多所中伤而又扮演着诗派领袖角色的韩愈而言，来自儒学的影响似乎应比佛禅更为直接一些。

一　现实之关联：从交往到儒学思想

据《唐国史补》《新唐书》等记载，大历以后官学体系外的私人讲学日渐兴盛，"啖助、赵匡、陆质《春秋》"即为此中之一家；③ 其学于上元、大历之交肇端，大历、贞元中渐趋勃兴，特别是因陆淳后居庙堂之高而显赫一时，有《春秋集传纂例》《春秋集传辩疑》《春秋集传微旨》传世，研究者以"新春秋学""啖助学派""春秋学派"等称之。④

新春秋学传人与韩孟诗派领袖人物韩愈有直接交往。此中关键人物即为柳宗元。柳氏很早便与陆淳弟子吕温相过从，⑤ 至贞元二十一年（805）

① 如肖占鹏《审美时尚与韩孟诗派的审美取向》，《文学遗产》1992 年第 1 期；许总：《论韩孟诗派主体心性的强化与艺术表现的变异》，《东岳论丛》1997 年第 1 期；等等。

② 如孟二冬《韩孟诗派的创新意识及其与中唐文化趋向的关系》，《中国社会科学》1989 年第 6 期；马现诚：《佛教心性论与韩孟诗派创作的主体精神》，《广西民族学院学报》（哲学社会科学版）2001 年第 1 期；黄阳兴：《图像、仪轨与文学——略论中唐密教艺术与韩愈的险怪诗风》，《文学遗产》2012 年第 1 期；等等。

③ 李肇：《唐国史补》卷下，上海古籍出版社，1979，第 54 页；欧阳修：《新唐书》卷二百，中华书局，1975，第 5707 页。按，陆质本名淳，避宪宗讳而改名质，下文均书"陆淳"。

④ 参杨世文《经学的转折：啖助、赵匡、陆淳的新春秋学》，《孔子研究》1996 年第 3 期；杨世文：《啖助学派通论》，《中国史研究》1996 年第 3 期；查屏球：《唐学与唐诗——中晚唐诗风的一种文化考察》，商务印书馆，2000，第一章"《春秋》学派与中唐学风新变过程"；等等。

⑤ 参傅璇琮主编《唐才子传校笺》卷五，中华书局，1989，第 539～540 页；杨慧文：《柳宗元和吕温——柳宗元交游论》，《唐代文学研究》第五辑，广西师范大学出版社，1994，第 382～401 页。

更直接拜入陆淳门下，"执弟子礼"。① 柳宗元对新春秋学思想有着精到的把握，② "继承并发展了陆淳春秋学"。③ 而他与韩愈之交往，历时二十余载，既有思想交锋亦不乏情感共鸣，堪称中唐文人典范。对此学者多有考述，④此不赘言。

但要特别提示一点：韩孟诗派"尚怪奇"的诗歌创作是于元和初才渐成规模的。王立增先生将元和二年（807）定为韩孟诗派形成之始，并指出，此前"真正具有险怪风格的作品并不多"，直至韩愈、孟郊等人洛阳唱和，依凭韩愈的号召力，以险怪为特色的诗派才得以形成。⑤ 而这个时间节点，恰在柳宗元"皈依"新春秋学后；考虑到贞元末韩愈面对满朝才俊却"偏善柳与刘"⑥ 的心态，其间关联不能不引人深思。

诚然，"尚怪奇"的诗歌特色始于孟郊，但韩愈的参与和创作才是诗派确立并产生影响的关键。⑦ 正是在这一意义上，新春秋学与韩孟诗派的交集不可谓不深。

更重要的是，韩孟诗派主要人物的一些思维方式、认知立场，与新春秋学有着相当程度的趋同性。如韩愈与李翱合著之《论语笔解》多有特异之处，与正统治学理路相距较远，以至于一度被疑为伪作。⑧ 然而，这种偏离主流的思考模式，却与新春秋学格外相似。试看《论语笔解》中的文字：

> 曰："敢问其次。"曰："言必信，行必果，硁硁然小人哉。抑亦可以为次矣。"（孔曰："有耻者有所不为。"郑曰："硁硁，小人之貌也。"）
>
> 韩曰："硁硁，敢勇貌，非小人也。小当为之字，古文小与之相

---

① 柳宗元：《答元饶州论〈春秋〉书》，《柳宗元集》卷三十一，中华书局，1979，第819页。
② 李广欣：《中唐新春秋学与柳宗元散文思想》，《文学与文化》2017年第4期。
③ 〔日〕斋木哲郎：《永贞革新与啖助、陆淳等春秋学派的关系——以大中之说为中心》，曹峰译，《西北大学学报》（哲学社会科学版）2008年第1期。
④ 如刘国盈《韩愈、柳宗元交游考》，《北京社会科学》1991年第1期；金基元：《中唐文人之间的交游研究——以中唐五大家为中心》，博士学位论文，复旦大学，2014，第25～31页；等等。
⑤ 王立增：《论韩孟诗派的形成》，《郑州大学学报》（哲学社会科学版）2003年第3期。
⑥ 韩愈：《赴江陵途中寄赠王二十补阙李十一拾遗李二十六员外翰林三学士》，《韩昌黎诗集编年笺注》卷三，中华书局，2012，第160页。
⑦ 罗宗强：《隋唐五代文学思想史》，第317～324页。
⑧ 宋世后，《论语笔解》的真实性曾受到质疑。然查屏球等学者对此有所辨证，可参查屏球《韩愈〈论语笔解〉真伪考》，《文献》1995年第2期。

类，传之误也。上文既云言必信，行必果，岂小人为耶？当作之人哉，于义得矣。"

子曰："君子而不仁者有矣，夫未有小人而仁者也。"（孔曰："虽君子犹未能备。"）

韩曰："仁当为备字之误也。岂有君子而不仁者乎？既称小人，又岂求其仁耶？吾谓君子才行，或不备者有矣。小人求备，则未之有也。"

李曰："孔注云，备是解其不备明矣。正文备作仁，诚字误，一失其文，寖乖其义。"①

其说皆非传统训诂意义上的考证辨析，不本乎文献而全以文意、情理为凭据。在韩愈、李翱看来，"小人"何以做得到"言必信，行必果"？"不仁"者又岂能谓之"君子"？正因为与情理不合，逻辑上讲不通，所以当是经典文字及前人注解出了问题——有无文献资料支持并不重要。这是一种依"理"不依"文"的解经方法，带有极强的个人主观阐释性。韩、李对此也有明确认识，故有"己之新意可为新法"② 之说。

这种与唐代官方主流经学差异较大的方法，却合于中唐新春秋学的独特治经模式。啖助、赵匡等也多有辩驳前说之论，如：

《公》《穀》解"次"，悉云有畏，非也。夫子意在刺其无王命而兴师，书之以惩乱耳，岂讥其怯懦哉？若讥其怯懦，则当褒其勇者，《春秋》乃鼓乱之书也。决无是理。③

《左氏》曰：郑伯请释泰山之祀，而祀周公。啖子曰：郑人请祀周公，已不近人情矣；泰山非郑封内，本不当祀，又何释乎？④

《穀梁》曰：或曰却尸以求诸侯。啖子曰：停尸七年以求诸侯，非

---

① 韩愈、李翱：《论语笔解》卷二"子路第十三""宪问第十四"，清嘉庆艺海珠尘本。
② 韩愈、李翱：《论语笔解》卷一"为政第二"，清嘉庆艺海珠尘本。
③ 陆淳：《春秋集传纂例》卷五"用兵例第十七·次"，清武英殿聚珍版丛书本。
④ 陆淳：《春秋集传辩疑》卷一"（隐公）八年，郑伯使宛来归邴"条，文渊阁四库全书本。按，郑国祖先为周宣王之弟姬友。周公非其祖先，故曰祀周公不近人情。

人情也。①

> 赵子曰:《左氏》又云,华亥妻每日必先食所质公子而后食。按其事亦悖逆甚矣。何肯如此恭敬,亦不近人情?②

不难看出,新春秋学考辨经义时也注重将情感、行为的惯常规律引为关键依据——虽无文本证据,但从"于理不通""不近人情"的角度进行分析后,同样可以得出结论,所谓"考经推理宜耳"。③ 后人对新春秋学"凭私臆决"④"生臆断之弊"⑤ 的批评,正是针对啖助等过分倚重自身主观判断的问题。然而,这种"臆决""臆断"的偏颇与韩愈、李翱推崇"于义得"的立场若合符契。考虑到《论语笔解》为韩、李合著,且李翱入国子监、在文化领域产生影响是在元和后,而新春秋学至迟于大历五年(770)即已成形并开始流传,⑥ 即使从柳宗元成为其学传人算,也是贞元末的事情了,所以,必然是前者受到后者(或后者引发的思想变化)的影响。

实际上,韩愈明确陈说过自己研讨儒家经典的基本思路,其《答侯生问论语书》有云:

> ……或去圣一间,或得其一体,皆践形而未备者。唯反身而诚,则能践形之备者耳。愈昔注解其书,而不敢过求其意,取圣人之旨而合之,则足以信后生辈耳。此说甚为稳当,切更思之。⑦

以为若要达于"践形"而"备"之境界,唯有"反身而诚",即强调亲身体会的方式。将这一原则落实于经典批注,就是要求:不能完全求诸文字之意,而应注重感悟孔子的心意主旨,然后再以此反观经典文字,加

---

① 陆淳:《春秋集传辩疑》卷三"(庄公三年)五月,葬桓王"条,文渊阁四库全书本。按,鲁桓公十五年,周桓王崩,《春秋》未书葬;至鲁庄公三年,距周桓王之死已近七年。
② 陆淳:《春秋集传辩疑》卷十"(昭公二十年)冬十月,宋华亥、向宁、华定出奔陈"条,文渊阁四库全书本。
③ 陆淳:《春秋集传纂例》卷二"郊庙雩社例第十二·庙",清武英殿聚珍版丛书本。
④ 晁公武撰、孙猛校证《郡斋读书志校证》卷三,上海古籍出版社,1990,第109页。
⑤ 《钦定四库全书总目》(整理本)卷二十六,中华书局,1997,第333页。
⑥ 可参查屏球《唐学与唐诗——中晚唐诗风的一种文化考察》,第15~27页;李广欣:《中唐新春秋学与柳宗元散文思想》,《文学与文化》2017年第4期。
⑦ 韩愈:《答侯生问论语书》,《韩愈文集汇校笺注》卷三十六,中华书局,2010,第3230页。

以理解。韩愈相信，这种探源圣人原意大旨的方法，才是甚为稳妥的解经方式。

啖助等以为《春秋》"正以忠道，原情为本"。① 可以说，韩愈在此提出的方法论，完全就是新春秋学"原情"之说的翻版。"原情"乃中唐新春秋学独特性的起点与突出表现，作为一个复杂的思想体系，其包含以"己心"及于"圣心"的方法论内容，即主张领会圣人撰《春秋》、寓褒贬的情怀，学习孔子思考问题的方法来理解经典文字，直接追摩孔子心曲并将其作为解经依据与治学目标。② 两相比较，这不正是否定"过求"文意而提倡"取圣人之旨"以观经典大义的理论主张的实质吗？由此观之，在儒学研究实践中，韩愈某种程度上已接受并运用了新春秋学的一些基本方法。

除韩愈外，另一个值得重视的人物是卢仝。韩愈对卢仝"《春秋》三传束高阁，独抱遗经究终始"③ 的赞语，与四库馆臣对啖助等"舍传求经"④ 的评价如出一辙。目前，很多研究者都注意到卢仝与新春秋学思想的某种契合。⑤ 相关讨论之外，还应提示一点：卢仝早年曾居扬州。其《冬行（其二）》曰："长年爱伊洛，决计卜长久。赊买里仁宅，水竹且小有。卖宅将还资，旧业苦不厚。……扬州屋舍贱，还债堪了不？"⑥ 所述即卖扬州旧业、赴洛阳定居之事。而与扬州一江之隔的润州，恰为中唐新春秋学的发源地。按，新春秋学开创者啖助曾为润州丹阳主簿，秩满后安家于此，"始以上元辛丑岁，集三传，释《春秋》，至大历庚戌岁而毕"。⑦ 又，据《唐才子传校笺》的考证，卢氏生年大约为大历七年（772）或是八年（773），⑧ 因而他完全可能于年少时接触啖氏论《春秋》之说，进而受其影响，形成自己

---

① 陆淳：《春秋集传纂例》卷一"春秋宗指议第一"，清武英殿聚珍版丛书本。
② 李广欣：《中唐新春秋学"原情"思想探论》，《孔子研究》2017年第5期。
③ 韩愈：《寄卢仝》，《韩昌黎诗集编年笺注》卷七，中华书局，2012，第397页。
④ 《钦定四库全书总目》（整理本）卷二十六，第333页。
⑤ 如杨世文《经学的转折：啖助、赵匡、陆淳的新春秋学》，《孔子研究》1996年第3期；黄觉弘《啖赵〈春秋〉学派略论》，《江西教育学院学报》2005年第2期；葛焕礼《论啖助、赵匡和陆淳〈春秋〉学的学术转型意义》，《文史哲》2005年第5期；童岳敏《唐代古文运动与〈春秋〉学派》，《兰州学刊》2009年第4期；等等。
⑥ 卢仝：《冬行三首》其二，《全唐诗》（增订本）卷三百八十八，中华书局，1999，第4393页。
⑦ 陆淳：《春秋集传纂例》卷一"修传始终记第八"，清武英殿聚珍版丛书本。
⑧ 《唐才子传校笺》卷五定卢仝卒于元和七年（812）或八年（813），年仅四十岁左右。又，根据孔庆茂、温秀雯《卢仝行年考》（《南京师大学报》（社会科学版）1990年第4期），余小林《〈纂异记〉和卢仝死因》（《文学遗产》2004年第1期）等的研究结论，卢仝生年或有前后一二年之浮动，但都是在大历的第一个十年。

的儒学思想。

一个表现就是，卢仝也研究春秋学，著《春秋摘微》，所论多与啖助等的新春秋学相合。例如，《春秋摘微》解读经文"纪侯大去其国"，云：

> 纪无罪，齐虽灭之，民无所贰，故但言去国。春秋时，国君玩兵贼民者比比皆是，以之灭亡社稷又众。民，固国之本。纪侯无及民之恶，齐人兴贪冒之师，国虽不支，民且不怨，故书大去，复存爵以哀之，斯又显《春秋》之赏罚教令非天子出。①

无独有偶，中唐新春秋学也曾专门探讨"纪侯大去其国"所寓之深意。在《春秋集传微旨》中，陆淳引述啖助之言：

> 淳闻于师曰：国君死社稷，先王之制也。纪侯进不能死难，退不能事齐，失为邦之道矣。《春秋》不罪，其意何也？曰：天生民而树之，君所以司牧之。故尧禅舜，舜禅禹，非贤非德，莫敢居之。若捐躯以守位，残民以守国，斯皆三代已降，家天下之意也。②

按，鲁庄公四年，齐灭纪，《春秋》却以"大去"记此亡国之事。对此，三传各持己说：《公羊》以为齐襄公得理，然灭人社稷并非善举，故"大去"有讳饰之意；《穀梁》却站在齐之对立面，以为纪侯有道、灭纪无理，故"大去"意谓不当灭国，乃彰显齐襄公之恶；《左传》提出，附庸于齐国的纪季一脉仍存，纪国宗庙享祀未绝，算不上彻底灭国，故以"大去"称之。③ 啖助则独出新见，认为纪侯得"生民"之大义，故虽失社稷而圣人不罪。两相比较，在解释孔子何以书曰"大去"这一问题时，啖助、卢仝皆不本旧说，而给出了类似的理由：圣人以保民生民为重，纪侯不死守个

---

① 卢仝：《春秋摘微》，转引自郑慧霞《卢仝研究Ⅱ·卢仝综论》，博士学位论文，华东师范大学，2007，第133页。按，《春秋摘微》早佚，仅存数条经文注解，然从中亦可发现卢仝与中唐新春秋学在学术思想上的共同点，对此学者已有论述，如查屏球《唐学与唐诗——中晚唐诗风的一种文化考察》（第155~156页）、上述郑慧霞《卢仝综论》（第128~131页）等。

② 陆淳：《春秋集传微旨》卷上"纪侯大去其国"条，清学津讨源本。

③ 参见《春秋公羊经传解诂》《穀梁传注疏》《春秋左传正义》中"庄公四年夏"的相关文字。

人利益而"残民""贼民"，其民不罹战争之苦，故《春秋》嘉之而不罪其沦亡社稷。由此亦可见出，在探求经义的思路与对经文的理解上，卢仝与新春秋学是颇为相近的。

综上，中唐新春秋学与韩孟诗派的关联不可忽视，其治经理路与韩门士人的儒学研讨多有呼应，显示了特定影响的存在。不唯如此，这种治学理路进一步渗透进创作思想领域，在韩孟诗派怪奇诗风的形成和发扬过程中也发挥了推波助澜的作用。特别是新春秋学所推崇的"以权辅正"观念，以及他们着力发掘《春秋》"常事不书"这一特点的倾向，时常闪现于韩孟诗派独特的诗学主张与创作实践当中。

二 求变之旨归："以权辅正"
与"以非常之文通至正之理"

众所周知，韩愈的文学主张是重功利的，崇尚"诗文齐六经"，[①] 把宗经载道作为创作的依归。其《上宰相书》称："所著皆约六经之旨而成文，抑邪与正，辨时俗之所惑。"[②] 然而，瑰怪的诗风、晦涩的语句、离奇的意象等却很难称得上"正"，明人谢榛就将韩孟诗派作品的"险怪"与"苦涩"视为"二偏"。[③] 那么，韩愈及其门人弟子为何又能接受这种"不正"的创作风格呢？

除了自谓"余事作诗人"，[④] 试图将"扶树教道"的文与"舒忧娱悲"的诗区分开来之外，[⑤] 最重要的一点就是，韩愈特别注意在"搜奇抉怪"的诗歌创作之上加一个"存志乎诗书"的前提，[⑥] 所以自诩"所著皆约六经之旨而成文，抑邪与正"以后，他还要补充一句："亦时有感激怨怼奇怪之辞，以求知于天下，亦不悖于教化，妖淫谀佞诪张之说，无所出于其中。"[⑦]

这种调和意识在皇甫湜那里进一步发展，开始成为一项独特的文学追求。其《答李生第二书》有云：

---

① 韩愈：《题张十八所居》，《韩昌黎诗集编年笺注》卷九，中华书局，2012，第509页。
② 韩愈：《上宰相书》，《韩愈文集汇校笺注》卷六，中华书局，2010，第646页。
③ 谢榛：《四溟诗话》卷四，《四溟诗话·姜斋诗话》，人民文学出版社，1961，第115页。
④ 韩愈：《和席八十二韵》，《韩昌黎诗集编年笺注》卷十一，中华书局，2012，第619页。
⑤ 韩愈：《上兵部李巽侍郎书》，《韩愈文集汇校笺注》卷五，中华书局，2010，第600页。
⑥ 韩愈：《荆潭唱和诗序》，《韩愈文集汇校笺注》卷十，中华书局，2010，第1122页。
⑦ 韩愈：《上宰相书》，《韩愈文集汇校笺注》卷六，第646页。

　　夫谓之奇，则非正矣，然亦无伤于正也。谓之奇，即非常矣。非常者，谓不如常者。谓不如常，乃出常也。无伤于正而出于常，虽尚之亦可也。此统论奇之体耳，未以文言之失也。夫文者非他，言之华者也，其用在通理而已，固不务奇，然亦无伤于奇也。使文奇而理正，是尤难也。生意便其易者乎？夫言亦可以通理矣，而以文为贵者非他，文则远，无文即不远也。以非常之文，通至正之理，是所以不朽也。①

　　承认带有怪异性的"奇"显系"非正"，但又指出，只要"无伤于正"，亦可尚之；不仅如此，若能做到"文奇而理正"，以不同寻常之言辞而阐发"至正"之道理，则更为符合文学的要求，诚可"不朽"。

　　这种思想带有明显的"经权"色彩。虽然儒家学说中早有权变观念，一定程度上认可以突破规范的具体方式来实现符合道德伦理的终极目标，②但中唐新春秋学对"权"给予了特殊强调，这在唐代以《五经正义》为代表的、推重整一的经学语境下颇显独特。新春秋学的开创者啖助，在界定孔子述作《春秋》的根本宗旨时，首推"以权辅正，以诚断礼"。③学派的另一重要人物赵匡，也以为《春秋》"其指大要，二端而已，兴常典也，著权制也"，并特别强调了"权"的意义："非常之事，典礼所不及，则裁之圣心，以定褒贬，所以穷精理也。精理者，非权无以及之。"④亦即《春秋》精理正在于变革寻常礼法处，孔子的圣心裁断及其蕴含的深邃旨趣，必须由"权"的维度来加以把握。

　　因而，新春秋学特别推崇以非常的、权变的举措来实现恒常不变之目标——忠道。最典型的例子，就是啖助等对"天王狩于河阳"的解释。需要指出的是，新春秋学对这一记述非常重视。啖助认为，探《春秋》之旨，"解三数条大义"进而推及其余即可；而根据陆淳的补充，所谓"三数条"

---

①　皇甫湜：《答李生第二书》，《全唐文》卷六百八十五，中华书局，1983，第7021页。
②　可参吴付来《试论儒学经权论的逻辑走向》，《安徽师范大学学报》（人文社会科学版）1996年第1期；谢裕安：《论儒家经权观的历史意义》，《广西民族大学学报》（哲学社会科学版）2008年第4期；刘增光：《汉宋经权观比较析论——兼谈朱陈之辩》，《孔子研究》2011年第3期；等等。
③　陆淳：《春秋集传纂例》卷一"春秋宗指议第一"，清武英殿聚珍版丛书本。
④　陆淳：《春秋集传纂例》卷一"赵氏损益义第五"，清武英殿聚珍版丛书本。

就是"天王狩于河阳之类"。① 因而，有关此处经文的解读，反映了新春秋学的核心思想：

> 时天子微弱，诸侯骄惰，怠于臣礼。若令朝于京师，多有不从。又晋已强大，率诸侯而入王城，亦有自嫌之意。故请王至温而行朝礼，若天子因狩而诸侯得觐。……若原其自嫌之心，嘉其尊主之意，则晋侯请王之狩，忠亦至焉。故夫子特书曰："天王狩于河阳。"所谓《春秋》之作，原情为制，以诚变礼者也。②

按，鲁僖公二十八年，城濮之战楚军败绩，北方诸侯会于河阳践土，晋文公作为霸主召周襄王与会。此前论者皆以为，晋文公以臣召君，坏伦常礼法，故《春秋》书曰王自出狩，以保王室尊严、正君臣纲纪。但是，啖助等却认为，晋文公本有尊王之心，然诸侯因王室衰微而不愿朝觐，这种情况下，如果晋文公以霸主之权威强行驱使诸侯入王畿朝觐，则诸侯乃是因晋而朝，非因王而朝，这意味着晋文公已凌驾于周王之上了；无奈，他只好设计了天王出巡、适逢诸侯盟会的情节，借机令诸侯共行君臣之礼，以显尊王之意。在新春秋学的解读中，晋文公以一己之有违君臣礼数的代价，实现了诸侯共行朝觐大礼的结果，此举"忠亦至焉"，所以《春秋》不言召王，乃故意隐匿晋文公一己之"恶行"，嘉其忠心而讳其悖礼。

新春秋学所阐释的"以权辅正"，其实质即在于这种以非礼之举成伦常之大义的观念。若将其置于诗歌创作领域，自然就与"以非常之文，通至正之理"形成了呼应：由怪奇之歌诗而臻于"至正"之境界，亦即以文辞之权变而助正理之阐扬。实际上，韩愈等已经认识到"瑰怪之言，时俗之好"③的诗歌接受问题——即使要以诗歌明道明理，也必须满足有人关注作品这一前提。在此意义上，怪奇的美学特征与创作风格，未尝不是"辅正""通理"的一种有效工具。

---

① 本句引文皆见于陆淳《春秋集传微旨》卷中"冬，公会晋侯、齐侯、宋公、蔡侯、郑伯、陈子、莒子、邾子、秦人于温，天王狩于河阳"条，清学津讨源本。按，陆淳的补充说明见于原文注释。

② 陆淳：《春秋集传微旨》卷中"冬，公会晋侯、齐侯、宋公、蔡侯、郑伯、莒子、邾子、秦人于温，天王狩于河阳"条，清学津讨源本。

③ 韩愈：《上兵部李巽侍郎书》，《韩愈文集汇校笺注》卷五，第600页。

从韩孟诗派的创作实践中，也能够体会到基于经权思想的"非常"与"至正"之辨，以及相关诗人在怪奇中"与正"的努力。

考察韩愈等人的作品可以发现，那些瑰怪的诗歌很多时候会设置一个体现"正"的落脚点，或是在繁复的奇思怪想下埋入一个讽谕的基座。以韩愈《石鼓歌》为例。该诗描绘天兴县南二十里"纪周宣王畋猎之事"①的石鼓及所载古文，历数石鼓成文之奇，尽情刻画其形其意的诡怪，驰骋着光怪陆离的思绪。如"蒐于岐阳骋雄俊，万里禽兽皆遮罗""雨淋日炙野火燎，鬼物守护烦撝呵""年深岂免有缺画，快剑斫断生蛟鼍。鸾翔凤翥众仙下，珊瑚碧树交枝柯。金绳铁索锁钮壮，古鼎跃水龙腾梭"等，皆是想象奇特，百怪入诗。但作品的尾声却指向严肃的话题，诗末从云谲波诡的幻境返归现实：

> 继周八代争战罢，无人收拾理则那。方今太平日无事，柄任儒术崇丘轲。安能以此尚论列，愿借辩口如悬河。石鼓之歌止于此，呜呼吾意其蹉跎。②

通观全诗，这才是退之的根本意图。亦即石鼓文字之所以神秘莫测，乃是因为人们对悠远的儒家文化失察已久，少见故多怪，不明而称奇。诗中诡谲缭乱、惊情动目的审美冲击，不仅能渲染儒家文化的精深玄奥，更凸显了一种"落差"，彰明了一个问题，进而引出希望于千载之下直承古道、将其发扬光大的愿景。

卢仝的《月蚀诗》是另一个典型。诗作基于虾蟆食月的传说，海阔天空地将各种星宿、神兽、妖鬼集于一处，构撰了妖异食月而上天失察、众神无力的诡异故事。其营造的氛围颇为神秘，诗句也打破了传统的韵律节奏和整饬形式。如其描述四方神兽：

> 东方苍龙角，插戟尾掉风。当心开明堂，统领三百六十鳞虫，坐理东方宫。……南方火鸟赤泼血，项长尾短飞跋剌，头戴丹冠高逵桥。月蚀鸟宫十三度，鸟为居停主人不觉察。……西方攫虎立踦踦，斧为牙，

---

① 《韩昌黎诗集编年笺注》卷七（中华书局，2012，第409页）清人方世举的笺注。
② 韩愈：《石鼓歌》，《韩昌黎诗集编年笺注》卷七，第409页。

凿为齿。偷牺牲，食封豕。大蟆一脔，固当软美。见似不见，是何道理？爪牙根天不念天，天若准拟错准拟。北方寒龟被蛇缚，藏头入壳如入狱。蛇筋束紧束破壳，寒龟夏鳖一种味。且当以其肉充臛。……①

对苍龙、火鸟、攫虎、寒龟等形象的塑造，想飞天外而又生动跃然；所思所述有如天马行空、不可羁勒，怪奇的诗风尽显无遗。但是，这些奇词怪想并非作者的主要目标，实际上，卢仝意在宣泄对众神居其位而不能行其事的愤慨，表达“臣心有铁一寸，可刳妖蟆痴肠”的热血以及“上天不为臣立梯磴，臣血肉身，无由飞上天，扬天光”的无奈。清人叶矫然以为：“玉川子为退之所重，《月蚀诗》亦是忠爱热血，诡托而出，盖离骚之变体也。”② 以《离骚》比之，点出了诗歌奇诡陆离之表象下深寓忠情与义愤的特色，可谓真知灼见。

在《月蚀诗》末，卢仝忍不住现身发言：

或问玉川子，孔子修《春秋》。二百四十年，月蚀尽不收。今子咄咄词，颇合孔意不。玉川子笑答，或请听逗留。孔子父母鲁，讳鲁不讳周。书外书大恶，故月蚀不见收。予命唐天，口食唐土。唐礼过三，唐乐过五。小犹不说，大不可数。灾沴无有小大愈，安得引衰周，研核其可否。日分昼，月分夜，辨寒暑。一主刑，二主德，政乃举。孰为人面上，一目偏可去。愿天完两目，照下万方土。万古更不瞽，万万古，更不瞽，照万古。③

明确地将诗歌意旨与《春秋》褒贬相比较，且有自矜评断视野更为宏阔之意。某种程度上，似乎是将治经理路引入了诗歌创作——从新春秋学与诗尚怪奇相关联的视角来看，这也值得深思。《新唐书》本传以为此诗“讥切元和逆党”，④ 虽然其所指斥者是否陈弘志等宦官当另有商榷，⑤ 但曰

① 卢仝：《月蚀诗》，《全唐诗》（增订本）卷三百八十七，中华书局，1999，第4379～4380页。

② 叶矫然：《龙性堂诗话续集》（清稿本），《中国诗话珍本丛书》第12册，北京图书馆出版社，2004，第671页。

③ 卢仝：《月蚀诗》，《全唐诗》（增订本）卷三百八十七，第4381页。

④ 欧阳修等：《新唐书》卷一百七十六，中华书局，1975，第5268页。

⑤ 可参查屏球《唐学与唐诗——中晚唐诗风的一种文化考察》，第160页。

"讥"显然是把握了《月蚀诗》的主旨——诗歌对于现实中官僚尸位素餐、坐令时局颓堕的不满，是非常明确的。因而，诗中的满天神祇、怪诞故事，最终还是要归于希冀统治者关注民瘼、实现政治清明的"生民"理想。怪奇的诗境、想象、言辞，仍是围绕儒家"忠""正"之道的。

此外，按《苕溪渔隐丛话前集》记载，"玉川子诗虽豪放，然太险怪，而不循诗家法度，退之乃摘其句而约之以礼"，① 故有《月蚀诗效玉川子作》。比较卢仝原诗与韩愈效作可以明显感到，删改后的诗歌怪奇色彩大为减退，句式、节奏也更为稳健，然"玉川子立于庭而言"以下政治祈愿的内容却被强化，对于"赤心"的表露愈加直白、详明。② 这显示出崇"正"在诗派领袖韩愈那里的本位意义。因而，就诗派的"主流"创作观念而言，怪奇诚然是一种极具特色的诗歌追求，但它毕竟是"辅"，要服从于、服务于教义正道。

三　立异之理据："常事不书"与"求知于天下"

韩孟诗派尚怪奇的创作追求中，还有中唐新春秋学"常事不书"思想的影响。

根据前引《上宰相书》《上兵部李巽侍郎书》《答李生第二书》等文字，不难发现，韩愈等在诗歌创作中认同并主动追求奇诡险怪的风格，除了有"不悖于教化"乃至"以非常之文，通至正之理"的主观理想作为支撑外，很大程度上也是极具现实性的考量——"求知于天下"、合于"时俗之好"。

在前代名家名作迭出、今世诗人骚客愈繁的局面下，对于大多出身寒门、贞元元和之交时影响有限的韩孟诗派诸人而言，通过凸显特异性、陌生化来吸引更多的关注目光，可谓一种在争夺注意力资源的竞争中脱颖而出的有效方法。韩愈诗曰"又云时俗轻寻常，力行险怪取贵仕"，③ 某种程度上也反映了这种认识的时代性。诗行险怪，不同"寻常"，为的是博得注目、不被忽视，进而才能为人所重、为人所贵，甚至成为时代风尚。

但是，标新立异与哗众取宠之间并没有分明的界限。况且李唐统治者

---

① 胡仔纂集、廖德明校点《苕溪渔隐丛话前集》卷十九，人民文学出版社，1962，第128页。
② 诗歌原文可参韩愈《月蚀诗效玉川子作》，《韩昌黎诗集编年笺注》卷七，第386～387页。
③ 韩愈：《谁氏子》，《韩昌黎诗集编年笺注》卷七，第395页。

在文化领域不尚立异，国初修《隋书》时即对"便辞巧说"大加诋诃，以"乱其大体"称之。① 即使在文学领域，韩孟诗派的"非主流"特色也是要面对巨大压力的，否则韩愈就不会有"怪辞惊众谤不已"② 的回忆了。那么，韩愈等人的勇气或曰理据何来？

又，虽然从"时有感激怨怼奇怪之辞，以求知于天下"、"力行险怪取贵仕"以及"违众而求识，立奇而取名"③ 等表述中可以看出，韩愈非常清楚博奇彰怪能为人关注这一现实逻辑，但是他又对时俗以此逻辑行事的状况颇有微词，故而嘲讽以险怪求贵仕的"谁氏子"终将"干死穷山"，却大加称赏拒斥"立奇取名"的牛堪。④ 如此，韩愈等人岂非在严以待人、宽以律己？

某种程度上，中唐新春秋学对《春秋》经文"常事不书"这一特点的着力发掘与进一步阐扬，可以很好地支持韩孟诗派主动求怪搜奇的思想及行动，使之合理化。按，《公羊传》即有"常事不书"之说，杜预《春秋释例》、《榖梁传》范宁注等亦曾提及；⑤ 而相较于前人，中唐新春秋学在解读经义时更为频繁地援引"常事不书"作为依据，并在相关认识上表现出新的特点。第一，将"常事不书"视为圣人述作的基本原则之一。如赵匡以为《春秋》"褒贬之指在乎例，缀叙之意在乎体"，⑥ 进而指出"体"有三端：

> 凡即位、崩薨、卒葬、朝聘、盟会，此常典所当载也，故悉书之，随其邪正而加褒贬，此其一也。祭祀、婚姻、赋税、军旅、搜狩，皆国之大事，亦所当载也，其合礼者，夫子修经之时，悉皆不取；故《公》《榖》云常事不书，是也；其非者及合于变之正者，乃取书之，而增损其文，以寄褒贬之意，此其二也。庆瑞、灾异及君被杀被执，及奔、放、逃、叛、归、入、纳、立，如此并非常之事，亦史册所当

① 魏徵等：《隋书》卷三十四，中华书局，1973，第999～1000页。
② 韩愈：《寄卢仝》，《韩昌黎诗集编年笺注》卷七，第397页。
③ 韩愈：《送牛堪登第序》，《韩愈文集汇校笺注》卷十，中华书局，2010，第1051页。
④ 参见韩愈《谁氏子》，《韩昌黎诗集编年笺注》卷七，第395页；韩愈：《送牛堪登第序》，《韩愈文集汇校笺注》卷十，第1051页。
⑤ 如《春秋公羊经传解诂·桓公第二》，《春秋释例》卷三、卷四，《榖梁传注疏》卷一、卷二十，等等。
⑥ 陆淳：《春秋集传纂例》卷一"赵氏损益义第五"，清武英殿聚珍版丛书本。

载，夫子则因之而加褒贬焉，此其三也。此述作之大凡也。①

其二、其三都涉及"常事不书"这一特点，尤其是其三所界定的"非常之事"，即寻常少见者也。而且，他将"体"与"例"对举——"例"重在褒贬属意，"体"重在选材属事。而所谓"发凡以言例，皆经国之常制，周公之垂法，史书之旧章，仲尼从而修之"，②"例"在春秋经学中具有一种支配笔法的本质性规范意义；"体"与之并列，所以同样具有这种意义。"常事不书"是"体"的重要内涵之一，自然也就成为一项书写原则。

第二，"常事不书"被赋予了一种变革图治的积极内涵。在新春秋学的研讨中，"常事不书"被进一步推演至"变常之事皆书"，而"变常之事"不仅表现为一种临时性的异动，它可能还意味着新常态的开端。《春秋集传纂例》有言：

> 凡变常之事皆书……凡改旧而遂以为常者，则日初，税亩及六羽是也，言自此始而常行也……又云：法者，以保邦也。中才守之，久而有弊，况淫君邪臣从而坏之哉？故革而上者比于治，革而下者比于乱。察其所革，而兴亡兆矣。③

其逡巡守法、久而有弊的观点，一定程度上否定了固执传统的保守主义。同时，"变常"具有了一种变而为常的意蕴，特别是此中"中才""革而上者""革而下者"的比较，暗含了"上才"求变且臻于完善的认识。

韩门士人研讨经典，于中唐新春秋学的学术精神多有借鉴，对于上述思想观念自然不会陌生。一方面，"常事不书"以肯定性修辞表现即为"书非常之事"，其作为圣人"述作之大凡"的内涵之一，合理性当然不容否定。而且，新春秋学所谓"凡变常之事皆书"，④ 以及屡屡提及的"鲁往他国纳币，皆常事，不书""凡内女之葬不书，书者皆非常也""凡公行，书

---

① 陆淳：《春秋集传纂例》卷一"赵氏损益义第五"，清武英殿聚珍版丛书本。
② 杜预：《春秋序》，《春秋经传集解》卷首，四部丛刊景宋本。
③ 陆淳：《春秋集传纂例》卷一"改革例第二十三"，清武英殿聚珍版丛书本。
④ 陆淳：《春秋集传纂例》卷一"改革例第二十三"，清武英殿聚珍版丛书本。

其事者皆非常也"之论，^① 很容易衍生出"非常之事"方能入圣人法眼的逻辑。以此推演，则"非常之事"更值得书写、更有价值。这对于力主儒家正道却又诗行险怪的韩愈等人来说，是很有激励性或曰煽动性的。当然，叙事文体对"非常之事"的强调，投射到诗歌创作领域，当反映为对非常之词语、物象、意境的着意追求。李翱《答朱载言书》有云：

> 陆机曰："怵他人之我先。"韩退之曰："唯陈言之务去。"假令述笑哂之状曰"莞尔"，则《论语》言之矣；曰"哑哑"，则《易》言之矣；曰"粲然"，则榖梁子言之矣；曰"攸尔"，则班固言之矣；曰"鞾然"，则左思言之矣。吾复言之，与前文何以异也？此造言之大归也。^②

认为文学创作应主动"求异"，凸显与同类语词表述的区别，并以之为"造言之大归"。此处所谓"唯陈言之务去"，完全可以看作一种"常言不书"的要求。

另一方面，新春秋学关于"上才"求变且臻于"治"的认识，也成为论证怪异诗作之价值的重要理论资源。皇甫湜提出：

> 夫意新则异于常，异于常则怪矣；词高则出于众，出于众则奇矣。虎豹之文不得不炳于犬羊，鸾凤之音不得不锵于乌鹊，金玉之光不得不炫于瓦石，非有意于先之也，乃自然也。^③

对与众不同的创意、文辞予以了充分肯定。在他看来，怪奇这种特征的出现，乃"意新""词高"的必然结果；"怪"与"奇"之于"常"的反差，有如虎豹之于犬羊、鸾凤之于乌鹊、金玉之于瓦石，是一种质的超越的体现，源于凌驾俗众的气质禀赋。

韩愈及其门人多以宗经明道为旨归，往往"豪杰自命"，^④ 矜于道德学

---

① 引文分别见陆淳《春秋集传纂例》卷二"婚姻例第十三"、卷三"崩薨卒葬例第十四"、卷四"朝聘如例第十五"，清武英殿聚珍版丛书本。

② 李翱：《答朱载言书》，《全唐文》卷六百三十五，中华书局，1983，第6412页。

③ 皇甫湜：《答李生第一书》，《全唐文》卷六百八十五，中华书局，1983，第7020页。

④ 沈德潜：《说诗晬语》卷上，《原诗·一瓢诗话·说诗晬语》，人民文学出版社，1979，第211页。

识，以为得儒家正道大义。所以，站在新春秋学所括定之"常事不书"原则的信念与立场上，韩孟诗派诸人尚怪奇的诗歌实践，正是以"上才"之质，沿循夫子述作之笔法，革而求变，开拓文辞炳焕、音声铿锵的新型创作形态。而且，对于希冀在诗歌创作领域开宗立派的韩愈来说，[1]"常事不书"所蕴含的"改旧而遂以为常"之意，也自当颇合心曲。

从创作实践看，韩孟诗派的一些优秀作品也的确因奇异的意象、怪诞的词句、诡谲的境界而产生独特且富有魅力的艺术效果，实现了以"异于常"而为人称道的追求。如韩愈《游青龙寺赠崔大补阙》描写城郊寺庙中柿子树的诗句：

> 光华闪壁见神鬼，赫赫炎官张火伞。然云烧树火实骈，金乌下啄赪虬卵。魂翻眼倒忘处所，赤气冲融无间断。有如流传上古时，九轮照烛乾坤旱。……[2]

与多数状写草木之诗惯用山水画式的描摹不同，韩愈以一连串的比喻全力绘饰叶实骈连、火红异常的景象；而且，其做比者多为精灵神怪，本身即散发着诡谲的气息。这些奇特的意象被驰骋的诗思编织进上古传说的想象中，将红这一色彩夸饰至极，表现了一种怒张而神秘的美。还需要注意的是，"炎官""火伞""金乌""赪虬""九轮"等，均是充满热力、炽腾跃动的意象；它们被置于诗歌开头特别提及的"秋灰初吹季月管，日出卯南晖景短"的氛围下，显然又是极为诡异。深秋时令的清冷与作者眼中的炽烈之间所形成的张力，与神秘怪诞的意象一道，成就了特殊的审美效果。

复如《陆浑山火和皇甫湜用其韵》写山火："颓胸垤腹车掀辕，缇颜靺股豹两鞬。霞车虹靷日毂辐，丹蕤缊盖绯翻帬。……谺呀钜壑颇黎盆，豆登五山瀛四罇。熙熙醹酬笑语言，雷公擘山海水翻。齿牙嚼啮舌腭反，电光礌碣赪目瞋。……"[3] 韩愈选用的字词多生僻佶屈，可谓字怪而词奇。诗歌所呈现的视觉盛宴亦诡怪陆离，将乏味的火焚山林演绎为"诸神

---

①　张忠纲：《诗趋奇险谱新篇——从杜甫到韩愈》，《文史哲》2012 年第 6 期。

②　韩愈：《游青龙寺赠崔大补阙》，《韩昌黎诗集编年笺注》卷四，中华书局，2012，第 228 页。

③　韩愈：《陆浑山火和皇甫湜用其韵》，《韩昌黎诗集编年笺注》卷六，中华书局，2012，第 355 页。

之战"式的离奇故事，且场面感极强，富于戏剧性。遣词用字与整体效果显系韩愈"精思结撰"，却又非"徒挦撦奇字，诘曲其词，务为不可读以骇人耳目"，① 而是能切合所咏事物最突出的特征，使寻常题材魅化、艺术化，颇可称道。宋人员兴宗即赞此诗为"变体奇涩之尤者，千古之绝唱也"。② 因而，《陆浑山火和皇甫湜用其韵》正是在求变中实现了超越，诚"革而上者"也。

再如李贺《秋来》诗："谁看青简一编书，不遣花虫粉空蠹。"③ 将腐朽之状描摹得色彩鲜明、充满情趣。《苏小小墓》诗："草如茵，松如盖。风为裳，水为佩。油壁车，夕相待。冷翠烛，劳光彩。西陵下，风吹雨。"④ 将凄惨阴森的事物绘饰得色彩明朗、精巧细致。它们极大地突破了社会意识中的"刻板印象"，可谓在构思立意、审美角度上求新谋奇的代表。蒋寅先生分析了《残丝曲》《咏马》《开愁歌》《秦王饮酒歌》等诗，也认为"所以产生奇特的表现，全在于立意的出人意表"，并明确指出长吉诗有"刻意求奇的创造欲求"。⑤ 即使李贺求奇之诗不能被全然肯定，但就艺术性而言，其"生面别开处"⑥ 仍是不容否定的。

又如，刘叉《冰柱》诗⑦将不起眼的檐下冰凌想象为龙爪、龙牙、白蛇、宝剑等，更打破常规思维，以雨露溪泉、沼池江泽之水做比，对冰柱的"洁然无瑕"大加斥责。虽然以今之目光审视，作品略显牵强造作，但其刻意标新取怪的意图却更为明显，而史上也不乏"出卢仝、李贺右"⑧ 的评价。

凡如此类，以非常之字词、非常之意象、非常之想象、非常之构思等入诗，进而实现非常之艺术效果，可谓韩孟诗派尚怪奇之诗学追求的重要特征。考虑到韩愈曾明确否定离家弃母、入山学道式的"力行险怪取贵仕"，⑨ 则韩氏及其门人力行险怪的理论依据当非出世一派。而在论证怪奇

① 赵翼：《瓯北诗话》卷三，霍松林、胡主佑校点，人民文学出版社，1963，第29页。
② 员兴宗：《永嘉水引》，《九华集》卷二，文渊阁四库全书本。
③ 李贺：《秋来》，《李长吉歌诗编年笺注》，中华书局，2012，第688页。
④ 李贺：《苏小小墓》，《李长吉歌诗编年笺注》，第647页。
⑤ 蒋寅：《过度修辞：李贺诗歌的艺术精神》，《陕西师范大学学报》（哲学社会科学版）2004年第6期。
⑥ 钱锺书：《谈艺录》，中华书局，1984，第50页。
⑦ 刘叉：《冰柱》，《全唐诗》（增订本）卷三百九十五，中华书局，1999，第4456～4457页。
⑧ 晁公武撰、孙猛校证《郡斋读书志校证》，上海古籍出版社，1990，第906～907页。
⑨ 参见韩愈《谁氏子》，《韩昌黎诗集编年笺注》卷七，第395页。

追求之合理性与意义方面，具有时代显著性的、入世的思想资源，首推新春秋学所标榜的"常事不书"；"中才守之，久而有弊""革而上者比于治"的观念，也恰与韩孟诗派独特的自我定位、文学观念及创作实践形成了非常一致的呼应。

对于中晚唐之际尚怪奇的创作，时人孙樵的评价很有意味。其《与王霖秀才书》有云：

> 鸾凤之音必倾听，雷霆之声必骇心。龙章虎皮，是何等物？日月五星，是何等象？储思必深，擒词必高。道人之所不道，到人之所不到，趋怪走奇，中病归正。以之明道，则显而微；以之扬名，则久而传。前辈作者正如是，譬玉川子《月蚀诗》、杨司城《华山赋》、韩吏部《进学解》、冯常侍《清河壁记》……①

异于常俗的状态增强了诗文引人倾听、骇人心魄的传播效果，也往往被视为"思深""词高"的表现，而且，此种创作既可"扬名"又能"明道"。对于韩愈一派士人而言，这自是最理想不过了。尤其需要注意的是，所谓"趋怪走奇，中病归正"，恰是"以权辅正"的逻辑。虽然韩孟诗派的尚怪奇之作有些是纯粹的艺术性文本，但"归正""持正"作为一种有意识的诗学追求，仍是明显存在的。例如孙樵提及的卢仝《月蚀诗》，前文已论其忠爱热血；又如上述《游青龙寺赠崔大补阙》，顾炎武即敏锐地指出其暗含《诗经·柏舟》之义，② 在这个意义上，该诗也是"齐经"的；若夫《冰柱》之类，更是政治讽谕色彩明显，以至于开始直陈"我愿天子回造化"③ 了。

在中唐，极力认可"变"与"非常"且赋予其崇高意义，又始终持守儒家忠道正义，同时更在理论上、逻辑上将它们有机融合的具有时代显著性的思想体系，恐怕只有啖助一派的新春秋学了。从这个角度来看，中唐新春秋学与韩孟诗派尚怪奇的联系，就更加显豁了。

---

① 孙樵：《与王霖秀才书》，《全唐文》卷七百九十四，中华书局，1983，第8325页。
② 顾炎武著、黄汝成集释《日知录集释》（全校本）卷二十七，栾保群、吕宗力校点，上海古籍出版社，2006，第1569页。
③ 刘叉：《冰柱》，《全唐诗》（增订本）卷三百九十五，第4457页。

四　结语

啖助、赵匡、陆淳等的新春秋学是中唐儒学发展中的一支重要力量，并经由科场文化①和永贞革新集团②而影响到更广的社会领域——本文称之为具有"时代显著性"，即着眼于此。新春秋学对"权"的推崇、对"常事不书"的阐扬等，进一步凸显了其思想在中唐求新求变之文化风潮中的特殊意义。

如前所论，韩孟诗派的一些主要人物与中唐新春秋学传人有着直接交往，在思想立场方面双方也显现出诸多趋同性。不过，永贞革新的失败以及事后主流文化对该政治事件的定性，似乎使得元和以降的人们有意讳言与王叔文集团关系过于密切的新春秋学。韩孟诗派诸人极少提及新春秋学其人其论；韩愈虽与柳宗元往还不断，却罕言子厚之春秋学传承。但是，大历后即不断发展、传播的新春秋学在中唐文化领域留下了深刻的印记，从韩愈、李翱、卢仝等对儒学及儒家经典的理解和认识来看，从韩孟诗派的创作观念和实践来看，其与中唐新春秋学思想的联系是难以抹杀的。

当然，学术研究是一种理性精神的体现，而诗歌创作却偏重于独特情绪的抒发与艺术化的书写，两者的距离是较远的。但文学领域的影响不是简单的决定论，优秀的作家与作品也绝不是直接因循或搬用一种特定思想就可以促生的。新春秋学或许并非韩孟诗派创作特色的决定力量，也很难说能够波及韩孟诗派的每一个成员，但其作为影响韩孟诗派整体创作风格的一种文化因素，在韩孟诗派"尚怪奇"特色形成过程中的作用却不可不察。

---

①　查屏球：《唐学与唐诗——中晚唐诗风的一种文化考察》，第34～40页。
②　〔日〕斋木哲郎：《永贞革新与啖助、陆淳等春秋学派的关系——以大中之说为中心》，曹峰译，《西北大学学报》（哲学社会科学版）2008年第1期。

现当代诗人传记的"当代化"
逻辑及其历史呈现

张立群*

内容提要 现当代诗人传记在其发展过程中存在"当代化"逻辑。现当代诗人传记受历史的制约而有写作滞后的现象,同样又因为自身的"求全"意识、"晚近"趋势与经典化追求而符合"当代化"的逻辑。在逻辑演绎中,现当代诗人传记的基本走向及其相关问题得到相应的呈现,其发展格局和总体评估也得到相应的总结。

关键词 现当代诗人传记 当代化 走向 格局

所谓"当代化"逻辑,主要依据现当代诗人传记写作的实际情况,此时,"当代化"相当于向"目前这个时代"发展的内在动力,且只针对现当代诗人传记这一具体、独立的对象有效。众所周知,现当代诗人传记写作由于种种主客观原因,常常滞后于传主的成名史直至生命史。现当代诗人传记作为现当代作家传记之一部,在20世纪80年代之后随着传记写作逐渐走向繁荣而得到长足的发展正说明了这一点。现当代诗人传记依据"当代化"逻辑既建构了自身的历史、划分了相应的历史阶段,也以客观、相对的方式呈现了现当代诗人传记的艺术成就。现当代诗人传记在"当代化"的逻辑中持续向前发展,不断确立新的传记品格,进而实现了"一切传记

* 张立群,辽宁大学文学院教授。本文系中国博士后科学基金第59批面上资助课题"现代诗人传记研究"(项目编号2016M590883)、"辽宁省高等学校创新人才支持计划"(项目编号WR2017009)阶段性成果。

的历史"都是"当代史"的进程。

一 历史的"制约"与写作的"滞后"

谈及传记受历史的制约和写作滞后的原因，一般会让人联想到完成传主一生定评而需要很长一段时间，事实上，如果对历史的制约和写作滞后的原因进行总体的言说，包含的问题是多方面的、整体化的。

首先，就传统观念而言，"生不立传"一直是中国史志传统之一。"生不立传"生动地体现了中国人传统的思维观念：一方面崇尚中庸之道，做人讲求谦虚、含蓄、内敛而不外露；另一方面，则是不自我炫耀，很多事喜欢交由后世评说，所谓"盖棺定论"正是这一观念的另一重表达。"生不立传"客观上决定了人物传记只有在传主辞世时才能动笔，自然使传记写作在很大程度上受到时间的制约。"生不立传"至今仍为许多写史者所遵循，同时也是新方志编纂的一条基本原则，表明其对与历史学关系密切的人物传记写作产生了深远的影响。

进入现代社会之后，由于受到西方传记观念的影响和人的发现、主体的觉醒等原因，中国现代传记写作在一定程度上发生了观念上的转变。胡适在《四十自述》"自序"中曾开宗明义地写道："我在这十几年中，因为深深的感觉中国最缺乏传记的文学，所以到处劝我的老辈朋友写他们的自传。"① 在以胡适为代表的现代传记观念的影响下，郭沫若（具体写作和出版时间早于胡适的自传实践）、郁达夫、沈从文等现代作家都曾出版过自传。自传的出现虽对"生不立传"的传统观念予以解构，但在自传凸显个体自我价值的同时，我们也应当看到其隐含着作传者本人在提笔写作时已是成功者的事实。如果阅读自传不能获得人生的示范、生活的启示，自传显然是没有市场、无法传播的。胡适在《四十自述》"自序"结尾曾有"给史家做材料，给文学开生路"的名言，但其前面的"我们赤裸裸的叙述我们少年时代的琐碎生活，为的是希望社会上做过一番事业的人也会赤裸裸的记载他们的生活"② 正道出了自传的前提。从以上论述我们可以看到，既然包括自传在内的传记写作一直与传主的成名史有关，那么，传主成名的

---

① 胡适：《〈四十自述〉自序》，欧阳哲生编《胡适文集》第 1 卷，北京大学出版社，1998，第 27 页。

② 胡适：《〈四十自述〉自序》，欧阳哲生编《胡适文集》第 1 卷，第 29 页。

时间与影响力作为一个传播及读者认知的过程，也必然要受到时间的"检验"。由此综观 20 世纪 20 年代至 40 年代现代诗人的传记写作，郭沫若、胡适虽出版了自传，同时还有李霖编的《郭沫若评传》于 1932 年在现代书局出版，但这些自传及"生人立传"的个案实属罕见。看来，现代诗人传记写作还需要在发展中逐步走向成熟，而这对于传记写作本身来说自然也属"一切要交由历史"。

其次，与传记古今观念产生的影响相比，现当代诗人传记的历史"制约"与写作的"滞后"还受到时代、社会等外部因素的影响。由于历史的原因，新中国成立之后，现代诗人传记乃至现代作家传记在相当长一段时间内处于凋敝状态；徐志摩、胡适的传记书写直到 20 世纪 80 年代中后期才于大陆出现等，都说明了传记写作具有特定的时代性，时时受到现实的制约。只不过，以这种角度探究现当代诗人传记的"制约"与"滞后"，不仅涉及 20 世纪中国现代传记写作的不平衡性，而且还包括时代、社会因素同样影响到了传记写作者的观念以及传记水准等内容。这些具体而特殊的问题，将在本文最后一节中加以详细阐述。

最后，就实践方面而言，传记写作需要写作者搜集、整理关于传主的大量材料，而后才是具体的写作。应当说，在此过程中，写作者应力求理解传主的心灵、把握其性格，既记录其生命的历程，又凸显其最为突出的成就。鉴于现当代诗人传记必然要谈及现当代诗人的诗歌成就、诗艺追求，所以，写作者还要对现当代诗歌艺术的发展轨迹有所了解并具备解读诗歌作品及其奥妙之处的能力。因为每个作传者的初衷都包含写出一本优秀传记的理想，所以从准备到动笔再到完成同样需要时间的累积，至于不同时代的同一诗人的传记无论在叙述上还是在成就上都会有很大的不同，也从侧面证明了时代的意义与时间的魅力。

二 "求全"意识、"晚近"趋势与经典化

翻阅出版于不同时期的同一现当代诗人的传记，人们常常会发现其在内容含量和艺术成就等方面有着很大的差异。为此，只有将同一诗人的全部传记文本进行比较研读，才会发现其中真正的优秀之作和存在的问题。这一同样可以归结至传记写作时代性和受历史制约的现象，其实反映了传记写作在具体实践过程中常常会遇到的另一方面的问题，即"求全"意识、

"晚近"趋势与传记的经典化。

针对现当代诗人传记的写作实际，"求全"意识与"晚近"趋势并非要得出后出的传记一定超过之前的传记、现当代诗人传记在水准与成就上一定越来越高的结论。遵循"当代化"的逻辑，"求全"意识与"晚近"趋势只想指出现当代诗人传记在写作过程中遵循的一般规律，进而上升至传记的经典化问题。事实上，每一部用心而作的传记都有其可取之处，每一个时代都会产生属于这个时代的传记的优秀之作或曰代表作。除此之外，由于方法、理念的不同，某一时代诞生的有特色的传记往往会成为后来者借鉴的对象并由此成为难以逾越的里程碑，而传记的经典化过程也因此得以生成。

"传记作品可以开拓和发展史学研究的课题方向"；"传记作品虽非文学类的小说，但以其真实的人物形象，也可以跻身并丰富文学典型形象的画廊，并且因其赤裸裸的真实性对于一般读者更有吸引力"。① 朱文华关于"作家作品的社会功用"的阐释至少告诉我们：传记写作作为一种融历史和文学于一身的创作，是一个经年累积的过程。就准备和写作阶段而言，任何一部传记都需要材料的搜集、整理，需要具体写作之前的布局谋篇，需要在写作过程中显现传记叙事的独特性和艺术性。现当代诗人传记与现当代文学的历史关系极为紧密，因此还需要阅读传主全部作品（包括未曾发表的如日记等）、采访后人、实地考察甚至查阅原始档案等，再者就是要密切关注现当代诗人和现当代文学史研究，与研究特别是具有史料性和史实性的研究与发现互动。以现有的、已形成一定规模的现代诗人传记，如郭沫若、徐志摩、艾青等的传记写作为例：20 世纪 90 年代郭沫若、徐志摩、艾青三位诗人全集的出版，显然为其各自传记的写作提供了较为完备的第一手文献，而 90 年代现代文学史研究观念、方法的更新与转变也为上述诗人的传记写作提供了新的资料和信息。从这一点上说，90 年代之后郭沫若、徐志摩、艾青的传记写作成就至少在整体上高于 80 年代，并诞生了秦川的《郭沫若评传》（重庆出版社，1993）、宋炳辉的《新月下的夜莺：徐志摩传》（上海文艺出版社，1993）、程光炜的《艾青传》（北京十月文艺出版社，1999）等优秀之作，这绝非偶然。当然，在此过程中，我们必须注意到"全集不全""史实讹误"等对传记写作产生的影响。因此，在"求全"

---

① 朱文华：《传记通论》，复旦大学出版社，1993，第 52～54 页。

意识与"晚近"趋势的论证过程中，笔者首先强调的是时间的"晚近"，会使材料发掘、整理以及史实、观点梳理更加全面的"基本逻辑"。其次，即使传记写作者已经在相对意义上越过了"文献与资料"的门槛，也仍可以在写法上寻求突破，给人以耳目一新之感，从而促进传记写作的发展。如以"郭沫若传"为例，我们可以列举冯锡刚的《郭沫若的晚年岁月》（中央文献出版社，2004）、贾振勇的《郭沫若的最后二十九年》（中国文史出版社，2005）；以"徐志摩传"为例，我们可以列举韩石山的《徐志摩传》（北京十月文艺出版社，2001）；等等。最后，在全集、文集、研究资料、年谱以及大量研究论文不断涌现的同时，近年来一些以往很少立传的现当代诗人也开始有传记出现，而许多已有传记的现当代诗人的传记写作又进入"重写"的态势。这种持续发展、不断深入的现象，与现当代诗人乃至现当代作家传记写作的繁荣、发展形成合力，彼此之间相互促进，而从"求全"意识、"晚近"趋势的角度加以解释，同样也说得通。

通过"求全"意识、"晚近"趋势，现当代诗人传记在"当代化"的过程中形成了自身的经典化。需要指出的是，就具体诗人来说，现当代诗人传记的"经典化"与历史化相互结合，既包括在各个时代诞生的优秀之作，也包括某某诗人传记发展史上的典范之作。对于不到百年历史的现当代诗人传记来说，"经典化"不是固定不变的，而是历时性与共时性共存，处于不断变化、发展的状态之中。不仅如此，言及现当代诗人传记的"求全"意识、"晚近"趋势及经典化，必须持有客观、辩证的眼光。21 世纪第一个十年中，部分现当代诗人的传记越来越呈现出商品化、消费化的倾向，而另有部分现当代诗人的传记又存在过度阐述甚至辩白的倾向，对这样的传记书写在纳入上述逻辑中讨论时显然需要审慎。至于虽占有大量资料，但未经甄别就随意使用而出现史实上的错误，或是由于叙述和文字驾驭能力的问题，没有使传记达到更为理想的状态，则对研讨"求全"意识、"晚近"趋势及经典化的论题，提出了更为复杂的要求。

三 基本走向及其系列相关问题

现当代诗人传记就其诞生语境、出版媒介以及文本创作层面等方面而言，与现当代文学发展同步，并可作为后者的一个重要分支。现当代诗人传记与现当代文学具有共同的基本特质，决定了其基本走向与发展格局与后者基本一致。当然，现当代诗人传记由于自身独特的品格，在一些局部、细小的方面又呈现出特殊性，这一点，无论在阐释现当代诗人传记基本走向与发展格局的过程中，还是在分析系列相关问题的过程中，都得到了证明。

现当代诗人传记就其基本走向可分为四个历史阶段。

第一阶段，20世纪20年代至新中国成立之前，此时主要是现代诗人传记。现代诗人传记虽是中国社会现代化的产物，但就其具体发展脉络来看，却晚于现代文学。1929年4月，郭沫若于上海光华书局出版了《我的幼年》（后收入《沫若自传》第一卷《少年时代》，为该卷第一部分，名为《我的童年》），此书可作为现代诗人最早出版的传记。① 同年8月，郭沫若于上海现代书局出版了《反正前后》。1931年12月，郭沫若又推出了后来作为《沫若自传》第一卷《少年时代》第三部分的《黑猫》。1933年9月，到处劝老辈朋友写自传的胡适于上海亚东图书馆推出了"半部书"式的自传《四十自述》。20世纪30年代是现代作家传记第一个勃兴阶段，其中作家自传尤为繁盛。这种情况同样也适用于现代诗人传记。除上述提到的几部自传外，现代诗人自传还有郭沫若后来收入《沫若自传》第一卷《少年时代》第四部分的《初出夔门》（1936）、《创造十年》（上海现代书局，1932）和《创造十年续篇》（上海北新书局，1938）。自传成为现代诗人乃至现代作家传记的"开路先锋"，与其所处的时代即历史提供的机遇密不可分。正如有学者在回顾这段历史时指出："中国现代传记繁荣的最初表现是大量自传和回忆录的出现。五四新文化运动带来了知识分子个性的解放，写作接近西方传记体式的自传或回忆录成了作家们自我表现和自我张扬的一种最方便的形式。"② 对比自传的勃兴和渐成长篇系列之势（如郭沫若的自传），由他者所著的现代诗人传记显得沉寂了许多。1932年上海现代书局推出了李霖

---

① 这个说法主要结合了本文关于"传记"和"现代诗人传记"的界定。如果仅以广义的传记写作来看，郭沫若早于1923年上海泰东图书局出版《星空》时，就收录了日后归入《沫若自传》第二卷《学生时代》中的《今津游记》，而同为《沫若自传》第二卷《学生时代》中的《水平线下》，也于1928年在上海创造社出版部出版，但两者皆属于游记且学界一般考察《沫若自传》都从《我的童年》算起，故此本文将其写作及出版情况列于此，以做参照。关于郭沫若上述作品的出版时间及经过，本文主要参考了《郭沫若全集》（文学编）第十一卷之"第十一卷说明"和《郭沫若全集》（文学编）第十二卷之"第十二卷说明"，人民文学出版社1992年版。

② 萧关鸿：《〈中国百年传记经典〉序》，萧关鸿编《中国百年传记经典》第1卷，东方出版中心，2002，第5页。

编的《郭沫若评传》，但就其内容来看，基本采用了"作者小传""他者评论文章"加"传主著译书目"的编排方式，这种在同时期其他作家（如郁达夫、丁玲等）"评传"中反复出现的"有评少传"的形式，反映了现代作家他传在其初始阶段还停留在类似于今天"资料汇编"的状态。除此之外，他传则主要呈现为诸如王森然《近代二十家评传》中的《胡适先生评传》《郭沫若先生评传》式的"小传"形式，其影响远不及同时期的诗人自传。

20世纪40年代的现代诗人传记还包括郭沫若的《童年时代》（即《我的童年》，1942）、《我的结婚》（即《黑猫》，1941）和1947年4月在上海海燕书店出版的《少年时代》（即《沫若自传》第一卷，由《我的童年》《反正前后》《黑猫》《初出夔门》四部分辑成）；郭沫若的《我的学生时代》（当时收入重庆东方书社出版的《今昔集》，1943）和1947年5月在上海海燕书店出版的《革命春秋》（由《创造十年》《创造十年续篇》《我的学生时代》三部分辑成）以及郭沫若辑录此前多部叙述自己生平篇章的《归去来》（1946）。此外还有臧克家的《我的诗生活》（读书出版社，1943）和《生活和诗的历程——续〈我的诗生活〉》（1947）；王亚平的《永远结不成的果实》（重庆文通书局初版，1944）；等等。与30年代相比，40年代现代诗人传记写作与出版由于战争的原因有所减少，部分传记是由以往的写作辑录而成。但就内容来看，部分传记表现了诗人对于自己创作和身份意识的重视，可视为这一时期诗人传记写作出现的"新质"。

第二阶段，新中国成立至1978年，这一时期的诗人传记仍以现代为主。这一阶段由于社会环境的变化，一方面作家从往日的自由撰稿人成为体制内的工作者，不必为生计而著书立传，另一方面，则是文艺政策和文艺评判标准要求作家隐匿个性，成为大众的一员。在此背景下，现代作家自传和他传逐渐成为刻意回避的文体。与此同时，历次大规模文学运动不仅使作家丧失了写作的权利，甚至丧失了话语权和生存的权利，许多作家因此主动放弃了书写自我和言说他者的权利。何况，无论就自传还是他传而言，都要涉及新中国成立之前作家、诗人的生活道路和创作史，而这些内容稍有不慎，就会造成批评意义上的身份危机，是以，从新中国成立至1978年底近30年的时间里，现代诗人传记和现代作家传记一道进入了一个荒漠期或曰凋敝的时代。

当然，如果我们在回顾历史的过程中将视野放开，还是可以列举出两大类、数种与现代诗人相关的传记。其一，是港台地区出版的现代诗人传记。主要包括 1970 年 5 月于香港三育图书文具公司出版的周作人的《知堂回想录》①；1977 年 8 月至 1978 年 7 月在台北《传记文学》杂志连载的唐德刚译注的《胡适口述自传》②；于 1969 年 11 月在台湾天一出版社出版的由朱传誉主编的《徐志摩传记资料》③、1978 年 6 月于香港港明书店出版的刘心皇的《徐志摩与陆小曼》（修订本）和 1979 年 11 月于台北联经出版事业公司出版的梁锡华的《徐志摩新传》；等等。其二，是当时写就但未公开和出版的一些文字，如《郭小川日记》④ 等，这些文字在近年来出版，可作为广义的传记考察，反映了作者曲折的心路历程。

第三阶段，20 世纪 80 年代至 21 世纪之交，这一时期的诗人传记很多已跨越现代、当代文学的历史分界线。这一阶段是现代诗人传记的黄金时代。随着文艺政策的调整，现代诗人传记在现代传记写作复苏的过程中掀开了新的一页。历史地看，许多现代诗人由于年龄的增长，已获得了较为

---

① 关于《知堂回想录》，本文主要依据止庵校订的《知堂回想录》（上、下），河北教育出版社 2002 年版。在《关于〈知堂回想录〉》中，止庵介绍道："一九六〇年十二月九日周作人日记云：'拟写《药堂谈往》寄与聚仁，应《新晚报》之招，粗有纲目，拟写到五四为止。'十二月十日云：'下午努力写小文，成第二节，备寄香港，有千余字，晚灯下修改了。'一九六二年十一月二十九日云：'上午抄《谈往》本文了，只须再写一节后记，便全文告竣，总计五百五十余纸，约计三十八万字，拟分四卷，或易名为《知堂回想录》。'十一月三十日云：'晚写《谈往》后记了，计五五四纸也。'一九六四年八九月间，《知堂回想录》曾在香港《新晚报》上刊登了一小部分，旋告中止。一九七〇年五月，《知堂回想录》由香港三育图书文具公司出版，其时已在作者去世将近三年之后了。"见《知堂回想录》（上），第 1～2 页。

② 关于《胡适口述自传》，欧阳哲生在其编的《胡适文集》第 1 卷"第一册说明"中曾说明："《胡适口述自传》原为五十年代胡适英文口述稿，七十年代唐德刚将其译注，曾于 1977 年 8 月至 1978 年 7 月分章连载于台北《传记文学》杂志，1981 年 2 月由台北传记文学出版社出版。"北京大学出版社 1998 年版，第 3 页。《胡适口述自传》前有唐德刚所作的"编译说明"，其中有更为详细的介绍："本稿为根据美国哥伦比亚大学'中国口述历史学部'所公布的胡适口述回忆十六次正式录音的英文稿，和笔者所保存，并经过胡氏手订的残稿，对照参考，综合译出。"出处与上相同，第 175 页。

③ 朱传誉主编的《徐志摩传记资料》，最初于 1969 年 11 月由台北天一出版社出版。依据邵华强编《徐志摩研究资料》（知识产权出版社，2011，第 574 页）之第五辑"徐志摩研究、评论资料目录索引"收录情况来看，应为一卷，其中收有刘心皇的《徐志摩与陆小曼》系列文章十三篇和其他单篇的关于徐志摩生平介绍的文章。朱传誉后于 1979 年 11 月在台北天一出版社陆续出版了由他主编的五卷本的《徐志摩传记资料》，其第一卷与 1969 年版内容基本相同，但刘心皇的《徐志摩与陆小曼》系列文章已达二十三篇。《徐志摩传记资料》五卷本至 1985 年出齐。

④ 《郭小川日记》，今收录于《郭小川全集》第 8、9、10 卷中，其中第 8 卷为 1944～1956 年日记，第 9 卷为 1957～1958 年日记，第 10 卷为 1959～1976 年日记，广西师范大学出版社 2000 年版。

稳定的评价。而文艺政策的改变，又使所有文学创作门类都获得了新的历史机遇：作家们可以表达自己的观点、袒露内心世界，可以在写作过程中体现创作个性甚至突破以往的禁区。与此同时，现代文学史研究的促新又可以成为现代作家传记迅速发展的前提和结果。在不断探索中，现代传记理论研究的兴起又和各类传记写作相互促进，现代诗人传记摆脱了新中国成立前并不成熟的状态，不仅具有文体意识，文学性和文本质量也得到大幅度提升。

据不完全统计，20世纪80年代至90年代正式出版的现代诗人传记约有几十种，且许多成为各类现代作家传记丛书的重要组成部分，产生了很大的影响。1980年，湖南人民出版社推出了卜庆华的《郭沫若评传》，之后天津人民出版社于1981年推出黄侯兴的《郭沫若的文学道路》，仅考察80年代于全国各出版社出版的各式"郭沫若传"就有17种之多。在这些传记之中，龚济民、方仁念于1988年2月在北京十月文艺出版社出版的《郭沫若传》，系"中国现代作家传记丛书"之一；唐先圣于1989年在北岳文艺出版社出版的《郭沫若传——绝代风流》，系"作家艺术家文学传记丛书"之一。进入90年代，秦川又于1993年9月在重庆出版社出版《郭沫若评传》，此书系"中国现代作家评传"丛书之一。系列"传记丛书"的出版，有利于扩大传记本身的影响，使广大读者更为清楚地了解现代诗人的生平与创作。像北京十月文艺出版社推出的"中国现代作家传记丛书"，在现代诗人传记上就包括肖凤的《冰心传》（1987），龚济民、方仁念的《郭沫若传》（1988），钱理群的《周作人传》（1990），陈孝全的《朱自清传》（1991），梅志的《胡风传》（1998），程光炜的《艾青传》（1999）。重庆出版社推出的"中国现代作家评传"丛书则包括秦川的《郭沫若评传》（1993），张恩和的《郭小川评传》（1993），陈早晨、万家骥的《冯雪峰评传》（1993），陈丙莹的《戴望舒评传》（1993），李景彬、邱梦英的《周作人评传》（1996），蔡清富、李丽的《臧克家评传》（1993），骆寒超的《艾青评传》（2000），李怡的《七月派作家评传》（2000），万平近、汪文顶的《冰心评传》（2000），陆耀东的《徐志摩评传》（2000）。江苏文艺出版社推出的"名人自传丛书"，则包括《胡适自传》（吴福辉编，1995）、《冰心自传》（钱理群、谢茂松编，1995）、《胡风自传》（晓风编，1996）、《郭沫若自传》（魏建、宿玲编，1996）、《徐志摩自传》（晓文编，1997）、《朱自清自传》（吴周文编，1997），等等。而其他单行本的现代诗人传记，更是多种多样。

第四阶段，进入 21 世纪至今。这一阶段现当代诗人传记的整体特点主要表现在如下五个主要方面。

其一，就传主而言，被立传的现代诗人越来越多，体现了现代诗人传记写作随着时间的推移向纵深发展的轨迹。除成名于现代、之前很少被立传的诗人如穆旦等有传记出版之外，当代且时间距离较近的诗人如昌耀、顾城、海子以及港台等地诗人如洛夫等均有传记出版，现当代诗人传记写作由此增加了自身的长度与宽度。

其二，就传记文本而言形式更为多样，以"自传"为例，由后人整理的现当代诗人自传版本多样，"自述""口述"形式自传如《徐志摩自述》《刘半农自述》（均由文明国编，安徽文艺出版社，2014）、《生正逢时：屠岸自述》（屠岸口述，何启治、李晋西编撰，2010）、《一个人和新疆：周涛口述自传》（周涛口述，朱又可整理，2013）、《异乡岁月——阮章竞回忆录》（阮章竞口述，2014）、《我不能不探索：彭燕郊晚年谈话录》（彭燕郊口述，易彬整理，2014）等大幅度增加。以"他传"为例，除读者熟悉的"传""评传""传略"等之外，既有如《郭沫若正传》（2010）、《徐志摩正传》（2010）式的"正传"，也有受"读图时代阅读习惯"影响而出现的《冰心图传》（2005）、《徐志摩图传》（2005）、《图本郭沫若传》（2011）、《图本胡适传》（2011）、《图本徐志摩传》（2012）、《图本林徽因传》（2012）以及《郭沫若画传》（2011）、《徐志摩画传》（2015）式的"图传"和"画传"。

其三，写法多样，界限模糊，使传记内涵向复杂化方向发展。传记在形式上的多元自然表达也促进了传记写作的多元。以河南人民出版社推出的"大师人格系列"中的《胡适人格》（2004）、《郭沫若人格》（2005）为例，就在传记写作中融入了心理学的方法，通过解析传主的人格，呈现不一样的人生图景。以冯锡刚的《郭沫若的晚年岁月》（2004）、贾振勇的《郭沫若的最后二十九年》（2005）等为例，人们又可以看到关于传主特定时期的"半部传记"或曰"断代传记"，这种情况往往在那些已被多次立传的现代诗人如郭沫若、徐志摩等身上反复出现，进而呈现出现当代诗人传记写作个体或曰局部的深入以及整体上的不均衡。至于由此可以引申或曰与之相关的则是，21 世纪以来，许多现当代诗人传记其实并不是按照传统写法进行的标准传记。它们或是属于"人物研究"，或是属于平行交往式的

"关系型传记"，这种现象的出现在很大程度上造成了"不是传记"但又"相当于传记"，在传记写作特别是在使用过程中界限模糊的倾向，传记内涵也由此向复杂化的方向发展。

其四，数量激增，"丛书化""规模化"态势明显。进入 21 世纪以来，随着传记消费进入一个繁荣的阶段，现当代诗人传记也得到了长足的发展。除绝对数量外，现当代诗人传记还常常作为"丛书"之一出版与再版，并由此促进现当代作家传记的繁荣，形成相应的"规模"。如南京大学出版社自 2012 年陆续推出的"中国现代文化名人评传丛书"中的《何其芳评传》《穆旦评传》《艾青评传》；长春出版社于 2011 年陆续推出的"图本中国现当代作家传"丛书中的《图本郭沫若传》《图本胡适传》《图本徐志摩传》《图本林徽因传》及其于 2015 年推出的第 2 版；等等。

其五，消费性倾向明显，质量参差不齐。"消费性传记"大致可以从 2011 年 8 月文汇出版社推出的署名"流云"著的《花开绵密的人间四月天：林徽因文传》算起，后逐渐发展为系列丛书，集束出版。像朱云乔的《翡冷翠的夜：当徐志摩遇见陆小曼》和《情暖三生：梁思成与林徽因的爱情往事》（"烟雨·民国·书系"，2013），吴韵汐的《我不知道风是在哪一个方向吹：徐志摩诗传》和《天空一无所有为何给我安慰：海子诗传》（"多情诗者书系"，2015），夏墨的《我不知道风是在哪一个方向吹：徐志摩诗传》和《我的世界春暖花开：海子诗传》（"诗意传奇书系"，2015），等等。其整体特点是数量大、生产快；均出自自由作者、畅销写手笔下；传主选择对象较为集中，如现当代诗人选择主要集中在徐志摩、林徽因、海子、顾城身上；具有明显的消费意识，写作模式雷同、价值不大。"消费性传记"的出现充分迎合了市场，反映了消费时代读者对传记的阅读需求以及部分传记相应的艺术水准，它和严肃的传记共同构成这个时代传记的图景，这一客观存在的现实使现当代诗人传记乃至现当代作家传记写作整体上出现了质量上的不平衡。

四　发展格局与总体评估

与基本走向和历史分期相比，现当代诗人传记的发展格局是就其整体、横向而言，其在具体展开时涉及现当代诗人传记的整体成就与问题。

首先，现当代诗人传记经历近一个世纪的实践，已脱离了中国古代同类传记的范畴，成为现代传记中一个重要的分支。现代诗人传记是现代作家传记中最早实践的传记种类之一，可作为诗人个性张扬和精神独立的一种外化。现代诗人传记在现代阶段成就最高，诞生了现代传记史上最长的系列作品《沫若自传》。进入当代之后，现代诗人传记与现代作家传记整体发展趋势一致，同时也和国外的"传记热"发展态势保持一致。现代诗人传记的书写实践大大丰富了中国现代传记创作。

其次，诞生了数量可观的现当代诗人传记文本，形成了多元化的传记作者队伍。据本文不完全统计，各类传记已达近千种（包括他传700余种，自传近200种）；这些传记作者由诗人本人、传记专业作家、教授、学者、记者以及诗人的家属、友人和读者、爱好者构成。与文本数量增加和写作队伍扩大一致的，是现当代诗人传记在文体实践上呈现出逐渐多元化的态势：自传意义上的一般性自传、回忆录、口述史，他传意义上的标准传记、正传、评传、画传、图传、小传、传略、诗传、文传、情传，以及在叙述形式上采取"关系式""断代式""横向式"等的书写，既深化了现当代诗人传记的写作，又适合不同层面的读者，现当代诗人传记由此积累了丰富的经验。

最后，现当代诗人传记在整体发展上呈现出显著的不平衡性。正如上文基本走向和历史分期部分描述的，现当代诗人传记大致经历了"诞生、发展—沉寂—复苏、繁荣—多元发展"四个主要阶段。像一个并不协调的"山谷"或曰一个倾斜的"对号"，现当代诗人传记两端高、中间低，且晚近一端海拔高、面积大，这种"不平衡"一方面与中国现代传记整体的发展趋势有关，时间跨度越大立传的人会越多，另一方面，则反映了中国现代传记与不同阶段历史及其现实之间的紧密关系。

通过对现当代诗人传记基本走向、历史分期和发展格局的述析，我们既看到了其取得的辉煌成就，也看到了其中的不足。鉴于其成就方面在上述文字中已大致呈现，在本文的最后，笔者谈谈其不足进而总结现当代诗人传记写作的经验。

纵观现当代诗人传记发展史，其不足之一是只有几部相对意义上的代表作，而没有诞生公认的优秀之作，这表明现当代诗人传记还需要通过不断实践、积累，打磨、创造优秀之作，还需要通过不断历史化完成自我的沉淀，实现自身的积淀。不足之二是现当代诗人传记由于诗人的文学史地位等原因，彼此之间立传不平衡，且同一传主的文本之间也存在年代史意义上的写作不平衡。不足之三是晚近时期的现当代诗人传记写作，由于受到商业化因素的影响，过于集中在带有消费性的诗人如徐志摩、林徽因、海子、顾城等人的传记写作上。而其在具体写作过程中，又常常存在利用爱情、隐私、死亡等吸引读者，材料严重失实，在技巧和语言上文学性匮乏等方面的问题。这种情况从短期来看，不利于一般读者对于传主的了解；从长远来看，则不利于形成良好的阅读消费并最终使传记丧失读者，值得警醒。通过上述几点分析，我们可以清楚地看到：现当代诗人传记还远未达到写作意义上的成熟状态，还有很长的路要走，这一客观存在的事实不仅对传记的具体写作和写作者提出很高的要求，而且对读者和传记消费提出一定的要求，现当代诗人传记唯有在生产和消费各环节都形成自律，才会在不断提升自身质量的过程中拥有美好的未来。

中国诗歌的异化与回归

丁　鲁*

内容提要　中国诗歌已经异化，亟待回归。其关键在于诗歌形式，即诗歌的语音方面。“内容决定形式”在中国长期被片面理解和扩大使用，极大地阻碍了诗歌艺术的发展。现代汉语语流的基本节奏是双音节化倾向发展出来的，音韵是决定汉语基本形态的要素。在中国诗歌中，音韵的作用绝不次于节奏。新诗是语体突变的产物，和古典诗歌在形式上的传统中断，导致自由诗一家独大。对古典诗歌传统的继承首先表现于诗歌形式。对西方现代主义和后现代主义诗歌的影响不应一揽子吸收。诗歌的异化早已成为世界性潮流。作为诗歌大国的子孙，是该理直气壮地站在中国人的立场说话了。

关键词　新诗　自由诗　白话格律诗　诗歌形式　现代主义

中国新诗在新文学各部门中是最先进还是最落后？五四至今，人们的意见一直尖锐对立。

笔者个人持后一种观点，并认为这种状况之所以形成，全在于不重视诗歌形式；为了走出这种状态，必须重视诗歌形式的研究和实践。

---

* 丁鲁，湖南科技大学人文学院中文系教授。

一　诗歌内容和诗歌形式的关系

（一）什么是诗歌形式

从根本上说，诗歌形式并非指文字的排列方式，而是指语音方面。诗歌分行，原本是一个实用性问题。中国古典诗歌在何处断句是很明确的，所以历来像文章一样排列，无须分行。西洋诗有时眉目不易分清，才有了分行的需要。

不论是自由诗还是格律诗，语音的美感，对于营造诗歌意境来说，都是要素。这也是中国古典诗歌的特色。李白的千古名篇《静夜思》只有区区二十字，读后却令人深思，就和它的音韵美有极大关系。若把"地上霜"改为"地上雪"，念起来马上会感到不对劲，因为韵脚的韵母和声调都不和谐了。

对古典诗歌传统的继承，首先表现在诗歌形式上。现在诗歌理论界虽然也谈论民族文化的大题目，但许多文章不敢接触实际，把诗歌语言问题局限在用词造句方面，不谈诗歌的语音美感，给人以隔靴搔痒的感觉。有的文章谈新诗史，不知何故完全不提闻一多、何其芳等人的格律倡导。

笔者并不反对自由诗。自由诗有它自己的声音美感，可惜"自由"之名使许多人以为它无须研究语音美，因而在中国很少讨论。

既然诗歌形式从根本上说是指诗歌的语音方面，那就要求诗歌界重视语言学特别是语音学的研究。可惜这方面至今仍是中国诗歌界的短板。

有些研究者过于相信一部分外国人的评论。其实对于中国诗歌的韵味，即使是汉学家，也是不容易掌握的。他们的评论，往往拘泥于字面内容，难以为据。对中国诗歌最有发言权的还是中国人。而且，在外国也并非只有一种声音，还有许多外国诗人是希望中国诗歌更好地继承本民族传统的。

（二）内容和形式的关系

在现代中国，"内容决定形式"的说法长期被片面理解和扩大使用，甚至当成马克思主义理论，极大地阻碍了诗歌艺术的发展。

笔者曾在《中国新诗格律问题》一书中提到这个问题，[①]　要点如下。

---

① 丁鲁：《中国新诗格律问题》，《东方文化集成》，解放军文艺出版社，2010，第17~19页。

内容与形式的关系首先是个哲学命题。"内容决定形式"本是黑格尔《美学》第一卷中的话。① 由上下文看，他是从内容、形式两方面讲的，强调两者相互适应，并没有说内容只有某种单一的形式可以表现。

在《小逻辑》一书中，他对内容和形式的关系做了经典性的阐释：

> 内容非他，即形式之转化为内容；形式非他，即内容之转化为形式。②

人们容易强调内容代表事物的本质，而忽视形式的作用。但没有形式，就不能使一种事物区别于其他事物。

恩格斯谈到形式时也说过：

> ……为了能够从纯粹的状态中研究这些形式和关系，必须使它们完全脱离自己的内容，把内容作为无关重要的东西放在一边……③

对"内容决定形式"的错误解读影响深广，若不大张旗鼓地拨乱反正，中国诗歌在艺术上的进步是难以预期的。

二　音韵是中国古典诗歌的灵魂

语言，特别是语音，是诗歌的物质基础。中国古典诗歌之所以具有和西洋诗不同的特色，是语言的不同特点所决定的。

与辅音占优势的印欧语不同，汉语是一种元音占优势的语言。它有形式复杂的韵母，还有可以辨义的声调。比如 ma 这个简单的音节，现代汉语中的阴、阳、上、去四声和轻声，就可以把它分化为五个意思不同的语素或词：mā（妈）má（麻）mǎ（马）mà（骂）ma（吗）。古代语音更复杂，这种分化更突出，每个音节负担的信息量就更大。古汉语一开始之所以会出现大量单音词，原因就在于此。

语音的简化，使汉语很早就产生了双音节化现象，因为单音词的复杂

---

① 〔德〕黑格尔：《美学》第 1 卷，朱光潜译，商务印书馆，1996，第 17～18 页。
② 〔德〕黑格尔：《小逻辑》，朱光潜译，商务印书馆，1980，第 280 页。着重点是原有的。
③ 〔德〕恩格斯：《反杜林论》，《马克思恩格斯全集》第 20 卷，人民出版社，1956，第 41 页。

化，最节约的途径是走向双音。双音节化现象不仅影响到词汇，也影响到语法体系。以下仅就语音来谈。这里以《孟子》中的一段话为例。其中主要是单音词，双音词不多，三音词是个别的。按各汉字之间的关系可以做如下组合：

> 孟子　见　梁惠王。　王+曰：　"叟！　不+远　千+里　而+来，　亦+将　有+以　利　吾+国　乎?"　孟子　对+曰：　"王何+必　曰+利?　亦+有　仁+义　而　已　矣。　王+曰：'何+以　利　吾+国?'　大夫　曰：'何+以　利　吾+家?'　士庶人　曰：'何+以　利　吾+身?'　上+下　交　征　利，　而国　危　矣！……"

实际语音还可能更加双音节化。比如"利　吾国　乎""士　庶人曰"都可以变为2+2，"而　国　危　矣"也可以按2+2来念。"梁惠王"虽然是专有名词，但"见　梁惠王"也可以变成类似2+2。而1+2的一些词语也可以变为2+1，如"利　吾国""利　吾家""利　吾身"。至于"形容词+动词+名词"的"交　征　利"和"连词+动词+语气词"的"而　已　矣"，按2+1来组合都说得通。甚至"王　何+必　曰+利"也可以变为2+2+1。

双音节化对中国古典诗歌节奏的影响，笔者曾在《中国新诗格律问题》一书中分析过，[①] 要点如下。

汉语音节结构相对整齐，使格律诗的音、义安排基本一致：既包括文句和诗句的一致，也包括词语和节奏单位的一致。文言诗中，如"白日依山　尽"句，"白"与"日"、"依"与"山"关系密切，词语意思是这样，节奏划分也这样。

两字一个"节奏单位"（metre），是黄河流域中原文化的节奏遗产，体现于《诗经》中的四言句式（偶尔也有增加一字的）。

长江流域楚文化的节奏遗产却复杂得多。楚辞采用的是多缀虚词的、混合形态的节奏，句型丰富。常见句式是前后两个"半句"形式相同，中间用"兮"连接，而"半句"本身结构多样。以下是《离骚》的常见句式：

---

① 丁鲁：《中国新诗格律问题》，《东方文化集成》，第107～113页。

吾令羲和　　　弭节　　（兮），
　望崦嵫　　　而勿迫。
　路漫漫　　　其修远　　（兮），
吾将上下　　　而求索。

用下划线标出的，是节奏鲜明的字。

楚辞中的"半句"，有时由三个字组成，如《国殇》：

身既死（兮）神以灵，
子魂魄（兮）为鬼雄。

这里虚字是作为正字出现的，因此和后世的七言句、三三句相通。林庚《关于新诗形式的问题和建议》（《新建设》1957 年第 5 期）一文就谈到《九歌》中的"×××兮×××"是后来七言诗的"远祖"。

这样，一般不用虚字、双字结尾的《诗经》句式和大量使用虚字、主要是双字结尾的楚辞句式互相影响，成为不用衬字、单字结尾的七言句式和三三句式的源头。

发展到词，单字结尾和双字结尾又被作为一种结构手段交错使用。

古典诗歌主流走向五、七言句式后，多缀虚词的楚辞节奏经过改造，为各种骈体作品所继承，从赋到对联，体例不少。

这种句式被一些人称为"杂言"，使"言"不再专指重读的正字。这是古人留给我们的一个误区，亟待辨正。

到元曲，衬字被大量使用。元曲的衬字是脱离曲谱的字，没有严格的字数规定，和原来句式的节奏规范脱离。但去掉衬字的曲文，仍旧符合两字（正字）一个节奏单位的规范。

以下例子中，衬字已经具有和现代汉语轻读音节相似的特征：

在官时　只说　闲，　得闲也　又思　官。
直到　教人　做样　看。从前的　试观，
那一个　不遭　灾难！

张养浩：《沽美酒》

若不计音乐节奏，这就和白话格律诗最常见的节奏类似了。

由此可知，在楚辞之后，元曲及各种骈体作品都已经越出二字节奏，为白话格律诗节奏的产生创造了条件。而闻一多《死水》对古典诗歌节奏的继承，从这里也可以看出来。

古汉语音节较少，语流相对缓慢，中国古典诗歌的口头表达就采取了悠长的吟诵方式。因此古典诗论历来不重视节奏和节奏单位研究。

汉语现代语流的基本节奏是双音节化倾向发展出来的。对于汉语来说，音韵不仅具有诗歌形式的意义，而且是决定语言基本形态的要素。可以毫不夸张地说，音韵是中国古典诗歌的灵魂，甚至是汉语的灵魂。因此中国古代有韵文，而没有无韵诗。先秦著作中往往包含大量韵句，《老子》就是一例。

白话诗已经不用吟诵，朗读节奏接近口语。许多人沿用西方说法，说节奏是诗歌的灵魂。白话诗虽然着重发展了自由诗，但人们的押韵意识还是非常强烈；艾青和何其芳都认为自由诗也可以押韵，忽视了韵是一种格律因素。可见在中国诗歌中，至少应该说，音韵的作用绝不次于节奏。

三　语体突变使中国诗歌的传统中断

中国新诗（中国的、现代的、白话的、作者署名的诗歌）产生于五四时期的白话文运动。白话新诗是语体突变（法定的书面语言短期内由文言改为白话）的产物。但"新诗"和"旧诗"的情绪化命名，模糊了诗歌的语言本质。其实所谓"新诗"，就是"白话诗歌"或"现代汉语诗歌"（不过"白话诗歌"可以包括现代民歌，而"新诗"只指个人的作品）。

现代民歌也使用现代白话，是汉语诗歌自然发展的产物，形式上和古典诗歌是一脉相承的；但由于双音词的大量出现，民歌那种相对简短的句式已经不能容纳太多内容。因此新诗作者不能不另觅诗歌形式。这使中国的现代白话诗歌和古典诗歌的传统中断了。而这种中断，实际上就是诗歌形式传统的中断。

白话格律的建设需要时间，新诗又受到五四时期反传统的思潮影响，就走上了另起炉灶的道路。于是西方自由诗的影响乘虚而入，使自由诗在白话诗中一家独大。中国诗歌由特别重视格律形式，短期内迅速走向不注重形式，变化之大，令人瞠目舌。于是自由、格律两腿一长一短成了百年来中国新诗的生存状态。

引进西方的自由诗，丰富诗歌的形式，是应该的；片面发展自由诗，就走向反面。在诗歌部门，中国人比西方人早半个世纪尝到解构的快乐，也早半个世纪尝到解构的痛苦。

中国人其实很快就发现白话诗不能只有自由诗一体。最早提倡自由诗的胡适，紧接着出版了《尝试集》，做了白话格律诗的第一次尝试，虽然艺术上并不成熟。在反传统气氛下，他的格律主张更是收效甚微，和他的自由诗主张有天壤之别。当中国进步文化界正在为白话文和白话诗的生存权而奋斗的时候，似乎顾不上考虑诗歌形式问题了。

闻一多倡导格律有功，他的《死水》成为白话格律诗的代表作。但他提出的"三美"，特别是其中的"建筑美"，却引起认识和行动上的混乱，至今未绝。闻一多发现五、七言诗分行后排列很整齐，就想在白话格律诗中进行每行字数相同的试验。这种个人试验又被人赋予普遍意义，加以提倡。但这一主张连词曲都不能概括；而它最大的毛病，就是忽略了正字（重读音节）和虚字、衬字（轻读音节）的重大区别。如《死水》一诗每行九字，一些人就将其句型称为"九言句"。但若将"言"理解为正字，这首诗用的只不过是加了一个轻音音节的八言句罢了。

后来何其芳提倡"现代格律诗"，只提"现代"和"格律"，没有说明是"白话"（"现代汉语"）还是"文言"（"古汉语"），也给他的倡导增添了许多阻力。

"文革"前，一部分诗人或多或少还是有格律意识的。到现在，诗歌界在诗歌形式问题上明显地分化了：占主流位置的群体是写白话自由诗的，民间则有一些提倡白话格律诗的团体，还有一些团体和个人是在试验古典诗歌形式的现代化、通俗化。

网络的发达又给诗歌增添了变数，既使它更普及，也使它更放松了艺术要求。

总之，从五四时期白话新诗诞生那天起，诗歌形式就成了它的"卡脖子"问题。

四　关于现代主义和后现代主义

说到世界诗歌现状，不能不提及现代主义和后现代主义。

现代主义文学是垄断资本主义时期的产物，一般从 1857 年波德莱尔《恶之花》和福楼拜《包法利夫人》的出版算起。现代主义除反对中产阶级外，还表现为极端反传统；但这种反抗又常显得软弱、动摇。19 世纪末，资本主义社会矛盾激化。20 世纪初，第一次世界大战给人们以极大震撼，紧接着是俄国十月革命的胜利。这时除马克思主义外，全世界还出现了汹涌的激进思潮。其中鱼龙混杂，也包括否定一切的极端主张。各种先锋派文学艺术在西方大行其道，观点、流派错杂纷纭，既有躲进象牙塔追求纯艺术的流派，也有力求怪诞风格的倾向，还有从各种不同角度欢迎革命的流派。

保罗·H. 弗莱在《耶鲁大学公开课·文学理论》中说：

> 那时全球刮起了追求新奇的热潮。同时，在西方现代主义盛期的艺术家那里，埃兹拉·庞德（Ezra Pound）将"日日新"（make it new）作为他的口号……他们所有人都坚持语言必须难懂且新颖，要接受特殊环境的即时性，摒弃熟悉、普通和模糊。换句话说，这是一个跨国的思想，尽管它在所出现的地域具有明显的地域面貌。[①]

说到西方现代主义文学，不能不提及俄罗斯形式主义。这一流派虽然夸大形式的作用，但用索绪尔结构主义语言学来研究文学，对西方现代主义文学产生了巨大影响。20 世纪的西方文论，经历了研究重心从作家到作品和从作品到读者的两个转移；而俄罗斯形式主义，就是第一个转移的标志。这也就是所谓的"语言学转向"。

俄罗斯形式主义出现于五四运动同一时期。他们用语言学来研究文学，取得了很大成功，与中国新诗形成强烈对比。中国新诗产生于语体突变，本应好好研究诗歌的语音形式，百年来却很少注意这个问题。

与当时各种怪诞风格不同，俄罗斯形式主义强调的是科学性。但对于诗歌来说，恰恰是在这个流派内部，却产生了它自身的对立物，即什克洛夫斯基提出的"陌生化"理论。这一理论要求克服感觉的"自动化"，以便"阻滞"阅读进程。诗歌是短小精练的作品，如果毫无节制地普遍设置阻

---

① 〔美〕保罗·H. 弗莱：《耶鲁大学公开课·文学理论》，北京联合出版公司，2017，第 95 页。make it new 在这里译为"日日新"，有的论著把它译为"推陈出新"。其实它既没有"日日"的意思，也没有"推陈"的意思。所以笔者以为译成"出新"就够了。

滞，就会为理解增添重重障碍，助长了抽象、怪诞的倾向。可见在艺术上片面坚持某些主张，有时效果适得其反。而在中国，许多人对俄罗斯形式主义流派的了解，甚至除了"陌生化"就没有别的了。

1968 年，法国巴黎出现激烈的学生运动。这是西方资本主义社会矛盾发展的产物，也受到世界思潮的影响（作为中国人，我们不能不想到中国"文革"和红卫兵运动的影响）。运动失败后，在反权威、反理性等倾向的基础上，出现了解构主义。从根本上来说，这种主张是自相矛盾的，少不了连它自己也会被"解"得无法立足了。

因此自从反结构以来，文学作品的文学性受到忽视，而向文学性回归的潮流近来日益高涨。不过，也有些人只是将这种回归理解为回到解构之前。

在中国，"现代派"一词还有自己的来源。蓝棣之编的《现代派诗选》① 序言中说：此名来自文艺刊物《现代》杂志，而该杂志是施蛰存受现代书局之托于 1932 年创办的。后来又相继出现了一些偏重诗歌的纯文学杂志。这些诗人的创作，也还是各有各的特色。1937 年后，纯诗艺术与时代要求脱节，诗人大多数投身抗战，现代派作为诗潮就逐步衰退了。

20 世纪 80 年代出现的中国现代主义诗歌，主流是对"文革"和四人帮倒行逆施的抗议。它和 30 年代的"现代派"是有区别的，它内部也各有特色。90 年代后，政治强调稳定，许多文学界人士又在经济改革进程中下了海，这一切都促使诗歌转向抒写日常生活感受。而一些走马灯似的乱象，许多不过是复制了百多年前西方的现象而已。

现代主义和后现代主义文学是复杂的，既有成就，也有负面。对于诗歌来说，其负面影响相当突出。西方现代主义和后现代主义诗歌流派作品的内容、形式极为庞杂。我们要用中国人的目光来审视，既不应绝对排斥，也不应一揽子吸收。这与某些人的全盘西化主张是相抵触的。

五　世界性的诗歌异化现象及其在当代中国的反映

诗歌的异化，早已成为一股世界性潮流。我们应该态度鲜明地指出这一事实。

---

①　蓝棣之编《现代派诗选》，人民文学出版社，1986。

　　世界各民族的诗歌，最初都是和音乐、舞蹈相结合的三位一体的艺术，本来就有朴素的格律形式，并在文人手里形成一定的格律规范。后来和朗诵相结合的自由诗，由于没有格律这根拐杖，其实并不容易写。但正因为它没有约束，再加上各种社会条件，就逐渐流行起来，并和一些现代流派相结合。而中国人所谓的"诗歌"中，"诗"和"歌"就分了家。

　　说诗歌已经异化，并非危言耸听。教科书和工具书里总是说：诗歌是精练的，抒情的，具有声音美感的，等等。总之，诗歌是具有欣赏价值的高级文体。拿这些说法来衡量目前中国新诗的某些作品，就会发现它们篇幅没有限制，往往谈不上精练，甚至连语法、修辞、风格都很不在意；它们又常常陷于抽象的思辨，缺乏美感和抒情色彩；至于中国古典诗歌历来重视的声韵之美，更是很少有人注意了。从好的方面说，这已经是"另一种诗"，对这种诗我们也应该肯定，但不能任其一家独大；从坏的方面说，其中相当多的作品，已经不是我们想象中的高级文体，也缺乏文学欣赏价值，成了"非诗"。说诗歌已经异化，此即其中道理。

　　诗歌的异化，在中国表现得最为突出。这有两方面的原因。第一，中国新诗是语体变化的产物，一开始就和传统的诗歌形式脱离。由于各种主客观原因，既没能建立一套公认的诗歌形式理论，又没有重视语言学特别是语音学的研究。诗歌界普遍忽视、轻视甚至蔑视诗歌形式问题；一些人不以缺乏诗歌基本知识为耻，反以为荣，已成风气。第二，印欧语有形态变化，词类不同的单词，是不能互相取代的；汉语缺乏形态变化，没有这种限制。于是对语言的各种歪曲变得肆无忌惮。

　　有的人爱说"诗性"。诗是文学的一部分，诗性也应该是文学性的一部分。"文学性"是俄罗斯形式主义流派最先提出的。一开始，人们研究的是文学作品中的文学性。20世纪末，解构主义开始注意非文学中的文学性。对于这"另一种诗"中的文学性，我们当然也应该承认；但如果作品并没有文学性，也不能被承认为"另一种诗"，那就只能说它是"非诗"了。

　　所谓"非诗"，也应从内容和形式两方面看。平仄句式过去甚至可以用在县太爷的告示上，这当然不是诗，因为没有诗的内容。反之，一些富于诗意的段落，在理论著作中也是经常出现的。读读《共产党宣言》和《资本论》，就能感觉到。但它们也不是诗，因为没有诗的形式。这里说的"非诗"，自然是指前者。其中有些只是分了行，却没有诗味；有些文句断裂，语法错误百出，连"分行散文"也谈不上。

强调"形而上"，蔑视"形而下"，是一些人的重要理论依据。诗歌不是理论著作，为什么非"形而上"不可？文学作品要有文学的美感。像张若虚的《春江花月夜》，是被公认为很具"形而上"意识的。可是它又富有多么动人的"形而下"的美感啊！

强调意象，忽视意境，是这些人的另一个出发点。但意象总是个别的，意境则贯彻全诗整体。片面强调意象而忽视意境，诗歌作品就会碎片化。

强调语义，忽视语音，是这些人的又一个出发点。在他们看来，所谓诗歌语言，不过是词语的游戏，甚至连句子是否完整都不必考虑，语音的美感就更不在话下了。

强调"陌生化"和"阻滞"，忽视诗歌读后的"余味"，与不重视意境有关，也与不重视语音美感有关。作品重视意境，读后会"余音绕梁"，促使人们反复思索和欣赏。否则，短短的一首诗，处处阻滞，叫人读不下去，读者就会失去耐心。

有人认为诗歌的"异质性"或"异端的语言姿态"之类，是至高无上的标准。这只是一种流派主张。如果某些语言现象不能流传下去，它就不能算是语言的"发展"。西方现代主义诗歌在语言方面已经跑得够远了，我们中的某些人更甚，简直是以糟蹋祖国语言为乐。但祖国语言是先人留给我们的瑰宝，是全民的共同财富，保卫这种财富是我们每个人的责任，岂能由着少数人胡来？

无论是格律诗还是自由诗，我们都应该研究。两者都要发展，应该两条腿走路，而不应偏废或采用零和思维。

六　世界诗歌的发展方向和中国诗歌的未来

世界诗歌究竟将走向何方？

西方人讨论"经典"问题，正说明他们产生了危机感。继续容忍诗歌形式方面的乱象，是不能产生诗歌经典的。一个时代如果留不下自己的经典，那就会形成文化空白。因此，普及与提高，是当前值得特别关注的问题。

在信息时代，网络展示了群众的智慧，闪现出大量思想火花；但网络作品又很庞杂。诗歌普及和提高的矛盾就更突出了。有些人谈到大众在欣赏趣味上的分化和不同年龄段的不同口味。我们当然应该承认这种现状，但如果一味随大流，不做主观努力，怎么能产生经典作品？所以我们有必要大力加强诗歌艺术的理论研究和创作、翻译实践。

五四时期对传统的批判是过头的，今天应该重新认识古典诗歌形式的利弊。平仄句式出现后，的确对写诗要求更严；但严格要求作者，不正有利于读者欣赏到更好的作品吗？诗体解放的要求，五四之前很早就出现了。对它不能理解为只有自由诗一体，更不能理解为无限放纵，何况白话格律诗在形式上的要求远没有平仄句式那么严格。

这里谈诗歌形式，是针对理论界和有关部门，不是针对作者，更不是针对大众的。网友为自我娱乐而写诗，写写自己的感受，当然怎么都行。但若想做诗人，就不要认为写诗容易，诗歌界更不要这样引导。否则绝不可能在历史上长期留下诗人个人的足迹，更不可能提高中国诗歌的整体水平。想做诗人，想做大诗人，难道不希望自己的作品被更多人接受？难道不应该像各行各业一样钻研自己的业务？所以我们要寄希望于诗人。只要向他们讲清了道理，他们一定会对形式问题表现出前所未有的兴趣来。

有些朋友以为写诗很容易，认得字就能写诗，完全不需要知识。真要是这样，诗歌也就无法被称为高级文体了。无论中外，历代诗人都需要知识积累，都需要学习。中国古典诗歌讲究押韵和平仄，古典诗人有谁不是音韵学的行家？而古典诗歌里的"对子"，名词对名词，动词对动词，就体现了中国人最早的词性研究。现代诗人可以只写自由诗，但如果连押韵之类的基本知识都不具备，那就要算是考试不及格了。

中国人历来强调背诵。过去的读书人，脑子里都存有一套经典著作，诗歌更是如此。其实西方人对于诗歌，也很强调背诵。大众无法记住，不能随口背出来，作品就不能进入"保留节目"，诗歌作者也就不能被认为是大诗人——笔者这里既指格律诗，也指自由诗。

国外情况，可以拿美国和俄罗斯做例子。

诗人艾青的儿子艾未未接受《南方周末》专访时说：

> 诗歌在美国也是一个绝迹的物种……诗集在美国出版卖不了几百本，几百本已经是畅销。是一种完全萎缩了的，像阑尾一样的东西，当然诗的精神不会死，早已转化到摇滚乐或者更日常的状态中。①

---

① 见《南方周末》2009 年 5 月 7 日，第 22 版。

难道这就是各国诗歌发展的方向？这就叫诗歌文化的"进步"？明明别人走到了悬崖边上，我们中国人也要跟着掉下去吗？

至于俄罗斯，在19世纪是出现过西方文学高峰的，诗歌除了19世纪的黄金时代，还有20世纪的白银时代，这是大家熟悉的事实。笔者要说的是俄罗斯人的高度民族自豪感和文化自信。赴俄的访问学者肖瑜写过相关材料，题为《莫斯科大学主楼的楼妈们》。文中说：

> 中国留学生喜欢把莫大主楼宿舍管理人员叫做"楼妈"或"房妈"。来莫斯科之后，我为了提高俄语口语水平，经常去找楼妈聊天。……楼妈们大都是些五六十岁左右已经退休的普通俄罗斯老太太。但她们朗诵普希金和阿赫玛托娃的诗歌的语音语调优雅得让人心醉，看得出，她们对经典的俄罗斯文学是发自内心的喜欢。

又说：

> ……在俄罗斯，诗和远方不只是精英和中产阶层的专利，也是普通民众的主要精神粮食。……而中国的精英和中产阶层又有多少人有这种情怀呢？[①]

中国和俄罗斯都是诗歌的大国，中国诗歌的历史比俄罗斯还要早得多。人家能做到的，为什么我们做不到呢？在纷乱的外部环境中，为什么我们失去了文化的定力？如果世界诗潮对诗歌发展不利，我们中国人能不能坚持自己的方向呢？

物极必反。世界诗歌的大方向是否可能向回归转变？有眼光的文学家应该敏锐地把握和促进它。只要民族还没有消失，文化就永远是民族的文化。跟在别人后面跑是不可能出现文化高峰的。作为诗歌大国的子孙，我们是该理直气壮地站在中国人的立场说话了！

至于有关部门，就不能不从诗歌发展的角度，对白话自由诗、白话格律诗两条腿走路的问题进行前瞻性研究。

没有提高的普及，是会产生危机的。磨刀不误砍柴工，为了在普及的

---

① 见《南方周末》2017年12月14日，第19版，"自由谈"栏目。

基础上提高，诗歌有关部门有必要加强诗歌形式的研究和相关知识的传播。到一定时候，群众性的创作面貌也是会有所变化的。

不少人担心研究诗歌形式会产生对创作的束缚，这种倾向也确实值得警惕。但应该相信，既能促进诗歌美感又不束缚创作思路的诗歌形式，完全可以在讨论和诗歌实践中产生并得到公认。

从目前情况来看，在研究诗歌形式的时候，必须有语言学界参加甚至主导，才可能取得进展。光有诗歌界参加，容易争论不休，或者在原有圈子里踏步，难有实质性的提高。这话不好听，但说的是实情。

中华民族正处于伟大复兴中。文化的复兴，诗歌的复兴，是题中应有之义。

对于这一切，时代要求中国诗歌界做出负责任的回答。

「比/较/诗/学」

与激情竞争：当代诗和浪漫主义的
彼此怀疑与相互更正

桑　克[*]

内容提要　本文通过具体分析某些浪漫派诗歌和当代诗，从异国情调与异质经验的逻辑关联、自然诗与人类社会的复杂关系、诗歌历史技术与当代技艺的有效承接三个重要侧面着眼，简略阐释浪漫主义以及浪漫派诗歌的自身构成以及它们对于当代诗来说所具有的诗歌本体价值，并提炼出浪漫性这一具有超越时代特征的本体性概念，试图实现这样一种启蒙愿望，即以浪漫主义之历史遗产促进当代诗之创造更新，同时为当代如何看待文学遗产提供一种参考思路。

关键词　浪漫主义　浪漫派　当代诗　异国情调　自然诗　技艺

不管怎样，诗人和诗歌的本质之一是浪漫的，[①] 一种是生活方式的浪

---

[*]　桑克，《黑龙江日报》高级编辑。

[①]　这是本文的起点和笔者个人的兴趣点。如果这个认识/认同不能成立，那么一切均无从谈起（笔者坚信这是笔者与持相反意见者的一个极其重要的分歧，它意味着由此而来的当代分野）。正因如此，浪漫性对于我们这类诗人而非业余读者来说，就不仅是历史性的，而且是现实性的（它不仅包含着从历史实际中吸取写作经验的实用方法，而且还包含着将浪漫性重新置于核心文学价值观的诗学企图；浪漫性作为概念的前景非常可观）。而且我们知道浪漫以及浪漫主义的定义之复杂和混乱以及与之相关的各种讨论贯穿文学批评史和 19 世纪至今的文学实践（比如默里和卢卡奇针锋相对的表述：默里说，所有的伟大作家都是浪漫主义者，比如雨果；卢卡奇说，所有的伟大作家都不是浪漫主义者，比如雨果。所以诺思洛普·弗莱说不要轻易给浪漫主义下定义），因此笔者不想在此纠缠停顿。我们更知道其首先是文学现象（文学团体，如德、法、英、美的浪漫派；文学思潮/文学（转下页注）

（转下页注）

漫，一种是诗歌本体的浪漫。当代诗的浪漫性肯定与历史上曾经出现的浪漫主义文学思潮以及浪漫派文学团体有关而又不同。而笔者不仅把浪漫主义视为当代诗的重要文学遗产之一（王敖说把它作为遗产言之过早，笔者可能偏于"保守"），而且作为一种观察与阐释当代诗的角度以及一种激发写作创造力的机制构成。当然按照同样逻辑笔者可以在同样问题之中置换古典主义（如蒲柏强调的在一个细节上发展出两个不同的方向其实就是一种绝不过时的洞见）和现代主义。①

当代诗已经足够强大和自信，可以应用任何一种文学资源而不必在意标签或者所谓帽子限制的概念范围。这意味着诗人无意冒犯批评家对于作品稳定性的需求而坚持自己的自由创造，且不管一种文学思想的古旧新鲜，只要到了我们手里，它就是有价值的。即使在极端冷静甚至冷酷的处境之中，我们同样可以看到激情是怎么与衰弱的晚年竞争的，或者即使在浪漫主义的幽灵向充满活力的当代诗供给营养与怀疑，并被当代诗的新颖阐释所吸引的时候，我们同样可以看出当代诗的健康而全面的消化系统的存在，或者由此而使浪漫主义更正自己的年代总结，尤其是发现当年省略的细节或

（接上页注①）主张，如浪漫主义），其次是文化模式（本文基本不涉及这个问题，比如法国浪漫派和浪漫思想与法国大革命的关系等），具有这样两种基本认识框架之后，我们就可以进行当代诗的思考工作。关于其根源以及重要性可以参看《浪漫主义的根源》（〔英〕以赛亚·伯林，译林出版社，2008）和《卢梭与浪漫主义》（〔美〕欧文·白璧德，河北教育出版社，2003）；关于其文化模式以及政治性质可以参看《政治的浪漫派》（〔德〕卡尔·施米特，上海人民出版社，2004）；而诗人的相关思考可以参看《浪漫派的艺术》（〔法〕波德莱尔，上海译文出版社，2009）和《波德莱尔美学论文选》（人民文学出版社，1987），两书存在重复文章。此外，经典著作可以参看《镜与灯：浪漫主义文论及批评传统》（〔美〕艾布拉姆斯，北京大学出版社，1989）；中国的"浪漫派"可以参看《中国现代作家的浪漫一代》（李欧梵，新星出版社，2010）。

① 臭密在总结和转述现代主义和浪漫主义的差异之后说："现代主义承袭了浪漫主义对艺术独立价值的坚持，对个人想象力的强调，和对工业革命以来都市文明的批判。"从方法论来看虽然它强调时间轴的作用，但是从实质来说它更加显示出从浪漫与现代的关系之中牵扯出来的非常重要的部分：独立价值/个人想象力/文明批判。这段话出自臭密的《早期新诗的 Game-Changer：重评徐志摩》，这篇文章是 2010 年第 2 辑《新诗评论》（北京大学出版社）"问题与事件：浪漫主义与中国新诗"专辑四篇文章之中的一篇。其他三篇分别是王璞《抒情的和反讽的：从穆旦说到"浪漫派的反讽"》（"新诗的写作和历史，都可以被理解为反讽的体验和对精神自我的坚持"，这对当代写作和批评具有核心和主要的意义，尤其是对当代写作）；田晓菲《新诗与现代诗》（其中两点值得注意，一个是诗人"任意拿来而不问"的自由，这对创造性非常重要；另外一个是新诗不能代替旧诗，"各种诗体的并存"，不仅使浪漫派作品复活，而且暗示写作方式的多源性和多元化）；段从学《浪漫主义的历史形态与思想限度》（"无边的浪漫主义"是一个很有意思的提法；关注"人义论"转向之后的现代性问题）。

者不被特别注意的成分。而且从当代诗的角度回顾，浪漫主义显然比古典主义更有魅力，因为它始终追求无拘无束的精神自由。

仅仅从概念角度来看，浪漫派作家和诗人"在文学素材、形式和风格上，偏好革新而反对传统主义"。① 从今天来看，革新和反传统这两个重要特征不仅为现代派以及先锋派所继承，而且也为今天大多数具有创造力的诗人所接受，并被奉为诗歌的基本原则之一。只有少数保守的或者讲究话语策略的诗人才把革新视为敌人。其中反传统的情况显得略微复杂，因为强力诗人们（哈罗德·布鲁姆发明的概念）现在往往致力于个人传统的秩序建设。

笔者服膺的关于浪漫主义的权威说法来自现代派鼻祖、"现代性"一词的发明人波德莱尔。正是他使笔者坚定地将浪漫主义这个词留在个人词典之中。他说："在我看来，浪漫主义是美的最新近、最现时的表现"，"谁说浪漫主义，谁就是说现代艺术，即各种艺术所包含的一切手段表现出来的亲切、灵性、色彩和对无限的向往"（《什么是浪漫主义》）。② 波德莱尔明确地指出当代诗与浪漫主义之间的关系绝对不是可有可无的，它包含着现代性问题（新近、现时、现代），即浪漫主义对当代诗人比古典主义更具关联性，比如希尼发现戴-刘易斯的诗，使用的典故是古典的，自然细节是浪漫的，而浪漫常常是现在时的 I（我）。所以当代诗的浪漫性并不等同于典型性的 19 世纪的浪漫主义，其感性的精神气质早已超越时间。

一　异国情调的真正面目

　　我亲爱的布朗，为了我的缘故永远维护她的利益吧。我对那不勒斯难置一词，面对成百上千种新鲜事物，我却是无动于衷。我害怕给她写信，我想要她知道我没忘记她。

　　　　　约翰·济慈《一八二零年十一月一日致查尔斯·布朗》③

浪漫诗人济慈对于异国城市那不勒斯的冷漠与对芳妮·布劳恩的激情

① M. H. Abrams，Geoffrey Galt Harpham：《文学术语手册》，吴松江译，新加坡商圣智学习亚洲私人有限公司台湾分公司，2012，第240页。
② 〔法〕波德莱尔：《波德莱尔美学论文选》，郭宏安译，人民文学出版社，1987，第218页。
③ 〔英〕约翰·济慈：《济慈书信集》，傅修延译，东方出版社，2002，第517页。

形成对比——我们从中发现某种秘密：文学或者诗歌的异国情调与人文地理的异国风尚之间并不等同。

异国情调在旅行中颇具光荣属性，但在文学领域却往往引起某些虚荣炫耀、矫揉造作和崇洋媚外的严厉指责，而且由此衍生的模仿、挖苦和讽刺并不鲜见。某些批评者甚至认为中国从 20 世纪 20 年代到 40 年代的文学异国情调纯粹属于小布尔乔亚的精神习性（如徐志摩与新月派以及拙劣的模仿者）。笔者不想为此辩解，只想深入思考与辨析异国情调这样一种早被认定的浪漫主义的重要特征到底是什么（包括从生理性质的天真与神经质到抒情诗的权威语言形式，或从浪漫主义的灿烂到浪漫主义的阴影）。

从心理学角度观察，异国情调可能只是一种好奇心，对自己生活之外陌生环境的好奇心。这种好奇心在诗人身上存在并不稀奇。稀奇的是这种异国情调究竟赋予了作品什么？

一种适当的说法是异质经验的植入。它不仅扩展本土经验的应用范围，而且为本土经验提供观察与分析的参照物。另一种善良的说法是可以由此避免当地危险政治事务的侵扰。这一点我们完全可以从历史中大量存在的隐喻性与象征性类型作品中找到有利的辩护根据。

而现在值得信任的说法之成立可能仅仅是因为它们提供的经验教训更为实际一些。其中一种是直接的生活经验，比如有过海外生活经历的诗人萧开愚，他就写过关于德国的诗《在修平根》；或者间接地从阅读之中或者友人之处获得异国经验，比如菲利普·拉金从未到过美国，却写过一首名叫《加利福尼亚，我来到这里……》的诗，因为他的朋友、诗人唐纳德·戴维当时在加利福尼亚的斯坦福大学教书。还有一种就是把异国当作写作对象的处理方式，这是可以作为素材、题材甚至是主题来理解的，比如莎士比亚书写关于丹麦王子的诗剧《哈姆雷特》。或如，虽然生活在埃及亚历山大却始终书写希腊经验的诗人卡瓦菲斯——这种侨民诗人的情况可能更为特殊一些——对他来说生活之地反而是异国他乡。

这种源于异国经验的异质元素进入诗歌后，肯定会与本土经验碰撞与融合，从而构成想象、反差、对比与更新的审美效果。如果我们继续名之以异国情调则是一种老派的或者容易被读者误读的审美观念，一种倾向于个人生活情趣的狭隘化元素，而在此之前我们在一封信中已经知道济慈并不怎么看重实际的异国意大利——"无动于衷"，他在意的反而是个人情感。而在其他时候，他似乎更加强调看起来比较抽象的异国，比如荷马书写的古代希腊所象征的精神国度，或者说济慈在想象力的帮助下所能企及的国度（异国经验的"不完整性"和"不准确性"导致想象力的产生和发展，这是与想象力机制关联的一种写作方式）——

> 我游历了很多金色的国度，
> 看过不少好的城邦和王国，
> 还有多少西方的海岛，歌者
> 都已使它们向阿波罗臣服。
> 我常听到有一境域，广阔无垠，
> 智慧的荷马在那里称王，
> 我从未领略它的纯净、安详，
> 直到我听见贾浦曼的声音
> 无畏而高昂。于是，我的情感
> 有如观象家发见了新的星座，
> 或者像考蒂兹，以鹰隼的眼
> 凝视着太平洋，而他的同伙
> 在惊讶的揣测中彼此观看，
> 尽站在达利安高峰上，沉默。

1816 年 10 月

约翰·济慈《初读贾浦曼译荷马有感》（穆旦译）[①]

　　这首十四行诗不仅体现了济慈对于贾浦曼的英文转译本的热情，而且显示出他对古典诗人蒲柏关于译本严格限制之描述的逃逸——这可能有助于我们澄清古典与浪漫的差异，并对当代诗人构成自由接受营养方面的启发——而且它是基于我们所了解的历史事实的："荷马的希腊文版本并没有对它产生直接影响。"[②] 这里说的"它"应该就是指称济慈的写作以及这首著名的诗篇。因为许多译本原教旨主义者更加看重母语以及直接译本的作用，而故意贬低转译本或其他更加具有创造性的译本对诗人的作用（误读在某人那里只是错误阅读的意思）。这里并不讨论翻译观而仅仅指出诗人接

---

① 《济慈诗选》，《穆旦译文集》第 3 卷，人民文学出版社，2005，第 380 页。
② 〔英〕安德鲁·桑德斯：《牛津简明英国文学史》（下），谷启楠、韩加明、高万隆译，人民文学出版社，2000，第 564 页。

受影响的某些基本事实（有些出人意料）。

济慈在贾浦曼的荷马译本中首先理性地发现的并非荷马的声音，而是"……我听见贾浦曼的声音/无畏而高昂……"异国元素的本土化是某些诗人的努力目标，而我们看到的却是诗人对其他文化的有限把握和无限想象是怎样激发诗人的创造力或者说某种创造者的优越感的。这是诗人在日常生活之中难以获得的优越感（不同于奖项、钱财以及政治或者文化地位）。转译或者想象的异国文化使我们看到济慈的崭新视野，同时也使我们理解济慈在他的大部分作品之中是如何反对理性的虚伪与控制（强调情感角度）的，反对感性的粗野与疯狂（强调沉默气质）的，所以我们明白理性与感性即使是在浪漫时代仍旧需要保持适当的比例（古典主义不是一根粗暴的文学性的改朝换代的棍子或者言辞就能彻底打倒的）。

济慈的贫穷、生病和早逝构成一种浪漫主义者的经典人生。这是他在世俗领域更易被谈论的主要原因。人们并不需要内疚于荷兰艺术家梵高和中国诗人海子、戈麦在活着的时候被他们故意忽略的事实，反而津津乐道于他们死前的生活潦倒与死后的作品升值。济慈在六年中写出的杰作曾经遭受读者的冷漠以及部分内行的攻击，死时只有 26 岁，而笔者的朋友戈麦死时只有 24 岁（写作生涯只有四年），他死于时代与生活的双重压迫。笔者并不想深入探究诗人的自杀与早逝问题（曾经有人认为这是浪漫主义的特征之一），还是谈谈为什么诗人这么向往"生活在别处"（从除了死亡作为存在的异国之外的这一部分而言）。昆德拉同名小说中文版 1989 年 1 月出版之后获得如此巨大的反响绝对不是偶然的，它不仅证明浪漫的"疾病"和古典的"强健"（歌德），同样证明古典的"乏味"和浪漫的"有趣"（司汤达）。

戈麦从未出过国——据笔者所知，他到过最远的地方就是上海（物质证明就是他 1991 年所写的文章《狮子座流星——记作家施蛰存》）——却写过不少与异国相关的作品：

> 圣马丁广场我水中的居留地
> 在雨水和纸片的飞舞中
> 成群的鸽子哭泣地在飞
> 环绕着一个不可挽回的损失

圣马丁广场，你还能记得什么
在雨天里我留下了出生和死亡
在一个雨天里，成群的鸽子
撞进陌生人悒郁的怀里

那些迷漫到天边的水，码头和船只
不能游动的飞檐和柱子
在天边的水中，往何处去，往何处留
在湿漉漉的雨天里，我留下了出生和死亡

我不愿飞向曾经住过和去过的地方
或是被欢乐装满，或是把病痛抚平
中午和下午已被一一数过，现在是
雨水扩充的夜晚，寂寞黄昏的时刻

1989 年 12 月

戈麦《圣马丁广场水中的鸽子》①

    圣马丁广场位于意大利威尼斯，它的遥远和异国情调促使戈麦从庸俗的北京生活之中逃脱出来。尽管在此之前西方现代派是这代诗人的主要榜样，但是不能否认 19 世纪文学正在他们身上获得适当复活的机会（尤其是在这样一个极其重要的具有转折点性质的历史时刻写诗）。臧棣当时就已经注意到这种"美学的 19 世纪"问题，而在笔者看来这种美学主要就是浪漫主义美学。它在现代派勃兴的中国环境之中出现，一方面反映戈麦的真实生活与阅读视野，另一方面则显示出浪漫主义美学在当时的情感宣泄与痛苦隐忍的治疗作用。这就是臧棣所说的："……一个具备了完整的现代感性的汉语诗人在我们这个时代所处的孤立的位置，使得年轻的戈麦自然地去亲近一个被迫接纳过梵高、荷尔德林、波德莱尔的 19 世纪。"臧棣紧接着的描述几乎可以作为当代中文诗与浪漫主义之间具有重要关系的铁证："有那么一段时期，美学的 19 世纪几乎变成了汉语的安慰。"②

---

① 西渡编《彗星——戈麦诗集》，漓江出版社，1993，第 36 页。

② 臧棣：《犀利的汉语之光——论戈麦及其诗歌精神》，西渡编《彗星——戈麦诗集》，第 252 ~ 253 页。

异国情调背后同样隐藏着时代痛苦以及现代性的问题。这也是笔者曾经书写《我是青年浪漫主义者桑克》一文的根本原因。那些看起来遥远的异国和年代仍旧是与本土处境和现代痛苦相关的，而且这种关联性在文学和诗歌之中变得更为迫切与紧密。

经过 20 世纪 90 年代和 21 世纪的头十几年，浪漫主义思潮仍旧没有消逝，而且作为遗产和方法在文学史中把异国情调限定于文学的现代化进程，比如其中某类可以扩展为怎样学习西方的问题——因为这比异国概念有所缩小，而且更具针对性——中国文学不可能孤立——独立与孤立是完全不同的两个概念，看起来类似，然而独立是与周围事物保持关系的行为，而孤立则完全截断各种联系。在这种独立的保持联系的状况之中，如何把西方或者印度或者阿拉伯的事物在诗中予以表现？或者我们如何抽离国家政治概念，而把它们归入实际的世界范畴？我们自然明白在宇宙中生命这个词比人类这个词更凛冽。

新近出版的一本中文和法文的双语诗选《中国当代新诗中的西方》收录了大量中国当代诗人关于西方题材的作品。从这些类型丰富的作品中，我们可以发现异国情调保持的距离感以及作品包含的潜在对话性质或者某种叛逆性格。正如 1817 年 12 月老派浪漫诗人华兹华斯听罢济慈朗读名篇《潘神颂歌》之后说：这是"一篇写得挺漂亮的异教主义的作品"。评论家勃兰兑斯目光犀利，他辨认出"……华滋华斯的这句评论却绝没有任何表扬的意思。这就是老派诗人中最有影响的一位所下的判决"。① 而一位当时在场的画家"认为华兹华斯的反应不仅残忍，而且无法解释"。② 我们固然从中发现两个诗人在肉体与禁欲之间的观点分歧，同时也能看到知识分子以及来自浪漫派内部的激烈论争，一边是华兹华斯、骚塞与柯勒律治，一边是雪莱、拜伦和济慈，而后者更让我们看到今天诗人的类似处境：一边是现实，"这些年里公众关心社会问题，个人意识日益增强，这为独具特色但又协调一致地探索伟大的主题提供了极好的机会"；一边是文学的复杂反应，"……投身公共事业，但是写作时心目中没有明确的读者公众；有时候对政治的未来决意持乐观态度，但更常见的是一种不自觉

---

① 〔丹〕勃兰兑斯：《十九世纪文学主流第四分册 英国的自然主义》，徐式谷、江枫、张自谋译，人民文学出版社，1984，第 159 页。

② 〔英〕玛里琳·巴特勒：《浪漫派、叛逆者及反动派：1760 – 1830 年间的英国文学及其背景》，黄梅、陆建德译，辽宁教育出版社，1998，第 213 页。

的对经历变化所需付出的代价的担心"。① 虽然态度是单纯的，但是方法并不单纯。

而且我们非常清楚，这种以异教命名的怀疑、修正与启蒙，或者异端，或者异质，或者温婉的异国情调，都在彰显着一种实际存在的美学距离，而它终将跨越实际的历史年代而成为文学或者诗歌的本体方式，并源源不断地供给当代诗以更多的有待转化的异质因素。

二　对自然的爱心描绘是出于对人类社会的不满

他一向反对自我主义的艺术。有人责备他一心注意政争而忽略了自然景色，如流水、树木、星，他说（一八三九年四月）：我喜爱你，啊，神圣的自然，/我愿全心投入你的怀抱；/但是，在这多故的时代，/每一个人都应为他人尽力。

阿黛尔·雨果《雨果夫人回忆录》②

浪漫诗人雨果虽然一再声称喜爱自然但却以自己实际行动的脚丫投了自然的反对票。这可能让将"喜欢自然"等同于"浪漫行为"的梭罗主义分子以及未来的旅行者们不高兴。

浪漫主义的时代是人类征服自然的时代。自然几乎就是人类的敌人。1839 年爱尔兰遭遇 300 年以来最大飓风的袭击，除了灾难与废墟，还在英语中留下"大风年"（the year of the big wind）与"大风夜"（the night of the big wind）这样两个历史性的短语和典故，以至于叶芝在诗集《七片树林》的版权页上书写"大风年 7 月 16 日"的字样，乔伊斯则在《尤利西斯》里书写穆利根用"大风年"的相关典故开海恩斯的玩笑。

某些浪漫诗人可能并不钟爱自然，不仅仅是因为自然制造的各种灾难，主要是因为自然本身的丰富性甚至复杂性，其给予诗人的反应也是丰富和复杂的。我们知道浪漫主义的标准特征之一就是书写自然主题，但是它的核心却被某些人故意忽略："尽管这些诗歌都是由自然现象所激发，但它们

① 〔英〕玛里琳·巴特勒：《浪漫派、叛逆者及反动派：1760-1830 年间的英国文学及其背景》，黄梅、陆建德译，第 242 页。
② 〔法〕阿黛尔·富歇：《雨果夫人回忆录》，鲍文蔚译，上海译文出版社，1985，第 441 页。

关注的却是人类的主要经验和问题。"① 不知道苏联以及当年的东欧教科书为什么将浪漫主义只与改造自然和赞美自然积极结合起来，而没有说明它只是出于一种特殊的书写角度，只是出于一种隐晦的对于某种人类社会以及政治制度的不满或愤怒。

文学或者诗歌之中的自然（关于这个问题笔者已经写过两篇文章），既具有从当代环保角度确认的接近真实自然和生命共同体的一面，也具有社会对立和隐喻修辞的一面。喜欢唱田园牧歌之反调的诗人甚至会拥抱自然的敌人，拥抱波德莱尔将之比喻为"恶之花"的工业化与信息化的现代城市。目前某些批判现代性的思想之一就与这种自然状况有关，如大卫·库尔珀所说的"以普遍化强制为特征的现代性，似乎不同于前面曾经讨论过的那种以主观性的统治为特征的现代性"。② 这种由高速发展的技术所带来的对高度趋同甚至是极端统一而产生的心理恐惧，非常容易导致对生物原始多样性的怀念。而自然往往就容易承担这个被日益怀念的初恋美人的形象。而在笔者看来，技术同样会导致更大的独立性、异样性和创造性，甚至使诗之自然观超越主题（题材和处理对象）以及象征（修辞形式）的层面。

由此来看，雨果对自己热衷政治甚至挖空心思进入法兰西学院的相关解释并不值得当代理会与批评。他将"自然"置之一边的同时也给予合适的尊重，显然是出于在他看来更为迫切的时代理由。而笔者更想看到的是他能够给出与其相关的文学理由。换种角度，如果我们观察雨果在从事诗歌写作之外还在从事小说、戏剧以及政论方面的写作，我们或许就能理解他写作的多样性同样会使他对诗歌本身的多样性之把握并不陌生。即使是后来出现的似乎比较单纯的书写自然的诗人弗罗斯特，他笔下的美国农场风景与四季同样是变化多端的，如同他变化多端的心情和笔触，尽管从总体来看他是一个相当宁静的诗人。在解释这些现象的时候，显然象征派的理论与浪漫派的理论同样具有手术刀划开奥秘之夜的实际效果。

作为诗人之中的聪明人，当代的佼佼者们是比较容易跨越理论设置的应用界限的。而雨果同样被自己的肉体精力所支配，他可以一边与尤丽叶·德鲁埃漫游于山水之中，一边给阿黛尔·雨果写配有图画的日记体书

---

① 〔美〕大卫·库尔珀：《纯粹现代性批判——黑格尔、海德格尔及其以后》，臧佩洪译，商务印书馆，2004，第241页。

② 〔美〕大卫·库尔珀：《纯粹现代性批判——黑格尔、海德格尔及其以后》，臧佩洪译，第227页。

信。而自然在他的晚年同样会出现在他的笔端——

> 我时常在黎明时突然惊醒就披衣而起，
> 我是被晨光或者是被已经完成的梦惊醒的，
> 或者是由于鸟儿鸣啭，或者是由于风；
> 于是我立刻开始工作，甚至这时
> 居住在我旁边的工人们也还没起床。
>
> 黑夜消逝了。星星稀疏零落，
> 有时我的浮想随意挑选了其中的几个。
> 我站着工作，同时看到心中
> 情思的诞生和天上曙光的出现。
> 我把文具箱安放在窗台上面，
> 一大片用百十颗钉子钩住的爬墙虎
> 笼罩着这窗子，活象一个阴沉的狼窟，
> 而我就在这纵横交错的枝叶间写，
> 不时在碧绿的叶儿上擦一擦我的笔尖。
>
> 　　　　　　维克多·雨果《我时常在黎明时……》[1]

诗人不会主动把自己关在兽笼之中，尤其是把自由视为生命的浪漫诗人雨果。他在内心深处或许不喜欢整体的，或者说妩媚的自然，尤其是冒充自然的人工修饰的风景区，但是当他赋予各种自然事物以自己的个人色彩，或者说使之在自己的作品中扮演背景或者隐喻以及其他角色的时候，或许就能从更高的角度证明，这些看起来外在的自然可能就是内在的人性显示。在文学或者诗歌之中，一般来说不可能出现这样的情况：你看到的山就是他看到的山。两种不同的主观认识都不可能把自己的所谓客观当作真正的客观。

> 那是什么低沉的声音
> 我仔细向那边倾听

---

[1] 〔法〕维克多·雨果：《雨果诗抄》，闻家驷译，外国文学出版社，1986，第301页。

危险把我从梦中惊醒
我听见波涛远去的声音

不停地拍打我的小屋
打湿了它的两扇窗户
那是它的两只耳朵
日夜把波涛的声音倾听

打开窗户，我看见月亮
像一块铁砧沉入海水
出海的人们呵是否平安
出海的渔船有没有归来

涛声呵，我目送渔民的船只
离开三月的岸边
他们的船只没有归来
他们的骸骨葬在何处

那是什么低沉的声音
我一遍遍向那边谛听
我关上窗户
我的耳朵怎么关上

在深夜里我来回走动
耳朵里满是这不绝的声音
我的耳朵像一双旧鞋
一双灌满雨水的旧鞋

西渡 《夜听海涛》①

　　正文之前诗人直接引用雨果《夜听海涛》中的句子："那是什么低沉的

①　西渡：《雪景中的柏拉图》，文化艺术出版社，1998，第22~23页。

声音/请你向那边仔细谛听"，正文开始则是对雨果的回应："那是什么低沉
的声音/我仔细向那边倾听"。这是当代诗人西渡对浪漫诗人雨果的致敬，
同时也是一种新的继承与发展：保留"呵"这样的叹词和抒情语调；将更
为古典的四行结构重新请回来（而古典与浪漫竞争之时却必须非此即彼），
并以新的关联性比喻（窗户/耳朵；耳朵/旧鞋）重新阐释或者强化人类
（"我"和渔民）与自然的关系，主要表现为观察和哀歌形式。这让笔者更
清楚，单纯的批判与单纯的赞美确实并不适合诗歌美学对自然的全面论述
与利用。至于如何穷尽它的丰富性与复杂性同样可以成为当代的美学或者
诗歌任务，比如孙文波的《反风景》："……出来吧！相互模仿的小城市，/
丑陋而没有布局的小楼房……"[1] 再次严肃地验证现在的所谓自然其实是一
种必须包括城市本身在内的革命性观念，比如我们在生活中发现的针对城
市本身而描述行道树与青铜雕塑之间呼应的部分，比如孙文波写作之中的
"新山水诗"主题，绝对不同于中国古典文学的"山水诗"，更不同于浪漫
派的"自然诗"，反而与波德莱尔的"城市诗"更亲近。

　　由此看来雨果抛弃自然而倾注时代的真实与自由只是从陈旧的自然观
出发，而从今天的角度来看他产生的这种欲望——"为了实现艺术真实，
他必须充当向导、预言者、指明道路的人"[2]——正是人的一种自然反应，
而其他人可能仅仅由于性格差异而得以避免这样的行为。类似的雨果镜像
在当代中国并不罕见，只不过我们并不能从中看到类似雨果与他的时代所
取得的某种协调性，而更像一种接近商业化宣传或者将个人名声最大化的
甚至也是无伤大雅之运作的东西。笔者相信真正的内行能够区分它的非文
学性而不致受其影响而干扰自身对文学的基本判断能力，或者被表面的生
活方式的浪漫化所迷惑，因为个人传奇或者其他极端方式并不会提升作品
自身的魅力。当代已经能够非常严格地区分传媒与文学各自的焦点究竟是
什么。20世纪80年代的虚假传奇在文学内行那里显然并不存在。

　　当然我们没有忽视被视为反面的雨果教训，比如"雨果的夸大其词、
一本正经的浪漫主义"，[3] 或如"在他后来写的诗中，出现了怪诞的异国情

---

① 孙文波：《与无关有关》，重庆大学出版社，2011，第89页。
② 〔法〕安娜·马丁-菲吉耶：《浪漫主义者的生活（1820~1848）》，杭零译，山东画报出版
　 社，2005，第58页。
③ 〔丹〕勃兰兑斯：《十九世纪文学主流第五分册 法国的浪漫派》，李宗杰译，人民文学出版
　 社，1982，第120页。

调和过分的矫揉造作"。① 如果这种批评不是说雨果作品风格而是说雨果语言精确性的问题，那么他被后来的文学史诟病是没有问题的。当代诗人不必掩饰历史问题和浪漫派的各种缺陷（比如随意性与故意偏颇），虽然历史问题之中的缝隙为之后出现的自然主义或者现实主义的萌芽提供发展的动机和契机，更何况我们"中国的文人们深谙这种分类学意义上的山水辩证法"，② 比如在当代就能敏锐地察觉"在雷峰塔/风景即是伤痕"，③ 或者敏感地意识到"我们在散步时遇到的那些树/都已化为游魂"，④ 以及"雾没有声带，没有手机，雾大起来/雾把窗帘后我孤独的脸遮没……"⑤ 当代中国问题狡黠地藏在自然风景之中，等待我们凭借具体而特殊的诗句放大镜把它们找出来，并像大头针一样创造性地把它们订在历史标本簿上。

三　浪漫主义的历史技术和当代技艺

当谈到诗歌、哲学、政治、技术、科学、社会品德，谈到手艺，谈到涉及本国问题的戏剧，谈到制造海船的技能，谈到一切其他技能的时候，能够率先实际解决这些问题的人总是真正伟大的。最准确的描写，也正是在艺术家没有找到现成的、适合于他的手法，而创造新手法的时候。

惠特曼《〈草叶集〉序》⑥

人类已有之诗歌技能就是笔者在标题之中所说的历史技术——显然我们的当代技艺包括这种日积月累的历史技术。至于当代诗人是否将它予以强调或者当众言说则因人而异，而且其中之核心部分早已成为个人之写作奥秘而藏于心中。同时也是大诗人的浪漫诗人惠特曼（将"great"译成"伟大"显然存在问题；大诗人是相对于小诗人而言的诗人类型）不仅对诗歌之历史技术的优越之处认识清晰，而且他更明白当代技艺之中尚未出现而等待被创造出来的解决诗歌问题的能力部分是多么重要。这固然是因为

---

① 〔法〕圣伯夫：《论文学中的角斗士们》，〔法〕安德列·莫洛亚著《伟大的叛逆者——雨果》，陈佑译，世界知识出版社，1986，第323页。

② 茱萸：《浆果与流转之诗》，长江文艺出版社，2013，第115页。

③ 王家新：《塔可夫斯基的树：王家新集1990～2013》，作家出版社，2013，第196页。

④ 王家新：《塔可夫斯基的树：王家新集1990～2013》，第108页。

⑤ 徐江：《雾》，霍俊明编《中国新诗百年大典》第27卷，长江文艺出版社，2013，第74页。

⑥ 〔美〕惠特曼：《〈草叶集〉序》，《美国作家论文学》，刘保端等译，三联书店，1984。

他的才能，然而更是因为"他相当重要的任务就是协调与转化这些纷繁复杂的责任"。① 这种责任就是政治与文化的责任，"协调"与"转化"其实正是惠特曼的一种重要而有效的诗歌方式。我们一方面意识到宽阔视野的始终存在，另一方面更要明白诗歌的本体问题尤其是技术与技艺问题其实是非常具体的。

在读诗专家布鲁姆的浪漫派诗歌"传承序列"中，惠特曼位于济慈这些鼎盛期浪漫派诗人后继者的行列。那么浪漫派在诗歌中的位置呢？布鲁姆说："当我还是个年轻的评论家，我对浪漫派传统里的诗歌情有独钟，它们遭受的歪曲无疑激起了我的争辩，这种歪曲来自艾略特和他学术界里的新批评追随者……"虽然笔者从1988年起就成为艾略特派，而且诗歌批评方法主要得自与新批评相关的学术训练，但是在此处笔者对布鲁姆的浪漫派观点表示由衷的好感（只对"歪曲"的说法持保留意见），何况没过多久，布鲁姆就转过身来悄悄地说，"艾略特是一个秘密的浪漫派"。② 这种洞见让人欣慰，因为艾略特和他的论敌之一——致力于恢复浪漫批评传统的默里——一样深谙创作心理学，而且因为身为诗人之故，艾略特决不会因为概念而忽略自己写作之中的情感体验。而对于向来不受约束的惠特曼，布鲁姆同样能够看到他的另外一面："惠特曼宣称自己的诗平易近人，但他最好的诗却很微妙、难以捉摸、神秘莫测，要求读者提升自己对比喻的细节的感知水平。"③

惠特曼对自我和情感的关注与充沛表达体现了浪漫派的传统特征及其技术精髓，比如他在长句之中把事物的具体名称和自我意识发挥得淋漓尽致；而双关这样一种更多属于当代技艺的能力他也绝不缺乏，甚至赋予其独特的魅力——

……

I musing late in the autumn day, gazing off southward,

---

① 〔美〕希拉·沃罗斯基：《诗歌与公共话语》，〔美〕萨克文·伯科维奇编《剑桥美国文学史》第4卷，李增译等，中央编译出版社，2010，第397页。

② 〔美〕哈罗德·布鲁姆：《读诗的艺术》，哈罗德·布鲁姆等《读诗的艺术》，王敖译，南京大学出版社，2010，第21～22页。

③ 〔美〕哈罗德·布鲁姆：《读诗的艺术》，哈罗德·布鲁姆等《读诗的艺术》，王敖译，第43页。

Held by this electric self out of the pride of which I utter poems,

Was seiz'd by the spirit that trails in the lines underfoot,

The rim, the sediment that stands for all the water and all the land of the globe.

Fascinated, my eyes reverting from the south, dropt, to follow those slender windrows, Chaff, straw, splinters of wood, weeds, and the sea-gluten,

......

As I wended the shores I know,

As I walk'd with that electric self seeking types. ①

......

我在秋日的傍晚沉思着，向南凝望，被这个我引以自豪和为之吟咏的带电的自我所吸住，被那些在脚底的电线中流动的精灵所俘虏，被海面和那代表地球全部水陆的沉淀所征服。

在迷惑中，我的眼光从南天落回到地上，观看那一列列的堆积，那谷壳、稻秆、碎木片、野草，以及大海吃剩的东西，

......

当我走向我所熟悉的海岸，

当我漫步着，让那带电的自我搜寻着表现的字眼。②

这几句不仅带有难以捉摸的特点，而且在"字眼"与"带电的自我""脚底的电线中流动的精灵"之间构成双关："字眼"关联出版与文化，"带电的自我"则关联肉体之中孕育的精神与想象（这对惠特曼来说几乎是代表性的）。同时与原文对比，我们可以发现，译者李野光将原本并不押韵的句尾单词译成押韵的形式，与当代某些译者将现代诗的复杂韵脚译成无韵体形式一样都属于并不特别恰当的处理方式。当然我理解李野光先生译法之中蕴含的美学原则（与赵萝蕤译本比较，我更喜欢他的这个译本，就是

---

① Walt Whitman, *Leaves of Grass*, New York: Bantam Book, 1983, pp. 205 – 206.

② 〔美〕惠特曼：《草叶集》，楚图南、李野光译，人民文学出版社，1987，第423页。

因其译本气质和气势以及对"这首中文诗"形式的准确理解），但是他对靠内在节奏取胜的惠特曼显然是信心不足。

当代诗人并不特意强调浪漫派一向注重的主观感受，或者一味张扬现在所谓的客观技术，因为目前的界限划分已与历史之中的辨别方式完全不同。对于惠特曼之前的浪漫派来说，当代诗人几乎都是同时使用多种技术——这是从总体状况判断的，因为在一首具体的诗的写作之中，一般更加强调技术的合理性，而不是同时炫耀所有的技艺。比如长句与自我意识相互结合的应用："我很少摸到我的脸颊、我的脚踝。我很少摸到我自己。因此我也很少批评我自己，我也很少殴打我自己。"① 这种形式以及关注"我"的浪漫图象与惠特曼非常相似，只是情绪和语调更加趋向"内敛"的特征。与其说这是时代差异造成的，不如说是由作者性格和美学选择决定的。② 比如长句与想象、思辨互动的应用："他在自己背上添了两只翅膀，但是不舍得去掉两条臂膀。"③ 诗人对韵脚的严格把握甚至比惠特曼更像浪漫派。而在某些时候我们确实能够看到更为典型的浪漫性表现——

> 积雪都化成了流云，山间的溪水变得隐约。
> 我们躲避着蜂群和不知名的甲虫
> 向高高的山梁走去。
>
> 山顶落满桃花时，我们开始说笑、四下张望，
> 又忽地沉默，把花瓣含在嘴里，

---

① 西川：《深浅——西川诗文录》，中国和平出版社，2006，第5~6页。

② 虽然笔者在西川的作品之中发现不少浪漫因素，但是西川自己却对浪漫主义从话语系统和诗人形象的角度予以思考、反省和批评，并将之确认为"19世纪化"（典型案例是屈原形象的浪漫主义化），"一种时代迷信就这么形成了：只有浪漫主义诗人才是真诗人"（《诗人观念与诗歌观念的历史性落差》，《今天》2008年春季号）。王敖在《怎样给奔跑之中的诗人们对表——关于诗歌史的问题与主义》（《新诗评论》2008年第2辑）中除了谈到对西川文章的不同意见之外，极具建设性地为浪漫主义提供了一个精彩的描述版本，并且说："在我们自己的写作中，在我们对传统的认识中，在我们对自身的认识中，浪漫主义仍然有强劲的生命力。"虽然在笔者的实际写作中，并不特别需要话语和理论的支持，但是王敖文章中类似洞见的存在让笔者明白，浪漫主义之中的好东西是不可能被丢掉的——笔者说的不仅是作为规范类型的传统以及精神，而且还包含作品之中潜伏的才能和经验，尤其是抒情技术以及类似"创新"这样的基本原则（浪漫主义开启的）——在当代恐怕仍旧不是共识——这其实就是我们这个年代的诗歌背景。

③ 侯马：《他手记》，江苏文艺出版社，2008，第108页。

坐在云上开始想心事、杜撰新的诗篇。

2003 年 9 月 22 日

马骅《给韩博》①

这是一首具有传统情感和自然主题的诗，在当代技艺中仍旧保有一席之地——这就是为什么文学并非线性发展的主要原因。它的存在意味着我们不仅在惠特曼之后，而且可能在惠特曼之前。当然我们已经注意到其中出现的方式是描述而非抒情，这是具有当代性质的。比如当代某些诗人在书写母亲之爱的时候，往往难以逃脱浪漫派的歌唱传统，但是具有书写真实能力和更高美学修养的诗人却独辟蹊径而这样表达：母亲"关心再次过度/更不含蓄地对我说：/'做爱的时候/暂时先把电扇关了/至少不要正对着自己的身体吹'"。② 让人吃惊的不是这种对母亲关心方法表达不满的表面方式，而是背后隐藏的更具人性深度的情感——肤浅表达的早期浪漫派问题在当代其实能够解决，因为当代已为我们提供各种复杂的解决问题的美学方式，你只要大胆应用它们而不必顾忌浪漫性在中国语境之中引起的矛盾反应，即使看不起或者鄙夷浪漫的人，认为浪漫是一种幼稚的社会表现的人，仅仅把浪漫当作怀念青春期记忆的人，从接受史的角度来看，他们对浪漫之好坏的狭隘认识似乎带有阶段性，并常常困惑于被日常生活的庸俗性搅扰的语义，而将新鲜和奇异的深度肤浅化，这正如某些浪漫派作品的译者从熟练而保守的社会语言角度施加给文学或者诗歌的形式其实不是"祛魅"和"亲切"，而是使之与真正的美分离——

从它们绿叶繁茂的枝头
听到鸟儿在树上歌唱，
我们看到小鸟飞下来，
沿着小溪来回地飞翔。

诺瓦利斯《赤杨》③

---

① 马骅：《雪山短歌》，作家出版社，2007，第 139 页。

② 伊沙：《致命的母爱》，潘洗尘、树才编《生于六十年代（下）——中国当代诗人诗选》，长江文艺出版社，2013，第 25 页。

③ 〔德〕诺瓦利斯：《赤杨》，《德国浪漫主义诗人抒情诗选》，钱春绮译，江苏人民出版社，1984，第 70 页。

　　实际上笔者无法相信德文之中的诺瓦利斯如此平庸，因为我们在中文的字里行间发现存在另外一个醉心于语言魔术和晦涩要求甚至是去浪漫化的诺瓦利斯。

> 让他随清洁的阵雨来到，
> 让他在熊熊火焰里燃烧，
> 化为空气和膏油、霜露和雷电，
> 让他贯穿大地的兴建。
>
> 　　　　　　　　　　　　　诺瓦利斯《虔敬之歌》①

> 不是说聪明人寻找一个好客的床榻过夜吗？
> 那么，爱上长眠者的人才是聪明的。
>
> 　　　　　　　　　　　　　诺瓦利斯《片断》②

　　前面"赤杨"，后面"膏油""床榻"，从名词表中我们就可以猜测什么样的胃口才能消化某些诺瓦利斯讨论过的丑陋美学（启动波德莱尔的力量）涉及的危险事物。而从整体来看，浪漫派的历史问题仍旧把它的致命缺陷摆在我们的面前。现代派当年试图解决的问题，我们今天必须继续解决。某些问题在目前的文学从业人士之中仍然表现出相对集中的特点，即使在略微突进的东欧反抗文学和美国语言诗、中国经验诗之中，我们同样发现了与浪漫派有所关联的缺陷——而且不需要把浪漫主义的历史特征和文本特征列举出来，再以它作为尺度衡量丰富而复杂的当代诗。这不是说距离之远近，如陶渊明与弗罗斯特之间，而是说在诗人中间，文学秩序并没有批评家看得那样清楚，而且诗人确实不需要这种文学井田制，因为麦克尼斯说过："我们这一代（1926年大约18岁）的矛盾是……我们的内心是浪漫的……我们出生的时期剥夺了我们内在的东西，即十九世纪的浪漫倾向。"③ 这句

---

① 〔德〕诺瓦利斯：《夜颂中的革命与宗教》，刘小枫编，林克等译，华夏出版社，2007，第67页。
② 〔德〕诺瓦利斯：《片断》，〔丹〕勃兰兑斯著《十九世纪文学主流第二分册 德国的浪漫派》，刘半九译，人民文学出版社，1981，第188页。
③ 〔美〕贝雷泰·E.斯特朗：《诗歌的先锋派：博尔赫斯、奥登和布列东团体》，陈祖洲译，南京大学出版社，2011，第172页。

话怎么看怎么像我们这一代人的话剧台词，何况从保存文化角度和社会发展角度来说，我们更像一群自信的补课学生而非疲沓的复读生。而且浪漫精神甚至比技艺本身更像一种技艺，比如"浪漫主义就是个人的反叛"，或者依靠主观作品唤起公众对诗人的个人兴趣，"这种兴趣是基于对个人内在价值的尊重：他们将个人的权利凌驾于整个社会的集体诉求——包括政府的、道德的、世俗的、学院的与教会的诉求之上。浪漫主义者几乎从来就是叛逆者"。① 我们在曼杰施塔姆以及米沃什和他们的中国同行的作品中欣慰地感应到类似的温度，比如唐不遇和蓝蓝。

笔者始终相信浪漫派反对自然科学是表面化的——反对的应是科学至上主义及其背后机械而僵硬的冷漠观念。正如反对现代性的人并不反对交通工具的便捷性，而是反对它对人的极端控制。所以在当代诗的考察中，我们张扬的浪漫主义并非原教旨浪漫主义，当然更非历史上的浪漫主义余波，可能只是一种观察问题的角度。一味否定与纠正只能使丰富的文学问题简单化和粗糙化，我们应把精力用来关注类似的现象："不过韦斯克尔关注的是崇高，他希望放弃比较简单的快感，追求更为困难的快感，这也许将始终是 20 世纪有关高级浪漫主义诗人批评的一个界限。"② 当代的诗歌使命恐怕不仅是追求"困难的快感"。

笔者在 1989 年 6 月的本科毕业论文的第一句写道："我秉承自诺瓦利斯以来的传统……"现在回顾与检讨，浪漫派传统仍旧存在于笔者的写作之中。笔者知道它存在的意义对笔者来说只是一种个人意义，而且并不希望它在笔者这里变成一种普遍意义。笔者只是觉得，在观察当代诗的时候，这种意义对同行（而非批评家）写作的参考价值是显而易见的，就是说它不仅仅让笔者自己更有理由从事自己的工作，而且能够随时发现从哪里可以获得更多的资源、方法和动力。如果我们不能全面理解浪漫派的启示，那么我们可以换种角度来接受他们——我们的前辈同行——千辛万苦积累的写作经验。这些经验才是远超文学史价值评估层面的真正财富。

正如米沃什之于当代中国诗人，"文学外省"波兰同样给"类似处境"的中国提供了有效的借鉴——"经过浪漫主义时期之后，波兰文学只有一个前途，那就是使自己成为表现我们这个时代的一种现代的、一种生气勃

---

① 〔美〕埃德蒙·威尔逊：《阿克瑟尔的城堡》，黄念欣译，江苏教育出版社，2006，第 3 ~ 4 页。
② 〔美〕哈罗德·布鲁姆：《神圣真理的毁灭》，刘佳林译，上海人民出版社，2013，第 139 页。

勃的形式"。① 这里的中心词，笔者认为不是"时代"，而是"现代"和"生气勃勃的形式"——保存激情和承载情感的浪漫性形式，对于当代诗人来说就是如何书写的形式——诗——当代诗人的存在家园，因此我们有必要继续怀疑、继续更正与继续创造——切记美学使命而穷尽表达之可能。

① 〔丹〕勃兰兑斯：《十九世纪波兰浪漫主义文学》，成时译，人民文学出版社，1980，第 137 页。

惠特曼的《草叶集》与中国诗歌

陈 卫 陈 茜*

五四时期，惠特曼的诗由中国留学生译介到中国，成为影响中国诗风的强劲力量。笔者认为，中国现代诗坛对惠特曼的接受不仅仅因为他是域外诗人，还因为他的诗歌与中国传统诗词有着迥然不同的面目，正给极力摆脱传统的中国诗坛以力量，于是，被誉为美国诗歌之父的惠特曼的诗歌不仅对美国诗歌产生影响，也给中国现代诗人树立了新的路标。

一 《草叶集》与中国诗歌传统

惠特曼的诗①传入中国时，令国人大开眼界。除了自由体的诗歌形式，

---

* 陈卫，福建师范大学文学院教授；陈茜，江西师范大学文学院副教授。本文为国家社会科学基金重大项目"中西叙事传统比较研究"（项目批准号16ZDA195）之子课题"中西诗歌传统比较研究"研究成果之一。

① 惠特曼诗歌自1919年进入中国，有过多种译本，重要翻译家有田汉、郭沫若、屠岸、赵萝蕤等。楚图南从20世纪30年代开始翻译惠特曼，至1944年，出版了惠特曼诗歌第一个中文选译本，后有再版。1987年李野光补足楚图南的译诗，出版合译本，1991年，赵萝蕤的翻译全本由上海译文出版社出版，2002年李野光全译本由北京燕山出版社出版。本文中的惠特曼诗引文来自1958年人民文学出版社出版的《草叶集选》楚图南译本，部分来自2008年北京燕山出版社出版的《草叶集》李野光译本，如无注明，皆为前者译本。笔者认为楚版译诗相对受到时代思想影响，偏向于人民性的诗篇，由于出版较早，中国不少诗人相对更受此版影响。对比赵版和李版，会发现此两版更全面地包含了惠特曼各个年龄阶段的创作，由早期的歌颂自然欣欣向荣而转向对自然衰变的思考，体现出惠特曼思想的真实转变。由于此两版出版较迟，对中国20世纪末诗人的影响相对弱一些。为此笔者另有论文《惠特曼形象与诗歌译本研究》专门探讨惠特曼对中国诗人的阶段性影响。

在笔者看来，至少有六种诗歌中的意识与中国传统诗歌形成鲜明的反差。

（一）赞美万物

《从巴门诺克开始》的第 12 节可以看成惠特曼歌颂意识的浓缩。在这一节中，他说到要歌唱民主，为女人，为孩子，为属于现在和未来的一切，为不受法律保护的叛逆者，还说"我要尽情歌颂自我主义，并指出那是一切的基础，我愿意做一个歌颂人格的诗人，/我愿意指出男女都互相平等，/性器官和性活动哟！你们集中向我吧。因我决定勇敢地明白地对你们说，证明你们是光明的"，并且愿意指示现在和将来都没有"不完美的事物"，都有"美丽的结果"，"没有比死更美丽的"，证明"宇宙万物都是完美的奇迹"。歌唱自然，歌唱自我，歌唱世界上的每一个人，歌唱年轻与年老，歌唱美洲，歌唱路易斯安那的一棵橡树，歌唱带电的肉体。惠特曼用他对世界的热情感染着读者。

尽管中国不乏描写自然的诗篇，但是如果细品，就会发现诗人在描山绘水之时，并非极力赞美自然。如王维的《鸟鸣涧》写了幽静的自然，不过表明诗人对现实的超脱，自然成为诗人心境的寄托。李白的《望庐山瀑布》，写了瀑布的形态，最后表达的不过是对瀑布飞流三千尺的感慨。还有一部分诗歌中的自然为故乡山川，寄托着对故乡的一种爱。

惠特曼的歌颂是广袤而雄浑的。《从巴门诺克开始》的第 14 节，歌颂美洲大地、美洲以外的遥远大地，还歌颂每一州的每个民族，歌颂印第安人，歌颂"强健而迅速的火车头"，歌颂耕田的农民，开矿的矿工。在惠特曼的诗歌中，自然与人一体，人是自然的一部分。这个自然由"我"组成，也由世界上的动物、植物、男人和女人组成，《在路易斯安那我看见一株活着的橡树正在生长》中，路易斯安那那棵孤独的橡树就是"我"。

在中国传统诗歌中，得到赞美的人物往往是皇室、先祖长辈、英雄人物或美女。如李白的《清平调词》"云想衣裳花想容，春风拂槛露华浓。若非群玉山头见，会向瑶台月下逢"为赞美杨贵妃美貌之诗。李清照的《夏日绝句》中"至今思项羽，不肯过江东"，苏轼的《赤壁怀古》中"遥想公瑾当年"，都是对英雄的感怀。孟郊的《游子吟》留下对父母的感恩之情。

惠特曼的诗歌没有等级之分，他把大众当作兄弟，尽管当时正处在美国解放黑奴之时，他对有色人种，包括美洲土著，都唱赞美之歌。《横过布鲁克林渡口》："穿着普通衣服的成群男女哟，在我看来，你们是如何地新奇呀！"在他的眼中，没有阶级的差别，没有种族优劣的区分。

惠特曼也歌颂领袖，但是只有林肯一个，对这个解放黑奴的国家领袖，惠特曼将其比喻成船长，把林肯的离世比喻成"硕大的星星在西方的夜空陨落了"。

由于中国的处世哲学要求个人修身养性，加强个人的道德修养，中国传统诗歌中常言志，言个人的抱负，但是不会自夸自赞。惠特曼的诗歌中却有着强烈的自我意识，这与他的意识中"我"与自然一体有关。如《自己之歌》中歌颂自我，诗歌写到"我"是政治的，灵魂是明澈而香甜的，每一种感官和属性都是可爱的，"快乐，自足，慈悲，悠闲，昂然地独立着"，在观察自然中，发现"没有任何两件东西是相同的，但各个都很美好"。同时强调"我并不是大地，也不是大地的附属物"。《从巴门诺克开始》中也表明"我要尽情歌颂自我主义，并指出那是一切的基础，我愿意做一个歌颂人格的诗人，/我愿意指出男女都互相平等"。

人是美丽的。中国传统诗歌中人的美丽有性别和年龄之分。美丽的少女、少妇往往被当成描写对象，在中国诗人笔下，李白的《清平调词》、李清照的《点绛唇》等都是著名的描写女子和少女美貌的诗篇。在惠特曼的诗篇中，美丽是没有性别，也没有年龄差异的，他歌唱青年，也同样歌唱老年。《美丽的妇女们》中写道："妇女们坐着或是来回走着，有的年老，有的年轻，/年轻的很美丽——但年老的比年轻的更美丽"。《青年，白天，老年和夜》中，他认为青年是"强大，健壮，可爱""优美，活力和魅力"，而到了老年，同样"优美，活力和魅力"；白天"充满行动，野心和欢笑"，夜晚"充满千千万万的太阳，安睡，和使人精力恢复"。

相对而言，中国诗歌不善于赞美，可能跟中国文化持中庸立场有关。忧患意识倒是中国诗歌的主要基调。这种忧患一是来自对国家前途的担忧，二是来自对个人命运的担心。由于中国文人受到"修身齐家治国平天下"的教诲，与生俱来的责任意识使他们常常忧国忧民，这是男人所为。另一种忧患来自人际关系，比如女性对男性的责怨，男性对社会的抱怨。责怨和抱怨都是性别不平等、人与人之间不平等导致。孔子所言"群怨"应指此。

人与人之间关系的和谐或是不平等在诗歌中会表现为不同的价值取向，如描写劳动，惠特曼表示快乐："我和他们一起欢笑和工作，我在我工作的时候说说笑笑，就像一个生气蓬勃的少年"（《欢乐之歌》）。而中国诗人陶渊明的《归园田居》中"种豆南山下，草盛豆苗稀"的田园风光还是让人看到诗人摆脱世俗之累。《诗经·伐檀》更是在劳动中感到不满："坎坎伐檀兮，寘之河之干兮。河水清且涟猗。不稼不穑，胡取禾三百廛兮？不狩不猎，胡瞻尔庭有县貆兮？彼君子兮，不素餐兮！"诗歌本来写劳动的快乐，从第三四句开始责骂剥削者。

中国传统的社会像一个网络，天、地、人是经纬，由此而形成君君臣臣父父子子，夫为妻纲等各种秩序。人不是作为个体存在，为人子，为人父，人在各种伦常中要服从规约，由此形成中国的等级社会。赞美万物也包括了自我的赞美。惠特曼并不忘记自我的存在。虽然他也认为"我的舌，我的血液中的每个原子，都是由这泥土，这空气构成，/我在这里生长，我的父母在这里生长，他们的父母也同样在这里生长"，在《自己之歌》中他还写到很多，但是"这种芬芳的气息，要使我沉醉，但我不让自己沉醉"，"我曾经听过谈话者的谈话，谈到了终与始，/但我并不谈论终与始"，"我知道万物都是非常和谐安定的，当他们争论着的时候，我却保持沉默，我自去沐浴，赞美我自己"，在诗中他表示，"不管任何人的拉扯，我站立着，/快乐，自足，慈悲，悠闲，昂然地独立着"。

惠特曼也有过忧虑，《我坐而眺望》写道："我坐而眺望世界的一切忧患，一切的压迫和羞耻，我听到年轻人因自己所做的事悔恨不安而发出的秘密的抽搐的哽咽，我看见处于贫贱生活中的母亲为她的孩子们所折磨，绝望，消瘦，奄奄待毙，无人照管"。《我在春天歌唱着这些》也写到人的孤独，"我孤独地嗅着大地的气息，不时的在寂静中停下来"，但是，他感到"一群人集合在我的周围"，"他们是死去或活着的亲爱的朋友们的灵魂"。可以看到，无论是忧虑还是孤独，在惠特曼的诗中都是暂时性的。他的生活态度相对热情高涨。

（二）行走世界

美国是一个移民国家，来到美国开拓新大陆的都是具有冒险意识的欧洲人，惠特曼受到先辈影响，他的诗中表现出行走意识。《大路之歌》由15节组成。诗歌第1节中是一个健康的抒情形象："我轻松愉快地走上大路，/我健康，我自由，整个世界展开在我的面前，/漫长的黄土道路可引到我想去的地方"。在前行的路上，感到自我"强壮而满足"，背负着需要帮助的男女们。在路上，他看到对黑人、罪犯、残废、目不识丁的人，都"没有偏爱，也没有拒绝"（第2节）。第3节写路上看到的街道、渡船、房子、铺石等，"在冷漠无情的表面上，都有古往今来一切人的遗迹"。第4节写路上的"欢乐呼声"，"我所看到的无论何人都必快乐"。第5节写"从这时候起我使我自己自由而不受限制"，"谁容受了我，他或她便受到祝福，也将为我祝福"。第6节写"优秀人物""在露天之中生长，并和大地一同食、息"，"它发出的毅力和意旨可以粉碎法律并嘲弄着一切的权威，和一切反对者的争论"，对智慧的传递有了智慧的思考："智慧不是最后在学校里受到考验，/智慧不能从有智慧的人传给没有智慧的人"。第7节中智慧是"灵魂的交流"；第8节写"灵魂的流露是快乐的"；第9节鼓励"别退缩，继续前进"，"不要在此停留"，"无论我们周围的款待多么殷勤，我们也只作片刻的应酬"。第10节写要带着"力量，自由，大地，暴风雨，健康，勇敢，快乐，自尊，好奇"，"从一切的法规中走出来"，同行人需要"热血，肌肉，坚忍"。第11节写"你"是慷慨的，"以慷慨的手分散你所获得和成就了的一切"，刚到达目的地还未安顿，又"为不可抗拒的叫唤，叫了开去"。第12节写同行的人都是迅速而庄严的男人和最伟大的女人，一同快乐地经过了"青年，壮年，和老年"。在老年时代，"和平，开朗，与宇宙同其广阔，老年时代，对于可喜的行将来临的死亡解脱，感到达观、自由"。第13节写"向着无始无终的地方走去"，"只看着你可以达到而且超越的东西"，"只想到你可以达到而且越过的时间"，"只注意那伸展在你的面前的等待着你的一条"道路，写到人的生活要有目的，在前进的路上"一切都让开道路"，"宗教""艺术""政府"等在地球上的东西，"在顺着雨中的宏大的道路前进着的灵魂的队伍之前，都已退避到隐避处和角落里去了"，"人所欢迎的，人所拒绝的"都在走，"向着最美好的一切前进——向着一种伟大的目标前进"。第14节写奋斗和战争，是认定的目标，"武装齐备"，也要意识到"常常会饮食不足，遭受贫穷，遇到强敌，伙伴的背弃"。第15节写大路展开了，和同伴"忠实相依而不分离"。诗歌的行走，囊括了人的一生，有冒险探索精神，有人与历史的关系，还写了人的成长，人与人之间的平等、自由、友爱，对理想的执着等。

　　这种行走意识，在惠特曼的诗歌中呈现出世界性。他的组诗《向世界致敬》是向世界开放的，具有世界地理历史观。诗中提到了全球的众多地名、河流、人物、传说等，从中"看见等级、肤色、原始风尚和文明，我在它们中间行进，我同它们厮混得密不可分"（李版）。

虽然中国文人有"读万卷书，行万里路"之说，但那是针对求知而言。"父母在，不远游"是中国人过去的传统观念。离家远游在当时的人那里不是快乐，而是牵挂与不舍，因此养成守成的性格。行走意识在中国诗歌中表现为两种类型。一种是旅游中的行走，另一种为迁徙，颠沛流离。旅游中的行走，常常为描写自然风光，表达对历史的一种感受，如李白的《梦游天姥吟留别》写到梦中游天姥山的风景，醒后生出"世间行乐亦如此，古来万事东流水"的感慨；杜甫的《兵车行》则为第二种，诗中"牵衣顿足拦道哭，哭声直上干云霄"描写行走的被迫。中国诗歌中家园意识较浓，如果被迫离开家园，那意味着人生的不幸。惠特曼诗中的行走，虽然没有具体事件可指，但它更代表一种人生的积极态度。

（三）民主自由

惠特曼经历过美国的解放黑奴。在他的诗歌中，反对专制。《斧头之歌》就是对专制的反抗，"我看见欧洲的刽子手，他带着面具，站立着，穿着红衣，有着粗腿和强壮赤裸的两臂，凭依着一柄沉重的斧头。（欧洲的刽子手哟，你最近杀戮了谁呢？你身上潮湿而沾手的血，是谁的呢？）"他歌颂"为正义而牺牲的人"，"种子不多，但收获绝不会太少"。他歌唱民主意识。《为你，啊，民主哟！》中惠特曼带着一种上帝的口吻写道："要创造出不可分离的大陆"，"创造出太阳所照耀过的最光辉的民族"，"创造出神圣的磁性的土地"，"有着伙伴的爱，有着伙伴的终身的爱"，"创造出分离不开的城市，让它们的手臂搂着彼此的脖子"。他还呼唤"为你，啊，民主哟，我以这些为你服务，啊，女人哟"。诗歌中表现出民族、城市、国家、性别的团结意识。"美丽的沉没了的游泳家，厌倦者，自渎者，单恋的女性，赚钱者"，"地球对面的人，在黑暗中这两者中间的每一个人／我敢说现在他们都平等了"。《给一个遭到挫败的欧洲革命者》中呼唤着自由："更勇敢些吧，我的兄弟，我的姊妹！／坚持下去！我们的一切作为都是为了自由！"他认为自由是"等待着一切被消灭以后，它是最后被消灭的一个"。如果是为了自由的失败，"失败也是伟大的，而且死和绝望也是伟大的"。

惠特曼否定差异，在《献给被钉在十字架上的人》中写道："我们大家一起劳动，交相传递同一的责任和传统，／我们少数人是一致的，无时代之别，无地域之分，／我们包含了一切大陆，一切阶层，容许了一切神学的存在，/我们是人类的博爱者，理解者，共鸣者"。他希望的是"自由行遍全世界"，"彼此成为兄弟和爱人"。在百年前的诗歌中，响着今天的声音。所以，惠特曼在当今世界上还能找到更多的呼应者。

在中国的诗篇中，杜甫沉痛地道出"朱门酒肉臭，路有冻死骨"（《自京赴奉先县咏怀五百字》）的现象，为"冠盖满京华，斯人独憔悴"（《梦李白二首》）表示不平。虽然诗人们不直接抨击等级制度本身，但在一些醉酒或写梦境的诗篇中，多看出诗人的心头之愁，如李白《将进酒》："古来圣贤皆寂寞，惟有饮者留其名。……呼儿将出换美酒，与尔同销万古愁。"

（四）消泯时间

惠特曼的时间观中，消泯了生与死的差别，也模糊了青年与老年的看法，更接近庄子的生死观。在庄子看来，生和死不过是昼夜之分（至乐）。惠特曼也有类似的看法，《青年，白天，老年和夜》中，他认为青年是"强大，健壮，可爱""优美，活力和魅力"，而到了老年，同样"优美，活力和魅力"；白天"充满行动，野心和欢笑"，夜晚则"充满千千万万的太阳，安睡，和使人精力恢复"。在《给老年》中写道："从你，我看到了那在人海处逐渐宏伟地扩大并展开的河口"。这是生命的启程，而不是终点。

惠特曼不把灵魂与肉体分开。他认为，肉体"溜过一切之上，穿过一切，/穿过'自然'，'时间'和'空间'，/如同一只船在水面上一样"，他还认为"灵魂的航船在前进"，"死，我还将歌唱许多的死"（《溜过一切之上》）。

中国诗歌感时伤怀的气息比较浓。子在川上所说"逝者如斯夫"成为中国诗歌中的悲叹。带有教育性的《今日歌》与《明日歌》教育人们珍惜时间，奋发作为。李白的"君不见，高堂明镜悲白发，朝如青丝暮成雪"（《将进酒》）歌颂的是青春，悲叹的是衰老。中国诗歌中四季分明，特别是春与秋，成为青年与老年的对比。时间一次而过，尽管有四季轮回，但是衰老和死亡成为中国诗歌中的咏叹调。

（五）自然的性

在中国诗歌中，身体描写受到一定的限制，采用自然景象来比喻身体的接触，如"金风玉露一相逢，便胜却人间无数"已经算是比较赤裸的诗歌了。即使是民间情诗，也要用"莲"这样的物象来代替动词"怜"。《诗经》中的恋爱诗，在闻一多的评论中很多是关于性的，但是，这部《诗经》长久以来都被认为是"思无邪"。中国诗歌中性的隐晦与中国的道德伦理相关，虽有"食色，性也"之说，但"性"是禁忌。

在惠特曼的诗歌《亚当的子孙》中，歌颂的就是性。他对性的歌颂来源于他的自然观。首先他认为"伟大的宇宙，万物的联系，何等的完美"，他认为世界万物之间彼此相连。此外，他认为人是大自然的产物，肉体是完美的，难以形容的。在《我歌唱带电的肉体》中写了异性间的肉体吸引："狂热的鲜味，不可控制的电流从其中散发出来，反应也是一样的不可控制"等。他歌颂女性身体，"是肉体的大门"，"也是灵魂的大门"，"是被遮蒙着的万物"，是"被动的也是主动的"。但惠特曼对肉体的描写并不止于异性，诗歌中描写了一个"普通的农夫"："这个人非常强壮，沉静，漂亮，/他的头的形相，他的淡黄和雪白的头发和胡子，他的含着无限深意的黑眼睛，他的落落大方的态度"，"他有六尺高，他已经八十多岁了，他的儿子们都高大，整洁，多发，有着晒黑的脸色，健美"。农夫的美除了身体，还有他的行为，他的劳作，"他只喝水，但在他颜面的褐色皮肤下面显出深红色的血液，/他常常打猎捕鱼，他自己驶着船，他有一只精美的船，是一个船匠送给他的，他有鸟枪，是爱他的人们送给他的，/当他和他的五个儿子们出去渔猎的时候，你会立刻看出他是这一群人里最美最有生气的一个"。在诗歌中，惠特曼还歌颂身体的每一个部位："你的形体就是我的诗歌"，"不仅仅是肉体的诗歌，肉体的各部分，也是灵魂的诗歌，灵魂的各部分，/啊，我可以说，这些就是灵魂！"在他眼里，肉体与灵魂并没有差别。

《自己之歌》中写道："通过我而发出的被禁制的呼声：/性的和肉欲的呼声，原来隐在幕后现被我所揭露的呼声，/被我明朗化和纯洁化了的淫亵的呼声"。诗歌强调"我对于腹部同对于头部和心胸一样地保持高尚，/认为欢媾并不比死更粗恶"，诗人表示"赞赏食欲和色欲，/视觉，听觉，感觉都是神奇的，我的每一部分及附属于我的一切也都是奇迹。//我里外都是神圣的，我使触着我或被我所触的一切也都成为神圣的东西，/这腋下的芬芳气息比祈祷还美，/这头脸比神堂，圣经，和一切教条的意义更多"。

（六）天人合一

惠特曼多次强调"一体观"，联合的国家，自然的合一，世界是万物相连的："伟大的宇宙，万物相连，何等的完美"（《从滚滚的人海中》）。他常常从自然中感到"我"的存在，如从大地的"泰然、饱满、浑圆"状态中感到"心中有些凶猛的东西要爆发"（《大地，我的形相》）；看到路易斯安那的"粗壮，刚直，雄健"的橡树，"附近没有一个朋友，也没有一个情人"，"令我想到我自己"（《在路易斯安那我看见一株活着的橡树正在生长》）。他认为语言在自然中诞生，"本质的语言，乃是在地里和海里，/在空气里，在你的心里"（《转动着的大地之歌》）。肉体、空气、泥土、水、火都是语言。即使面对陌生人，他也并不感到陌生，而是"热切地望着"，因为他觉得"我一定在什么地方和你过过快乐的生活"，从陌生人那里感觉到快乐（《给一个陌生人》）。在《我俩，被愚弄了这么久》中表现了冲破文明束缚后，人与自然的合体，"我们变为植物"，"吃着嫩草"，变成双双在大海中游泳的"两条鱼"，高空飞翔、向下窥视的"鹰雕"，匀称而对称的太阳、云霞、海洋、大气、雨雪等。"我们除去了一切，除了我们的自由，除了我们自己的快乐"。这就是人与自然一同生存的快乐。

中国人有两种天人观，一种是道家式的天人合一，这种与惠特曼的天人观相近。另一种是皇天后土，天为上，《礼记·郊特牲》："地载万物，天垂象，取材于地，取法于天，是以尊天而亲地也。故教民美报焉。"由此形成君君臣臣父父子子的等级观念。《诗经·小雅·谷风之什·北山》中有言："溥天之下，莫非王土；率土之滨，莫非王臣"；诗人有时借天说己："天若有情天亦老"（李贺《金铜仙人辞汉歌》），天的拟人化正说明天是天而人是人。

以上惠特曼诗歌中的观念来源于天人合一的观念。正因为天人合一，人与自然界没有差异，人与人之间没有等级，因此，人生活在一个平等、自由的社会中，一个健康的人便有足够的力量去探索新的世界，实现美好的理想。

惠特曼的诗歌意识尽管与中国传统诗文有较大差异，但是他的观念对五四时期正在反叛传统的诗人来说，无疑是一剂良药。

二　惠特曼与中国现代诗风的转变

惠特曼诗歌传入中国后，首先在形式与风格上影响现代诗人。①

---

① 惠特曼对中国现代文学的影响可参看谭桂林主编的《现代中外文学比较教程》第六章，详细谈及惠特曼诗歌在中国的译介和众多诗人受之影响的情况，湖南师范大学出版社2009年版。本文侧重于惠特曼诗歌与中国现代著名诗人的诗作对比。

惠特曼采用的是自由体形式，不像格律诗那样讲对仗、平仄、字数，而是大量的词语堆积。比如他在《从巴门诺克开始》的第 14 节，写到大地："交错着的粮食丰足的大地哟！/煤与铁的大地哟！黄金的大地哟！棉花、糖、米谷的大地哟！/小麦、牛肉、猪肉的大地哟！羊毛和麻的大地哟！苹果和葡萄的大地哟！/世界牧场和草原之大地哟！空气清新、一望无垠的高原之大地哟！"一共用了 24 个形容词，从大地的物产，写到大地的功能，空气，风，还有地名、性别等。《斧头之歌》第 9 节，写到斧头的工作，他也不吝啬描绘斧头在哪里发挥作用，有多少形状。《横过布鲁克林渡口》的第 6 节写到人的问题，用了大量的形容词来说明"我曾经饶舌"。《我歌唱带电的肉体》第 9 节写了从头到脚的各个器官，各个器官对身体的作用，有何动作和功能等。他还喜欢用大量的排比句表达，如《自己之歌》第 33 节，用了多个排比句式，"在那里"为第一组，"在……"为第二组，"那里"为第三组，"喜爱"为第四组，"看见过"为第五组，"我明白"为第六组，"又是"为第七组。用排比句的原因是希望诗歌有一定的韵律感，使诗歌具有宏阔的意境和气势。

其次是诗歌意识的影响。惠特曼在《我的歌唱的主题是渺小的》中写到他歌唱的主题是"个人自己——一个单一的个别的人"，歌唱"人类的整个生理结构，从头到脚"，"不只是相貌，也不只是头脑，才对缪斯有价值；——我说那整个的形体更有价值得多。女性与男性一样，我歌唱。也不停止在个人自己这一主题上。我还讲现代的字眼，全体这个字眼。我歌唱我的时代，以及国家——连同我所熟悉的那不幸战争的空隙"。①

正如上文提到《从巴门诺克开始》是惠特曼诗歌意识的浓缩，自由、民主、自我、欲望、完美自然等都是惠特曼歌颂的对象。这些自然或政治的概念对中国现代诗人有较为深刻的影响。

惠特曼诗歌从形式到意识对郭沫若诗歌的影响为众多读者肯定。如郭沫若的《晨安》就采用了 28 个"晨安"的排比方式，问候从自然开始到世界，有中国、中国江河、长城，再到印度、非洲、欧洲、美洲，其中在 27 个问候中 3 次提到惠特曼："华盛顿的墓呀！林肯的墓呀！惠特曼的墓呀！//啊啊！惠特曼呀！惠特曼呀！太平洋一样的惠特曼呀！"另外，《笔

---

① 〔美〕惠特曼：《我的歌唱的主题是渺小的》，《草叶集》，李野光译，北京燕山出版社，2008。

立山头展望》《浴海》《立在地球边上放号》《雪朝》《光海》《我是个偶像崇拜者》等一类描写自然，与自然同声共气的雄浑诗歌明显有惠特曼的影响。《天狗》中赋予自然物"天狗"一种破坏的力量，《凤凰涅槃》中的"一切的一"和"一的一切"都与惠特曼诗中所写到的自然万物合体有关。《夜》里，郭沫若改造惠特曼在自然中消泯人的差别，而赞叹"夜！黑暗的夜！要你才是'德谟克拉西'！/你把这全人类来拥抱：再也不分甚么贫富、贵贱，/再也不分甚么美恶、贤愚"，[①] 诗中表达了强烈的民主渴望。郭沫若也有过对肉体的描写，如《Venus》里："我把你这对乳头，/比成着两座坟墓。/我们俩睡在墓中，/血液儿化成甘露！"肉体与爱不可分割。

在鲁迅的《过客》中，我们能够看到行走意识。惠特曼的行走意识是赋予到一个健康而有感召力的人身上，鲁迅的行走意识寄托在一个听到前边呼唤而不肯停下、不肯回头的年轻人身上。他虽然孤独，但是目标坚定。这一形象全然改变了古代诗歌中的守成形象，具有现代人意识。

歌颂精英，在惠特曼的诗歌中有《林肯总统纪念集》。在中国现代诗歌中，有闻一多的《南海之神》，歌颂的是中国的革命领袖孙中山，在构思上有异曲同工之妙。至于艾青等诗人开启用诗歌颂革命领袖毛泽东的诗篇，有《圣经》赞美诗的影响，但不能说与惠特曼无关。

艾青也曾把惠特曼写进诗篇，《向太阳》的第 5 节中写道："惠特曼/从太阳得到启示/用海洋一样开阔的胸襟/写出海洋一样开阔的诗篇"。他从惠特曼的诗歌中感受到他的世界大同之愿。艾青还有一首《在路上》（1938）："我们从不同的路/走上了同一的交叉口；/走吧，一起的走，/真理在向我们招手"，号召战争当中不愿意屈服于侵略的人一同起来，还说道："我是个年轻的老人"（惠特曼在《自己之歌》第 16 节中说到"我既年青又年老"），"年老人，年少人，/我们都一样的生存，/一样的生存着/为对于人世的爱的斗争"。只不过与惠特曼诗歌相比，艾青诗歌多了一种反抗性。惠特曼认为不论年老和年少，都一样美，都一起过着和谐的生活。艾青的《公路》（1940）中写到像"阿美利加"（美国，笔者注）人那样行走，从小山村走出来，描写了沿途的"背上负着煤袋的骡马队"，"载重的卡车"，还有"年轻的人们/朝着我这步行者/扬臂欢呼"，大家都"不可抑制地激动"，"灵魂得到了一次解放"，"重新唤醒了/一个生命的崇高与骄傲"，感

① 郭沫若：《夜》，《时事新报·学灯》1920 年 1 月 13 日。

觉到"河流，山丘，道路，村舍，/和随处都成了美丽的丛簇的树林/无比调谐地浮现在大气里"，这种行路时产生的崇高情感，与惠特曼诗篇情绪极其相似。

穆旦的诗歌虽也多采用自由体、排比形式，但在本质上与惠特曼不同，如果说惠特曼多强调"一体"观，穆旦诗歌却处处充满了分裂意识，惠特曼的一体观来源于自然的天人合一与政治的联合体，而穆旦的分裂观来自对上帝的怀疑，人性的复杂。如果说惠特曼的诗歌是乌托邦式的，寄托理想而消泯现实矛盾，他的诗歌写给未来的人看，那么穆旦的诗歌是现实的，写动荡年代中人的分裂，存在的荒诞，战争的无情，对爱的怀疑。惠特曼的诗歌试图坦率写出自己一生的经验，他歌颂生与死，而穆旦的诗力图揭示现代人的生存困境。他也有《赞美》，但不是面对自然的歌颂，而是面对生存痛苦的警醒。穆旦的一个诗歌主题与惠特曼诗歌有关，就是写肉体。比如《春》："蓝天下，为永远的谜迷惑着的/是我们二十岁的紧闭的肉体，/一如那泥土做成的鸟的歌，/你们被点燃，却无处归依。/呵，光，影，声，色，都已经赤裸，/痛苦着，等待伸入新的组合"，这些句子被王佐良认为是"感性化、肉体化"，[1] 袁可嘉认为"肉感中有思辨"，[2] 在中国过去的诗里难以找到。因为中国诗歌中写爱情，但不直接写肉体。在《诗八首》第3首中，穆旦也写到肉体之美："你底年龄里的小小野兽，/它和春草一样地呼吸，/它带来你底颜色，芳香，丰满，它要你疯狂在温暖的黑暗里"。他还在《我歌颂肉体》中谈到那"被压迫的，和被践踏的""和神一样高，和蛆一样低的肉体"，这是被传统限制的自然的肉体。不过穆旦诗中对肉体描写的旨归与惠特曼歌颂自然的肉体有所不同，穆旦抨击限制肉体的条律："我们从来没有触到它，/我们畏惧它而且给它封以一种律条，/但，原是自由的和那远山的花一样，丰富如同蕴藏的煤一样，把平凡的轮廓露在外面，/它原是一颗种子而不是我们的奴隶"，诗歌从另一角度响应了惠特曼对肉体之美的赞颂。

在新时期初始的当代诗里，惠特曼被政治化理解的时候相对较多。他诗歌中的民主、自由在中国诗人那里被强化。如雷抒雁，还有归来的艾青、公刘等诗人，他们在诗歌中呼喊着正义、理想，高唱着对民族、祖国的爱。

---

① 王佐良：《穆旦：由来与归宿》，《一个民族已经起来》，江苏人民出版社，1987，第4页。
② 袁可嘉：《诗人穆旦的位置——纪念穆旦逝世十周年》，《一个民族已经起来》，第15页。

1986年，伊蕾因《独身女人的卧室》引起诗坛争议，两年后她写了一首《和惠特曼在一起》，写出了对惠特曼的欣赏："和你在一起/我自己就是自由"；还欣赏他的待人："我和你，和陌生的男人女人们在一起/和不幸的、下贱的、羞耻的人们在一起/在一个被单下睡到天明"；相信他的真理观："从海上吹来的风是真理/一只小兔子的咀嚼是真理/一个健康人的欲望是真理/那些最隐秘的，最难堪的念头是真理/一个文盲所知道的一切常识是真理"。她认为"惠特曼/如果地球上所有的东西都会腐朽/你是最后腐朽的一个"。

惠特曼的诗歌正如叶芝在《驶向拜占庭》中所说，"在金树枝上歌的歌吟"，草叶并没枯朽，在域外，在另外的时间又获得重生。20世纪90年代大陆诗坛中于坚的粗犷风格形成，也与惠特曼诗风有关。在《0档案》中，于坚有词组实验。如卷三中的"恋爱史"（青春期）：

> 在那悬浮于阳光中的一日　世界的温度正适于一切活物
> 四月的正午　一种骚动的温度　一种乱伦的温度　一种
> 盛开勃起的温度　凡是活着的东西都想动　动引诱着
> 那么多肌体　那么多关节　那么多手　那么多腿　到处
> 都是无以命名的行为　不能言说的动作　没有呐喊　没有
> 喧嚣　没有宣言　没有口号　平庸的一日　历史从未记载
> 只是动作的各种细节　行为的各种局部　只是和肉体有关
> 和皮肤有关　和四肢有关　和茎有关　和根有关　和圆的有关
> 和长的有关　和弹性的有关　和柔软的有关　和坚硬的有关
> 和汁液有关　和摩擦有关　和交流有关　和透气有关
> 和开放有关　和进攻有关　和蹦踢　喷射　冲刺有关

诗歌写到与身体相关的部分，令人联想到惠特曼的《我歌唱带电的肉体》第5节和第9节中有关男性与女性身体的内容。另外，当代诗坛中一闪而过的下半身派，在某种意义上也与惠特曼的肉体意识有关。惠特曼写肉体，冒着被人称作写"性诗"的危险，不过是他愿意将肉体看成自然中的一部分，而中国的下半身派有较强的反叛意识，不仅肯定肉体的自然性，而且将这种自然性当成反抗道德、社会约束的工具，在表现方式及态度上相对显得矫枉过正。

三　惠特曼对中国诗人的启示

惠特曼的平民身份、伟大理想、对万物的歌颂、对瞬间与永恒生命的理解等，给中国现代诗人带来写作者与写作对象、写作内容、写作态度等多方位的启示。

惠特曼不是从贵族沙龙或者文人世界中走出的诗人。他生于农村，是木工之子，做过勤杂工、印刷工、内务部公务员、医院义务看护，在劳作中，他的心情是快乐的。《欢乐之歌》就写到他的劳动，即海边捕虾、捉鱼，矿坑挖矿、铸铁，从中能感受到生活的激情与快乐。这位从最底层生活中走来的诗人，正如当初他被田汉介绍到中国时的称呼——"平民诗人"，他不是国家权力的代言人，而是国家的普通建设者。因此，惠特曼的诗歌更多地传达出普通民众的声音，正符合中国人在呼吁的民主要求。

惠特曼是一个一辈子都在写诗，将自己的思考与感受写进诗里的大胆而伟大的诗人。他给中国现代诗人树立了一个写作路标。相比中国五四时期有过青春躁动的诗人，惠特曼显示了诗人的成熟气质。他没有在欧洲经典诗歌的影响下写着宫廷诗歌或是知识分子的某种伤感。他的诗歌是粗糙的，向自然敞开的，如同一件原始的自然物。在五四时期，他与欧美众多诗派、众多著名诗人一同被引进中国诗坛，惠特曼的放声歌颂，波德莱尔的阴郁忧伤，泰戈尔的神秘哲思，启发和点燃了不同诗人的灵感。惠特曼并不是唯一一个改造或影响中国诗人的诗人，他的影响也是有限的。比如五四时期的诗为呼应时代要求，除了表现惠特曼诗歌中的民主自由，还有一个对中国民众具有启蒙意义的科学意识。在惠特曼的诗歌中，肉与灵不分开，也不对立，而是一体。同时，他的诗歌还有与中国思潮不大相同的一处，他不是一个进化论者，他没有过分强调"青年必胜于老年"（鲁迅），而是认为老年和青年一样美，这种观念使他在观照现在时，认为一切事物都是完美的，忽视现实的缺憾。这也许是他认识当中的某种局限。

对此，读者一定有疑问：惠特曼是否无视现实的差异？难道他有意识地忽视现实？虽然惠特曼也有数首诗歌表达对现状所感到的悲哀，[①] 但是，

---

① 美国国内战争之后，惠特曼的诗歌风格发生较大转变。在李野光的译本里，可以看到《致合众国》表达对总统选举和政客的不满："多么肮脏的一届总统选举"，"难道那些人真的是议员？那些人是崇高的法官？那个人是总统？"（李野光版，第241页）（转下页注）

惠特曼更愿意关注事物的光明面，强调人与人之间的和谐而不是夸大种族、人与自然之间的差异，那么我们是否可以把惠特曼看成一个具有承担感的诗人？

在中国，多数诗人都具有承担感，特别是从事政治抒情诗创作的诗人，如普罗诗社、中国诗歌会等成员。他们像惠特曼一样，采用了自由体形式写诗，表达民主与自由，但是为什么他们的诗歌在革命时代过去的时候，被后人认为不堪一读？如果拿惠特曼的诗歌与这些政治诗比较，我们会发现其中最大的问题是，这些政治意识的诗具有自上而下的宣传作用，主题单一，带有一种武断或专制的情感，鼓动百姓，用很多抽象的口号、标语进行宣传，忽视诗歌的个性化色彩，诗歌语言不是从诗人的生活经历中来，不是站在诗人本身的立场，而是站在某一种政治立场，不是把诗歌当成自我言说的方式而是当成宣传政治的工具，使个人性诗意在集体性的宣传中遭到了最大的扼杀。因此，同样是表达宏大主题的诗篇，煽情的政治宣传诗更显出"无情"的诗歌特质。

"伙伴哟，这不是书本，/谁接触它就是接触一个人"，① 这是惠特曼在100多年前出版的《草叶集》中留下的话，他不是把读者当作教育对象，需要进行思想动员的战士，而是真正在作品中表现出民主意识，让每一个阅读《草叶集》的读者仿佛都在冥冥中与他善谈的灵魂交流。惠特曼向我们讲述他对自然界的感受，对人与人之间关系的理解，对两性的描述，对社会理想的看法，无家长制的忌讳，无权力专制的蛮横，没有出于维护某种权益而强行指责，指引着现在的读者。

从科学的角度讲，差异存在于万事万物当中，惠特曼生活在蓄奴时代，他目睹了种族与种族之间的矛盾，人与人之间的不平等，只是惠特曼有着自然中万物一体的宗教信念，于是他不强化差异而改为歌颂自然界中的生命，认为生命平等，种族平等，男女平等。惠特曼歌颂健康的身体，歌颂理想的社会，歌颂生，也歌颂死，歌颂年轻，也歌颂年老。他认为年轻是白

（接上页注①）《难道你从没遇到过这样的时刻》写道："一线突如其来的神圣之光，猛地落下，把所有这些泡影、时兴和财富通通击碎，使这些热切的经营目标——政治、书本、艺术，爱情，都彻底毁灭？"（李野光版，第 240 页）年老时他写了《当我坐在这里写作》（未收入《草叶集》），表明自己的歌里渗入了"老年的迟钝，多疑，/任性的忧郁，疼痛、冷漠、便秘、嘟哝、厌倦"（李野光版，第 436 页）。但《草叶集》最后一篇中的《再见》还是葆有对生命的热爱。

① 〔美〕惠特曼：《再见》，《草叶集》，李野光译，第 432 页。

天，年老是黑夜，是用来休息的黑夜。在他的诗歌中，肉体是美丽的，他也为他的国土吸引，并且愿意歌唱，"我相信我的一生必须在歌唱中度过"（《我长期以为……》）。

　　追求一体性使诗人有着一种阔大的心灵，使他的诗走出内心的敏感和自怜。他的爱是广大的。他热爱他的民族，为他的国家自豪，"在世界上古往今来的一切民族中美国人是最具有充分的诗人气质的。合众国本身实质上就是一首伟大的诗"。这里有多民族融为一体，有"灵魂所喜爱的粗人和大胡子，以及空旷、崎岖和冷漠"，到处是"一片繁盛富饶"（《草叶集》初版序言）。惠特曼表示要做伟大的诗人，写伟大的诗。他认为"伟大的诗人们也叫人一看就知道他们心里没有什么诡计，言行光明正大而见知于人民"。[1] 而一首伟大的诗"为许多许多个时代所共有，为所有各个阶层、各种肤色、各个部门和派别所共有"。[2] 他认为："诗的特性并不在于韵脚或形式的均匀或对事物的抽象的表白，也不在于忧郁的申诉或善意的教诲，而是这些以及其他许多内容的生命，并且是寓于灵魂之中的。"[3] 在给爱默生的信中，惠特曼说道："我们从许多个世纪、等级制、英雄主义和传说中走过来，不是为了今天在这个国家停顿下来"，[4] 他表示美国如果要保持粗犷而开阔，就要"从祖先摆脱开来，走向男人和女人——同样也走向联邦性质的美国"。[5] 他认为诗歌要有"男子气和生殖机能"，否则"文学将被打扮成一个漂亮的绅士"，[6] 不是本土的生长。他对美国读者不甚满意，认为这里的男子"谨慎地瞧着别人怎样行动、穿衣、写作、说话和恋爱——将死的书本紧扣在自己和他们国家的身上"。[7] 美国作家要从旧传统中走出来，"强壮，柔韧，公正，直爽"才是美国的血统，"满怀豪情，毫无拘束，热情友好，能够始终不渝地站立在个性至上的广大基础上——这就是新的精神的美洲大陆"。[8] 虽然是一个平民，虽然知道诗歌不可能在现时改变读者的观念，但是惠特曼有远见，有眼光，他了解历史，相信未来发展需要动

① 〔美〕惠特曼：《〈草叶集〉初版序言》，李野光译，北京燕山出版社，2008，第525页。
② 〔美〕惠特曼：《〈草叶集〉初版序言》，李野光译，第528页。
③ 〔美〕惠特曼：《〈草叶集〉初版序言》，李野光译，第519页。
④ 〔美〕惠特曼：《致爱默生》，《草叶集》，李野光译，第530页。
⑤ 〔美〕惠特曼：《致爱默生》，《草叶集》，李野光译，第532页。
⑥ 〔美〕惠特曼：《致爱默生》，《草叶集》，李野光译，第533页。
⑦ 〔美〕惠特曼：《致爱默生》，《草叶集》，李野光译，第534页。
⑧ 〔美〕惠特曼：《致爱默生》，《草叶集》，李野光译，第537页。

力，而这种动力来自健康的民族和自信。因此，他知道如何做一个伟大的诗人，他看到的不是个人眼界中的有限国度和有限时间。为了和平，他反对侵略，"不是要成为一个征服者民族，或仅仅赢得军事上、外交上或贸易上优胜的荣誉——而是要成为一个产生更高尚的男人和女人——产生愉快、健康、宽容和自由的众多子孙的伟大国家——要成为最友爱的国家"和"紧密团结的""首要的和平国家"。① 这是惠特曼晚年对他的祖国提出的设想。

一个伟大的诗人，一个不朽的诗人，往往能从现象本身脱离出来，关注国家、民族、人性的未来发展，提升人类的情感。惠特曼在诗歌中推崇健康的人格，推翻旧的不合理的束缚，在诗中建立自己的理想。惠特曼歌颂一切，他并不是天真得看不到社会矛盾，而是他抱有改造社会的理想，为国家和社会歌唱。这样的歌唱是豪放的，灵魂会通过他的诗歌回到人间。

惠特曼曾对未来的诗人说："我自己将只写下一二指示着将来的字，我将只露面片刻，便转身急忙退到黑暗中去。"② 老年的他又说："死亡喊我出来，我从书中跳出，投入你的怀里。"③ 惠特曼知道他在诗坛的存在不过瞬间，但通过他的歌唱，瞬间即是永远。

---

① 〔美〕惠特曼：《〈像一只自由飞翔的大鸟〉序（1872）》，《草叶集》，李野光译，第 539 页。
② 〔美〕惠特曼：《未来的诗人们》，《草叶集选》，楚图南译，人民文学出版社，1956，第 7 页。
③ 〔美〕惠特曼：《再见》，《草叶集》，李野光译，第 432 页。

十四行体移植中国的文化价值论

许　霆[*]

内容提要　十四行体是西方传统的固定形诗体。中国诗人关注和移植十四行体，是基于对传统文化包括传统固定形诗体的继承。在建立新诗固定形诗体时，我国诗人没有选择传统旧诗体改造的途径，而是选择了域外十四行体移植的途径，这除了与求新的文化心态有关以外，还有更深刻的理性思考，即十四行体有着自身独特的审美差异性，它与建立在文言基础上的旧诗体有着本质区别。我国诗人在移植十四行体的过程中，坚持中西文化交流中异域性和本土性相结合的原则，推动十四行体中国化，实现了创造新诗体、指示新道路的目标期待。

关键词　十四行体　移植　文化价值

十四行体是欧洲的传统格律诗体，伴随着新诗发生，中国诗人开始关注并移植十四行体。经过百年的努力，中国诗人已经完成了十四行体由欧洲向中国的转徙，这是中西文化交流的卓越成果。对于十四行体中国化的文化意义，屠岸的概括是："十四行诗这种诗歌体裁在世界范围内的广泛传播是一个十分特殊的文学现象。汉语十四行诗的诞生，使十四行诗的流行范围突破了印欧语系的范畴，进入到汉藏语系的领域。这，我以为，标志着十四行体已经成熟为世界性的诗歌体裁；同时也标志着十四行体自身实

---

* 许霆，常熟理工学院人文学院教授。

现了又一次历史性飞跃。"① 但是十四行体在中国，历来受人责难，重要观点是梁实秋在《谈十四行诗》中提及的，即某些学者认为新诗人不肯再做律诗而肯模仿做十四行诗，是"才解放的三寸金莲又穿西洋高跟鞋"。② 这种质疑涉及新诗是否还需要固定形诗体，新诗人为何不肯再做律诗，为何模仿西方传统诗体，传统诗体如何实现现代性转换等。正面回答这些问题，对于新诗史研究具有重要价值。

一　新诗发展需要传统固定形诗体

美国诗学教授劳·坡林在谈到现代诗人写作十四行诗时，说了这样一段话："乍看起来，我们会觉得奇怪：诗人为什么要把自己限制在毫无道理的十四行的体式内，受到固定的节奏与脚韵计划的限制。他这样做部分原因是继承传统；我们都只为某种传统本身而继承，不然的话，为什么我们要在圣诞节摆一棵小树在室内呢？"③ 这里提到的传统，指的是传统的审美意识和礼仪形式，它深深地植根于人们的心理，作为潜在意识规定着人们对于某种传统的自觉继承，往往不需要更多的理性说明。

十四行体是一种有着悠久历史的传统西方古典诗体，经历了数个世纪的流播转徙，已经成为一种世界性抒情诗体。在欧洲，十四行体曾有过辉煌的历史，彼特拉克、但丁、弥尔顿、莎士比亚、拜伦、华兹华斯、济慈、雪莱、白朗宁夫人、里尔克、叶芝、奥登、波德莱尔、普希金、莱蒙托夫等耀眼的文坛明星，都与十四行体结下不解之缘。在现代，智利的米斯特拉尔、聂鲁达，危地马拉的阿斯图里亚斯，以及美国的朗费罗等，都创作出风靡世界的十四行诗。邓恩在自己的诗中把十四行体比作一个"精致的瓮"，认为它适合"最伟大的骨灰"。西方大诗人中没写过十四行诗的屈指可数。十四行体按其诗体划分，应该是一种固定形诗体，它有着完整的形式，积淀着丰富的审美要素，能将生活内容和诗人情思铸造成审美形态，具有经久不息的艺术魅力。梁实秋赞美道："十四行诗因结构严整，故特宜抒情，使深浓之情感注入一完整之范畴而成为一艺术品，内容与形式俱臻

---

① 屠岸：《〈中国十四行体诗选〉序》，人民文学出版社，1996，第2页。
② 梁实秋：《谈十四行诗》，《偏见集》，正中书局，1934，第272页。
③ 〔美〕劳·坡林：《怎样欣赏英美诗歌》，殷宝书译，北京出版社，1984，第185页。

佳境。"① 这里突出的正是固定形诗体的整体美。同时的邵洵美追求诗的"完美的形式",认为"'十四行诗'是外国诗里最完整最精炼的体裁,正像中国的'绝诗'一样,'麻雀虽小,五脏俱全',它自身便是个完全的生命,整个的世界。去记录一个最纯粹的情感的意境,这是最适宜的"。② 我国诗人在新诗发生期就注意到西方十四行体并有模仿创作。闻一多在 1921 年评浦薛凤的《给玳姨娜》时说:这在建行、音节和韵脚方面是十四行诗,"介绍这种诗体,恐怕一般新诗家纵不反对,也要怀疑"。"这个问题太重大太复杂,不能在这里讨论。"③ 这个态度耐人寻味,闻一多首先肯定它是汉语写成的十四行诗,并表示自己在"赞成一边";其次又说时人对此"纵不反对,也要怀疑",因此自己有所顾忌;最后说对此诗体的评价,"这个问题太重大太复杂"。这语焉不详的语境就是因为十四行体是西方古典的固定形诗体,是"应用在整首诗中的传统体式",诗人创作须把内容纳入固定格式。④ 而五四新诗运动,在诗体上倡导诗体解放,推倒旧诗体和旧诗律,包括传统固定形的绝体诗。在这样的文化语境中,闻一多正面肯定固定形的律体和十四行体,是不合时宜的。到了 20 世纪 20 年代中期,新月诗人提倡新诗格律,推崇的是诗节形新格律诗,直到 20 年代末期,新诗格律体已经获得普遍认同、汉语十四行诗已经有了较多创作以后,深埋在部分诗人心中的固定形式问题才浮现出来。趁着《新月》发表闻一多翻译的一组白朗宁夫人十四行情诗机遇,徐志摩同时发表了《白朗宁夫人的情诗》长文,具体介绍十四行体发展史,肯定十四行体是西洋诗中格律最谨严的体式,最适宜表现深沉的盘旋的情绪。徐志摩说自己写作此文,"为要一来宣传白夫人的情诗,二来引起我们文学界对于新诗体的注意"。徐志摩明确地说:"当初槐哀德与石垒伯爵既然能把这原种从意大利移植到英国,后来果然开结成异样的花果,我们现在,在解放与建设我们文学的大运动中,为什么就没有希望再把它从英国移植到我们这边来?"⑤ 这里的两层意思很明确,一是当时虽然已经有中国十四行诗创作,但还没有引起人们对"新诗体"的注意;二是新文学运动进入建设时期,应该把十四行体移植过来建立新

① 梁实秋:《谈十四行诗》,《偏见集》,第 269 页。
② 邵洵美:《诗二十五首·序》,上海时代图书公司,1836,第 9 页。
③ 闻一多:《评本学年〈周刊〉里的新诗》,载《清华周刊》第 7 次增刊,1921 年 6 月。
④ 〔美〕劳·坡林:《怎样欣赏英美诗歌》,殷宝书译,第 179 页。
⑤ 徐志摩:《白朗宁夫人的情诗》,载《新月》创刊号,1928 年 3 月 10 日。

诗的固定形诗体。闻一多和徐志摩在新诗发展的特定阶段提出在移植基础上创造新诗固定形诗体这一敏感话题，得到当时诗坛的共鸣，一批优秀的汉语十四行诗问世，罗念生、梁实秋、邵洵美等随后发表论文专论十四行体式特征。

考察中国新诗人移植十四行体的理论与创作，其中一条重要线索是肯定这种诗体同中国传统律绝体的审美相通。闻一多在 1922 年蜜月中写成《律诗底研究》，三次提到十四行体，把它译为"商勒"，都是在与中国传统律诗的比较中使用的概念。他认为中国古代诗体中以七律为最精美，最能代表中国诗歌的审美精神。他说："抒情之诗，无论中外古今，边帧皆极有限，所谓'天地自然之节奏'，不其然乎？故中诗之律体，犹之英诗之'十四行诗'（sonnet），不短不长实为最佳之诗体。""律诗实是最合艺术原理的抒情诗体。英文诗体以'商勒'为最高，以其格律独严也。""律体的美——其所以异于别种体制者，只在其艺术。……英诗'商勒'颇近律体。"① 这些论述透露出闻一多对十四行体审美特征的认识，而这些论述始终是在把它与中国传统律体的比较中进行的。其实比闻一多更早，李思纯在主张输入外国诗体作为新诗创作范本时，就说过："十四行体是欧洲律文诗的一种形式"，"其作用略似中国诗中的绝句体"。② 以后诗人论十四行诗，大都强调其审美特征与中国传统诗歌相通。当代创作汉语十四行诗成绩卓著者屠岸总结了两种诗体的相通处："十四行诗在某种意义上颇似中国的近体诗中的律诗，特别是七律。律诗由四联（首联、颔联、颈联、尾联）组成，十四行诗由四个诗节组成。十四行诗与律诗对格律的要求都较为严格。从'体积'上说，十四行诗规定每首诗为十四个诗行，律诗则规定每首为八句（行）。从节律上说，外国（如英国）十四行诗讲究格与音步数，律诗则讲究平仄与字数（音数）；十四行诗每行或五步，或四步，律诗则五律每句三顿，七律每句四顿。从韵式上说，十四行诗的韵式对每行都有脚韵的规定，而律诗则只规定第二、第四、第六、第八行末字必须押韵，七律则往往第一行末字即起韵。……从思想结构上来看，十四行诗的四个诗节和律诗的四联都讲究'起承转合'的艺术规律，这是二者最根本的相似点。"③ 在此基础上，屠岸在回答"关于十四行诗在中国扎根"的问题时，明确地

---

① 闻一多：《律诗底研究》，华东师范大学出版社，2007。
② 李思纯：《诗体革新之形式及我的意见》，载《少年中国》第 2 卷第 6 期，1920 年 12 月 15 日。
③ 屠岸：《十四行诗形式札记》，《暨南学报》1988 年第 1 期。

说："十四行诗有这么顽强的生命力，这恰恰与中国的律诗相近。"① 这是一个极其重要的论断，它凝聚了屠岸数十年创作汉语十四行诗的经验，也体现了一个翻译大家对于中西文化交流的真知灼见。这是我们研究十四行体移植中国的一个重要理论支点。

考察百年来中国诗人关于十四行体与我国传统诗体相通的论述，其核心始终在说明两种诗体在审美观念和体式特征上的相通。一是外形的均齐。均齐，是十四行体外在形式的黄金律，从诗的节奏单元到诗行，再到诗节诗篇，处处呈现着均齐的特质。外形均齐，落实到语言上，就是韵律节奏的整齐；落实到图底上，就是视觉形象的规则；落实到构思上，就是进展秩序的圆满；落实到内容上，就是意义情调的匀整。均齐也是中国传统诗歌的美学特征。中国律诗每首八句，每句五言或七言，节奏结构为二二一或二二二一，中间两联还对仗，全诗外形和节奏无不呈现出均齐的美。闻一多认为，我们的祖先生活的山川形势位置整齐，早已养成其中正整肃的观念，加以气候温和，寒暑中节，又铸成其中庸观念，于是影响到意象，染上了整齐色彩。因此，"中国艺术中最大的一个特质是均齐，而这个特质在其建筑与诗中尤为显著"。② 二是结构的圆满。尽管十四行体在欧洲变体多，然起承转合的规模，大致不差，构思层层上升又层层下降，反反复复，曲曲折折，有一种玲珑精致之美。理想的十四行诗，从起点到终点是一个圆形的进展。中国传统诗也具有圆满的美。律诗的各部分名称是首、颔、颈、尾联，又曰韵脚，曰诗眼，曰篇脉，"古人默此之为一完全之动物矣"。"无论以具体的格势论，或以抽象的意味论，律诗于质则为一天然的单位，于数为'百分之百'（hundred percent），于形则为三百六十度之圆形，于义则为理想，乌托邦的理想 Utopian ideal。"③ 闻一多认为这种构思布局的圆满特征是我国民族审美意识的表现。三是音韵的谐和。在十四行体中，外在的构成因素与内在思想情绪辩证地渗透、依存和转化构成浑然的美。从纵向看，十四行诗的进展是一个 360 度的圆形，每一诗行、每一乐段都是弧形进展中的一个段落，而诗韵则把这些段落巧妙地组织起来。从横向看，尾韵在诗中充分显示其音韵旋律和关上粘下的功能，好像一个闪光的网把整

---

① 吴思敬、屠岸：《关于十四行诗的对话》，屠岸著《幻想交响曲》，香港：雅园出版公司，2014，第 3127 页。
② 闻一多：《律诗底研究》，《闻一多研究四十年》，清华大学出版社，1988，第 52 页。
③ 闻一多：《律诗底研究》，《闻一多研究四十年》，第 56 页。

首诗紧紧网住。中国律诗同样具备内外谐和的浑然美。规律用韵且统一用韵，同诗句整齐、两句一联、平仄互协，以及构思圆满结合，同样构成整体的谐和美和浑然美。闻一多认为："律诗不独内含多物，并且这些物又能各相调和而不失个性。"四是内容的单纯。十四行体是短小的抒情诗体，容情具有单纯性特征，即"必须是一个（仅仅一个）概念或情绪的表现"，容纳不下复杂的意义。写十四行诗，不独要保持它的固定形式，还要肆力于内容精练，"以十四行去写一刹那的情绪，是正好长短合度的"。而这类似于我国的绝句律诗。闻一多认为："抒情之作，宜短练也。……盖热烈之情感，不能持久，久则未有不变冷者。"由单纯引出紧凑："抒情之作，宜紧凑也。既能短练，自易紧凑。"①

以上分析揭示了十四行体与中国传统律体相通的审美意识和形式特征，它体现了固定形诗体具有的古典性特征，因此中国诗人基于继承传统的需要而选择固定形诗体。中西文化背景存在差别，但十四行体却能跨越差别而移植中国，其原因在于十四行体同中国传统诗体所呈现的"这节奏，这旋律，这和谐等等，它们是离不开生命的表现，不是死的机械的空洞的形式，而是具有内容、有表现、有丰富意义的具体形象"②。人类的生命活动和审美意识有相通之处，十四行体和中国传统诗体具备抒情诗的共同特点。任何诗体都是一种把握现实生活的艺术形式，是人们某方面审美欣赏长期积淀的产物，反映的是文学发展之最稳固的本质的倾向。现代审美人类学的研究成果已经揭示，日常经验是获得审美的重要基础，可以说，审美就来自对日常经验的感性把握。经验性与感性构成了审美的基本要素，人类通过日常的经验与感性，可以成为所谓的"审美的人"。这就是东西方人的审美形式能够沟通的重要理论基础。由于人类审美具有普遍性，而十四行体与中国传统律体是西方与东方人长期审美积淀的典型范式，都是人类的一种"生命的形式"，因而存在多方面的契合之处就不足为奇，它正好证明了两种诗体都是优秀的抒情诗体。

二　继承传统需要理性地选择

在进行以上论述以后，就有一个尖锐的问题摆在我们面前：既然我国

---

① 闻一多：《律诗底研究》，《神话与诗》，华东师范大学出版社，1997，第302页。
② 宗白华：《艺境》，北京大学出版社，1987，第222页。

律体与西方十四行体都是优秀的固定形诗体，而且具有相通的审美意识和语言体式，为何我国诗人一方面要打破律绝体这种传统的固定形式，另一方面又要创建汉语十四行体这种新的固定形式？既然是"继承传统"，为何不从中国传统诗体着手，而要远涉重洋去移植西方古典诗体？这确实是无法回避的问题，其中所包含的是更加深层的文化心理。对此，台湾诗人杨牧在解释"难者或曰，摹仿欧洲古体何不如发扬中国旧体"这问题时说："二十世纪的中国诗人如果继续写作律诗绝句，在心情感触上首先不免须无条件向古人认同，而且在典故意象的运用上，更无超越古人的可能性。一本精编丰富的'诗韵集成'，不但限制了我们今天写作律诗绝句的形式规范，也足可以教我们失去创造新意象新比喻的勇气。我们绝对无意批评当代继续写作律诗绝句或古典诗词的人，我自剖分析我个人艰难的体验，大略如此。然而，当一个二十世纪的中国诗人摹仿欧洲商籁时，他所摹仿的大抵只是商籁的形式技巧，至多仅止于韵脚的整齐和结尾收束的规则，他不必承担欧洲诗传统里定型意象和典故的包袱，出奇创新的机会倍增，可以免除人云亦云的尴尬。"① 这是一个极其精彩的分析。新诗人非常看重新诗命名上的"新"字，以此同"旧"诗区分开来。作为文类的新诗命名出现在清末民初的诗界革命中，先是指"新学诗"，后指"新派诗"，五四新诗运动中也把白话诗称为"新体诗"。新诗发生身处由传统社会向现代社会的转变时期，其基本特征就是寻求变革中的"新"，"这个时期的诗界，都有求新的倾向，求新是他们一种共同的倾向"。② 这种倾向始终影响着新诗的发展，其中重要的表征就是重视借鉴西方诗歌资源包括移植西方诗体，在移植中获得新的意境、新的语感、新的诗体、新的句式、新的隐喻。新诗史上的主要诗体都是移植改造域外诗体的产物。因此新诗人在创造固定形诗体诗时，把目光投向西方的十四行体，就是一种顺理成章的事了。

关于新诗人在移植十四行体时所抱的态度是轻率的还是认真的，是盲目的还是理性的，北塔在相关论文中就提出了"是出于新鲜好玩，抑或有更为深刻的原因"的问题。他的看法是：新诗要朝背离传统的方向发展，就意味着新诗人不可能在诗词曲赋中挪用现成的形式；他们要颠覆传统，这种革命性冲动强烈得不能再强烈，对旧诗的态度亦然；如果他们还想以

① 杨牧：《〈禁忌的游戏〉后记》，台北：洪范书店，1980，第160、162页。
② 陈子展：《中国近代文学之变迁：最近三十年中国文学史》，上海古籍出版社，2000，第178页。

诗歌表达这种冲动，就要找到一种具体的诗歌形式，这种寻找如冲动那样是盲目的，纯属偶然；他们只是出于好奇心理，玩一个新的玩具，移植十四行诗也是如此。用"革命性冲动""好奇的心理""没有固定指向"来概括我国输入移植十四行体，这是轻率而有失公允的判断。好在北塔在这种分析后又指出，相对于其他诗体移植而言，十四行体获得了咀嚼消化，有了一定的吸收，"其根子上的原因，就在这种审美定势"，即"古典的五七言律诗跟现代的十四行之间的相似性"。① 以下就中国诗人移植十四行诗的"指向"和"选择"谈点想法。

中国诗人移植十四行体其实是有"固定指向"的，这就是为新诗创格，指示中国诗形式建设的道路。当年徐志摩在推荐十四行体时，着重提出以欧美诗为我们的向导和准则，一是建立新诗体，即新诗的固定形式；二是改善新诗语，即"钩寻中国语言的柔韧性乃至探检语体文的浑成、致密，以及别一种单纯'字的音乐'的可能性"。② 百年间，移植十四行体与新诗体建设互动持续推进。第一在新诗发生时期。新诗发生，是中国诗歌由古典型向现代型转变，其转变同时在诗质、诗语和诗体三方面展开。在诗体转型时提出诗体解放论，面对着传统诗体失效的无体状态，新诗人着手新诗体建设。正是在此文化语境中，十四行体开始输入我国，包括翻译和创作两途。其对于新诗发生和新诗体建设的意义是：提供了新的语言范本、新的诗体范本和新的思想范本。第二在新诗创格时期。初期新诗创作自由随意造成严重的非诗化倾向，到20世纪20年代中期，新诗发展由向旧诗进攻阶段转变为建设新诗阶段，在诗体建设方面表现为整整10年的新诗创格运动。新月诗人把新韵律运动推向高潮，继起的京派诗人继续为新诗创格。该时期汉语十四行诗在中国的发展线索是从节律创格到诗体创建，初步完成了由随意到规范的发展过程，给予中国新诗创格以重要贡献。第三在新诗求变时期。20世纪30年代后期开始，在民族战争背景中展开了新诗民族形式的讨论，提倡新诗的民族形式。随着新诗创格和创体的推进，这时我国诗人移植十四行体的重点转移到语言形式的民族化和诗质内容的现代化方向。十四行体移植在经过了创格规范以后，诗人们寻求新突破，创造新的变体形式，探索民族化和中国化途径，这是十四行体中国化的全新阶段。

---

① 北塔：《论十四行诗式的中国化》，《中国现代文学研究丛刊》2000年第4期。
② 徐志摩：《〈诗刊〉前言》，《诗刊》1931年第2期。

第四在新诗多元时期。20世纪80年代以来，新诗迎来了创作繁荣、多元发展时期，它为汉语十四行诗的发展提供了机遇和条件，推动着汉语十四行诗演变出多种变体并走向成熟，同时，汉语十四行诗的发展也成为新诗创作繁荣和多元发展的重要标志。面对十四行体移植对于中国新诗发展的贡献，朱自清在20世纪40年代指出："闻、徐两位先生虽然似乎只是输入外国诗体和外国诗的格律说，可是同时在创造中国新诗体，指示中国诗的新道路。""无韵体和十四行（或商籁）值得继续发展；别种外国诗体也将融化在中国诗里。这是摹仿，同时是创造，到了头都会变成我们自己的。"①这种判断是完全符合新诗发展历史的。回望百年新诗发展历史，徐志摩关于移植十四行体的两大目标大体实现。就创造新诗体来说，汉语十四行体在中国已经有了数以万计的创作，形成了格律的十四行诗、变格的十四行诗和自由的十四行诗三大系列，屠岸由衷地说："我深信，包括中国十四行诗在内的中国新诗，总有一天将会以自己绚丽的民族风采、非凡的艺术特色和深沉的哲学内涵赢得世界读者的赞叹！"② 就改善新诗语来说，十四行体的音律格式被广泛地吸收到新诗中来，十四行体语言的跨行方式、诗行结构、文法组织和用字规范提升了新诗语言的质素。

中国诗人创固定形诗体其实也是"理性选择"。百年以来，我国诗人使用传统诗法，在平仄音韵和对仗意象的效法中，同样取得重要成果。但在建立新诗固定形时，诗人确实没有选择传统旧诗体改造的途径，而是选择了十四行体等域外诗体移植的途径。这除了与求新的文化心态有关，还有更加深刻的理性思考。梁实秋在《谈十四行诗》中说："律诗最像十四行体。现在做新诗的人不再做律诗，并非是因为律诗太多束缚，而是由于白话不适宜于律诗的体裁。所以中国白话文学运动之后，新诗人绝不做律诗。"文言与白话差别很大，律诗到了白话诗人手中便绝不适用，相对而言，英国的诗人一方面提倡白话文学，另一方面仍做十四行诗，则是因为英国的白话与文言相差没有这样多。在此分析基础上，梁实秋的结论是："所以现在我们的新诗人不肯再做律诗而肯模仿着做十四行诗，若说这是'才解放的三寸金莲又穿西洋高跟鞋'，这似是不大相符。"③ 这是一种理性的思考。其要点是：新诗人没有选择律诗作为新创固定形诗体的基础，并非律

---

① 朱自清：《诗的形式》，《朱自清全集》第2卷，江苏教育出版社，1988，第397~398页。
② 屠岸：《〈中国十四行体诗选〉序》，第3页。
③ 梁实秋：《谈十四行诗》，《偏见集》，第272页。

诗形式本身的问题，而是新旧诗的语言差异使然；十四行体能够成为新诗人创建固定形诗体的基础，是因为这种诗体能够建立在现代汉语基础之上，它与建立在文言基础上的旧律诗有本质的区别；十四行诗最像律诗，"律诗尽可不作，不过律诗的原则并不怎样错误"，模仿十四行诗创作时可以借鉴律诗原则。梁实秋的结论建立在较为完整的论证结构中，应该说是颇具说服力的，它回答了中国诗人选择十四行体的学理和历史根据。中国新诗是在以反对文言文、提倡白话为重要内容的文学革命中产生的，新旧诗体的本质差别就在于：旧诗是建立在文言（古代汉语）基础之上，新诗是建立在白话（现代汉语）基础之上。白话的口语化、精确性、散文化的诗语，与古代诗体以情绪性、含蓄性、感受性、暗示性为本体诉求的诗语相去甚远。从诗的形式来说，中国传统诗体使用的是文言，是一种以单音字和双音词为意义单位的诗，因此对仗、平仄、音数建行、五七言八句这类形式正合规范，而现代汉语是一种高度欧化的散文语言，同古代汉语相比，重要演进就是双音节化和句法的严密化，这种变化使得新诗无法保持等量建行，难以保持一种上下对称的句式，难以采用传统诗律形式来容纳散文结构和复杂句式。现代人使用白话写诗，生活和思想较古人丰富，因此每行由五言七言扩大为十言左右（或自由安排），每段由上下句扩大为三行、四行，是顺理成章的。这是梁实秋所说新诗人不肯再做律诗而肯模仿十四行诗的理由，也是徐志摩主张以外国诗作为向导和准则来建立新诗体、改善新诗语的理由。中国诗人选择十四行体来创作，是因为西方十四行体完全可以为创立新诗体提供直接的借鉴，为新诗在现代汉语基础上呈现"诗性"提供直接的借鉴。

再进一步说，我们应该意识到，十四行体与中国传统律诗体既有审美契合处，又有审美差异性。十四行体讲究格律，但并不固定，既有正式，又有变式。诗行和诗篇的规模大于律绝体，更能表现现代生活内容，语言方面契合现代汉语特点。如屠岸在相关文章中，既说到两种诗体的契合性，又说到两种诗体的差异性：

> 十四行诗与律诗对格律的要求都较为严格。从节律上说，十四行诗讲究格与音步数，律诗则讲究平仄与字数（音数）。从韵式上说，十四行诗的韵式对每行都有脚韵的规定，而律诗则只规定第二、第四、第六、第八行末字必须押韵，七律则往往第一行末字起韵。在这点上，

十四行诗对用韵的要求比律诗更严。此外，律诗是一韵到底，而十四行诗则不断转韵，变化比律诗多。但律诗的颔联和颈联讲究对仗，有时首联或尾联也出现对仗，这却是十四行诗所没有的。①

屠岸在这里概括了两种诗体的四点不同：第一，十四行体节律是建立在音步基础之上，而律体是建立在平仄和字数基础之上；第二，十四行体用韵变化较多，而传统律体用韵变化较少；第三，十四行体建行讲究格式，而传统律绝体讲究平仄；第四，十四行体不讲对仗格律，而传统律体则讲究对仗。这四个差异性特征，其实正好说明了十四行诗的格律因素更适于白话新诗的创作，我国五四以来的新诗形式探索其实都在寻求解决这样四个重要问题的答案。

十四行体之所以能被移植到中国，就在于它对我们民族来说具有审美的契合性也就是可接近性，即相近相和性。但是与此相关的是另一个重要问题，就是该种诗体同别的诗体的相距相异性，也就是移植的对象能够提供异质，内在地具备可为其他民族借用的东西，否则就没有跨语系移植的必要了。我国诗人在移植十四行体时，经常说到它与中国传统律体之间的相近相通性，但若两种诗体仅仅存在相近相通性，我国诗人也就没有必要远涉重洋去加以移植了。事实上，我国诗人成功地实现十四行体汉语移植，就在于正确地处理了两种诗体的相近相通性和相距相异性的关系。从移植十四行体的实践看，我国诗人还是注意从民族审美特性出发，基于"律诗尽可不作，不过律诗的原则并不怎样错误"（梁实秋）的观念，自觉或不自觉地融入了传统律诗审美特性，把"首首律诗里有个中国式的人格在"（闻一多）灌入诗中。如肖学周就说自己"写的都是变体十四行，是综合西方十四行与中国律诗的产物"。② 杨牧则是倒过来说："中国诗人自从五四以来，就极端自觉地寻觅新形式来表达他们的新感性……有时则试图以十四行的商籁扩张七律五绝的天地，抢救词曲于俚巧的式微。"③ 这是一个非常有意思的审美现象和研究话题。中外两种优秀传统诗体的契合体现了人类审美的普遍性。荷兰范丹姆在《审美人类学：视野与方法》中认为，神经系统层数是多种审美经验的基础，而这种人类审美能力的获得可以追溯到

---

① 屠岸：《十四行诗形式札记》，《暨南学报》1988 年第 1 期。
② 肖学周：《〈北大十四行〉自序》，中国文联出版社，2004。
③ 杨牧：《〈禁忌的游戏〉后记》，第 169 页。

人类诞生之初。① 人类审美来自对日常经验的感性把握，而人类的日常经验具有相通性，它成为形成人类审美普遍性特征的基础。同时，人类审美经验本身也有"偏好性"，所以在不同的文化传统语境中会产生多种审美经验，这体现了中外两种优秀诗体的差异性。我国诗人较好地处理了两者关系，推动了十四行体移植的健康进行。

三 十四行体移植中的中国化

美国诗学教授劳·坡林认为诗人愿意把创作限制在十四行体式内，另一原因是该诗体传统还有一点作用："它以高难度向诗人的技术挑战。差的诗人当然时常遭遇失败：他不得不用不必要的词语来填补诗行，或为押韵而使用不妥当的字词。可是好诗人却在挑战中感到英雄有用武之地；十四行诗能使诗人想到在其他情况下不易想到的概念与意象。他将征服他的形式而不为形式所窘。"② 这关涉十四行体移植中的一个审美问题。征服固定形诗体格律，从中获得形式本身的乐趣，这是十四行体移植的又一审美价值所在，是新诗人"才解放的三寸金莲又穿西洋高跟鞋"的又一理由。梁实秋认为："十四行诗的格律，不能说是束缚天才的镣铐，而实是艺术的一些条件。"③ 闻一多直截了当地说"诗人要戴着脚镣跳舞"。梁宗岱说格律是"赐给那松散的文字一种抵抗性的"，有了它"我们便不能什么都干了；我们便不能什么都说了"。诗人在征服工具时，也征服了读者。美是人的本质力量对象化，美的事物所以引人愉悦，就在于其中包含着人类的珍贵特性——实践中的自由创造，它"唤起人对自己的创造才能感到惊奇、自豪和快乐"。新诗创作中普遍存在的问题，就是随意、散漫的非诗化倾向，因此新诗人移植十四行就是导引新诗创格，就是完善新诗艺术。在输入十四行诗时，我国诗人大都强调其是一种精严的诗式，强调要用精严的态度去创作，并强调征服精严诗体过程中的审美体验。新诗人既要继承中国律绝体精严的审美特征，又要克服白话写作律诗的语言障碍，因此就去写作汉语十四行诗。这就成为十四行诗移植中国的又一个历史动因。

十四行体作为固定形诗体，不仅有着规定的韵脚、音步、行式、段式

---

① 〔荷〕范丹姆：《审美人类学：视野与方法》，李修建等译，中国文联出版社，2015。
② 〔美〕劳·坡林：《怎样欣赏英美诗歌》，殷宝书译，第185页。
③ 梁实秋：《谈十四行诗》，《偏见集》，第270页。

等格律限制，而且其各种格律因素相互结合，如押韵与乐段、诗行，音步与建行、建节，节奏与构思、抒情等，都是互相制约，具有整体协调和浑然圆满的特征。因此，相较于连续形诗体、诗节形诗体，固定形诗体对于诗人的技术挑战更加严峻，这种挑战需要诗人把情思妥放在整体格式中，克服形式束缚不为限制所窘。同时，固定形诗体自身又是个"完全的生命，整个的世界"，它是经过无数诗人锻造成的"最完整最精炼的体裁"，在它表面冰冷的格式中隐藏着人类审美的精髓，能使诗人想到在其他情况下不易想到的概念与意象。因此，诗人应该抱着敬畏的态度去迎接技术挑战，在同格律形式的互动中激活其鲜活生命，注入诗人自由创造的主体精神。朱光潜在 20 世纪 40 年代对十四行体和律体创作规律有过精彩论述。他认为律诗体、十四行体的固定模型是发挥音乐性的一种工具，创作时可以此为基础从整齐中求变化，从束缚中求自由，变化的方式于是层出不穷。而这变化的实现就在于诗人在征服形式中注入主体精神，具体说就是"得着当前的情趣贯注而具生命的那种声音节奏"，其结果就是既有诗的共同性（律诗体、十四行体的形式模式）又有个性（特殊情趣所表现的声音节奏）的作品。固定形诗创作的规律就是"形式作模式加个性"，即形式是诗的灵魂，作诗就是赋予形式以情趣。许多新诗人的失败都是因为不能在创作中把握这种规律。朱光潜说："许多形式相同的诗而内容则千差万别。多少诗人用过五古、七律或商籁？可是同一体裁所表现的内容不但甲诗人与乙诗人不同，即同一诗人的作品也每首自具一个性。就内在的声音节奏说，外形尽管同是七律或商籁，而每首七律或商籁读起来的声调，却随语言的情味意义而有种种变化，形成它的特殊的音乐性。"[①] 朱光潜的论述，同样强调了诗人对固定形诗体的征服，但在强调中更加突出诗人的主体精神，强调了诗人的创作自由，充分发挥诗人的主体精神和创作自由，看似受格律严格限制的诗体能够产生丰富多彩、个性特异的优秀作品。我国诗人在百年探索中实践这种艺术规律，诞生了数以万计的汉语十四行诗。杨牧肯定这种探索，说在学识渊博、才情高逸的诗人创作中，"商籁体本质上的严格限制，往往更通过语言的转化，产生极大的变动，收缩性加大，涵容增广，早已经不像文艺复兴时代的欧洲商籁那么严格，

---

① 朱光潜：《诗论》，生活·读书·新知三联书店，1984，第 280～282 页。

更自然避免了它恶性僵化的危机"。① 这是中国诗人对世界十四行体建设做出的重要贡献。

对于十四行体这种从域外移植过来的诗体，诗人面对高难度的技术挑战，最为重要的使命则是在征服中推动十四行体中国化，也就是朱自清所说的，在输入外国诗体和诗律的同时创造中国新诗体。这是我国诗人移植十四行体的目标指向和审美价值所在。柳无忌在谈到中国诗体建设时，认为第一步是破坏，即旧诗体的破坏，第二步是模仿，即他诗体的借鉴，第三步是创造，即新诗体的建设。移植十四行体确实需要翻译他作，也需要模仿创作，但更需要的是自创，即建设适合中国现代社会和现代汉语的新诗体。柏拉图说希腊民族善于借鉴，"把一切从外国借来的东西变得更美丽"。若把域外文化遗产喻为种子，希腊人的可贵之处是把它移植到希腊土地，经过一番筛选、淘汰和改进，使之变为自己的东西，从而造就了高度的希腊文明。我们所理解的十四行体"中国化"，应该同时包含异域化和本土化两个方面。一方面，中国化的过程是把异质的东西拿来，然后变成我们的东西；另一方面，中国化的过程是把我们的东西融入，然后改变他们的东西。只有把两者结合起来，才能实现真正意义上的中国化。如果仅仅理解为拿来，不去使之变成我们的东西，或如果仅仅理解为改造，结果彻底抛弃了外来的东西，那么所谓的中国化毫无意义。人们常常在此问题上存在理解误区，一方面有人否定移植域外诗体中的欧化现象，另一方面有人否定移植诗体坚持的归化现象。两种偏向始终存在于十四行体中国化的过程中，也始终存在于汉语十四行诗的创作之中，百年来许多关于十四行体移植的争论及对于创作的责难，其原因都是与此有关的。

异域化和本土化结合，一方面保存，一方面改造，这是十四行体英国化的宝贵经验。十四行体中国化的结果就是产生与外国十四行对应的"中国十四行"，即"中体"十四行。我国古代就有"橘逾淮而为枳"的说法："橘生淮南则为橘，生于淮北则为枳，叶徒相似，其实味不同。所以然者何？水土异也。"（《晏子春秋》）林庚就用"移植与土壤"来谈十四行体从西方到东方的移植。这种移植由于文化土壤和气候的差异，必然产生变异，最终结果就是结出不同于西方的中国化果实。十四行体中国化最终产生中体十四行的"结果"，参照十四行体英国化的经验，大致包括四个方面。第

---

① 杨牧：《〈禁忌的游戏〉后记》，第160页。

一，题材风格的丰富性。这个结果的本质是十四行体与中国人的现实生活、思想情感和民族审美相契合，在表达的题材、主题和风格等方面本土化。第二，语言体制的汉语化。这个结果是十四行体与中国现代汉语、诗体规则和音律体系相契合，在形式的段式、节律和韵式等方面本土化。第三，在以上两个方面本土化的过程中，创作出数量众多的汉语十四行诗变体，就像英国十四行体一样，不仅与彼特拉克有很大不同，而且它们自己之间的差异也比较明显。因为只有这样，才能实现题材风格的丰富性和创作文本的多样性，迎来中国十四行诗的繁荣局面。第四，在此基础上形成中体十四行的"正式"，即定型的典型格式。只有变式而没有正式，只有多样性而没有固定形，表明这种诗体还没有达到成熟的境地。英国的莎士比亚式是英体十四行的正式，其他与此相关的英体十四行就成为变式，从而形成正式和变式相互依存的格局，才最终完成了十四行体英国化的进程，实现了十四行体在英国的开花结果。

十四行体英国化最为重要的经验是推动题材的丰富性，迎合英语读者的本土意识；此外是形式的多样性，适应英国语言的格律规范。毫无疑问，十四行体中国化的主要内涵也是推动形式的多样性，推动题材的丰富性。在推动十四行体中国化的过程中，首先需要充分认识该诗体的独特体制优势，即十四行体本身就是一种具有弹性的诗体，是一种既具古典性又具当代性的格律诗体。赵元在介绍十四行体形式规范时概括了十四行诗魅力长存的原因，他说："要把思想情感在不多不少的十四行内表达清楚，而且必须遵循一定的格律要求，这并非易事。毋庸置疑，十四行诗难写是其魅力经久不衰的原因之一。十四行诗受到喜爱的另一个原因恐怕是，诗人不仅可以'跟着写'，还可以'对着干'。十四行诗并非一成不变的死板格式或'普罗克汝斯忒斯之床'，诗人可以发挥其创造性和想象力，改造十四行诗的形式，使其呈现新的面貌。"[1] 这里概括了十四行体受人偏爱的原因，一是格律严格，形成对诗人的高难度挑战，吸引着诗人去攻关克难；二是可塑性强，形成对诗人的审美诱惑，吸引诗人去改造创新。十四行体相比我国传统律体，其体制具有更大的容情弹性和可变界限。屠岸说："尽管十四行体格律规范严格，但它也提供了极广阔的展示天地。我们可以悲壮也可以哀感，只要我们了解、掌握这个'框框'，就可以获得最大的自由。这种

---

① 赵元：《西方文论关键词：十四行诗》，《外国文学》2010 年第 5 期。

在不自由中获取的、在规范中提炼出的自由，往往是真正意义上的自由。"①
卞之琳把十四行体称为"严格而容许有规则变化的诗体"，认为其"在西方
各国都流行，历久不衰，原因也可能就在于这点优越性"。② 这种优势特征，
使得诗人只要掌握了诗体规范，就可以获得创作自由，而这是真正意义上
的创作自由。十四行诗在世界各国都有变体，创作经久不衰，就与这种独
特体制优势有关。这种优势为十四行体中国化进程中的题材丰富和形式多
样提供了可能，也使得十四行体中国化成为现实。我国诗人自觉地认识到
这一优势，在百年探索中，推动题材丰富和变体多样，取得了丰硕的成果。
就变体多样性说，我国诗人探索并形成了三种汉语十四行变体。一是格律
的十四行诗。诗人对西方十四行体式进行对应模仿，讲究诗行安排、音步
整齐和韵式采用等，格律严格，可以孙大雨、屠岸的创作为例。二是变格
的十四行诗。诗人对西方十四行体式略加改造，大体按照十四行的段式、
建行和韵式写作，多用变体，甚至在一些地方出格，可以冯至、唐湜的创
作为例。三是自由的十四行诗。诗人仍受西方十四行体形式影响，但诗作
在分段方式、各行的音组安排、诗韵的组织方式等方面比较自由，可以郑
敏、白桦的创作为例。三种诗体都是中国诗人根据汉语特征对西方十四行
体进行改造后获得的汉语十四行诗，只是这种改造存在对应改造、局部改
造和根本改造的差别。就题材的丰富性说，十四行体在西方长期发展过程
中拓展题材，但基本风格还是沉静、节制和优美，偏于沉思性题材。我国
诗人同样关注诗体的传统题材，不少作品呈现出传统风格面貌，当然，其
中融入了我国诗人的审美精神和审美趣味。在此基础上，我国诗人把诗体
表达范围扩大到更广领域，更深层面。这种拓展的重要特征是立足中国现
实，立足中国传统，反映当代生活，体现新诗现代性追求。重要实绩就是
直面日常生活，如朱湘、卞之琳的创作；就是直面现实矛盾，如柳无忌、
杭约赫的创作；就是把握当代敏感话题，如罗念生、陈明远的创作；就是
抒写边疆风情，如唐祈、蔡其矫的创作；就是书写中华传统，如邹建军、
诺源的创作；甚至就是抒写少儿题材，如金波创作了大量儿童十四行诗。
中国诗人移植十四行体，留下了宝贵的中西文化交流的历史经验和有益
启示。

---

① 刘玮整理《十四行诗为什么能在中国扎根——与诗人屠岸对话》，载《屠岸诗歌创作研讨
会论文集》，2010，见"中国重要会议论文全文数据库"。
② 卞之琳：《翻译对于中国现代诗的功过》，《八方》1988 年第 8 辑。

十四行体英国化经历了约 150 年的发展才建立起得到世界公认的"英体"。重要者是两个过程：一是在华埃特和萨里手中就开始写作四四四二的英国式十四行诗，并在乐段、建行、诗韵和构思等方面做了有效探索，以后多人沿此路径继续进行创作和探索，从而获得了人们的普遍认同；二是莎士比亚以自己无与伦比的艺术才能，从形式上使前人对英体十四行的形式探索固定下来，同时对传统的十四行诗的主题进行创新，产生了巨大影响，模仿者蜂起，最终得到世界普遍认同，成为英体正式。这种英国化过程值得我们记取借鉴。面对艰难的十四行体中国化课题，我国诗人进行了百年持续不断的探索，并在 20 世纪 80 年代以后出现了创作繁荣和多元探索的新局面，这是十四行体中国化进程加速发展的重要标志。应该说，百年十四行体中国化取得丰硕成果，十四行体已经初步实现了从欧洲到中国的转徙，十四行体已经在中国扎根。但是客观地说，中国化的最终目标尚未实现，尤其是我们还没有在多元探索基础上建立中体十四行的"正式"，即得到普遍认同的典型范式。我们期待着十四行体中国化结出更加丰硕的果实，期待中体十四行诗自立于世界民族之林。

「诗／学／文／献」

民国词话七种

和希林 辑校[*]

按语 民国时期，词学处于新旧文学的转型时期，而词话作为传统词论的重要载体，仍延续着其固有的路径。近些年，民国文学研究持续升温，随着词学研究的推进，部分学者开始了民国词话的搜集、整理与研究，这无疑会极大地促进民国词学乃至文学的深入。但是由于民国词话载体的特殊性，搜罗起来有一定的难度。笔者在研读民国文献的过程中，陆续发现若干种词话著作，均具有较高的词学价值。今择其中七种（叶灵凤《餐碧簃词话》《求物治斋词话》，朱剑芒《垂云阁恋爱词话》，宋训伦《天际思仪庵词话》，武酉山《听鹃榭词话》，何嘉《绛岑词话》，厉鼎煃《星槎词话》）以刊布，名为"民国词话七种"。

一　叶灵凤《餐碧簃词话》

按：叶灵凤（1905～1975），原名蕴璞，笔名昙华、临风、亚灵等，斋名霜红室。江苏南京人。毕业于上海美术专科学校。1925 年加入创造社，曾负责《创造》《现代文艺》《星岛日报》等刊物。1975 年病逝于香港。著有《双凤楼随笔》等。《餐碧簃词话》原载于《针报》1925 年 9 月 26 日，

---

* 和希林，南阳师范学院文史学院讲师。本文系河南省哲学社会科学规划项目"《续修四库全书总目》词籍提要研究"（2017CWX029）阶段性研究成果。

署名"蕴璞"。

（一）

姜白石云："凡曲言犯者，谓以宫犯商、商犯宫之类。如道调宫上字住，双调亦上字住，所住字同，故道调曲中犯双调，或双调曲中犯道调。其他准此。"

（二）

近人高密郑文焯叔问，晚号大鹤山人，以名孝廉官吴中。诗书画金石文章而外，尤工填词。清末隐居自放，蓄一鹤自随。其宠姬亦解音律，曾记山人有冷红阁醉题《清平乐》一阕云："花枝倦拗。红阵和愁扫。帘外扶妆人悄悄。镜槛瞥逢一笑。　湘帏乍揭冰绡。近身花气如潮。凉到一眉春月，梦痕绿上芭蕉。"清丽疏狂，固毋忝白石道人"小红低唱我吹箫"也。然其所以能至此者，咸谓其通律之原，故能声出金石，深美闳约如此。

（三）

词用事最难，要体认著题，融化不涩。如坡翁《永遇乐》云："燕子楼空，佳人何在，空锁楼中燕。"用张建封事。白石《疏影》云："犹记深宫旧事，那人正睡里，飞近蛾绿。"用寿阳事。又云："昭君不惯胡沙远，但暗忆江南江北。想佩环月夜归来，化作此花幽独。"用少陵诗。此皆用事不为事所使。

（四）

湖上为天地间灵气所钟，古来骚人墨士，题咏殆遍，然真佳句亦不多见。而词之旖旎风光者，莫过于石次仲《多丽》一曲。其词曰："晚山青。一川云树冥冥。正参差烟凝紫翠，斜阳画出南屏。馆娃归吴台游鹿，铜仙去汉苑飞萤。怀古情多，凭高望极，且将樽酒慰漂零。自湖上爱梅仙远，鹤梦几时青。空留在六桥疏柳，孤屿危亭。　待苏堤歌声散尽，更须携妓西泠。藕花深雨凉翡翠，菰蒲软风弄蜻蜓。澄碧生秋，闹红驻景，采菱新唱最堪听。一片水天无际，鱼火两三星。多情月为人留照，未过前汀。"可谓词与景称矣。惟次仲在宋，并未著名，而著名者未必都工。是非无据，自宋已然，岂独晚近乎哉。

（五）

亡友易哭庵，晚年以醇酒妇人自戕余生。才名冠世，其所为诗文，海内知之矣。不知其词亦天才横溢，并不在清真、玉田之下，盖有真性灵而后有真才调。非必如一二标榜门户，矜为独得之秘者，可以同日而语。忆其《寿楼春》一阕云："霜花腴还魂。忆灵岩唤酒，水瘦烟昏。更忆蛮江听雪，市桥沽春。都老了，翩翩人。旧屐裙张循王孙。怅埋玉山川，销金岁月，环燕一般尘。　秦淮曲，丁帘曛。共招凉藕国，翠雨飘尊。甘向红楼乞食，胜他朱门。黄月晕，围如军。照两萍吴头吴根。空墨泪模糊，诗痕醉痕凄满巾。"嗟乎新词依旧，而邻笛凄然，不胜华屋山丘之感矣。

（以上《针报》1925 年 9 月 26 日）

二　叶灵凤《求物治斋词话》

按：《求物治斋词话》，原载于《针报》1925 年 11 月 14 日，署名"蕴璞"。

（一）

"近时词人，多不详看古曲下句命意处，但随俗念过便了"，此宋沈伯时语也。夫在宋时，已不免此弊。况晚近末流，以能凑象一词，便矜博雅。对于音律两字，早已置诸度外，此词宗之所以寥寥也。

（二）

郑大鹤后，自当以归安朱彊村为近代名家。昨在余素庵处，见其手书《西平乐》长调小立幅一帧，风格遒劲，笔法古拙，盖二十年前赠余物也。

中有警句云："消不得能言怪石，犯斗灵槎，说甚虞翻宅徒，陆贾书新，一夜江湖梦已凉。"大气盘旋，根柢深厚，非老斫轮手不办。

（三）

作词，炼句下语，最是紧要。如说桃，不可直说破桃，须用"红雨""刘郎"等字；如咏柳，不可直说破柳，须用"章台""灞岸"等事，此一例也。又如"玉箸双垂"，便是泪了，不必更说泪；如"绿云缭绕"，便是髻了，不必更说髻。一般浅学，多不知此妙用，指为不分晓，岂非大谬。

（四）

临桂况夔笙先生，予耳其名有年，顾未见面。词亦尝在友人处，偶见一二，未窥全豹。近阅其自刊《蕙风词》二卷，尚有宋贤轨范。而得力于彊村前辈，亦复不少。《减字浣溪沙·樱花》词云："万里移春海亦香。五云扶槛渡花王。从教彩笔黄平章。　　萼绿华尤标俊赏。藐姑射不竞浓妆。遍翻芳谱只寻常。"吾友少眉，谓其末句改成容若语。予则谓古人亦有之，未可深病也。

（五）

又《水调歌头·落花》词云："拥被不堪听。作算一宵晴。峭风多事吹送，到枕一更更。花落已知不少，一半可能留得，未问意先惊。帘幕带烟卷。红紫绣中庭。"云云。少眉又谓其格律既卑，炼句又不成话，未免为况稿之病。予则谓按诸古人集中，亦随处多有，殆未能忍心爱割之过也。抱千秋之想者，不可不慎。

（以上《针报》1925 年 11 月 14 日）

三　朱剑芒《垂云阁恋爱词话》

按：朱剑芒（1890～1972），江苏吴江黎里人，原名长绶，因慕名古代侠士朱家而改名慕家，字仲康、仲亢，剑芒是其别号，室名剑庐、吹花嚼蕊庐、莺愁蝶倦室、秋棠室等。曾任上海寰球中国学生会教师，兼编《学生会周刊》，为南社首批社员。积极以文字鼓吹革命，反对清廷之腐败。一度赴闽南永安办《长风报》，1945 年与林秋叶等组织南社闽集，被推为社长。1951 年，经柳亚子介绍，赴常熟从事教育工作。朱氏从事上海国学整理社编纂工作期间，汇编《美化文学名著丛刊》。著有《南社诗话》《南社感旧录》《陶庵梦忆考》等。《垂云阁恋爱词话》原刊载于 1928 年第 33 期《红玫瑰》。

词虽诗余，而写情作品，较诗为尤有佳趣。盖必深于情者，乃能作绮语，亦必工于词者，乃能描写儿女间之至情。余嗜读词，而嗜之最笃者，十九为写情作品。因撰《恋爱词话》，以供我同嗜者之快读。世之鄙夫陋儒，苟以轻启口孽责我，则正如柳君亚子所谓"泥犁黑狱"，不足以吓吾辈。两庑特豚，本非所屑也。

（一）

番禺潘兰史，所作小词，俱极侧艳。《香痕奁影录》中，亦盛称之，谓与病红山人足相伯仲。其《临江仙》一阕，记情如绘，词云："第一红楼听雨夜，琴边偷问年华。画房刚掩绿窗纱。停弦春意懒，侬代脱莲靴。也许胡床同靠坐，低教蛮语些些。起来新酌咖啡茶。却防憨婢笑，呼去看唐花。"代脱莲靴，胡床同靠，低教蛮语，起酌咖啡，极状初次相值。即两情缱绻，忽起忽坐，手忙足乱，所以憨婢在旁，亦虑其窃笑也。又有《如梦令·玉蓉楼录别》一阕云："不分玉楼双凤。唤醒红窗幽梦。半晌不抬头，只道一声珍重。休送。休送。江上月寒霜冻。""半晌不抬头"一语，含有无限凄楚。《西厢记》"长亭"一出，在此小令中包括无遗，可谓写情妙手者矣。

（二）

古人作词，本多白话。北宋词家如石孝友、柳耆卿、秦少游辈，集中白话作品，随处可见。石有《品令》一阕，写离别时依依状态，读之宛然在目。其词云："困无力。几度偎人，翠鬟红湿。低低问、几时么，道不远、三五日。　　你也自家宁耐，我也自家将息。蓦然地、烦恼一个病，教一个、怎知得。"余谓凡爱情浓厚之新婚夫妇，当初次别离，设展读此词，必致泣下沾襟，正不止"翠釜红湿"。

（三）

往读《随园诗话》所载，谓有弃其室人，久客异乡，不作归计者，有友赋诗寄之，末二句云："知否秦淮今夜月，有人楼上数归期。"其人获诗，即涕泣而归，信乎人非铁石，终有感悟之望也。如屯田《少年游》一首云："一生赢得凄凉。追往事、暗心伤。好天良夜，深屏香被，争忍便相忘。王孙动是经年去，贪迷恋、有何长。万种千般，把伊情分，颠倒尽猜量。"末句之妙，真无与伦比，虽文君白头之咏，亦不得占美于前也。

（四）

世间至速之物，为电光石火，而情之转移，有较电光石火为尤速者。如男女间之忽爱忽憎，一念中即可转移，有不自知其所以然也。黄山谷《归田乐》词有句云："拌了又舍了，一定是这回休了。及至相逢又依旧。"细加咀嚼，真堪令人失笑。

四　宋训伦《天际思仪庵词话》

按：宋训伦（1910~2010），字馨庵，号心冷，别署玉狸词人，祖籍浙江吴兴，生于福州，移居上海。1932年毕业于国立中央大学商学院。早年活跃于上海文化界，与周炼霞相善唱酬，1949年后移居香港，任职于轮船公司，担任《航运》杂志编辑。工倚声，有《馨庵词稿》（宋绪康2005年自印本）存世。附录有《词的朗颂》《答小友询问怎样学习填词》《词的突变》《读沈祖棻涉江词》等。该词话创作于1929年11月，时宋氏为国立中央大学商学院学生，本词话为应林仙峤之约稿而作，原载于1930年《星洲日报周年纪念刊》。

年来负笈中大，从事经济会计诸术，倚声之学，疏之久矣。老友林君仙峤远自叻埠，投书索稿，苦无以应，惟念数千里外故人垂注殷殷，隆情可感，因于匆促间竟斯文，聊以报命，舛误之处，惟求诸先进之明教焉。

（一）

十五国风息而乐府兴，乐府微而歌词以起。物久必厌，厌则弃之矣，天下事物何莫非是，岂仅文艺而已哉。以史乘之眼光观宇宙万物，皆沿进而无旋退，此自然之趋势也。然不幸而有崩溃退化之事见，初非原物原事之罪，实人之自误而已。汉魏之文，卓然可观，至六朝则萎靡颓败，乃有唐代韩荆州之革命，学者千余年来奉韩柳为圭臬，著韩柳之衣冠，久而本身主体泯灭以亡闻，此衣冠圭臬相承至今，腐且为灰。当此新文化激荡澎湃之际，胡适等乃又廓韩柳而清之，盖颓败之期，乃学者自误之时，苟不亟为改善，一国文学之本身，必且灭亡矣。词者诗之余，而曲者又词之余，然据不佞三年来浮沉韵语之所见，则古诗之不足供人留恋，正复如古文之不善表情达意，宜其未适用于今世也。综观古诗之弊有二：一曰音节不婉转；二曰字句过呆滞。而斯二弊者皆由于字有定则而来，如七言七律之诗，通篇皆七字之句，缺一不可，多一未能；五言五律正复相同，或曰古诗之歌行乐府，何曾字有定则，子将何以自解？余曰使汉魏以后之诗人尽皆致力于大小乐府，屏定则之诗而勿用，则诗之亡或不若是其速也。词——长短句——之兴，正足以改进之，始则仅有小令短调如李青莲之《菩萨蛮》等是。短调之不足，乃继之中调，中调之不足，又承之以长调，才人学士之天才技俩，发挥殆尽。元朝时曲子大兴，学者以为曲子乃补词之不足而生者。故可谓"词的改进"。殊不知曲子者乃变相之词，形体面目一与词同。非惟不能补词之不足，并词之优点而裁遏之。自是以后，历明清两代，未见有取词位而代兴之文艺。清季才人如纳兰容若、陈其年、朱竹垞一流，犹且沉湎忘返于其中，为词坛上大放异彩。故余谓自唐五代以还，一千余年之中国韵语，实为词所统治者也。时至今日，新诗体兴，无韵无平仄更无长短，一以心灵之表现为主。于是作者蔚然，大小诗人汗牛充栋，文艺复兴，于斯为盛。而中国新文学能使诗人普遍化，尤为世界文坛一种特色。在此新诗体代兴之际或即词命终了之秋，惜乎词之声调婉约，意味入神，虽文学革命领袖犹生未免有情之感，致贻人以不彻底之讥。且观胡适氏《满庭芳》一阕，可以知其于平仄音韵中，虽一字未敢惑焉，词曰："枫翼敲帘，榆钱铺地，柳棉飞上春衣。落花时节，随地乱莺啼。枝上红襟软语，商量定掠地双飞。何须待，销魂杜宇，劝我不如归。　　归期。今倦数，十年作客，已惯天涯。况壑深多瀑，湖丽如斯。多谢殷勤我友，能容我傲骨狂思。频相见，微风晚日，指点过湖堤。"

（二）

柳耆卿流品未高，其词亦极类其为人，故风格至卑。除"长安古道马迟迟，高柳乱蝉嘶"之外，其他诸作皆以纤艳淫狎见著。作家写真固为妙手，然儿女情绪之至真挚者，非必以肉感为要件。周清真之"水驿山回，望寄我江南梅萼。拼今生对花对酒，为伊泪落。"苏子瞻之"携手佳人，和泪折残红。为问东风余几许，春纵在，与谁同？"欧阳公之"浓醉觉来莺乱语，惊残好梦无寻处。"佳作如林，不胜枚举，见其韵味入神矣，而未见有狎亵之态也。反观耆卿所谓"算得伊鸳衾凤枕，夜永争不相量""暗想当初，有多少幽欢佳会""披衣独坐，万种无聊情意。怎得伊来，重谐云雨"，甚至有"且恁相偎倚。未消得、怜我多才多艺。愿奶奶兰心蕙性，表余深意"，其恶俗佻健有非常人所能想象者。余尝见旧家家训有禁子女读词曲者，谓词曲多谩淫足坏人心地，冬烘头脑不辨是非，固属可笑。而一般无聊文人如柳三变一流之好作狎词，亦未始非招尤之因也。呜呼！词曲何罪？乃为一二人之故，而同流合污，不亦冤哉。

（三）

余虽恶柳词，亦尝一度效其体。盖初学时，仅知艳丽之可爱，不知有所谓风格意境者。习之既久，病乃入于膏肓，偶一着手，便柳态毕露。近虽力以髯公、稼轩自治，而每一词成，必有柳三变在，饮鸩之深，可以想见。初学者于师徒效法之间，可不慎所取舍哉。犹吾友钟吾曹巽安（宝让）素工小令，间作长调亦清雅绝俗。论其词格高旷处不让前贤，与不佞之专作儿女语者有上下床之别矣。曩年巽安方读书白下，有《九日登鸡鸣寺怀古》，调寄《浪淘沙》，词云："寂寞古豪华。难起龙蛇。荒城蔓草夕阳斜。霸业雄图都杳矣，折戟沉沙。　　辱井坐残霞。几处人家。鸡鸣古寺听悲笳。牢落秋江枫树晚，又噪寒鸦。"迈古苍凉之气萦旋纸上，"牢落"两句意味特远，正不必读鲍参军芜城一赋，始令人凄然肠断也。巽安又有《鹧鸪天》词一阕，则清新醇远，望而知曾寝馈于王沂孙者。词曰："炉篆香销冷画屏。最无聊赖过清明。落花时节潇潇雨，倦听山城鼙鼓声。　　愁脉脉，泪盈盈。天涯芳草若为情。凭阑尽日无消息，吹彻青楼紫玉笙。"斯二者，遣辞炼句皆可与古人颉颃。《鹧鸪天》犹传诵朋好间，《浪淘沙》则与眼前气象已不相吻合。当时所谓荒城蔓草者，今已恢复其六朝之胜丽，虎啸龙吟，风云际会，即此亦可略窥盛衰否泰之道矣。

（四）

填词匪易，传神尤难，意境与音韵更有密切之关系。两相衬托，情文以见，是以昔人有五音十二律吕之说。声律之理既明，乃必寝淫于两宋，问道于五代，上窥苏李之秘，下窥百家之变，耗三数年浮沉留恋之功夫，或可得其大概。

（五）

世谓倚声小道，无足深学，吾所云云，或难见信，然余非故作惊人之谈，实自身之经历也。近人田汉以新剧家而兼长文艺，聪明才智非常人能及。田汉尝一度致力于词，然以其才气过人，故得出入辛苏，纵横周姜，渗和而另成一派。并能运用新名辞，贴切适当不见斧凿痕，可谓难能可贵矣。兹姑录其一二阕，藉供谈助。《念奴娇》云："五羊城外，闹元宵十里，灯红酒美。寻到沙基桥畔路，姊妹相迟久矣。皓月不来，春风入袖，吹皱珠江水。疍①家船里，有人绰约无比。　　待作长夜清游，乱愁和雨，波上纷纷起。双桨沙基桥下去，远远歌声未已。碧血川流，弹丸雷发，犹记当年耻。凝眸沙面，绿榕魆魆如鬼。"《水龙吟·白鹅潭纪游》云："肇香舫上凭阑，残阳影里苍波远。楼船矗立，布帆徐动，轻舟似箭。海舶遥来，浓烟拖墨，电光齐灿。想中山当日，白鹅潭上，为祖国兴亡战。一带泛家浮院。伴红灯歌声微颤。红衣疍②女，不穿罗袜，盈盈送眄。盛

---

①　"疍"，原作"蛋"，据《田汉文集》第12卷（中国戏剧出版社，1984）第82页改。
②　"疍"，原作"蛋"，据《田汉文集》第12卷第78页改。

景当前，盛筵难再，酒痕飞溅。只伤心狱底有人此际，泪痕洗面。"欲见其善假新名辞入词之妙，当于《桂枝香》中得之。其词曰："才停鼓吹。正晓雾渐收，灯眼犹醉。绝爱澄波碧透，众峰横翠。指点港龙形胜处，叹前朝金瓯轻碎。罢工当日，繁都冷落，算舒民气。　　撒克逊神明所寄。学岭畔闲云，登临凝睇。禹凿龙门，应似这般心细。一枪一犬流荒岛，整江山如此清丽。欲兴吾族，人人先读，鲁滨孙记。"此词赋于香港，异乡作客，已深游子之愁，举目凭阑，欲堕河山之泪，非志士非才人哪能有此深情。

（六）

歌词作风，多随年齿处境而异，大概少年当学秦少游；中年已受世变影响，可效稼轩；老去已饱经世故，感慨随生，则如放翁、东坡矣。然年齿境遇乃由外而内之影响，而性灵作用乃由内外发者也。内外交感，而作风又变，不必搜求古人，即田汉之词，已足代表矣。绮思艳发，系自内而起，祖国神思，乃因外而生。今春四月，余随宋崇九先生登吴淞炮垒，远眺江上，兴尽悲来，余赋《惜余春慢·寄感》云："急浪敲堤，疾风摧草，此际登临天堑。轻烟欲上，海鸟孤飞，远远铁樯微闪。遥想八十余年，扬子江头，长舣夷舰。与巴尔干岛，同遭凌辱，最为凄惨。　　休再说凯末神威，公介英武，正气贯虹如电。浮生若梦，岁月无情，只怕鬓丝先换。怜我消磨至今，儿女心肠，英雄肝胆。看斜阳落水，卷起千条白练。"凯末（Kamee）为土耳其革命领袖，介公即蒋介石先生也。曹巽安君谓此词豪放处酷似稼轩，风格较前似变。不知豪放之情，多由环境逼迫而生，发自心灵乃形之笔墨。读书人丁国家多事之秋，蒿目尽河山之感，未能投笔，难洗牢愁，发为诗文，则感慨随之矣。辛稼轩遭逢北宋偏安之局，半生戎马，荣辱备尝，宜其文章中，杀气逼人，非生而豪放也。柔曼侧艳之词，系盛世之文，可以歌舞升平，不足以激发人心。读书人处乱世，虽不能报国，亦当退身教人。国人萎靡浮弱久矣，而文人雅士犹一味沉湎于才子佳人之词，士气消沉，亦大可忧也。若余此词，仅略抒牢愁，几曾豪放？结尾前二三句，犹深儿女之情。誉我者，益滋余愧恶之私。惟今而后，当与有心人共勉之耳。

（七）

吾浙为海内文人荟萃之区，崭然露头角为文学政治之魁者代有其人，今尤甚焉。山明水秀，郁郁葱葱，游其地者，觉天地钟灵之气，扑人眉宇。是以历代词人辈出，如张子野、叶少蕴、周弁阳等皆驰骋词坛，卓然称宗。余如赵子昂父子，则子昂有《松雪斋词》一卷，子仲穆则有《仲穆遗稿》传世，惜父子词才皆为书画所掩，至不为世所重。其实松雪老人之《蝶恋花》："侬是江南游冶子。乌帽青鞋，行乐东风里。落尽杨花春满地。萋萋芳草愁千里。　　扶上兰舟人欲醉。日暮青山，相映双蛾翠。万顷湖光歌扇底。一声催下相思泪。"一种寄怀悱恻之意，溢于辞表。仲穆之《水调歌头》云："春色去何急，春去微寒。满地落花芳草，渐觉绿阴圆。马足车尘情味，暑往寒来岁月，扰扰十余年。赢得朱颜老，孤负好林泉。　　宝装鞍，金作镫，玉为鞭。须臾得志，纷华满眼纵相谩。功名自来无意，富贵浮云何济，于我亦徒然。万事付一笑，莫放酒杯干。"满腔牢骚抑郁之情，一寄之于悲歌感慨之中，许初称此词"以孤忠自许，纷华是薄，而兴亡骨肉之感，默寓其中。意其父子之仕，当时亦容有所不得已者，良可悲己。"近数十年承梦窗余绪，集百家菁华，寄美人芳草之愁思，作当代倚声之正宗者，则唯吾乡朱彊村先生矣。彊村以词鸣南北者数十年，一时殆无抗手。然沈义甫评梦窗曰："梦窗深得清真之妙，其失在用事下语太晦处，人不可晓。"彊村宗梦窗，乃亦正坐晦涩之病，凡曾读彊村诗集者，类能道之，后进如小子，岂敢妄指乡前辈之疵，况先大父与彊村为总角之交乎？然于文学立场上言之，或无关大旨耳。总之，吾浙风雅之盛，实为海内冠，观夫西子湖滨彊村、梦坡诸先生所建之两浙词人祠，从可知矣。

（八）

余尝步李后主韵填《虞美人》词，《暮春寄感》云："天涯又见春归了。庭院莺声少。游丝无语怨东风。蜜意柔情多付落花中。　　西园昨梦今何在。满目芳菲改。绿窗可奈有人愁。背着灯儿双泪枕边流。"词成乃书于今年所摄之二十岁小影之下，以为题照。翌日，曹巽安又题十六字曰："语凄而怨，意永而深，是多情种，是伤心人。"余一笑置之。

（九）

少年填词贵有乐境，不可作衰飒语。昔俞曲园次女绣孙女史曾倚《贺新凉》调咏落花，有句云："叹年华我亦愁中老。"词意凄婉之至。曲园老人亟另填一阕以正之，有"却笑痴儿真痴绝。感年华写出伤心句。春去也，那能驻"之句，又曰："毕竟韶华何尝老？休道春归太遽。看岁岁朱颜犹故。我亦浮生蹉跎甚，坐花阴未觉斜阳暮。凭彩笔，绾春住。"虽然，伤心人别有怀抱，蕴蓄于中，自然流露于外，既非人力所得遏止之，尤非彩笔所能粉饰者。盖言为心声，文艺所贵亦即在此能忠实无欺的达其意而传其声也。同学方女士尝填《如梦令》云："漫道庞儿消瘦。已是褪花时候。闲倚碧阑干，满眼风光依旧。长昼。长昼。春被梅子浸透。"又有《菩萨蛮》云："垣外莺啼尚带羞。卷帘怕见落花稠。小立趁朝晖。翩跹蛱蝶飞。倚阑拂翠柳。无那关情久。闲整旧诗篇。前尘淡似烟。"其词于音韵格律乖谬滋多，然亦楚楚有其妍态，搔首弄姿，若不胜情。曹巽安以其不合谱律处过多，遂为文长数千言教之，末又附步韵词二阕。巽安作《菩萨蛮》云："海棠枝上流莺语。春来总是伤情绪。双燕弄斜晖。辛勤帘外飞。　　闲寻池畔柳。独自沉吟久。何处寄新篇。梦魂萦翠烟。"余则戏和其《如梦令》云："蝴蝶叩窗清昼。芳草撩人时候。睡起理残妆，揉乱愁痕新旧。消瘦。消瘦。心事倩谁猜透。"方固伤心人也，故后又有《如梦令》一阕曰："杜宇声声催送。人事韶华如梦。春去渺难寻，泪与落花相共。影动。影动。楼外千秋风弄。"措词润句，每未尽妙，然综观前后诸阕于流水年华特多感慨，若《如梦令》第一阕之首二句，以及第二阕之三、四两句，迟暮之忧，不言可喻。然余最喜其《菩萨蛮》中"闲整旧诗篇，前尘淡似烟"二语，自有其缠绵凄怆之情焉。

（一〇）

陈师道曰："退之以文为诗，子瞻以诗为词，如教坊雷大使之舞，虽极天下之工，要非本色。"意谓词之本身，自来即为叙儿女之情，述离别之感者。故音节句味一主柔和，坡公豪放如铁马金戈，入之于词，便成不类。师道不知诗文词赋尽为抒情之工具，诗文可以发激昂慷慨之声，词赋何独不可？人之所以称万能者，即在能改良启发，使万物各进于至善。夫《花间》《尊前》固为倚声始祖，然柔靡纤薄实亡国之余音。一考其寓意涵思，不为"性之冲动"，即为"别离的悲哀"，自五代以至北宋，相沿久矣。坡公词出，词格乃高，辛刘广之，词乃大备。于是孤忠祖国之思，甚致谈禅议论无不可一寓之于词。时至今日，词犹为一般人所乐道者，正为此耳。前日偶读《双辛夷楼词》，《水调歌头》有句云："姜必邯郸之女，马必大宛之产，饮酒必新丰。醉喝长江水，终古不流东。"又有《柬别邱宾秋》词，有云："苍范千万古意，越客唱吴讴。东望大江东去，西望夕阳西下，此别两悠悠……"此种语调真合引吭高歌，若非自坡公脱胎而来，乌能达而出之于词耶！词有东坡，始得大备，孰谓坡词非本色耶。

（一一）

柔婉之音易致，豪放之言难学。若作柔婉之音，则形而上者可如秦少游，形而下者便类柳耆卿。若作豪放之言，上焉者勉如稼轩，下焉者便贻粗暴之讥矣。东坡是词仙，犹夫李太白之为诗仙，天才所至，非凡人能学也。

（一二）

吾为仙峤作词话至此，客有言者曰："可以止乎？直书不已，伊于何底？《星洲日报纪念刊》能有几多地盘容此陈腐物，况叻埠不乏博邃精通之士，子以词学后进之人，发此一知半解之论，不令人齿冷乎？子可休矣。"余亟起逊谢，因以日夜来所成之文，前后浏览一过，始知偶尔操瓠，竟达五千余言之多，可以塞责矣。自悦之余，遂搁笔。客又曰："吾已读夫子之词话矣，敢问天际思仪之义？"余仓卒无以应，客再强，余笑曰："水月镜花何足深究？有酒肴于斯，盍来消寒，且听余唱赵仲穆《江城子》词为余兴可乎：'仙肌香润玉生寒，悄无言。思绵绵。无限柔情，分付与春山。青鸟能传云外信，凭说与，带围宽。　　花梢新月几时圆。再团圞，是何年？可是当初，真个两无缘。极目故人天际远，多少恨，凭阑干。'"

十八年（1929）十一月于国立中央大学商学院

五　武酉山《听鹃榭词话》

按：武酉山，约 1905 年生，安徽泗县人。毕业于南京金陵大学。曾师从石凝素、黄侃等习词，对清词尤其喜爱，富藏书。曾在中学任教多年，新中国成立后为南京师范大学教授。著有《论宋代七家词》等。张璋根据 1935 年《待旦》创刊号所载《听鹃榭词话》收入其《历代词话续编》（大象出版社，2005），然据词话前小序，则可知该刊所载尚非原稿，只是由原稿中录出数则而已。武氏于《文艺春秋》1933 年第 1 卷第 5 期所载之《听鹃榭词话·自序》及 1934 年第 1 卷第 8 期之《听鹃榭词话》，与 1935 年《待旦》所刊无一重复。另《待旦》第四条云："余前论词为诗余，乃三百篇声乐之余，非汉魏六朝唐宋之所谓诗也。"证以《文艺春秋》第一条："予以为诗余二字，当作三百篇之绪余解，若认作汉魏唐宋诗之余，则误矣。"则是有的放矢矣。据《听鹃榭词话·自序》，可知词话成于 1933 年。该词话对研究晚清民国词人王鹏运、朱祖谋、况周颐、石凝素等均具有重要的参考价值。今汇合为一编，重新编号，以飨词学爱好者。

《听鹃榭词话》自序：昔人论词之书，宋张叔夏《词源》，沈义父《乐府指迷》，元陆辅之《词旨》善矣！明季文士，劳神苦思于八股，不惟佳篇罕觏，即论词亦少有中肯綮者。清代作者云兴，论者踵出，而各引一绪以自见。《四库提要》网罗旧文，斟酌群议，抑扬独具只眼。迨张惠言昆仲《宛邻词选》出，词学为之增价，其所标帜，悉见于叙言。周止庵专书遗失，而《词辨》附录，及《宋四家词选目录序论》，评精识闳，独辟蹊径。戈顺卿《宋七家词选》校跋，偏重声律，锱铢必较。谭复堂《箧中词》于各家词后，间识己见，一宗雅正。冯梦华《宋六十一家词选例言》，深窥汴京南渡之精微。凡此皆词话之类欤？其勒成专书者：沈雄之《柳塘》，颇示作法；王渔洋之《花草蒙拾》，想是早年所著，未离其论诗神韵之旨；蒋敦复之《芬陀利室》，广录时流篇章；丁绍仪之《听秋声馆》，考订旧失，搜述遗闻，有足多者；陈亦峰之《白雨斋》，遍评历代作家，以沉郁顿挫推尊碧山，而深诋尤西堂、郑板桥、蒋心余辈，最有卓识，惜见书未广耳！迄今近代况夔笙氏撰《蕙风词话》，以"重""拙""大"三字昭示来学，足以振颓风而挽狂澜矣！王静安氏之《人间词话》，揭橥境界，不屑屑于藻绘字句，别有慧心；今朴社所印，非其全稿，赵万里氏曾辑其遗，学者可参证也。余少嗜倚声，长亦不改；凡外物之逆心，羁旅之苦况，秋夜听雨，寒宵卧雪，远游跋涉，索居寡欢，悉于词陶写之。又性好聚书，暇常留连于书肆中。昔负笈于南京金陵大学时，每星期必往花牌楼状元境各新旧书店，挟数册以归。其有陈编污损者，则为之易线换帙，然后展卷加朱焉。今箧笥所藏古今人词集约数百种，晨夕抚摩，其乐有不可告人者。及识婺源石戣素老人，学之益力。老人藏词其富，江南罕与伦匹，既购求三十余年，且能遍读之，镇日丹铅不去手。余隔数日，必乘车往访，见则纵谈古今词学源流，及词人轶事，日暮不倦。老人寓秦淮河畔，对面河房栉比，绮窗珠帘，多倡家所居，歌管盈耳，杂以笑谑。当彼辈夕阳凭栏，临波照影，视吾二人者，犹箕坐胡床，讨论未休，至有掩口而匿笑者，人之喜好，其不可强同如此。余既泛览词家著作，偶有所见，辄记于片纸，今抄集一帙，聊证平日读书心得，名之曰《听鹃榭词话》，非欲求人知也。常观善作者未必善言，善言者未必善作。陈亦峰论词，可谓精透，读其自作，往往不逮所言；戈顺卿剖律幽眇，而《翠薇花馆词》，则不免恆钉。今日江南文士，善多弄小调，间亦言之有故。及观报章所载，又大半为下里巴人之音，斯编之作，吾知勉夫！揭来九江，日行吟于甘棠湖畔，遥望匡庐，兴逐云飞，山灵助我，所得当更有进也。民国二十有二年岁次癸酉九月十七日雨夜，泗州武西山书于九江同文中学之望湖楼。①

（一）

况夔笙氏《蕙风词话》，解诗余为诗之赢余，颇为识者诟病。予以为诗余二字，当作三百篇之绪余解，若认作汉魏唐宋诗之余，则误矣。

（二）

张心斋《幽梦影》云："所谓美人者，以花为貌，以鸟为声，以月为神，以柳为态，以玉为骨，以冰雪为肤，以秋水为姿，以诗词为心，吾无间然矣。"美人以诗词为心，实未经人道语。

---

① 《听鹃榭词话·自序》，原载《文艺春秋》第 1 卷第 5 期，1933。

（三）

客有问填词之清诣者，余曰："当以佳山水为诗境，以好风月为词候，以奇花为词体，以苍松为词骨，以幽石为词眼，以美人为词心，斯得之矣。"客曰："词心奚必力美人为？"余曰："正贵其灵犀暗通处。"

（四）

余数年来，于校课之暇，颇留心于长短句，客里孤栖，聊以自娱。而于清人诗集，常节衣缩食购置案头，展卷吟哦，如对古人。一日访石戈素先生谈词，先生语余云："知君年来于清代词甚努力，然为学之道，须知由博反约，治词亦然。治清词后，必返治宋词，宋代名家如林，结果必专研柳词，盖耆卿为宋词之矩矱也，由柳词再往前追求，则惟有楚《骚》《诗经》二书而已。因二书为千古词章之祖，此治词由博反约之道也。"

（五）

白石词序用字精炼，下句超丽，盖学汉魏人短文，然语率单行，不以骈俪胜，清词家学之者，惟郑文焯得其仿佛。近人治散文，多有取径于白石词序，从无人敢非之者，独周止庵略致不满，谓："白石小序甚可观，苦与复词，若序其缘起，不犯词境，斯为两美。"试观姜词，果不出周氏所言，可谓独具只眼矣。

（六）

词有用古人陈句而见佳者，如李清照《念奴娇》中"清露晨流，将桐初引"，系取《世说新语》卷四《赏誉》篇王恭条句。苏东坡《赤壁怀古·念奴娇》中"乱石穿空，惊涛拍岸"，系取诸葛武侯《黄陵庙记》句。又《夏景·贺新郎》中"手弄生绡白团扇，扇手一时似玉"，系取《世说新语》卷五《容止》篇"王夷甫容貌整丽，妙于谈玄，恒捉白玉柄麈尾，与手都无分别"句意。南唐后主《怀旧·忆江南》中"车如流水马如龙",系取《后汉书·马后纪》"濯龙门外家问起居者,车如流水,马如游龙",而只去一"游"字。周美成《金陵·西河》中"山围故国绕清江,髻鬟对起,怒涛寂寞打孤城。"又云:"夜深月过女墙来,赏心东望淮水。"系取刘禹锡《金陵怀古》诗:"山围故国周遭在,潮打空城寂寞回。淮水东边旧时月,夜深还过女墙来。"而全用之。以上诸家,皆不啻若自其口出。盖古人意到笔随,忘形今古,非有意窥窃陈篇也。

(七)

张玉田云:"美成词采唐诗融化如自己出,乃其所长。"刘潜夫云:"美成颇偷古句。"陈质斋云:"美成词多用唐人诗语,檃括入律,浑然天成。"由诸家评美成语观之,则知美成甚熟于唐诗矣。叶梦得《石林居士建康集·贺铸传》,谓铸常自言:"吾笔端驱使李商隐、温庭筠,常奔命不暇。"张叔夏《词源》云:"贺方回、吴梦窗皆善于炼字面,多于温庭筠、李长吉诗中来。"王铚《默记》云:"贺方回遍读唐人遗集,取其意以为诗词。"则知贺方回词亦多袭用唐诗矣。吾谓宋代词家,无不留心于唐诗者,岂独周、贺二家为然哉。

(八)

项莲生自序其词集云:"不为无益之事,何以遣有涯之生?"斯语危苦。谭复堂犹然少之,谓其:"知二五而不知一十。"是未处其境耳,莲生岂得已哉。

(九)

石戆素老人云:"戈载《宋七家词选》,实有眼光。惟七家次序,排列未为至当。设若七家会宴,自当让周美成坐首席,姜尧章第二,王圣与第三,吴君特第四,史梅溪第五,周公瑾第六,张叔夏第七。若柳屯田自外来,周美成须匆忙退席,揖屯田上坐,因周词曾自柳脱胎而出者也。"

（一○）

陈伯弢《褎碧斋词话》云："屯田词在小说中如《金瓶梅》，清真词如《红楼梦》。"余谓《金瓶梅》未免诲淫，柳词村俚处似之；《红楼梦》善于写皂女子情态，虽好色而不淫，怨悱而不乱，周词雅正芊绵处似之。

（一一）

《弹指词》中，余最爱"有命从他薄，无才倚佛怜"二句，真千古伤心人语，昔曾印之于信笺，见者有谓斯语太苦，不知实达人之言也。

（一二）

有云："《宋词三百首》，非朱彊村手选，乃赵尊岳辈假名为之也。"

（一三）

千古英雄名士，未有不好色者，词人自难例外。朱竹垞《曝书亭集》有《风怀二百韵》，为其幼姨冯寿嫦女士所作也。寿嫦字静志，故竹垞词名《静志居琴趣》。后寿嫦卒为竹垞死，朱为诗悼之，悲伤不可为怀，所谓"楔先为檀斫，李果代桃僵"是也。

（一四）

王半塘有腐鼻病，浑身多黑毛，性喜狭斜游，有时囊空金尽，以衣物质之长生库中，无悔也。

（一五）

况夔笙昔尝得一玉章，镌有李香君小名，况氏喜不自胜，常告友人云，香君时于梦中姗姗来临，晤谈极欢。不谓此老爱美人之至于斯也。

（一六）

王半塘给谏在清末为词坛先进，名家如朱古微，曾向之请益。余如况周颐、宋芸子、刘伯崇辈，皆从之游。朱氏自序其词云："予素不解倚声，岁丙申，重至京师，王幼霞给事，时举词社，强邀同作，王喜奖借后进，于予则绳检不少贷，微叩，则曰：'君于两宋途径，固未深涉，亦幸不睹明以后词耳。'贻予四印斋所刻词十许家，复约校《梦窗四稿》，时时语以源流正变之故，旁皇求索，为之且三寒暑，则又曰：'可以视今人词矣。'示以梁汾、珂雪、樊榭、稚圭、忆云、鹿潭诸作，会庚子之变，依王氏以居者弥崴，相对咄咄，倚兹事度日，意似稍稍有所领受。"朱氏后来成就，既专且深，然终未能掩王也。

（以上《文艺春秋》1934 年第 1 卷第 8 期）

（一七）

余来九江年余，仅填词数首，非关江郎才尽，实缘嵇生疏懒；且离群独逝，居恒恨恨！朋辈寥落，师门久违，强歌无欢，于兹益信。今夏，同窗徐君汉生来浔，稍慰屏处。徐君精研小学，不涉余之藩篱，予亦绝口不与之言倚声家事，然徐君未尝不重予之词也。忆客岁徐君教学南京汇文女学，余方舌耕于金陵中学，两校相隔仅一路，过从甚勤。徐君率诸生游西湖，归后，嘱予填《西河》一词纪其事。序云："徐君士复教学汇文女子中学，春假内，率一九三三级毕业生游杭州，归而绳西湖之美。余别西子盖七载矣，莺花无恙，韶光渐老，既羡徐君与诸同学之胜赏，且自感也！"词云："春景丽。撩人几许游意。相将结伴向西湖，无边兴味。远岑孕翠浪摇青，轻舟如箭同戏。　断桥柳丝窣地。阮墩嫩碧萋蔚。年年好景斗芳菲，韶华暗逝。忍看北国羽书驰，莺花应也垂泪。　软风掠鬓坏塔倚。念湖山千古如绘。武穆小青谁记。叹英风艳质，同埋荒卉。杜宇啼烟愁无已。"[1]

---

[1] 此条前原有"小序"云："余昔负笈金陵大学时，问词学于婺源石戗素老人，黄季刚师亦多所诲导。课余铅椠不去手，治之数年，间亦有所论列，乃集稿题名曰《听鹃榭词话》，且谋付梓。适汉生同学，为诸生索稿，聊录出数楮付之。一九三四年圣诞节酉山识。"今移录于此。

（一八）

朱古微氏临终前，赋《鹧鸪天》云："忠孝何曾尽一分。年来姜被减奇温。眼中犀角非耶是，身后牛衣怨亦恩。　　泡露事，水云身。枉抛心力作词人。可哀最是人间世，不结他身未了因。"自道身世，一字一泪，可谓词史已。

（一九）

况夔笙氏为晚清词学钜手，与朱彊村先生相颉颃。况氏词实从唐诗酝酿而出。一日，取沈炳震所纂之《唐诗金粉》示石羑素先生曰："此吾之筐中鸿宝，惟我与君知之，慎勿轻告他人。"余五年前，负笈于金陵大学，同室东海人李鹏年有是书，曾假用数月，后李君离京，该书璧还。怅怅若有所失，购之三年未得。今年春，在五马街一旧书店，以银一元购之，如重会故人，朱点一遍，藏之箧笥，实不啻为一部《全唐诗》之缩影焉。

（二〇）

余前论词为诗余，乃三百篇声乐之余，非汉魏六朝唐宋之所谓诗也。偶阅刘师培《论文杂记》所言，颇与余合。刘氏云："吾观诗篇三百，按其音律，多与后世长短句相符。如《召南·殷其雷》篇云：'殷其雷，在南山之阳。'此三五言调也。《小雅·鱼丽》篇云：'鱼丽于罶，鲿鲨。'此二四言调也。《齐风·还》篇云：'遭我乎猺之间兮，并驱从两肩兮。'此六七言调也。《召南·江有氾》篇云：'不我以，不我以。'此叠句韵也。《豳风·东山》篇曰：'我来自东，零雨其濛，鹳鸣于垤，妇叹其室。'此换韵词也。《召南·行露》篇曰：'厌浥行露'。其第二章曰：'谁谓雀无角。'此换头词也。大抵烦促相宣，短长互用，于后世倚声之法，已启其先。足证词曲之源，实为古诗之别派。"观刘氏此论，足征词之兴，乃直继《三百篇》之遗。后人动言汉赋、唐诗、宋词、元曲，皆为一朝代表之文体，遂谓词之形成，源自唐代之诗，而宋代名家之词，又喜融化唐人诗句，益有所借口，致斯道为之不尊，亦习焉未之深考耳。

（二一）

刘师培论文体，喜附会《汉书·艺文志》所言，儒道阴阳法名墨纵横杂农小说等十家。谓唐宋名家诗文，皆源出十家。又谓欲参考诗赋之流别，必溯源于纵横家，固自有见地。至将宋人之词，亦强比合某家某家，则未免好奇之过矣。如云："宋人之词，各自成家。少游之词，寄慨身世，一往情深，而怨悱不乱，悄乎得小雅之遗。向子埋《酒边词》，刘克庄《后村词》，眷恋旧君，伤时念乱，例以古诗，亦子建、少陵之亚，此儒家之词也。剑南之词，屏除纤艳，清真绝俗，遒峭沉郁，而出以平淡之词，例以古诗，间符康乐，此名家之词也。东坡之词，慨当以慷，间邻豪放。龙州之词，感愤淋漓，眷怀君国。稼轩之词，才思横溢，悲壮苍凉。例以古诗，远法太冲，近师太白，此纵横家之词也。"西山案：《汉志》云："诸子十家，其可观者，九家而已。皆起于王道既微，诸侯力政，时君世主，好恶殊方；是以九家之术，蜂出并作，各引一端，崇其所善，以此驰说，取合诸侯。"是十家之派别，乃起自春秋战国王道衰微之际，系一时风会使然，与后世文士，吟咏篇章，留连风月者，自不相涉。若作词者在拈管之前，必欲适合于某家，宁非苦事？今之作白话诗者，吾不知其意中，果思牵合于某家乎？

（二二）

古人作词，多即调言事。观《花间集》中所载：如《杨柳枝》之咏柳，《河渎神》之咏神祠，《荷叶杯》之咏荷，《女冠子》之咏道情，《定西番》之咏边塞，《渔父》之咏渔人，《巫山一段云》之咏巫峡，皆缘词成咏，不另制题。至宋代作者，率多于调下标题，以明所咏之事物，如"闺情""秋怨"等字。观《花庵绝妙词选》所选宋人词，几无一首无题者。北宋人词，立题者尚寡。欧公、大晏集中，只一二首有题，尚疑为校者所加。至小山词中，竟无一首有题者。其余名家，标题亦不过一二字，至数十字耳。至南宋姜白石，而词题遂繁。《徵招》之题，竟多至四百二十五字，其余一二百字之题甚夥。论者名之曰词前小序。此亦文学由简趋繁之一证也。白石词序，后多有仿之者，至清代益靡已。

（二三）

刘师培《论文杂记》谓："五代之时已有词题"。不知唐人已肇其端矣。窦弘余、康骈二氏之《广谪仙怨》，词前云云，即题也。调云广者，系增饰刘长卿《谪仙怨》原词之意。窦氏一序，为千载词题之祖，长至二百六十三字，亦姜白石长序之所本也。

（二四）

桐城张氏敦复，勋业文章，彪炳一代，所著《聪训斋语》一书，教子弟读书修身，治家处世，皆有至理。曾文正公雅好此书，尝嘱子弟勤加阅览。惟氏一生最厌弃诗余，书中有云："幼年当攻举业，以为立身之根本，诗且不必作，或可偶一为之，至诗余则断不可作。余生平未尝为此，亦不多看，苏辛尚有豪气，余则靡靡，焉可近也。"此老未免道学气太深，阅至此，令人意冷。

（二五）

史达祖《双双燕》云："还相雕梁藻井，又软语商量不定。"曩读此词，未悉"藻井"二字作为何解。偶阅郑叔问《绝妙好词校录》，始悟。郑云："按《表异录》，绮井亦名藻井，又名斗八，今俗曰天花板。"可知治词，亦须博识矣。

（二六）

今词书多有误字，盖因校者疏忽，遂沿误莫正。如张玉田《渡江云》词云："几处闲田，隔水动春锄。"黄季刚师谓"春"为"春"之误。"春锄"即鹭鸶，引黄山谷诗"水远山长双属玉，身闲心苦一春锄"为证。余案《广韵》云："鹐鹐鸟，白鹭也。《尔雅》作春锄。"是"春锄"去鸟旁，系便写字也。

（二七）

余一日访戣素丈，谓近在沪滨购《碎金词谱》一部，价百余金。阅至辛稼轩《祝英台近》词：“怕上层楼，十日九风雨。”“怕”字刻为“陌”，疑有误，以刀剜去，改为“怕”。少顷见字旁笛谱注为入声，则当为“陌”无疑。复以剜去之字，粘旧处。可见丈于一字之正讹，亦煞费苦心矣。

（二八）

偶阅《四部丛刊》景明刻《草堂诗余》，秦少游《满庭芳》词首句“晚兔云开”，案“兔”，近本作“色”。晚兔云开，即云散月出之意。若作“色”，则景太虚矣。

（二九）

民国二十年五月十日，《申报》载叶恭绰在暨南大学演讲，谓清代词人，以江苏、浙江为最盛。江苏多至二千零九人。浙江一千三百四十八人。皖、粤、赣、湘等省次之。甘肃、蒙古最少，各三人。察哈尔、绥远、热河、吉林、黑龙江、新疆，竟无一词人。共得四千八百五十人。有籍者四千二百三十三人。余尚有漏列，约可达六千人。顺治朝承明末余风，得一百八十八人。道光时，达四百四十四人，殆为常州词派盛行后之影响。叶氏必有所据而云然。咸同之乱，东南各省，书册多毁于兵火，若欲搜集全代之词，自难完整；且词素为学者所鄙为小道，故传世者，更难比诗文之久远矣。

（三〇）

有清一代，各种学术，悉臻绝境。即倚声一道，亦突过前朝。国初之际，硕学如吴梅村、毛西河、朱竹垞、陈其年、陈子龙辈，雅称作手。即神韵派诗人王渔洋，少年时亦乐此不倦，后遂专致力于诗，绝口不言词。一时文士，亦多舍此而之他，词风为之浸衰。名流转移学风之巨如此。观顾贞观《与陈榕园书》可知也。书云："渔洋之数载广陵，实为斯道总持，二三同学，功亦难泯，最后吾友容若，其门地才华，直越晏小山而上之，欲尽招海内词人，毕出其奇，远方骎骎渐有应者。而天夺之年，未几辄风流云散。渔洋复位高望重，绝口不谈，于是向之言词者，悉去而言诗古文辞。回视《花间》《草堂》，顿如雕虫之见耻于壮夫矣。虽云盛极必衰，风会使然。然亦颇怪习俗移人，凉燠之态，浸淫而入于风雅，为可太息！"不满渔洋之意，真痛乎言之。自纳兰逝后，顾氏孤学冥行，兹事不废，此《弹指词》之所以卓然不朽也！

（以上《待旦》1935 年创刊号）

六 何嘉《绛岑词话》

按：何嘉（1911～1990），字之硕，号颢斋、硕父，又号练西词隐、绛岑居士等，江苏嘉定（今上海市嘉定区）人。中国公学大学部毕业。午社成员，夏敬观弟子。曾任中国公学、国立中央大学讲席，并任南方大学教务长、青海省西宁市政协委员等。工画，尤精倚声，专工小令。著有《词调溯源笺》《颢斋乐府甲乙稿》《石床墨渖》《石床清话》《石床词话》《颢斋词话》《石淙阁词话》等。《绛岑词话》原载《社会日报》1938 年 11 月 11 日、11 月 13 日、11 月 17 日、11 月 19 日、11 月 21 日、11 月 29 日、12 月 3 日、12 月 7 日。

（一）

词至明代，衰敝已极，虽有作者，驳杂芜蔓，无当大匹，即谓之一代无词，亦非过甚。逊清建国，学术中兴，然而作词者，犹沿明人坠绪，习气极深，其中纳兰小令，间有雅音；鹿潭慢调，结构非常，碌碌余子，则难免邻下之讥。追夫晚清，词人辈出，洗尽前人滥习，力追两宋诸彦。若文道希、王半唐、朱古微、陈伯弢、郑文焯、夏映庵、况蕙风、程子大诸公，各极其诣，骎骎乎靳乘宋前。不特为清初诸家所不及，即元明诸子，亦不足以相并论，故可谓为词之中兴时代。流风所沫，词学大昌，以之名家者，不下三四十人，亦南渡以来，仅见之盛也。

（二）

朱古微先生词，格高韵远，一寄其忠爱悱恻之思，而能哀而不怨，乐而不淫，深得骚雅之致，允为一代大家。即置之《草堂》诸贤中，亦无愧色。当世论者，誉无异辞，初不待复为赞费焉。

（三）

先生人品之高，亦为当世词人中，所罕见者。读其最后遗作《鹧鸪天》词，未尝不为之慨然有感也。

（以上《社会日报》1938 年 11 月 11 日）

（四）

庐江陈鹤柴先生（诗），当代骚坛祭酒也。老成硕望，及门桃李，数逾三千，其诗享盛名者，几四十年。至其能词，则知者鲜矣。先生自谓盛年自好为此，曾以所作示朱古微先生，朱评之曰"诗人之词"也。后朱亦以诗就正先生，先生评曰"词人之诗"也。盖意有所指，而妙处不宣，一时传为美谈。

（五）

先生性和蔼，好奖掖后进，于愚尤加青睐。曾评拙作词品，有"杨柳晓风摹北宋，桃花春水梦南朝"之句。并诏予曰，阅晋人书，造语自隽，学词者不可不知云。

（六）

南海潘兰史先生（飞声）粤东老名士也，殁后数年，遗稿散佚甚多。去年始由叶遐庵、夏映庵、姚虞琴诸丈，及其高足某君，为之辑刊《说剑堂集》，后附《说剑堂词》，多酬应之作，虑不足以传先生耳。（《说剑堂词》，系综合《海山词》《花语词》《长相思词》《珠江低唱》《饮琼浆馆词》《花月词》多种而成，想佚去者必多。）

（以上《社会日报》1938 年 11 月 13 日）

（七）

武陵陈伯弢先生（锐）早岁出于王湘绮先生之门，而能卓然成立，自名一家。顾性坦率，善感易怨，作令江南，于时多忤，遂将其忧伤憔悴之思，一寄于词。顾托体极高，奇芬洁旨，抗古探微。小令慢曲，追摹二晏、柳、周，而入其堂奥，亦近代词坛，一大作手也。

（八）

先生于北宋人词，颇崇屯田，当时唯冯梦华、郑大鹤引为同调，以为宋之欧、苏诸贤，均以诗之余力为词，故称词曰诗余，至柳三变乃专诣为词，其深美处，不让周、吴，允推为北宋巨手。乃世多以俳体轻之，实未足以尽柳词也。

（九）

先生曾曰："词源于诗，而流为曲，如柳三变，纯乎其为词矣乎。"又曰："屯田词在院本中如《琵琶记》，清真词则如《会真记》；在小说中如《金瓶梅》，清真词则如《红楼梦》。"可谓比拟恰当。

（一〇）

又所著《褱碧斋词话》，殁后由李拔可、谭畏公诸君，搜辑附于集后。评骘当世词人，颇多见地。曾自谓其词天分太低，笔太直，徒能以作诗之法作词，盖谦辞云。

（以上《社会日报》1938 年 11 月 17 日）

（一一）

新建夏映庵师敬观，论词以北宋为宗，嗣响周、吴，力斥异端，平时至有不读宋以后词之说。其所著《映庵词》三卷，于三十年前，即已行世。一时词侣，深致钦崇。如武陵陈伯弢先生称其词："秀韵天成，似不经意，而出其锻炼，仍具苦心。"又谓其词："奄有清真、梦窗之长，早据西江一席。"钱唐张尔田则太守谓："近代学北宋词，能得真髓者，非映庵莫属。"即一代宗匠之朱沤尹侍郎，亦称其词："能于西江前哲，补未逮之境，于北宋名流，续将坠之绪……"之数子者，于当世词坛，迭称雄长，而于吾师，独推重如此。小子不敏，虽沃聆海益，何敢更赞一辞，蹈标榜之嫌哉。

（一二）

又《映庵词》最初刻本三卷，光绪丁未二月付梓。刻者黄冈陶子麟，系晚清最知名之刻手。今此本已为海内词家，搜藏一空，重金难觅矣。最近中华书局主者，以之编入先生近作词，仿宋印行，所谓《映庵词》四卷本是也。

（以上《社会日报》1938年11月19日）

（一三）

山阴任堇叔先生（堇），为任伯年氏哲嗣。伯年画法，称一代名家。先生独以文章书法鸣于时。晚年赁一庑于蒲石路，小楼半楹，图书数架，啸傲自乐，足迹恒经月不下也。

（一四）

先生喜蓄古琴，尤能通乐理。余每挟异书往谒，听其滔滔论说不倦，精博淹雅，使人钦佩无已。亦工词，好稼轩、白石，造语生涩如其诗，无圆俗之敝。如为吴丑簃题董美人墓志（《侍香金童》）："苔碣啼斑，近塚无干土。奈蜀殿铜人欢已故。蜕玉亲问伤骨语。摧椽颓鬓，宫斜日暮。

算磨痕臣仆玄姬厮黑。镇对影惺忪孙寿魖。艳极生顽憨转忕。拥卧春宵，倘为梦雨。"

（一五）

其词名曰"嫩凉"，自先生作古人，遗稿散佚殆尽。长公子昌垓，治泰西文学，于先生手泽，不知宝爱。近闻其高足陈涵度君，拟为之搜罗付梓，甚望能早日蒇事也。

（以上《社会日报》1938 年 11 月 21 日）

（一六）

林铁尊先生鹍翔，别字无垢居士，归安上彊村人也。村之人工词者，在明有茅孝若，在近代则有朱古微。迨先生出，隐然亦欲以词名天下，地灵人杰，良有以哉。

（一七）

先生曾执贽于朱古微、况蕙风二先生之门，称词弟子，所造亦多以二先生为宗尚。能不蹈纤艳之失，所谓取法乎上者是也。岁庚申春，以学监东渡，公暇辄倚声度曲为乐。著有《半樱词》二卷，行于世。曰"半樱"者，盖谓其遥情深致，寄托于樱花者为多也。

（一八）

蕙风先生论词精密，为近代所罕觏。于先生词，独深致诹辞，即古微先生亦数数称道其词。余曾因友人袁君帅南之介，识先生，与之语，蔼然有君子之风，及读其集，益叹其炼声锻句之苦心。闻之人云，先生填词时，每以一字一句，推敲经句，一词之成，往往累月。则其用功之勤且专，亦可敬佩矣。

（以上《社会日报》1938 年 11 月 29 日）

（一九）

词者声律之文也，调有定格，字有定音，非可率尔操觚者。沈伯时《乐府指迷》云："音律欲其协，不协，则成长短之诗；下字欲其雅，不雅，则近乎缠令之体。"然平仄之道，初学亦知，若平有阴阳之异，仄有上、去、入之分，则类为今之学词者所忽矣。

（二〇）

吴县九珠词人吴曾源先生，于词操律绝严。岁己巳，曾与张艮庐、邓邦述及其侄瞿安，结社吴门。一时入社者，无不以严律相要约。度声下字，辄斤斤于四声之道。远近风气，为之一变也。

（二一）

先生词集，曰《井眉轩长短句》，于癸酉岁镂板行世。效周、吴涩体诸词，允称佳构。余爱其《江南春》云："金粉销沉，江山绮丽，都教图人吟笔。流莺树底，怕乱飞烟柳如织。春去终难觅。花开谢几人认识。况对此经年小别，作客哀吟，谁怜庾信萧瑟。　　长干路，犹记得。奈销住芳华，倍增凄恻。楼台倒影，料过目看朱成碧。风景犹如昔。墙头杏二分减色。随手写来，知否王孙，朝陵去兮分魂隔。"

（以上《社会日报》1938 年 12 月 3 日）

（二二）

番禺叶誉虎先生恭绰，一字遐庵，文章政事，久为世所称道，书法遒劲，得者珍之。先生早年，曾从其大父南雪翁学词，《南雪词》为清季一大作家。先生渊源家学，自非浅涉者所可比拟焉。

（二三）

先生之词，如其书法，挺拔阔厚，饶有阳刚之美，而无纤佻之敝，素为余所爱诵。如《西河·用片玉韵》："歌舞地。龙蟠胜势谁记。倾城半面晚妆残，梦云卷起。八公草木未成兵，真人遥在天际。　　凝情处，瑟罢倚。曲终柱凤愁系。一时王谢总寻常，燕迷故垒。小楼昨夜几多愁，临江休问春水。　　涨空蜃气幻海市。甚窥墙惆怅臣里。不分阅人成世。暗啼鹃泪断，千红都尽，狼藉春台城里。"清真此词，和者极众，独此作深得咏叹之致。

（二四）

　　近数年间，先生摆脱政事，以吟咏翰墨自遣。家富收藏，珍本之词集尤多，以之校刊享世，称善本也。又发起编印《清词抄》，亦为文化界一绝艰巨之工作，今则不知进行如何？诚望能克成大业也。

（以上《社会日报》1938 年 12 月 7 日）

七　厉鼎煃《星槎词话》

　　按：厉鼎煃（1907～1959），字星槎，又字啸桐、孝通、筱通、小通，号耀衢，又号忆梅词人，江苏仪征人。1923 年考入国立东南大学外国文学系。历任国立编译馆编译，扬州国学专修学校教导主任兼文史讲师，后任教于上海吴淞中学。主编《国学通讯》《集成》等杂志。著名语言学家，擅长契丹文字释读。著有《评唐刻〈词话丛编〉》《星槎词话》《星槎诗话》等。《星槎词话》原载《国学通讯》1940 年第 1、2、3、4 期，1941 年第 5、6 期。另外，《集成》1947 年第 1、2 期载有《集成词话》两则，一并附录。

（一）

　　王静安论词，独拈"境界"二字，自谓沧浪所谓"兴趣"，阮亭所谓"神韵"，犹不过道其面目。不若拈出"境界"二字，为探其本。谨案静安所谓境界，一称意境，近于英文所谓 illusion。诗词剧曲小说，无论其为写实，为想像，皆以造成一种境界，使人神往，与之俱化。故《人间词话》，盛称陶谢之诗，马白之曲，至《水浒传》《红楼梦》。然则境界可谓文学之共相，不可以限词。今试起静安于九原而问之曰："词之所以为词者，在境界耶?"则必哑然无以应也。故专以境界论词,犹非深于词者也。静安又云:"古今词人调格之高,无如白石。惜不于意境上用功。故觉无言外之味,弦外之响,终不能与于第一流之作者也。南宋词人,白石有格而无情,剑南有气而无韵。甚堪与北宋人颉颃者,唯一幼安耳。幼安之佳处,在有性情,有境界,即以气象论,亦有傍素波、干青云之概。"此其分别格调、性情、气象、神韵、境界为五,而侪境界与格情、气韵之间。又似与专拈"境界"二字之说不伦。又云:"红杏枝头春意闹,着一闹字,而境界全出。云破月来花弄影,着一弄字而境界全出。"似以生动为境界,故来境界成一字巧之疑(说见邢芷衡《论肌理》)。由今言之,境界必须生动。生动者,英文所谓 vivid。境界生动,令人生敬畏之观者,即为气象,令人起爱好之感者,即为神韵。所以造成此气象与神韵者,即由作者之兴趣(兴趣近于英文所谓 inspiration)。故沧浪之兴趣,渔洋之神韵,静安之境界气象,犹二五之为一十也。观其举言外味、弦外响,与严、王所谓"羚羊挂角,无迹可求,不着一字,尽得风流",直是一鼻孔出气。未能跳出表圣《诗品》范围,而以为词家探本之论,宣其然乎。

(二)

静安每以"隔"字讥白石。一则曰:"觉白石《念奴娇》《惜红衣》二词,犹有隔雾看花之恨。"再则曰:"白石写景之作,虽格韵高绝,然如雾里看花,终隔一层。"三则曰:"白石《翠楼吟》,此地宜有词仙,便是不隔。然南宋虽不隔处,比之前人,自有深浅厚薄之别。"窥其意,一若以曲直为隔不隔之准。然静安谓:"有境界,则自成高格。"又谓:"白石格高而无意境。"殊为两歧,盖循彼之意。令人不解白石格调何以独高也。今谓白石之词,有意境而能狷洁,故成高格。白石之病,在婉约而不深闳,非病在无意境也。惟其婉约也,故似隔一层。然细味之,正自有意境者。后主之词,能深闳,故又胜一筹。而苏辛之词,则豪放杰出,其佳处在其能敛才就范者耳,若其有境界则均也。

(三)

静安论词,颇主气象,其谓:"太白纯以气象胜,'西风残照,汉家陵阙'，寥寥八字，遂关千古登临之口。"又云："词至李后主而眼界始大，感慨遂深，'自是人生长恨水长东''流水落花春去也，天上人间'，《金荃》《浣花》，能有此气象耶？"又云："冯正中词，虽不失五代风格，而堂庑特大，开北宋一代风气。与中后二主词，皆在《花间》范围之外。"彼其所谓气象，以永叔词于豪放之中有沉着之致为尤高，而亦称少游凄婉之作，又谓："嵯峨萧瑟二种气象，惟东坡、白石，各得其一二。"今案凡此所谓气象，即词家所创境界之壮美者也。然此亦文章艺术之共相，非可专施于词者也。

（以上《国学通讯》1940 年第 1 期）

（四）

《人间词话》中，最为精粹之处，厥维拈举例句，以证不可言之境界。其言云："古今之成大事业、大学问者，必经过三种之境界。'昨夜西风凋碧树，独上高楼，望尽天涯路'，此第一境也。'衣带渐宽终不悔，为伊消得人憔悴'，此第二境也。'众里寻他千百度，回头蓦见，那人正在灯火阑珊处'，此第三境也。此等语皆非大词人不能道。"细绎其意，似以悲天悯人为第一境，牺牲小我为第二境，此二者皆有我之境也。若物我交融，无我之境，斯为最高境矣。至于如何而可以造斯境，则静安言之甚悉。其言："诗人对宇宙人生须入乎其内，又须出乎其外。入乎其内，故能写之。出乎其外，故能观之。入乎其内，故有生气。出乎其外，故有高致。"又曰："诗人必有轻视外物之意，故能以奴仆命风月。又必有重视外物之意，故能与花草共忧乐。"又云："大家之作，其言情也必沁人心脾，其写景也，必豁人耳目。其辞脱口而出，无矫揉造作之态。以其所见者真，所知者深也。诗词皆然。"说并阔通。然皆言文学之共相，而未专言及词。昔有人问渔洋诗词曲之别，渔洋不能答，惟各拈一例而已。静安谓："白仁甫《秋夜梧桐雨》杂剧，沉雄悲壮为元曲冠冕，然所作《天籁词》粗浅之甚，不足为稼轩奴隶。"又谓："读者观欧、秦之诗，远不如词，足透此中消息。"含糊过去，亦未能剖析入微。

然则词之所以为词者，究何在？一言以蔽之曰："渐近自然而已。"诗整而曲放，皆与词异。其工者，亦往往能渐近自然，惜终为体裁所限耳。故静安亦以古诗高于近体，绝句优为律诗。论曲则专主自然，特未知古诗之所以高，绝句之所以优者，在其近于自然之语调，而曲虽有痛快淋漓之观，然以为纯属天籁，则将置曲律于何地。故一切文学，皆以渐近自然为工。而词之为词，上不似诗，下不似曲，正尤能渐近自然者也。所谓渐近自然，即非纯任自然之谓。故词句之长短参差，似自然之语调，然平仄清浊，即所以限任意之弊。盖古今文学有极不自然者，亦有纯任自然者。执两用中，其惟渐近自然乎？惟词体足以当之，倚声家抱一渐近自然之态度。以为之，则必可上不似诗，下不似曲，而为绝妙之好词矣。词家如梦窗之流，以律诗之法入词，故虽富丽精工，而失其自然。词家如曹元宠之类，以作曲之法入词，亦遂失其雅致。故词人实最富于中华国民性之人，以其渐近自然，而不失其雅致也。是故学究不可为词人，伧父不可为词人。宋人辑集《乐府雅词》，着一"雅"字，可谓深得词心矣。耆卿、山谷之贻讥词坛，正以其有不雅之词也。词而不雅，即非词矣。抑诗文并须尔雅，而词之雅，乃在俗不伤雅，斯为特异。所谓俗不伤雅者，即渐近自然之谓，亦即口语雅化之谓。凡真正士君子，谈吐必不粗鄙，故词人吐属，自必尔雅。静安推尊五代北宋之词，至并其淫鄙者而亦称许之，则好奇之过也。词既以俗不伤雅，渐近自然为尚，故意境最狭，格调最高。词之所以可贵，端在于此。推原国人创造词体之由，实在于国人尚中庸之性习，则虽谓词为中国文学之代表作，可也。

（五）

后主之词，言欢娱者，如"归时休放烛花红，待踏马蹄清夜月"。言悲愁者，如"故国不堪回首明月中"。皆绝妙雅词也，皆渐近自然之词也。若"几曾识干戈""垂泪对宫娥"，驽劣衰杀，则有纯任自然之病，斯为集中下乘。

飞卿之词称艳，其佳处正在其空灵动荡之句。"江上柳如烟，雁飞残月天。""双鬓隔香红，玉钗头上风。"皆绝妙雅词，亦即渐近自然之词。《更漏子》换头处："梧桐树，三更雨，不道愁离正苦，一叶叶，一声声，空阶滴到明。"凄厉不忍卒读。然聂胜琼"枕前泪共阶前雨，隔个窗儿滴到明"，则举重若轻，大有出蓝之概。韦端己之词，不愧大家，《菩萨蛮》之"弦上黄莺语"，固已脍炙人口。《女冠子》一阕，"四月十七，正是去年今日别君时"，何其信手拈来，都成妙谛也。细审之，亦不过渐近自然而已，俗不伤雅而已。

近人多好冯正中词，冯梦华、成肇麐、王静安尤喜称道。然延巳专蔽固宠，亡国大夫。词虽温厚，旨乖立诚。"和泪试严妆"，活画出一善妒蛾眉来，余无取焉。

欢娱之词难工，后主《玉楼春》而后，惟晏同叔《破阵子》"笑从双脸生"差堪继武。

小山《鹧鸪天》"当年拚教醉颜红"，亦耆卿"衣带渐宽终不悔，为伊消得人憔悴"之意。然小山兴会较高，静安舍晏而取柳，所未解也。

少游"醉卧古藤花下，了不知南北"，力竭声嘶，有"鸟之将死，其鸣也哀"之概，此正静安所谓最高境界。若"可堪孤馆闭春寒，杜鹃声里斜阳暮，郴江幸自绕郴山，为谁流下潇湘去"，尚属有我之境，非其至者。而东坡、静安，分别赏爱，疑其不及山谷之独具只眼矣。

苏辛词可爱处，如"春色三分，二分尘土，一分流水。细看来，不是杨花，点点是离人泪"。如《武陵春》："走去走来三百里。五日以为期。六日归时已是疑。应是望多时。　　鞭个马儿归去也，心急马行迟。不免相烦喜鹊儿，先报那人知。"正以其渐近自然。若"大江东去""明月几时有"，在当时已不为人所许，易安所讥，当是此等。幼安集中，每有效易安体之语，知其渐渍于李词也深，故不失为词坛将帅。若改之"燕可伐欤，曰可"，直是以词为戏，其旨虽正，其词不足道也。静安偏嗜辛、刘，未喻其旨。

白石词最近骚雅，且以擅长音律，故当为南宋一大家。惜其柔若无骨，如《扬州慢》"废池乔木，犹厌言兵。渐黄昏，清角吹寒，都在空城"，宁非俊语。而换头接以"杜郎"等语，便有陈叔宝全无心肝之讥。集中上乘，当推"昭君不惯胡沙远，但暗忆、江南江北。想佩环、月下归来，化作此花幽独"。韵物不拘滞于物，神理杳渺，情绪悲惋，斯为当行。《暗梅溪令》，虽短调，而清新馨逸，自饶名贵。

李易安论词极精，其所作亦不在李后主下。其浅语如："和羞走。倚门回首，笑把青梅嗅。"其淡语如："笑语檀郎，今夜纱窗枕簟凉。"凄婉语："多少事，欲说还休。""此情无计可消除。"哀伤语："守着窗儿，独自怎生得黑。"感慨语如："风休住，蓬舟吹取三山去。"皆不假雕琢，自然入妙。惜二李遗文多逸，全豹难窥。然要其咳吐珠玑，并登大雅。盖君王失位，哲妇悼亡，天下伤心，莫大于此。宜其有句皆佳，无言不妙也。然《武陵春》"也拟泛轻舟"，遂来晚节不终之诬，立言之之不可不慎也如此。玉田洞晓音律，而为律所奴，又在白石之下。碧山身仕胡元，而为故国之思。以视许鲁斋、吴梅村二祭酒，有喋喋多言之恨。

昔人疑纳兰容若贵，项莲生富，而工为凄楚之词。殊不知富贵场中，正自有伤心人。然饮水、忆云，并擅小令，不工长调。尽善者其惟蒋鹿潭乎？水云而后，惟彊村、蕙风差堪继武。蒋丁洪杨之劫，朱、况当庚子、辛亥之交，家国之感，宜多可悲。然丁丑以还，词家销声匿迹，而瞿庵师咏金陵，乃有"此地惯偏安"之叹。有志斯道者，正当含况度蒋，直追二李，而为词坛放一异采也。

（以上《国学通讯》1940 年第 2 期）

（六）

刘公勇体仁《词绎》曰："'夜阑更秉烛，相对如梦寐'，叔原则云：'今宵剩把银釭照，犹恐相逢是梦中。'此诗与词之分疆也。"沈东江谦曰："承诗启曲者，词也。上不可似诗，下不可似曲。然诗曲又俱可入词，贵人自运。"按：刘说不及沈，"夜阑更谁秉烛"，宋人有用入词者矣。

（七）

又曰："白描不可近俗，修饰不得太文，生香真色，在离即之间，不特难知亦难言。"又曰："词要不卑不亢，不触不悖，蓦然而来，悠然而逝，立意贵新，设色贵雅，构局贵变，言情贵含蓄，如骄马弄衔而欲行，粲女窥帘而未出，得之矣。"案：沈说颇多中肯，然亦有太拘隘处。贺黄公裳《词笺》云："小词以含蓄为佳，亦有作决绝语而妙者。如韦庄'谁家年少足风流，妾拟将身嫁与一生休。纵被无情弃，不能羞'之类是也。牛峤'须作一生拼，尽君今日欢'，抑亦其次。柳耆卿'衣带渐宽终不悔，为伊消得人憔悴'，亦即韦意，而气加婉矣。"可补沈说所不及。

（八）

王阮亭士祯曰："或问诗词曲分界，予曰：'无可奈何花落去，似曾相识燕飞来'，定非香奁诗。'良辰美景奈何天，赏心乐事谁家院'，定非草堂词也。"按：渔洋此说，殊未了了。董文友《蓉塘词话》曰："严给事与仆论词云：'近日诗余，好亦似曲。'仆谓词与诗曲，界限甚分，似曲不可，似诗仍复不佳。譬如拟六朝文，落唐音固卑，侵汉调亦觉伧父。"其说稍畅，究不若鄙人以渐近自然，俗不伤雅为词之分野，明白可据也。

（以上《国学通讯》1940 年第 3 期）

（九）

我国之诗经、楚词、汉赋、乐府、唐诗、元曲，西人多知之矣。至于宋词，则绝鲜知者。此张师叔明①所以有译词为西文之意。岁在己巳，余始从事于此，首成柳耆卿《雨淋铃》一阕，师大称美，而余实未能自信，特以求教于锡山某前辈，某前辈固以擅倚声名当时，而又尝译哥斯密《隐士吟》为五言古风，驰誉遐迩者，亦许以选辞精当，音调茂美。余诚受宠若惊，而愈不敢信也。然自是颇留心于此事矣。越数载，师奉命出使，轺车将发，复以译词相勖。余以张志和《渔歌子》、李后主《相见欢》诸阕进，皆附小传、注释、评论，师益善之。而译稿于是滋多，而犹未遑卒业。盖鄙意以为译词固难，精选名家之作尤难。若任情取舍，则事等儿嬉，未免为识者词冷。必也如江文通《杂体诗》所谓无乖商榷者耳。坐是所读唐以来词籍日富，而所译仍不过数十首而已。今秋来沪，闻韩师湘眉②有李易安《漱玉词》之译，余大欣喜。以词品与女子为近，此不但余意为然，徐英君亦若是也。易安之词，出色当行，且明诚夫妇并擅文藻，求之于古，则秦

---

① 张歆海（1898～1972），字叔明，浙江海盐人。1916 年考入北京清华学堂，后赴美留学，入哈佛大学，1922 年获英国文学博士学位。回国后，任北京大学英文系主任。1923 年任清华大学西洋文学教授。1926 年任国立东南大学外文系主任，1927 年任上海光华大学副校长兼文学院院长，代理校长。1928 年，任国立中央大学文学院院长。后开始从事外交工作，1941 年携全家移民美国，先后在美国长岛大学和费尔利迪金森大学任教。著有《美国与中国》《四海之内》等。

② 韩湘眉（1901～1984），著名美籍华人学者，山东历城人，出生于湖南长沙。1920 年考取山东籍的官费留学生。1921 年赴美，初入欧柏林大学，后转入芝加哥大学，并获奖学金。1926 年获得英国文学硕士学位。同年回国，执教于国立东南大学。1927 年与获得美国哈佛大学博士学位的张歆海教授结婚，1935 年曾随丈夫出使欧洲。1938 年至 1940 年，任教于上海光华大学。1941 年离开上海，移居美国洛杉矶。韩湘眉在 20 世纪二三十年代的文坛上，与冰心、林徽因、凌叔华并称"四大美人"。

嘉、徐淑；求之于外，则罗伯与伊丽莎·白朗宁；求之于今日之中国，则张、韩两师。李词之译，信非湘眉先生莫属矣。余从其后为之考订声律，释解典实，搜罗评论，而姑衍其大意焉。乐乃无艺，偶阅林语堂先生《我国与我国人》（My Country and My People），见其中有辛稼轩《丑奴儿》一首，不禁空谷足音之感。亟录于左，以为词坛佳话。至如林君赓白译法人诗为《浣溪沙》，某君又译词为《琅都》（Rondeau）。吾诚爱之重之，然以为能传原文体制风格，则未也。

The Spirit of Autumn	林语堂译
Hsin Ch'ichi	辛弃疾
Translated by Lin Yutang	丑奴儿
In my young days,	少年不识
I had tasted only gladness,	愁滋味,
But loved to mount the top floor,	爱上层楼,
But loved to mount the top floor,	爱上层楼,
To write a song pretending sadness,	为赋新词强说愁。
And now I've tosted	而今识尽
Sorrow's flavors, bitter and sour,	愁滋味,
And can't find a word,	欲说还休,
And can't find a word,	欲说还休,
But merely say, "What a golden autumn hour!"	却道天凉好个秋。

（以上《国学通讯》1940 年第 4 期）

（一○）

初，余从友人处获睹纳兰容若《饮水侧帽词》。闻别有足本，求之经年，乃得覆印榆园丛刻本，既读讫，便以献之海盐师。时师方乘轺西行，有志于译词之事也。退而复购得一册，回环讽诵，至今藏诸经笥。来沪日，与师续议译词事，先从李清照集入手。而余秉乡先举陈公含光①之教，犹拟译李后主词，因李词而忆及《纳兰词》，遂更取坊本读之。盖今世词曲之学

---

① 陈含光（1879～1957），名延韡，号移孙，后改含光，以字行，别号淮海。江苏扬州人。1935 年受聘任教于扬州国学专修学校。1948 年迁台湾。著有《人外庐文集》《含光诗乙集》等。

盛行，榆园旧刻，今已一再摹雕。或付活字摆印，求之甚易易矣。余既有《星槎词话》之作，近来脑力大衰，记忆苦不分明，涉笔记所见闻，以为词话丛编，傥亦嗜倚声者，所乐与相印证者也。

卷一佳句如："心字已成灰。"（《忆江南》）"天咫尺，人南北，不信鸳鸯头不白。"（《天仙子》）"闲教玉笼鹦鹉念郎诗。"（《相见欢》）"寂寂锁朱门，梦承恩。"（《昭君怨》）"花月不曾闲，莫放相思醒。"（《生查子》）"总是别时情，那得分明语。"（《生查子》）"空将酒晕一衫青，人间何处问多情。"（《浣纱溪》）"赌书消得泼茶香，当时只道是寻常。"（《浣纱溪》）"我是人间惆怅客，知君何事泪纵横。断肠声里忆平生。"（《浣纱溪》）"须知浅笑是深颦，十分天与可怜春。"（《浣溪纱》）"曲罢髻鬟偏，风姿真可怜。"（《菩萨蛮·为陈其年题照》）"丝丝心欲碎，应是悲秋泪。泪向客中多，归时又奈何。"（《菩萨蛮》）"半晌试开奁，娇多直自嫌。"（《菩萨蛮》）其通体佳妙者如："山一程，水一程，身向榆关那畔行。夜深千帐灯。　　风一更，雪一更，聒碎乡心梦不成。故园无此声。"（《长相思》，王静安《人间词话》云："壮观境界，求之于词，唯纳兰容若《长相思》之'夜深千帐灯'、《如梦令》之'万帐穹庐人醉，星影摇摇欲坠'差近之。"）"东风不解愁，偷展湘裙衩。独夜背纱笼，影著纤腰画。　　爇尽水沉烟，露滴鸳鸯瓦。花骨冷宜香，小立樱桃下。"（《生查子》）"谁道飘零不可怜，旧游时节好花天。断肠人去自经年。　　一片晕红疑着雨，晚风吹掠鬓云偏。倩魂销尽夕阳前。"（《浣溪纱·西郊冯氏园看海棠因忆香严词有感》）"杨柳千条送马蹄，北来征雁旧南飞。客中谁与换春衣。　　终古闲情归落照，一春幽梦逐游丝。信回刚道别多时。"（《浣溪纱·古北口》）"新寒中酒敲窗雨，残香细袅秋情绪。端的是怀人（一作才道莫伤神），青衫有泪痕。　　相思不似醉，闷拥孤衾睡。记得别伊时，桃花柳万丝。"（《菩萨蛮》）"问君何事轻离别，一年能几团栾月。杨柳乍如丝，故园春尽时。　　春归归不得，两桨松花隔。旧事逐寒潮，啼鹃恨未消。"（《菩萨蛮》）"惊飙掠地冬将半，解鞍正值昏鸦乱。冰合大河流，茫茫一片愁。　　烧痕空极望，鼓角高成上。明月近长安，客心愁未阑。"（《菩萨蛮》）"萧萧几叶风兼雨，离人偏识长更苦。欹枕数秋天，蟾蜍早下弦。　　夜寒惊被薄，泪与灯花落。无处不伤心，轻尘在玉琴。"（《菩萨蛮》）"为春憔悴留春住，那禁半霎催归雨。深巷卖樱桃，雨余红更娇。　　黄昏清泪阁，忍便花飘泊。消得一声莺，东风三月情。"（《菩萨蛮》）"相逢不语，一朵芙蓉著秋雨。小晕红潮，斜溜鬟心只凤翘。　　待将低唤，直为凝情恐人见。欲诉幽怀，转过回阑叩玉钗。"（《减字木兰花》）其外可附载者，自度曲《玉连环影》及《菩萨蛮·回文》二阕。《玉连环影》云："何处，几叶萧萧雨。湿尽檐花，花底无人语。掩屏山，玉炉寒。谁见两眉愁聚倚阑干。"《菩萨蛮·回文》云："雾窗寒对遥天暮，暮天遥对寒窗雾。花落正啼鸦，鸦啼正落花。　　袖罗垂影瘦，瘦影垂罗袖。风剪一丝红，红丝一剪风。"卷二佳句如："一片幽情冷处浓。"（《采桑子》）"独睡起来情悄悄，寄愁何处好。"（《谒金门》）"萧萧木落不胜秋，莫回首、斜阳下。却愁拥髻向灯前，说不尽、离人话。"（《一络索》）"菱花偷惜横波。"（《清平乐》）"有梦转愁无据。……知否小窗红烛。照人此夜凄凉。"（《清平乐·忆梁汾》）"相思相望不相亲，天为谁春。"（《画堂春》）"人到情多情转薄，而今真个悔多情。又到断肠回首处，泪偷零。"（《摊破浣溪沙》）"莫笑生涯浑是梦，好梦原难。"（《浪淘沙》）"那更夜来孤枕侧，又梦归人。"（《浪淘沙》）其全篇可录者，有如："谁翻乐府凄凉曲？风也萧萧，雨也萧萧，瘦尽灯花又一宵。　　不知何事萦怀抱，醒也无聊，醉也无聊，梦也何曾到谢桥。"（《采桑子》）"而今才道当时错，心绪凄迷。红泪偷垂，满眼春风百事非。　　情知此后来无计，强说欢期。一别如斯，落尽梨花月又西。"（《采桑子》）"何路向家园，历历残山剩水。都把一春冷淡，到麦秋天气。　　料应重发隔年花，莫问花前事。纵使东风依旧，怕红颜不似。"（《好事近》）"将愁不去，秋色行难住。六曲屏山深院宇，日日风风雨雨。　　雨晴篱菊初香，人言此日重阳。回首凉云暮叶，黄昏无限思量。"（《清平乐》）"凄凄切切，惨淡黄花节。梦里砧声浑未歇，那更乱蛩悲咽。　　尘生燕子空楼，抛残弦索床头。一样晓风残月，而今触绪添愁。"（《清平乐》）"欲语心情梦已阑，镜中依约见春山。方悔从前真草草，等闲看。　　环佩只应归月下，钿钗何意寄人间。多少滴残红蜡泪，几时干。"（《摊破浣溪沙》）他如自度曲不见《词律》者，附录之以备考。《落花时》（一本作《好花时》）："夕阳谁唤下楼梯，一握香荑。回头忍笑阶前立，总无语也相宜（一作依依）。　　相思（一作笺书）直恁无凭据，休说相思。劝伊好向红窗醉，须莫及落花时。"《添字采桑子》（《词谱》有《促拍采桑子》，字同句异，一本作《采花》）："闲愁似与斜阳约，丝点苍苔。蛱蝶飞回。又是桐梧新绿影，上阶来。　　天涯望处音尘断，花谢花开。懊恼离怀。空压钿筐金线缕（一作缕绣），合欢鞋。"《秋千索（一本作

《拨香灰》)·渌水亭春望》："药阑携手销魂侣，争不记看承人处。除向东风诉此情，奈竟日春无语。　　悠扬扑尽风前絮，又百五韶光难住。满地梨花似去年，却多了廉纤雨。"又："游丝断续东风弱，悄无语半垂帘幕。红袖谁招曲槛边，扬一缕秋千索。　　惜花人共残春薄，春欲尽纤腰如削。新月才堪照独愁，却又照梨花落。"又："垆边换酒双鬟亚，春已到卖花帘下。一道香尘碎绿苹，看白祫亲调马。　　烟丝宛宛愁萦挂，剩几笔晚晴图画。半枕芙蕖压浪眠，教费尽莺儿话。"

（以上《国学通讯》1941 年第 5、6 期）

诗亡于话，而词又何话之有？话词，所以存十一于千百，非敢亡之也。否则充栋汗牛者，谁尽读之？然非好之者，不能话，亦不愿听人话也。忆梅盖好词者也，话古今人之词，以贻夫同好。其不愿听吾话者，吾亦不屑强聒之也。丁亥端午后五日，记于榴红桐绿之轩，仪征忆梅词人厉鼎煃。

（一）

武进董伯度先生宪，遗著《含碧堂诗稿》，附《词稿》一卷，无锡钱名山先生尝为序之。佳句如《满庭芳》云："落花成阵，一半过邻家。""安得身如轻燕，归来早醉话桑麻。"风致嫣然。《满江红》云："破梦不知肠转九，横空忽报花飞六。"思深词苦，亦神来之笔也。《念奴娇·书感》云："开阁怕见青山，青山仍旧，又把人埋了。"怅触无端。《八声甘州·怀许梦因金陵》云："多少南朝旧痕，尽付莫愁湖。"《如梦令》云："回避回避，好让鹦哥安睡。"风趣之至。《浪淘沙》云："报道一声春欲去，断尽花魂。""为问人同春去了，若个温存？"惆怅切情。又《金缕曲·寄厉志云》换头云："伊谁真把尘缘屏。问茫茫知音何处，笑他歌郢。尚有爱才心未死，独茧抽丝难尽。记旧约平山相等。只怕重寻时已改，听潮鸣月满秋江冷。君去也，鹤宵警。"声凄以厉，哀怨之作也。《念奴娇·检亡妇遗札》一首绝佳，词云："珠沉玉碎，试开箱尚有，双鱼残字。莫道乌龙曾染纸，侵眼都成红泪。五夜诗催，八行书就，谁向瑶京寄。人生行乐，壮时偏不如意。　　愧我连岁辞乡，春来携酒，尚踏平山翠。堪叹林禽称共命，留得风前孤翅。美景空存，离情难补，此恨银笺记。挑灯重展，年年添作秋思。"教人无处着圈，是绚烂之极，归于平淡也。此外尚有《如梦令》十首，盖悼亡之作，而未加附题，实集中压卷之作。其一曰："楼上琼箫罢弄。萧瑟金风相送。朗月照空阶，露冷桐间孤凤。谁共。谁共。偏是愁来无梦。"其二云："几阵帘前秋雨。滴碎蕉心难补。琴倚夜窗虚，犹记兰房小语。空伫。空伫。输与河边牛女。"其三云："作客频嫌书懒。握手遽惊魂断。江水碧无情，咫尺天涯归缓。不算。不算。草草梦中春短。"其四云："独对茫茫苍昊。何处瑶池琼岛。行客总须归，那问华年正好。去早。去早。岁月惯催人老。"其五云："徙倚空闺神倦。庭草萋萋绿遍。玉匣网丝生，人赴碧楼金殿。不见。不见。寂寞殡宫秋荐。"其六云："堂畔似闻织素。叶落阶前无数。踏碎一庭秋，为扫夜中归路。且住。且住。槛外飞鸿暗度。"其七云："翳翳林端烟霭。睡起怪禽声碎。谁料碧天遥，环佩更归天外。重会。重会。知是人间何代。"其八云："弹指流光十载。石上三生相待。碧落寸心通，精卫何劳填海。未改。未改。仿佛云鬟常在。"其九云："偶检箧中残绣。枕上泪痕沾透。翠带几回量，不信秋来腰瘦。听漏。听漏。又是黄昏时候。"其十云："千古神原不死。默祷炉香篆紫。清酒未曾干，画像空留形似。如是。如是。焚寄家书连纸。"情真语挚，自然入妙。先生悼亡者再，而卒赖继室严觉先女士之贤，为梓遗稿，此亦报应之不爽者，至《沁园春》"英雄老，哭名流健者，一例庸才""壮不如人，世谁知我，独立苍茫倒绿醅"，则效刘龙州体，而嬉笑怒骂，虽非词家所尚，亦可见生平肮脏不平之概矣。

（以上《集成》1947年第1期）

（一二）

邗江桂先生蔚丞久任北京大学地理教授。南还后，遂为府中学堂邀任讲。余肄业省立八中时，先生以皤然一老，讲授群经大义。民八孔诞日，先生尝于大会堂讲《礼记·孔运大同》一章，实为余治礼学之先导。生平长于为其，而遗作不少概见。主修《江都县志》，刻本今已稀见。但读王翕廷鉴《怀荃室诗余》，丁巳（民国六年）新刻三卷本，附录先生和章一阕，盖即民国年年题春作。王融永明之体，赖宣城诗集以传。吉光守羽，弥足珍贵。兹逐录于左，览者幸勿笑为阿其所好过而存之也。词调寄《暗香》，怀荃原作有副目：人日怀蔚丞，先生步韵，云："试灯几日。看汉宫柳郸，昆池冰坼。羯鼓冲寒，怕听花前数声击。新历应题上巳（原注：近岁参用西历，却好三月三日），浑不见怒江春色。只感得驿使梅枝，遥向陇头掷。　　江北。望眼急。叹暮雨短檠，笑共谁索。李程赋笔。无复豪情吐红霓（原注：旧七政历改为观象岁书面目全非矣）。赖有迦陵鼓吹（原注：谓陈孝起戊丁诗），聊寄遣西窗幽寂。想此夜搔白首，圣湖水碧。"

（以上《集成》1947 年第 2 期）

「诗/人/自/述」

两岸诗人的创作与发展差异

颜艾琳[*]

深厚的中华文化积淀，碰撞融合的多元艺术文化环境，生活美学与生活理念的传播，滋养出台湾丰富多样的文创产业形态。中国新诗的发展在台湾的语境下没有断裂过，李金发、戴望舒等开辟出的现代诗歌轨迹在台湾一直没有断档，这一点跟大陆不同，中国现代诗歌在台湾有着自然的延续，非常完整。作为女性诗人的我，由于近年常跑大陆交流，提出一些对两岸的观察与大家分享。

一 谈所谓活动家

我出身台南小农村，从小爱诗，13岁创作发表第一首诗作，初中时存钱买诗集与文艺书籍，从小喜爱读书、绘画、音乐，长大后做编辑出版、策划文化活动……大家比较看到我活泼的那一面，还一度获得"文学太妹"谑称，但我对诗歌的修炼，私下的专注、执着，对自我女性主体和身体的表达意识，亦获得学界的关注。我以诗作为跨界的核心，演绎了诗文的丰富，企图达到艺术的高峰。在台湾，诗人作为活动主持、策划执行、总监擘画，或跻身音乐、摄影、绘画、影像、表演等相关工作，其实非常普遍。大陆有些人只以写诗发表多寡、不看质地，以为台湾诗人如我等，是以活动家为主，写诗为辅。

* 颜艾琳，中国台湾诗人。

那真是很不一样的观念。在台湾，你要能跨界，表示对相关艺术、表演等知识有一定水平，甚至能够邀请到大咖来与诗共舞、与诗同盟，不仅个人诗要写好，人脉等方方面面都得达到一定高度，才能成为一个好的跨界诗人、策划人。否则一个活动只靠亲友相挺，互相吹捧，来参与诗歌活动的人都是些半吊子，发发新闻稿曝个光，大家瞭一下爽一下，把钱花完了，这样的活动策划我反而觉得是分赃。因此在将台湾诗人冠以诗歌活动家的同时，是否该先去看看这位诗人的作品跟呈现出来的意识呢？

台湾很多诗人都做一部分文创或策展活动，老前辈叫我们去做什么事情，我们就去做。我最自豪的是，1995 年洛夫先生还没去温哥华的时候，《创世纪》诗刊在诚品办"诗的星期五"讲座，后来洛老去了温哥华停止，2005 年由我跟诚品信义店、元智大学结合资源，复活了"诗的星期五"；龙应台担任文化部部长期间办的"齐东诗舍"诗的复兴基地，我被找去筹备跟执行了一年至少 60 场的诗歌活动。从年少起，文字便深植于我的生活，通过书写与企划主持活动，我认为是在回馈我的缪斯女神。

二 谈先锋，要综观整个华文书写的时间先后

常被论述为台湾中生代女诗人的情欲写作代表，部分诗作以女性觉醒和身体为题材，且形式上具有先锋色彩。可一旦牵扯到下半身、浪荡、性别与情欲，大陆都以伊蕾、翟永明、沈浩波跟尹丽川等为先锋。却不知早在 20 世纪 70 年代的台湾，白萩《香颂》1972 年初版，写的是结婚后对妻子、生活的情欲悲歌。而杨光中著名的诗集《好色赋》被认为是两岸第一本色情诗集，出版于 1978 年，诠释令人脸红心跳的异色主题，以至于一出版就遭到查禁。杨光中称自己是"肉体派"："对女人的肉体做虔诚的颂赞与讴歌，我也不畏缩，对人类最有影响力的性，加以毫无保留的赞美！"诗人向明认为杨光中的作品笔触大胆，却保持诗的艺术性，"用意象处理，不会直捅捅的真刀真枪"。杨光中那时就有"下半身诗人"之称。20 世纪 80 年代有利玉芳、陈克华、颜艾琳、夏宇，90 年代有江文瑜等人。所以讨论到女性和身体这类话题，就质地与书写数量、表现的手法、诗人书写的年代环境，两岸从来没放在一起好好比较过。

其他如后现代、乡土、打工、古诗新写、自动书写等议题，也很少看

到综观两岸相关诗作的论述。感觉大陆诗人太会喊口号、立山头，忘了写诗的目的并非出风头。台湾写所谓的"下半身"大多从生活感悟出发，有时读来还蛮沉重的。

再来就是因为台湾没有传承的失落期，前辈们从 20 世纪 30 年代至今不断修炼文字技艺，给我们晚辈很大的激励。以纪弦、痖弦、洛夫、郑愁予为例，这些人在动荡的时代是如何成为大师的？

纪弦在 20 世纪 80 年代去美之前是成功中学的老师。他们那一代到了台湾之后大多担任公职、军职，要不就是老师。那时到台湾的都是大学问家，最精英的人在那个年纪都念了大学或是留洋。他们都是经过战争颠簸的，如郑愁予老师大学就念了 5 年，从幼儿园读到大学，从大陆到台湾到美国，一共念了 30 个学校，这都是普遍的，他们就是生命的迁徙和奔波的一代人。而且那时候的诗人，都懂得要好好自修英文。为什么要学好英文呢？他们为了接触外面的空气，看更多的外文诗集。他们怎么学习英文诗？在没有影印机和打印机的情况下，他们整本整本抄写波德莱尔、艾略特，逃难路上轮流抄写，商禽、痖弦、张默等，他们这些军中诗人就是那样学习的。

他们到了台湾，和一群背景相同的人交往，因为文学变成好朋友。台湾已有多位提名诺贝尔文学奖的候选人或是口袋名单：洛夫、杨牧、李魁贤、商禽、夏宇等。而商禽、夏宇的瑞典文诗集是马悦然亲自翻译的，杨牧已经得到了欧洲的骑士奖，周梦蝶、商禽等人的作品也早就被翻译成瑞典文、法文等。另外在引进翻译上，辛波斯卡、索因卡、莒哈丝、捷克总统诗人哈维尔、策兰等人的作品在二十来年前就引进了。木心更是在 20 世纪 80 年代于台湾报刊中的副刊上发表作品，90 年代在台湾出版系列书籍。台湾小归小，出版信息比较早开放，也不像大陆对诺贝尔文学奖那么热衷。

台湾是小岛，但胸怀很大。大陆一些在国外长期生活的诗人，认为外语对母语写作会形成某种负面的影响，比如北岛跟多多。若要台湾诗人来看，简直浪费了在海外面向多元文化的吸收机会。但诗歌本是无国界的艺术，不同的语言都有自己的魅力，台湾老一辈对外语的态度、对传统诗词文学的传习，将东西文化练成吸星大法；洛夫跟余光中老师到了八十几岁都有新作跟锐意的作品出版，这种精神让台湾后辈想超越他们，只能更加用功努力。

三 以诗为文创打太极

台湾的观光传播局和当地文化局常常联手合作，除了办很多文学奖活动，还找我们这些诗人写短诗或小品文，放在捷运（地铁）跟公交车上，满城满街跑。台湾还有很多道路、楼梯、公园、墙面也放诗句：阿里山诗路、盐水诗路、松江路诗公园、博爱特区诗句人行道、高雄女诗人石鼓灯、台东都兰诗碑公园、文学馆的诗展览、诗行楼梯。台湾各地文化局也办国际诗歌节，把诗歌和当地特色文化结合，邀约各国诗人来当地，期待他们写下只字片语借以相传。较有名的有台北国际诗歌节、花莲太平洋国际诗歌节、文化部办的亚洲诗歌节、淡水国际诗歌节等。

近年来在文创产业的活跃运用下，优秀诗人的作品、在地文学奖的得奖诗作也作为跨界授权来演绎。比如笔者规划的文学唱台南，公共电视台将诗歌改编成微电影并请诗人入镜演出，音乐人谱曲、舞蹈家编舞演出、艺术家创造艺术品、书画家画诗……用各种方法深化表演诗，让它以五感进入生活层面。台湾金曲歌后罗思容本身也是画家诗人，她挑选了台湾12位女诗人的诗，谱成曲乐，融合客家语、闽南语、普通话、京剧、英文等，非常精彩。罗思容将这张音乐专辑取名为《多一个》，意即每首歌都是两个女人的作品，"用艺文的子宫生出一个新的作品"。

此外，我还跟观光界、料理界、饭店联手，把诗歌做成旅游项目、餐饮菜单。比如将郑愁予的《野店》做成一道高粱炙烧羊排，《错误》则是一碗呈现江南鱼荷的面疙瘩。让文学走进衣食住行，在台湾搞创意的诗人，尽可能地把诗歌与民众生活结合。

而所谓跨界的本事，也让执行企划的诗人借着以诗为文创工作，可以营生乃至抽版税，不论是企划者还是授权的诗人，皆能以诗人身份去尊荣诗艺。

四 结语

两岸诗歌创作环境、诗人自我培成的教育途径、文创授权、活动规划，也许因为大时代环境变迁而有异，但在愈加频繁的交流沟通中，华语诗的研究跟市场，私以为只会越联结越强，越紧密。

2018.11.30 定稿

《南开诗学》稿约

一、本刊是以中国古典诗词曲、现当代诗歌、域外汉诗和中外诗学比较为主要研讨对象的中文学术期刊，暂为半年刊，每年5月、10月出版。

二、本刊聘请资深学者担任学术顾问，聘请国内外诗学名家组成编辑委员会，议定办刊方向，审订来稿。本刊实行匿名审稿制度。

三、本刊不定期设置中国古典诗学、中国现当代诗学、中外比较诗学、诗学文献、诗学专家访谈录、诗学研究信息等栏目。

四、本刊竭诚欢迎研究者赐稿。来稿长短不拘，唯以陈言务去、内容翔实、文字洗练为尚。

五、来稿请以电子文件方式寄至本刊编辑部电子邮箱：nankaishixue@163.com，亦可邮寄打印件（两份）至300071天津市卫津路94号南开大学文学院《南开诗学》编辑部并自留底稿。来稿勿寄私人，以免延误。

六、来稿请附内容提要（限300字）、关键词（限5个），并请惠告个人简明信息（姓名、性别、出生年、供职机构、职称、邮政编码、通信地址、固定电话、移动电话、电子邮箱等）。

七、来稿请依Word预设A4格式，横排；正文用五号宋体字，单倍行距；篇题用三号黑体字（副标题用四号仿宋体字），节题用四号黑体字，作者姓名用小四号楷体字。海外学者请改用中国大陆通行之标点符号和简体汉字。论文注释采用当页脚注，用小五号宋体字，序号用圈码①②③……标识，每页单独排序。例如：

①司马迁：《史记》卷四七《孔子世家》，中华书局，1959，第6册，第1921页。

②苏轼：《题陶渊明饮酒诗后》，《苏轼文集》卷六十七，孔凡礼点校，中华书局，1986，第 2029 页。

③陆陇其：《申直隶学院文》，《三鱼堂文集外集》卷五，清同治七年（1868）刊本。

④徐志摩：《猛虎集·自序》，《猛虎集》，新月书店，1931。

⑤〔德〕马克斯·韦伯：《学术与政治》，冯克利译，生活·读书·新知三联书店，1998，第 29、48 页。

⑥傅璇琮：《文献学与文学研究结合》，《清华大学学报》（哲学社会科学版）2009 年第 1 期。

⑦徐中舒：《木兰歌再考》，《东方杂志》第 22 卷第 14 期，1925 年 7 月。

⑧傅刚：《陆机诗歌简论》，硕士学位论文，上海师范大学，1986，第 28 页。

⑨杜桂萍：《尤侗〈钧天乐〉传奇与明末才子汤传楹》，《中国戏剧史国际学术研讨会暨中国古代戏曲学会 2014 年年会论文集》（上），2014，第 221 页。

八、本刊谢绝已发表和已投寄其他书刊或已在网络公开的稿件。

九、本刊对所有稿件保留技术性修订之权利；如作者不愿授权删改，请于赐稿时说明。

十、本刊编辑部收到稿件之后，即回复电子函件确认收讫，并在一个月内以电子函件回复投稿人是否刊发及修改建议。来稿一经刊发，即致寄稿酬和样刊。

图书在版编目（CIP）数据

南开诗学. 第二辑 / 孙克强，罗振亚主编. —— 北京：社会科学文献出版社，2019.6
ISBN 978 - 7 - 5201 - 4825 - 2

Ⅰ.①南… Ⅱ.①孙… ②罗… Ⅲ.①诗学 - 研究 - 中国 Ⅳ.①I207.2

中国版本图书馆 CIP 数据核字（2019）第 088954 号

南开诗学（第二辑）

主　　编／孙克强　罗振亚

出 版 人／谢寿光
组稿编辑／宋月华　吴　超
责任编辑／吴　超
文稿编辑／郭　欣

出　　版／社会科学文献出版社·人文分社（010）59367215
　　　　　地址：北京市北三环中路甲 29 号院华龙大厦　邮编：100029
　　　　　网址：www. ssap. com. cn
发　　行／市场营销中心（010）59367081　59367083
印　　装／三河市东方印刷有限公司

规　　格／开　本：787mm × 1092mm　1/16
　　　　　印　张：20　字　数：329 千字
版　　次／2019 年 6 月第 1 版　2019 年 6 月第 1 次印刷
书　　号／ISBN 978 - 7 - 5201 - 4825 - 2
定　　价／99.00 元